PAOLA MASTROCOLA

Filippo
und die
Weisheit
der Schafe

PAOLA MASTROCOLA

Filippo
und die
Weisheit
der Schafe

Roman

Aus dem Italienischen
von Verena v. Koskull

carl's books

Die Originalausgabe erschien 2013 unter dem Titel
Non so niente di te bei Einaudi, Turin.

Verlagsgruppe Random House FSC® N001967
Das für dieses Buch verwendete FSC®-zertifizierte Papier
Lux Cream liefert Stora Enso, Finnland.

1. Auflage
Copyright © 2013 by Paola Mastrocola
First Italian edition Giulio Einaudi editore S.p.A., Torino, Italy
Copyright © der deutschsprachigen Ausgabe 2014
bei carl's books, München,
in der Verlagsgruppe Random House GmbH
Umschlaggestaltung: semper smile, München
unter Verwendung eines Motivs von Hans-Joerg Nisch /
Shutterstock Images; CG Textures / Wojtek Starak
Satz: Uhl + Massopust, Aalen
Druck und Bindung: CPI – Clausen & Bosse, Leck
Printed in Germany
ISBN 978-3-570-58540-5

www.carlsbooks.de

Inhalt

Ein Kind muss unter unserem Dach
leben wie ein abenteuerlustiger, glücklicher
Fremder.

Pietro Citati

Die Auffassung, dass nützliches Wissen
dem unnützen vorzuziehen sei, wurde von
uns vehement abgelehnt.

John M. Keynes

Die kapitalistische Idee des BIP, dem zufolge alles ständig wachsen muss, wird in
ein Desaster münden, ist doch qua Natur-
gesetz alles Geburt, Wachstum und Niedergang.

Andrea Zanzotto

Schafe im Balliol College

Sie saßen in dem kleinen Café in der Broad Street am Ecktisch im Fenster; er in einer grauen Winterjacke, das blasse Gesicht rosig von der Morgenluft, das schlohweiße Haar noch voll; sie in einem Schaffellmantel mit cremefarbenen Aufschlägen, die Goldrandbrille auf der Nasenspitze. Vor ihnen, auf der gegenüberliegenden Seite des Platzes, erhob sich das imposante Gebäude des Balliol College mit seinem dunklen Holztor, den hellen Steinmauern, den gotischen Bögen und schmalen, kegelförmigen Türmchen, die sich in den Himmel bohrten.

Gerade sagte sie zu ihm, wie der ungewöhnlich milde Wind dieser ersten Novembertage ihr vor Wehmut das Herz schwer mache.

»Wehmut wonach?«

»Nach dem gelebten Leben, Burt, wonach sonst?«

»Ach ja …«, seufzte er.

Sie schnitten ihre Croissants auf, butterten sie, strichen eine Messerspitze Erdbeermarmelade darauf und blickten gedankenverloren auf den großen, sanft vom Wind bewegten Baum in der Mitte des Platzes.

»Ja ja …«, fuhr er fort. »Wie wahr, wir sind wie die Blätter …«

Judith lächelte, die kleine Gabel halb in der Luft. Sie musste an die klassischen Dichter denken, die sie in ihrer Jugend studiert hatte und die diesen inzwischen recht abgegriffenen Vergleich des menschlichen Lebens mit Herbstlaub, den ihr geliebter Burt gerade zwischen zwei Schlucken Filterkaffee heraufbeschwor, in einzigartigen Versen zu besingen vermochten. Da bog eine Schafherde um die Ecke, nahm nach und nach die gesamte Straße in Beschlag und verschwand dicht gedrängt im Tor des Balliol College.

»Sheep!«, rief Judith aus.

»Oh my God!«, raunte Burt und vergaß, an seinem Kaffee zu nippen.

An jenem Morgen um zehn Uhr dreißig waren im größten Hörsaal des Balliol College bereits mehrere hundert Menschen auf ihren Plätzen versammelt und warteten geduldig auf den Beginn der Tagung. Junge Studenten verschiedenster Nationalitäten und mehr oder weniger betagte Professoren mit mehr oder weniger ergrautem Haar, karierten Schals und weichen Shetlandjacketts.

Ein gedämpftes Murmeln erfüllte den Saal.

Der erste Referent, ein junger und dank seiner Studien zur Theorie der ökonomischen Entwicklung bereits zu internationalem Ruhm gelangter italienischer Wirtschaftswissenschaftler, traf pünktlich um fünf vor elf ein. Er hatte zerzauste Locken, ein schüchternes, leicht fahriges Auftreten und trug ein zu kurzes, zerknittertes Jackett. Er stieg aufs Podium, begrüßte den Dekan, der die einleitenden Worte sprechen würde, setzte sich an den Tisch und holte seine Unterlagen und den Computer hervor. Er hieß Jeremy Piccoli und war von der Oxforder Universität eingeladen worden, um über seine erstaunliche Entdeckung, eine besondere, in akademischen Kreisen bereits als Jerfil-Algorithmus bekannte Berechnungsmethode zu referieren, die optimistischen Einschätzungen nach bei richtiger Anwendung das Wachstum der von der jüngsten Wirtschaftskrise gebeutelten westlichen Welt wieder in Schwung bringen sollte.

Der zweite Redner hingegen ließ auf sich warten und war in

diesen Kreisen noch ein unbeschriebenes Blatt. Sein Name war in allerletzter Minute hinzugefügt worden, nachdem Jeremy Piccoli bei den Organisatoren der Tagung eisern auf die Einladung bestanden hatte, da er diesem brillanten Studienkollegen und Freund die Erfindung seines Algorithmus ganz wesentlich zu verdanken habe.

Um Punkt elf Uhr trat Jeremy Piccoli ans Mikrofon. Er verkündete, er werde erst nach Eintreffen seines Kollegen mit der Darlegung seines Algorithmus beginnen, und machte sich daran, mithilfe seines Computers das einleitende Schaubild zu erklären. Den Blick auf die große Leinwand geheftet, hörte das Publikum aufmerksam zu und machte sich Notizen.

Nach ein paar PowerPoint-Folien kamen die Schafe.

Zuerst war von draußen ein eigenartiges Getrappel zu hören. Dann tauchte in der Tür hinter den Zuhörern ein hochgewachsener, junger Mann mit kurzem, dunklem Haar auf. Er trug einen grauen Leinenanzug und hatte sich einen gestreiften, mit Wappen versehenen Collegeschal über die Schulter geworfen. Die Hände in den Taschen, betrat er bedächtig den Saal. Hinterdrein folgten die Schafe.

Wäre er einfach so in der Tür aufgetaucht, hätte niemand sich etwas dabei gedacht: Na endlich, der andere junge Redner, sehr gepflegt in seinem feschen Anzug. Wären da nicht diese Schafe gewesen. Weiß und wollig und dicht gedrängt: eine komplette Herde. Um genau zu sein, eine eher gräuliche Schafherde: eine dichte Masse schmutzig weißer Wolle mit schwarzen Nasen und Füßen. Schafe einer in Großbritannien sehr verbreiteten Rasse namens Suffolk.

Hunderte von Suffolk-Schafen drängelten sich also in die Aula des Balliol College. Ganz gesittet und unter gedämpftem Blöken besetzten sie jedes freie Eckchen. Sie schoben sich zwischen die Stühle und nahmen die Bühne in Beschlag, derweil andere noch draußen auf den Stufen standen. Alles verlief ganz leise und geordnet.

Jeremy Piccoli wurde blass und verstummte. Auf dem großen Bildschirm in seinem Rücken blinkte der letzte Satz seiner Einführung.

Vorne angekommen, erklomm der junge Mann im grauen Anzug die wenigen Stufen zum Podest, drückte den verdatterten Professoren die Hand, umarmte wie selbstverständlich den Freund und Kollegen Jeremy und setzte sich auf den freien Platz am langen Tisch, an dem sein Namensschild prangte: FILIPPO CANTIRAMI.

Das Publikum brauchte ein paar Minuten, um zu begreifen, was vor sich ging. Zuerst rutschten alle unruhig auf ihren Stühlen herum und warfen einander ungläubige Blicke zu; dann, mit zunehmendem Vorrücken der Herde, standen einige auf, um zu gehen. Die meisten aber blieben sitzen und versuchten sich die aufdringlichen Tiere vom Leib zu halten.

Unterdessen waren durch den Lärm alarmierte Saaldiener, Pförtner und Collegeprofessoren herbeigeeilt, konnten dem Treiben aber nur ohnmächtig und entgeistert zusehen.

Einige stießen panische Laute aus und ruderten mit den Armen, als wollten sie ein fatales Unglück aufhalten, das soeben seinen Lauf genommen hatte: Eine Invasion von Aliens, die ihr Raumschiff verlassen hatten und gar nicht daran dachten, sich auf ihren fremden, unendlich weit entfernten Planeten zurückscheuchen zu lassen.

Das alles dauerte nicht länger als einen Augenblick. Die Schafe hatten jeden Quadratzentimeter in Beschlag genommen, sich zwischen die Stühle, Beine und Aktentaschen der Anwesenden gedrängt, das Parkett und die Bühne, die Treppen und unbesetzten Toiletten eingenommen; sie füllten die Vorhalle, die kleinen Innenhöfe, die Arkaden und Bogengänge, den viereckigen Kreuzgang bis hin zur kleinen Kapelle, den riesigen umfriedeten Park mit den jahrhundertealten Bäumen und das kleine ovale Rasenstück vor dem Eingang; sie waren vor dem Tor, auf den Bürgersteigen, vor den Souvenirläden und auf dem Vorplatz, wo die letzten erfolglos versuchten, sich aufs Collegegelände zu drängen.

Unterdessen hatte Filippo Cantirami, der junge Redner im grauen Anzug, das Wort ergriffen, um sich zuallererst bei seinem Freund für die Einladung und dann beim College für die entgegengebrachte Gastfreundschaft zu bedanken. Dann kam er sofort zur Sache und berichtete von seinen Studien, von der äußerst fruchtbaren Zusammenarbeit mit seinem Freund und wie sie gemeinsam zu der Hypothese gelangt waren, die sie der hochverehrten Zuhörerschaft nun vorstellen durften.

Alle lauschten derart gebannt, dass sie die Schafe beinahe vergaßen. Der Vortrag nahm seinen Gang, als wäre nichts geschehen. Nachdem Jeremy Piccoli seine anfängliche Verwirrung überwunden hatte, ließ er sich von der Begeisterung seines Freundes mitreißen und machte sich eifrig daran, dem Publikum ihre überraschende Entdeckung, jenen fantastischen Algorithmus minutiös zu erläutern, dessen Name sich offenkundig aus den jeweiligen drei Anfangsbuchstaben ihrer Vornamen zusammensetzte: Jerfil.

Sie redeten eine Stunde, genau wie vorgesehen. Die Zuhörer lauschten ihnen fasziniert. Am Ende erteilte der alte Professor, der die Veranstaltung moderierte, den drei Koreferenten das Wort, die in vorgegebener Reihenfolge ihre Ansichten zu dem soeben Vernommenen kundtaten. Dann war das Publikum an der Reihe und stellte eine gute halbe Stunde lang Fragen. Am Schluss dankte der Dekan den Referenten, Koreferenten und Zuhörern, und die Referenten dankten dem Dekan, den Koreferenten und den Zuhörern. Die Tagung ging zu Ende wie jede andere akademische Tagung, bei der Referenten reden und Zuhörer zuhören, applaudieren und froh und dankbar ob der gewonnenen Erkenntnisse nach Hause gehen.

Und die Schafe?

Nach ihrem Auftauchen hatten sie die ganze Zeit über brav und mehr oder weniger reglos ausgeharrt, denn sie standen so dicht, dass sie sich kaum rühren konnten. Still waren sie außerdem: Abgesehen von dem einen oder anderen schüchternen Blöken hatten sie keinen Mucks von sich gegeben. Fast schien es, als lauschten sie ebenfalls gebannt den Ausführungen zu so hochbrisanten Themen der Weltwirtschaft. Wer wusste das schon? Die Schafe schwiegen, und jeder konnte sich seinen Teil dazu denken. Tatsache ist, dass kein Vierbeiner die Tagung störte, was – zumal für unsereins, die nach so vielen Jahren davon erzählen – fraglos verblüffend ist. Nur ein unterschwelliges Wimmeln war zu spüren, eine zarte, leise, wollige Regung, unmerklich und wohlig. Eine Art lebende Bettdecke. Stellen wir uns beispielsweise die Arktis vor, eine Landschaft Typ *Eisige Welten*, dieser wunderbaren englischen Dokumentarfilmreihe über die Welt der Pole, die von der faszinierenden Stimme des alten David Attenborough kommentiert wurde und zu Beginn des dritten Jahrtausends sehr angesagt war. Stellen wir uns also eine eisig verschneite Polarebene vor, und dann fängt diese Ebene an, sich zu bewegen, nur ganz leicht: Sie rührt sich unmerklich, bekommt hier und da Risse, scheint ins Rutschen zu geraten, doch dann erstarrt sie wieder. So in etwa muss man sich diese Herde vorstellen. Von oben betrachtet, versteht sich.

Nur am Ende geschah etwas Ungewöhnliches: Das Publikum wartete, dass sich die Schafe als Erste verzogen, in gewisser Weise ließ es ihnen den Vortritt. Und die Schafe verließen, noch immer gesittet, eines nach dem anderen den Saal und folgten ihrem Helden Filippo Cantirami. Dieser wiederum lief in dem verzweifelten Versuch, mit ihm zu reden, seinem Freund und Kollegen Jeremy Piccoli nach, der jedoch, ohne sich umzublicken, davonhastete, als wolle er eine Unterredung mit Filippo vermeiden.

»Jeremy, bleibst du mal stehen? Jeremy, ich kann dir alles erklären...«

»Erklären? Was denn? Es gibt nichts mehr zu erklären, dazu ist es zu spät!«, entgegnete Jeremy, der abrupt stehen blieb und herumfuhr. »Du... du hast alles kaputt gemacht! Du hast unsere Abmachung gebrochen, Fil! Ist dir das eigentlich klar?«

»Jer, ich bitte dich, das konnte doch nicht ewig so weitergehen, irgendwann...«

»Und du meinst, durch deinen Auftritt ist alles in Butter? Jetzt erfahren es alle!«

»Ich lasse das Handy aus. Und den Computer.«

»Ah, genial! Und du glaubst, so kommst du davon? So findet dich keiner?«

»Ja... Jeremy, jetzt bleib doch mal stehen! Ich kriege das hin...«

»Ach ja? Na, toll! Schade nur, dass sie *mich* finden, Fil! Du bist ein echtes Genie!«

So redeten sie an jenem Tag, ein zweiminütiger, hitziger Wortwechsel (wenn man es denn so nennen kann). Dann stob Jeremy davon und verschwand hinter der nächsten Ecke, während Filippo wie vom Donner gerührt dastand und ins Leere starrte.

Niemand hörte, was sich die beiden Freunde an jenem Novembertag vor dem Balliol College sagten, umringt von einer Hundertschaft blökender Schafe, die abermals die Broad Street in Beschlag nahmen, unschlüssig darauf wartend, dass ihr junger Anführer in Grau sich für eine Richtung entscheiden würde, damit sie ihm nach Schafsart brav und gefügig folgen konnten.

Wie gesagt, mitten auf der Broad Street vor dem netten

kleinen Café, in dem die beiden älteren Herrschaften namens Judith und Burt ihr übliches Elf-Uhr-Frühstück zu sich nahmen, an ihrem Filterkaffee nippten und sorgsam ihre Croissants butterten und mit einem Klacks Erdbeermarmelade versahen.

In exakt demselben Moment erhielt Margherita Cantirami, genannt Gheri, in einer großen, am Fuße der westlichen Alpen gelegenen norditalienischen Stadt von ihrer Freundin Cami die folgende SMS:

> Hallo gheri bin in oxford!
> Hab deinen bruder fil gesehen!!!
> Er hat schafe ins college mitgebracht…! Ins Balliol!
> SCHAFE!!!
> Glaub mir! Zum totlachen!!!

Cami, die seit Monaten nichts hatte von sich hören lassen! Ihre alte Freundin Camilla Bardi Saraceni, die fünf Jahre lang mit ihrem Bruder Fil zusammen gewesen war und, obwohl er vor einer Ewigkeit mit ihr Schluss gemacht hatte, noch immer an seinen Fersen klebte.

Gheri saß gerade in einer Vorlesung. Sie hatte Wirtschaftsrecht, und spätestens jetzt, nach dieser schallenden Ohrfeige von SMS, war es mit ihrer Aufmerksamkeit vorbei. Was hatte das zu bedeuten? Sie stand auf, drängelte sich an den angezogenen Knien und vor den Bauch gedrückten Büchern von rund zwanzig Kommilitonen vorbei, verschwand in der Eingangshalle und tippte auf ihrem Handy herum, um besagte Cami anzurufen und zu erfahren, worum es überhaupt ging.

»Cami, was hast du dir denn da ausgedacht?«

»Ich hab mir überhaupt nichts ausgedacht! Dein Bruder ist

in Oxford und hat eine Megaschafherde mit ins College gebracht!«

»Was redest du denn da?«

»Ich sag's dir, ich war dabei, ich hab's mit eigenen Augen gesehen: Fil und bestimmt hundert blökende Schafe! Weiß. Weiß mit schwarzer Schnauze, um genau zu sein. Englische Schafe.«

Moment.

Durchatmen. Bis zehn zählen.

Schafe.

Sie hat »Schafe« gesagt.

Fil hat Schafe nach Oxford gebracht. In ein Oxforder College.

War Fil nicht in Stanford?

»Cami, wo ist Fil gerade, in welchem Oxford?«

»Wie, in welchem?«

»Wo?«

»Oxford, Gheri, aufwachen! Oxford UK …! Verstanden?«

Gheri legte auf und rief ihren Bruder an, die Finger flogen über die Touchscreen-Nummern. *Der von Ihnen gewünschte Teilnehmer ist zurzeit nicht erreichbar …*

Und jetzt?

Wie sollte sie es ihren Eltern sagen?

Oder sollte sie es ihnen überhaupt sagen? So tun, als wäre nichts – wieso nicht? Aber ließ sich so etwas verschweigen? Nein, besser, man sagte es ihnen. Aber wann? Wie? Den Vater im Büro aufsuchen? Die Mutter bei ihrer Baustellenbegehung stören? Sie auf ihren Handys anrufen? Fragen, ob sie Lust auf einen Kaffee in der Stadt hätten? Aber nein, warum so eilig? Heute Abend. Heute beim Abendessen. Ach nein, heute war ja das Familienessen … Das übliche Theater mit der Großfamilie. Das Essen bei den Großeltern, um die Tante zu verabschieden, die nach Amerika fuhr – auch das noch!

ERSTER TEIL

Familienessen

KAPITEL I

Bayerische Creme und Gheris Flunsch

An jenem Morgen wälzte sich das Wasser unter den Brücken hindurch.

Dunkles, graubraunes, zäh fließendes Wasser; fast eine Art Morast, der seiner Reglosigkeit überdrüssig geworden war und nun an Pfeilern und Dämmen entlangstrudelte, doch ohne das meeresartige Rauschen von Wind und Wellen. Stummes, vollkommen lautlos dahinrollendes Wasser.

Viele blieben auf den Brücken stehen, um den Fluss zu fotografieren. Noch nie hatten sie ihn so voll gesehen. Alle knipsten wild mit ihren damals üblichen Handys herum.

Es war Anfang November, und binnen weniger Tage hatten heftige Regenfälle in ganz Italien Flüsse und Bäche über die Ufer treten lassen und zu Erdrutschen und zerstörten Straßen geführt. Ligurien und die Toskana hatte es besonders schwer getroffen, es hatte Dutzende Tote und schwere Schäden gegeben. Ein ganzes Dorf, ein Kleinod der Ligurischen Küste, war dem Erdboden gleichgemacht worden. Im Fernsehen waren Bilder von Zerstörung und Verwüstung zu sehen, ein riesiger Schlammfluss, der Autos und Menschen mitriss und Häuser verschluckte, eine düstere Flutwelle, die Plätze und Häfen überspülte, Molen und Schiffe demolierte und sich dann braun ins Meer ergoss. Überall Menschen, die schippten und gruben. Und in den Zeitungen und Talkshows Dutzende Experten und Meinungsmacher, die sich die Köpfe heißredeten, mal den Meteorologen die Schuld gaben, die unfähig gewesen waren, zutreffende Vorhersagen zu machen und die Bevölkerung rechtzeitig zu warnen, mal den zuständigen Behörden, die die schlampige Wartung der Dämme und das wilde Zubetonieren zugelassen hatten, mal den Bürgermeistern, die die Dringlichkeit der Lage trotz pflichtgemäßer Inkenntnissetzung offenbar nicht erkannt hatten. Doch wer der Schuldige war – und ob es denn immer und selbst für die natürlichsten aller natürlichen und unvorhersehbaren Auslöser einen Schuldigen geben musste –, blieb unklar. Also redete man wieder einmal sinnlos herum und füllte die Luft mit markigen Floskeln. Was blieb, waren die Tragödien der Menschen, die von diesem vernichtenden Schlag betroffen waren. Tragödien, die, sobald sie nicht mehr im Scheinwerferlicht standen, wieder zu dem wurden, was sie waren: Privatangelegenheiten, Einzelschicksale.

In den Ebenen des Nordens hingegen hatte sich das Unwetter auf heftigen Regen und angeschwollene Flüsse beschränkt. Und während an jenem Morgen – dem 9. November, um genau zu sein – ihr Sohn Fil eine Herde Schafe in ein englisches College lotste und ihre Tochter Gheri die erste SMS von ihrer Freundin Cami erhielt, überquerte Nisina Rocchi Cantirami eine der Brücken der Stadt. Sie blieb einige Sekunden lang stehen, um das mächtige Brodeln des Flusses und den inzwischen unmäßig hohen Wasserstand zu betrachten. Auch fragte sie sich, ob im Laufe des Tages mit der Scheitelwelle zu rechnen sei und wie zerstörerisch sie möglicherweise ausfallen mochte. Kurz gesagt: ob die Brücken ihrer Stadt standhalten würden oder nicht. Doch da ihr ein solches Szenario mehr als unwahrscheinlich erschien, hörte sie auf, darüber nachzudenken, und machte sich eilig auf den Weg zu ihrem Ziel.

Sie wollte bei ihrer Schwägerin Giuliana vorbeischauen, um sicherzugehen, dass sie das für diesen Abend angesetzte Familienessen nicht vergaß. So zerstreut, wie die ist, fällt die sonst noch aus allen Wolken, hatte Nisina bei sich gedacht.

Als sie bei Giuliana ankam, war diese gerade verzweifelt damit beschäftigt, nach irgendetwas zu suchen. Na bitte, dachte Nisina, ich sag's ja. Wer weiß, was sie diesmal wieder verloren hat?

»Der schöne Schal!«, antwortete Giuliana auf die unausgesprochene Frage, während sie unermüdlich in ihren Sachen herumwühlte und der natürlichen Unordnung ihrer Wohnung noch eins draufsetzte.

»Welcher schöne Schal? Du hast lauter schöne Schals!«

»Der blauviolette.«

»Du meinst, dieser handgemachte hellblaue indische mit den beigefarbenen Stickereien? Das ist nicht dein Ernst!«

Schweigen. Es sah nicht so aus, als wollte die Schwägerin etwas erwidern.

»Der, den wir zusammen bei dem Pakistani im Hof gekauft haben, und du hattest ein elend schlechtes Gewissen, weil er so viel gekostet hat?«

Schweigen.

»Giuliana! Such gründlich! Konzentrier dich! Wann hast du ihn zuletzt getragen? Wo bist du gewesen? Wo kannst du ihn liegen gelassen haben?«

»Daran versuche ich mich ja seit einer Stunde zu erinnern. Ich versteh das einfach nicht, Nisina. Gestern hatte ich ihn den ganzen Tag um, bei meinem Halsweh kann ich schließlich nicht ohne Schal rumlaufen …«

»Jetzt noch mal ganz in Ruhe, Giuliana, denk nach: Wo warst du gestern zuletzt? Versuch dich zu erinnern.«

»Ich bin bei dem Vortrag über Miró gewesen. Einfach großartig, weißt du? Miró ist … ist … ich weiß nicht, Nisina, all dieses Gelb, Rot, Blau, diese pechschwarzen Linien, diese seltsamen Tiere, von denen man nie weiß, ob es tatsächlich Vögel sind oder was ganz anderes. Und die Frauen ohne Titel! Ich habe mich auch immer wie eine Namenlose gefühlt. Ist das nicht wunderbar? Man sitzt da ganz vergnügt, in einem Bild oder auf einer Leinwand … und hat keinen Namen! Schön, oder?«

»Jetzt lass doch mal Miró. Bist du nach dem Vortrag nach Hause?«

»Ja. Nein. Nicht sofort. Ich brauchte noch Milch, also bin ich zum Coop gegangen. Übrigens, weißt du, was ich da gefunden habe? Diese Kekse mit Pfeffer – oder war es mit Zimt? –, die so toll nach Weihnachten schmecken.«

»Giuliana, bitte! Hattest du den Schal im Coop noch an?«

»Tja, wenn ich das wüsste. Ich glaube, ja. Im Supermarkt zieht man sich schließlich nicht aus …«

»Gut! Na dann, auf geht's, lass uns suchen!«

Nach einer weiteren guten Viertelstunde fieberhaften Suchens ließ sich Nisina Rocchis Schwägerin Giuliana Cantirami entkräftet in den kleinen Sessel im Eingang fallen und gab sich endgültig geschlagen.

»Tja, Nisina, was soll's? Da kann man nichts machen.«

»Wie, da kann man nichts machen? Wir können doch nicht einfach …«

»Ich weiß. Aber das heißt wohl, dass ich ihn vorher noch hatte und jetzt nicht mehr habe, das ist alles, Nisina, kein Grund, ein Drama daraus zu machen.«

So war Giuliana Cantirami. Der Verlust von Dingen war für sie nicht weiter tragisch. Und sie verlor so einiges – auch Kostbares, Wertvolles –, weil sie nicht darauf achtete, wo sie es ließ. Es konnte ihr beispielsweise passieren, dass sie vor einer Reise ein Schmuckstück versteckte und es hinterher nicht mehr wiederfand. Sie suchte mitunter jahrelang danach, doch vergeblich, es war auf ewig futsch. Oder sie verlor ihre Sonnenbrille, weil sie sie auf einem Mäuerchen ablegte, um eine Taube zu knipsen, die gerade einen Wurm fraß. Und dann verlor sie den Fotoapparat, weil just in dem Moment eine Freundin des Wegs kam und sie ihr entgegenging und vergaß, jemals einen Fotoapparat besessen zu haben. Sie kehrte auch nicht zurück, um nachzusehen, ob er vielleicht noch dort war, nein, sie gab ihn für verloren und basta. Der findet sich eh nicht mehr, sagte sie dann, den hat jemand mitgenommen. Das war weder Misstrauen gegen ihre Mitmenschen noch eine pessimistische Grundeinstellung. Nein, sie dachte einfach, wenn einer einen Fotoapparat einsam auf einer Parkbank liegen sah, musste er ihn mitnehmen. Er konnte gar nicht anders. Was sonst? Giuliana Cantirami besaß einen gesunden, klaren Menschenverstand: Wenn sie zwischen verstiegenen Vermutungen und der einfachsten Erklärung wählen musste, wählte sie das Zweite. Deshalb hielten alle sie für ein wenig einfältig, für eine nette, aber oberflächliche Frau mittleren Alters. Für einen kleinen, taumelnden Schmetterling. Ein ewiges Kind, wie ihr Bruder zu sagen pflegte.

Als sie fast schon zur Tür hinaus war, erwähnte Nisina Rocchi ganz beiläufig in einem Satz den Grund, weswegen sie ihre Schwägerin aufgesucht hatte:

»Ach, übrigens, Giuliana … denk bitte an das Abendessen.«

»Welches Abendessen?«

Giuliana Cantirami war gerade achtundvierzig geworden, sie war die jüngere Schwester des Anwalts Guido Cantirami, Nisina Rocchis Mann. Sie wohnte im obersten Stock eines hübschen Mietshauses in der Altstadt und arbeitete an der Garderobe der Zentralbibliothek.

Sie hatte nicht zu Ende studiert, weil das Studium ihrer Meinung nach zu lang war und sie mit zweiundzwanzig Jahren, wie ihr schien, mehr als genug gelernt hatte. Kurz vor dem Diplom hatte sie ihr Architekturstudium geschmissen. Die ganze Familie nahm das als persönlichen Affront. Nur der Vater, der kluge, lebensweise Notar Gualtiero Cantirami, schien über ein gewisses Maß an gesundem Menschenverstand zu verfügen und ließ ein ums andere Mal ein scheinheiliges »Macht doch nichts, sie ist eine Frau, die findet schon einen Mann« vom Stapel. Das ging ungefähr bis zu Giulianas zweiunddreißigstem Geburtstag, dann verfiel er in ein unüberhörbares, pikiertes und von allen als höfliche Zurückhaltung tituliertes Schweigen. In einer Bibliothek arbeiten! Als fast fertige Architektin! Als Tochter einer der angesehensten Notare der Stadt! Ihre Eltern waren im wahrsten Sinne des Wortes am Boden zerstört: Wie hundertjährige Bäume, die in einer stillen, ländlichen Allee gefällt werden und binnen Sekunden zu Boden krachen.

»Aber es ist die Zentralbibliothek...«, versuchte Giuliana vergeblich einzuwenden.

»Na und?«

»Habt ihr eine Vorstellung davon, welchen Ausblick man von meiner Loge aus hat?«

An dem Punkt beging sie stets den Fehler, die Eltern in besagte Loge einzuladen, in der sie pflichtgemäß dafür sorgte, dass die Bibliotheksbenutzer ihr Gepäck in den vorgesehenen Fächern verstauten und den Lesesaal nicht mit Taschen, Beuteln und Ordnern betraten, um so das Klauen von Büchern zu verhindern. (Damals waren Bibliotheken Orte, an denen Bücher *physisch* aufbewahrt wurden und wo die Menschen *physisch*, auf ihren eigenen Beinen, hingingen, um sie zu konsultieren.) Ein recht verantwortungsvoller Posten, keine Frage. Dennoch platzte ihren Eltern bei der Einladung in die Garderobierenloge – Zentralbibliothek hin oder her – regelmäßig der Kragen: »Bist du noch zu retten? Dir fehlt es wirklich an Respekt...«

Doch hätten sie sich zu einem Besuch herabgelassen, hätten sie feststellen können, wie recht ihre Garderobierentochter hatte und welch atemberaubender Blick sich aus dieser dreiseitig mit riesigen Fenstern versehenen Loge bot: eine Art Aussichtsturm, eine gläserne Raumkapsel zur Erforschung des Universums. Eine wahrhaft einzigartige Aussicht, vor allem für eine junge, architektonischer Schönheit äußerst zugetanen Beinahe-Architektin. Die Zentralbibliothek befand sich mitten in der Altstadt und dazu an einem besonders schönen Platz, vor Barockpalazzi, Arkaden, Säulengängen, dem bronzenen Reiterstandbild eines berühmten Edelmannes sowie einem wunderschönen, zu einem meisterlichen Straßenmosaik verlegten Pflaster aus Porphyr.

Dieses Porphyrpflaster war der Grund, weshalb Giuliana Cantirami beschlossen hatte, dort zu arbeiten. So konnte sie jeden Tag, ausgenommen Sonntag, sechs Stunden lang in ihrem Kabuff sitzen und seine Schönheit genießen. Das zumindest behauptete sie seit Jahren und mit gewissem, bisweilen trotzigem Nachdruck, um der anmaßenden Enttäuschung, die sie seitens ihrer Eltern und vor allem ihres Vaters beinahe täglich zu spüren bekam, etwas entgegenzusetzen.

Sie war nun einmal das schwarze Schaf der Familie. Und sosehr sie sich vorgenommen hatte, sich in Sachen Pünktlichkeit zu bessern, brachte sie es auch an diesem Abend fertig, zu dem eigens für sie veranstalteten Abendessen zu spät zu kommen. Exakt eine Viertelstunde.

Das lag daran, dass sie sich zu Fuß auf den Weg gemacht und die abendliche Kühle, das dunkelblaue Himmelsgewölk über den Dächern, die erleuchteten Läden und das bunte Treiben der Menschen unter den Arkaden genossen hatte und einem Hund über den Weg gelaufen war, der mit einem Pinguin spielte, sodass sie nicht umhinkonnte, stehen zu bleiben und zuzuschauen.

Der Hund war ein in eine verdreckte, karierte Wolldecke gewickelter Mischling, der neben einem ebenso verdreckten bärtigen jungen Mann saß, vermutlich sein Herrchen. Er hockte an einer belebten Straßenecke auf dem Bürgersteig und hielt den Passanten eine Art Schüssel mit der Beschriftung ICH BIN ARM DANKE (genauer gesagt: »Ich bin arm«, und darunter: »Danke«) unter die Nase.

In hundetypischer Ausgelassenheit malträtierte der Mischling mit Zähnen und Krallen einen kleinen Gummipinguin. Zumindest sah das Ding, das seinen fröhlichen Quälereien ausgesetzt war, so aus. Und weil Giuliana herausfinden wollte, um was für ein Tierchen es sich genau handelte, war sie stehen geblieben und hatte zugeschaut. Anfangs hatte es nach einem kleinen Affen ausgesehen, dann wie eine Art pelziger Teddy und schließlich wie ein abgenagter Pinguin, der eigentlich nicht viel Ähnlichkeit mit einem Pinguin hatte. Aber doch, am Ende hatte sie sich für den Pinguin entschieden, wegen des schwarzen Rückens, des weißlichen Bauchs und des dicken Schnabels, der irgendwann einmal knallgelb gewesen sein musste. Pinguinschnabelgelb eben.

Also kam sie zu spät. Sie versuchte gar nicht erst, den Grund zu erklären. Schweigend setzte sie sich an den Tisch, betrachtete vergnügt ihr Namensschildchen, das an diesem Abend aus einer kleinen, hölzernen Käuzchensilhouette bestand, lobte ihre Mutter für die treffende Wahl, faltete ihre Serviette auf den Knien auseinander und wappnete sich, die Rüffel des Bruders mit größtmöglichem Gleichmut über sich ergehen zu lassen.

Der Anwalt Guido Cantirami war nicht böse. Er war ein guter Mensch. Ein kultivierter, eleganter, bescheidener Mann, der vor allem klassische Musik, alten Wein und die sienesische Landschaft liebte. Sobald er sich ein paar Tage freischaufeln konnte, setzte er sich in seinen komfortablen Audi A6 und fuhr mit seiner Frau in irgendeinen Agriturismo im Umland von Siena. Vornehmlich im August. Er kannte da ein paar reizende Orte, renovierte alte Bauerngehöfte nebst Pool, die sich sanft an die Hänge schmiegten. Dort überließ er das Auto seiner Gattin, damit sie die umliegenden Dörfer abklappern und sich dem Kauf von Vorhängen, bestickten Tischdecken, handbemalten Terrakottatöpfen, toskanischen Wurst- und Käsespezialitäten und Schnäpsen hingeben konnte. Er hingegen tat genau das Gleiche wie sonst auch, nur dass er dazu nicht im Büro, sondern im Freien saß, vielleicht unter einem Baum oder am Rand eines Pools, in einem pastellfarbenen Polohemd und einer dieser geblümten Badehosen, die seine Frau ihm besorgt hatte. Er erledigte die Korrespondenz (papierne und elektronische), blätterte in den wichtigsten Zeitungen (italienischen und ausländischen), entwickelte neue Verfahrensmuster, vertiefte sich in besonders tückische juristische Winkelzüge, und manchmal, wenn er sich ein Maximum an Freiheit gönnen wollte, schmökerte er gierig in den letzten Ausgaben seiner geliebten juristischen Fachblätter. Ungestörte Ruhe, das war sein sehnlichster Wunsch, wenn er in den sienesischen Hügeln Urlaub machte.

So war es nicht immer gewesen. Früher war er mal ein junger Kerl mit Zottelbart und langen Haaren, Palästinensertuch und einem billigen, schimmelgrünen, mit Fellimitat gefütterten Baumwollparka gewesen, den er sommers wie winters anhatte. Diese Kleidungsstück war vor hundert Jahren modern gewesen und wurde im Umkreis der Studentenbewegung getragen, als Zeichen von Rebellion.

Guido Cantirami war weder rebellisch, noch wollte er auf die Barrikaden gehen, aber als Spross einer gutbürgerlichen Familie fand er sich fast zwangsläufig bei der aufrührerischen Jugend wieder, die in den Siebzigerjahren durch die Straßen zog, um gegen das bürgerliche Establishment zu protestieren.

Bei einer dieser Demonstrationen hatte er Nisina Rocchi getroffen. Sie waren nebeneinander hergegangen und hatten, untergehakt bei Hunderten anderen jungen Leuten, aus vollem Hals *Bandiera rossa* gegrölt.

Morgens wurden Flugblätter vor Schulen und Fabriken verteilt, abends versammelte man sich in irgendwelchen Kellern, um neue Aufmärsche, Demos und Streiks zu organisieren.

Eines Abends blieben Nisina und Guido allein in dem Raum mit dem Hektografen zurück (ein altes, mechanisches Druckverfahren). Sie hatten sich beide freiwillig gemeldet. Und zwischen einer Hektografie und der nächsten und inmitten riesiger Haufen mies gedruckter, tintenbeschmierter Blätter küssten sie sich. Dann legten sie sich neben die klappernde, Blätter spuckende Maschine und liebten sich zum allerersten Mal und fast ohne sich auszuziehen.

Am Ende schenkte er ihr sein Palästinensertuch und fragte, ob sie am Sonntag mit ihm Ski fahren ginge. Sie sagte Ja, sie liebe die Berge, den Schnee, die Kälte. Um sechs Uhr früh packten sie die Ski in seinen roten Cinquecento.

Zehn Jahre später heirateten sie. Bis dahin waren sie zu jung. Der Grünschnabel Cantirami, so verlangte Nisinas Vater, Direktor einer Supermarktkette, solle erst einmal richtig Fuß fassen, sein Studium beenden, Praxiserfahrung in Amerika sammeln und schließlich eine eigene Kanzlei eröffnen. Als er befand, der Schwiegersohn in spe habe es auf eine angemessene Zahl von Klienten gebracht, gab er grünes Licht für die Hochzeit. In der Kirche trug sie ein cremefarbenes Kleid und er einen mausgrauen Doppelreiher. Eine schöne, schlichte Zeremonie, das Kirchenschiff voller Blumen, gerührte Verwandte und danach der Empfang mit zweihundert geladenen Gästen.

Gleich darauf bezogen sie eine Wohnung im großen Haus seiner Eltern, die das gesamte zweite Stockwerk einnahm. Ein Jahr später kam Filippo zur Welt, sechs Jahre später Margherita, ein rosiges, fadendünnes Mädchen mit feinem blondem

Haar, das aussah wie schimmernder Tau. Eine kleine Schnee-
elfe, befand Nonno Gualtiero stolz. Es war sein erstes und
letztes weibliches Kindeskind. Und es sollte von Beginn an
sein liebstes sein.

Es war das Jahr 1989, das Jahr, in dem die Berliner Mauer
fiel. Das Ende des zwanzigsten Jahrhunderts, wie der Histo-
riker Eric Hobsbawm in seinem Buch mit dem sinnigen Titel
Das kurze 20. Jahrhundert schrieb. Ein Jahrhundert, das mit
dem Ersten Weltkrieg begann und rund fünfundsiebzig Jahre
später unter dem Schutt dieser Mauer endete. Ein bisschen
kurz für ein Jahrhundert. Doch dann brach ein neues Zeit-
alter an, ein vorzeitiges einundzwanzigstes Jahrhundert, etwas
in der Geschichte der Menschheit noch nie Dagewesenes, ein
Jahrhundert, das zu neu war, um es sich überhaupt vorstellen
zu können. Eine Epoche von Fortschritt und Entwicklung, in
der die Erfindungen sich überschlugen und das Leben von
Abermillionen Menschen rund um den Erdball in Rekordzeit
veränderten. Selbstverständlich zum Besseren. Zumindest
dachte man das am Ende des zwanzigsten Jahrhunderts.

Doch in jenen frühen Neunzigerjahren, in denen Margherita in den Kindergarten ging, vollzog sich auf dem ewigen,
nunmehr jedoch wandelbaren Spielbrett der Macht eine histo-
rische Umkehr, und allmählich verdrängten die armen Länder
die reichen von ihren Plätzen. Der Niedergang des Westens,
inklusive Amerikas, begann.

Als die blonde, engelsgleiche Margheritina das Licht der
Welt erblickte und ihre Eltern sie zum ersten Mal sahen,
zögerten sie nicht lange: Sie gaben ihr den Namen eines einfachen, bescheidenen Blümchens. Doch da sich das Mädchen weder als einfach noch als bescheiden erwies, gewöhn-
ten sie sich diesen seltsamen Spitznamen an, Gheri, der an die
Namen alter amerikanischer Schauspieler erinnerte – Gary
Cooper, Cary Grant ... - und sie auf wundersame Weise prägen

sollte. Von klein auf trug sie lieber Hosen und Turnschuhe, und mit zweiundzwanzig kleidete sie sich wie ein Mann: Jackett, Hemd, dunkle Schnürschuhe. Sehr stylish. Häufig auch eine locker sitzende Krawatte, ähnlich den Studenten an nordeuropäischen Unis, die im Morgengrauen stockbesoffen aus irgendwelchen Kneipen stolpern.

In der Familie Cantirami standen Familienabendessen auf der Tagesordnung. Allerdings nie spontan und weil man gerade Lust zu plaudern hatte. Die Regel besagte, dass es stets einen Grund geben musste, etwas, das es zu feiern galt. Ein Geburtstag oder auch nur das Ende des Schuljahres, eine gute Note, die Rückkehr von einer Reise oder der Abschied vor einer Abreise, wie an diesem Abend, an dem man Giuliana für ihre Fahrt nach Amerika alles Gute wünschen wollte.

Insgesamt brachte es die Familie auf knapp zwanzig Mitglieder – Tanten und Onkel, Cousins und Cousinen, Neffen, Nichten und Enkel sowie etwaige wechselnde Freunde oder Freundinnen –, und nahm man die potenziellen Anlässe mal zwanzig, kam man auf eine beträchtliche Anzahl von Abendessen pro Jahr.

Tatsächlich hatte Signora Nella Passi, seit siebenundfünfzig Jahren Ehefrau des Notars Gualtiero Cantirami, in ihrem Leben (von ihrer frühesten Kindheit abgesehen) zahllose Näh-, Stick-, Koch-, Floristik-, Porzellanmal-, Glasdekorations- sowie Sofa- und Kissenbezugsfertigungskurse besucht. Sie hatte also eine Menge drauf, und es wäre schade gewesen, das nicht zum Einsatz zu bringen. Was gab es da Besseres als die Ausrichtung von Familienabendessen?

Außerdem wusste die Signora nicht recht, was sie den lieben langen Tag anfangen sollte. Trotz zahlreicher Volkshochschulkurse, Tee mit Freundinnen, Kunstausstellungen und Auktionen verging ihr die Zeit zu langsam. Fern sah sie so gut wie nie, weil ihr beim Herumsitzen die Beine schwer wurden. Und an Lesen war nach der beidseitigen Grauer-Star-OP sowieso nicht mehr zu denken.

Es fiel ihr sehr schwer, aufs Lesen zu verzichten, vor allem auf die Zeitungen, die sie sich deshalb hin und wieder von der treuen Lencia »sagen« ließ, um bei den neuesten Neuigkeiten und den wichtigsten Leitartikeln nicht dumm dazustehen. »Die Zeitungen sagen« war ein Ausdruck, den nur sie benutzte. »Ich lass mir die Zeitungen sagen, und dann reden wir darüber«, erklärte sie der Familie. Sie wollte immer »darüber reden«, es machte ihr Spaß, im Bilde und auf dem Laufenden zu sein, über die Entwicklungen in Italien und Europa zu sprechen, darüber, dass China und Indien den Westen bald rechts überholen würden. So pflegte sie sich auszudrücken: »Die werden uns rechts überholen, die Chinesen und Inder und all die anderen da!« Wen sie mit »all die anderen da« meinte, blieb unklar, doch man ahnte, dass es all jene waren, die nicht zum alten, ehrwürdigen Europa gehörten.

Geduldig und mit ihrer heiseren, stets leicht verschnupft klingenden Stimme las Lencia ihr bis zu zwei Zeitungen täglich vor. Danach ging sie die Teppiche ausschütteln. »Du wirst dich noch verkühlen!«, sagte Signora Passi vorwurfsvoll. »Ich hab dir doch gesagt, du sollst sie nicht draußen ausschütteln, wozu auch? Wir haben schließlich keinen Hund! Nimm den Kobold.«

Der Kobold war ein in jenen Zeiten äußerst beliebtes Haushaltsgerät, eine Art multifunktionaler Staubsauger. Er war für alles gut, für Teppiche und Teppichböden, für Sofaecken und verstaubte Bücher.

Und Lencia nickte genauso bedächtig, wie sie die Zeitungen vorlas. Aber den Teppich schüttelte sie trotzdem draußen aus und ließ den Kobold stehen.

Seit mindestens dreißig Jahren arbeitete sie für Signora

Nella und konnte sich noch genau an den Tag erinnern, an dem sie aus ihrem abgelegenen, schwülen, von Kanälen umspülten Kaff, in dem es nur flache Äcker, Mücken und Frösche gab und Nebel so dick wie Kartoffelbrei, hierhergekommen war. Sie hatte mit drei Koffern vor der Tür gestanden, die allesamt größer waren als sie selbst. »Um Himmels willen, wie haben Sie die bloß hierhergekriegt? Wie viele Arme haben Sie denn?«, hatte die Signora ausgerufen, und Lencia hatte mit einem breiten, stummen Grinsen geantwortet, das gar nicht mehr aus ihrem hageren Gesicht verschwinden wollte. Sie dachte gar nicht daran zu erzählen, wie sie es mit den drei Koffern geschafft hatte, sie hatte es geschafft und basta, sie war harte Arbeit gewöhnt.

Lencia hieß gar nicht Lencia. Ihr Mädchenname war Adelaide Bartolini. Ihren Ehenamen benutzte sie schon seit Jahren nicht mehr, aus Wut, weil ihr geliebter Gianfranco an einem Magengeschwür gestorben war und sie mit zweiunddreißig Jahren wie eine einzelne Socke alleingelassen hatte. »Und was mache ich jetzt mit meinem Leben?«, pflegte sie in ihrer Dauerwut zu sagen. So nannte sie es: ihre Dauerwut. »Er hat sich den Magen mit Schnäpsen durchlöchert, dieser Mistkerl!« Sie fluchte auf das Foto des Gatten, um es dann mit dem Handrücken wieder blank zu wischen. »Wo soll ich denn jetzt einen anderen herkriegen?«, sagte sie, blutjung verwitwet, während sie die Möbel abstaubte, die Hemden bügelte und die Fenster mit Zeitungspapier glänzend rieb. Hätte sie allerdings gewollt, hätte sie haufenweise Ehemänner finden können, hübsch wie sie war. Doch eigentlich wollte sie gar keinen anderen, sie hing schließlich an ihm. »Er mag tot sein, aber man hört doch nicht auf zu lieben, nur weil der andere nicht mehr auf dieser Erde weilt. Man kann doch auch die Toten lieben, oder nicht?« Dauernd führte sie Selbstgespräche und von Weitem lauschte Singora Nella ihren ins Leere gehenden Wortergüssen. Sie hatte sie so sehr ins Herz geschlossen, dass sie sie um nichts in der Welt fortgelassen hätte.

»Du Lencia, du!«, pflegte sie ihr durch die Zimmer zuzurufen, wenn sie putzte. Was *lencia* bedeuten sollte, wusste nur sie allein (vielleicht hatte es etwas mit *lenta*, langsam, zu tun?), doch es bestand kein Zweifel, dass es freundlich gemeint war.

Das Familienessen an jenem Abend Anfang November hatte soeben begonnen. Gerade wollte Lencia das Tablett mit der zweiten Vorspeise hereintragen, riesige, unter einer Sauce aus Mayonnaise und Kapern begrabene Salatblätter (die vegetarische Version von Vitello tonnato), als ein Zeichen der alten Signora Cantirami sie zurückhielt. Giuliana wollte mit allen anstoßen. Mit einem Glas in der Hand war sie aufgestanden und hatte der Familie feierlich eine Neuigkeit in Aussicht gestellt, die sie aber erst zum Dessert verraten würde.

Was führt sie bloß jetzt wieder im Schilde, dachte der Bruder bei sich, dem bei den Worten der verrückten Schwester nichts Gutes schwante. So nett und liebenswert sie sein mochte, sie war total durchgeknallt, ein Mittelding zwischen Don Quijote und Dornröschen.

Ähnlich dachten auch die übrigen Verwandten, an diesem Abend stattliche zweiundzwanzig an der Zahl. Normalerweise konnte immer irgendjemand nicht, hatte Verpflichtungen oder stellte sich krank. Doch zu diesem Abendessen waren alle gekommen, und weil es so viele waren, hatte Nonna Cantirami ein Catering bestellt. So hatte sie sich in aller Ruhe dem Nachtisch widmen können, den sie für ausnahmslos jedes Familienabendessen eigenhändig zubereitete, da konnte die Welt untergehen. Sie hatte eine Bayerische Creme, halb Erdbeere, halb Vanille, gemacht, mit einem Marzipanbanner darauf, auf dem GUTE REISE, ZIA GIU! stand. Zur Feier des Tages. Weil das alle der Tante wünschten. Weil letztlich alle Giuliana

Cantirami, von ihrem Neffen Fil zärtlich Zia Giu genannt, liebten. Alle liebten sie, auch wenn alle resigniert die Köpfe schüttelten. Wie konnte man so eine verdrehte, naive Frau, die sich nicht im Mindesten um Familienangelegenheiten scherte und für Geld und Ansehen wenig übrighatte, nicht lieben? Aber wie konnte man andererseits nicht den Kopf schütteln bei einer Achtundvierzigjährigen, die ihre Zeit nur mit Sinnlosigkeiten verplemperte, wie etwa von der Garderobierenloge einer Bibliothek aus auf Porphyrpflastersteine hinabzuglotzen oder sonntags leere Mineralwasserflaschen mit bunten Tupfen zu bemalen?

»Nana, du Zeitverschwenderin!«, pflegte ihr Bruder zu sagen. Er war der Einzige, der sie weder Giuliana noch Giu nannte und diesen nichtsnutzigen Menschen – seine so vollkommen anders geratene jüngere Schwester – nicht ertrug. Als junge Frau war sie mit einem Unbekannten, einem angeblichen Kirchenfenstermaler, klammheimlich in irgendein gottverlassenes apulisches Kaff abgehauen, um dann fünf Jahre später wieder vor der Tür zu stehen, einsam wie ein Hund, ohne je die Gründe für ihre gescheiterte oder nicht gescheiterte Liebe zu nennen. Das Einzige, was man mit Sicherheit sagen konnte, war, dass zwanzig Jahre seit dieser Geschichte vergangen waren und sie seitdem keine neue Liebe mehr gehabt, oder wenn doch, sie für sich behalten hatte. Stumm und allein, aber stets heiter, fröhlich und zerstreut. So zerstreut, dass es schon an Wahnsinn grenzte, sie mit einer zu zahlenden Rechnung loszuschicken. So sehr Kind (ein ewiges Kind, sagte ihr Bruder traurig), dass man ihr Plüschtiere, bunte Stoffpüppchen, Matchboxautos oder Zinnsoldaten schenken musste, um sie zum Lächeln zu bringen. Kam man mit einer Handtasche oder einer Zimmerpflanze an, wurde man mit so tiefer Betrübnis gestraft, dass es einem das Herz brach.

Und nun saß sie also da, nachdem sie mit allen auf weiß Gott was für einen neuen Unsinn angestoßen hatte, und stopfte Tatar in sich hinein.

»Also, Giuliana, was ist das nun für eine Überraschung?«

»Ach … später … später …«

Der Moment für den Nachtisch war gekommen. Lencia hatte fertig abgeräumt. Als Erstes hatte sie die Teller vom Tisch genommen, dann die Saucen, den Salzstreuer, die Flaschen und Karaffen und die liegen gebliebenen Brotreste. Dann war sie mit dem Krümelbesen zurückgekommen und hatte mit raschen, energischen Bewegungen das Tischtuch gesäubert, bis auch die winzigste Krume verschwunden war. Und dann endlich hatte sie mit triumphierenden Schritten das Tablett mit dem Dessert hereingetragen und es in die Mitte des Tischs gestellt. Dort stand er nun, leicht zitternd, wie es sich gehörte: Der stattliche, rot-weiße Ring Bayerische Creme. Daneben eine Kanne mit noch heiß geschmolzener Schokolade zum Darübergießen und eine Schüssel mit gehackten Haselnüssen, falls es jemand richtig krachen lassen wollte.

Das war der Moment. Giuliana schob den Stuhl zurück, stand auf und ging in eine Ecke des Zimmers, in der sie eine Sporttasche abgestellt hatte. Sie zog einen metallenen Klappnotenständer hervor und machte sich unter allgemeinem Schweigen daran, ihn aufzubauen. Dann stellte sie einen Stoß Notenblätter darauf und legte los.

Sie fing an zu singen.

Zia Giuliana hatte noch nie gesungen. Nicht einmal als Kind. Sie war zu schüchtern, sie brachte es nicht über sich. Aber das zu singen, was sie jetzt vor ihren sprachlosen Verwandten zum Besten gab, war noch nicht einmal im Traum denkbar gewesen.

Sie sang *The Sound of Silence*.

Auf Englisch.

An jenem novemberlichen Abend des Jahres 2011 sang die

achtundvierzigjährige Giuliana Cantirami bei einem der zahllosen Familienabendessen *The Sound of Silence* auf Englisch. Das Stück der legendären Simon & Garfunkel. Sie, die nicht einmal Englisch konnte.

Als sie fertig war, schob sie die Notenblätter wieder zusammen. Ein paar waren hinuntergefallen, und sie bückte sich danach. Dann klappte sie den Notenständer zusammen. Ein leicht befangenes Lächeln lag auf ihrem Gesicht.

»So, das war's«, sagte sie. »Das war die Überraschung: Ich hab Englisch gelernt! Das wollte ich euch sagen.«

Ein kurzes Zögern herrschte unter den Anwesenden. Dann ertönte Applaus, gedämpft, aber wohlwollend, schmunzelnd, zugetan: das Zeichen milder Großherzigkeit. Hatte sie gut gesungen? Hatte sie schlecht gesungen? Das war nicht der Punkt. Sie hatte auf Englisch gesungen.

Als sie sich wieder setzte und alle anfingen, ihre Portion Bayerische Creme mit Schokoladensauce und Nüssen zu versehen, erzählte sie überschwänglich, wie sehr es sie begeistert hatte, dieses Lied zu lernen.

»Könnt ihr euch das vorstellen? Dieser Superhit, den wir zigtausend Mal gehört und zu dem wir endlos oft Blues mit unseren Freunden getanzt haben, dieses einmalige Lied, das wir wie lange schon kennen? Keine Ahnung, sagt ihr's mir, seit Urzeiten! Also, dieser Song, der so sehr Teil von uns ist, dass ... Ich hab nie ein Wort davon verstanden!

Kein einziges Wort.

Versteht ihr? Null.

Zero.

Für mich war's immer wie ein rauschender Wasserfall, eine Mozartsinfonie, raschelnde Blätter. Ich habe mich nie gefragt, was es wohl bedeuten könnte. Reine Musik, sonst nichts. Aber es hatte auch Text. Diesen Text! Es hatte Text, und der bedeutete etwas, und jetzt verstehe ich ihn! *Hello, darkness, my old friend!* Versteht ihr? Da wendet sich einer an die Dunkelheit, er nennt sie beim Namen, und der lautet *darkness!* Dieser Text! Da sagt einer: ›Hallo, Dunkelheit, alte Freundin!‹ Der nennt die Dunkelheit alte Freundin! Das ist doch zum Durchdrehen schön. Und ich höre mein ganzes Leben zu und verstehe nichts, wie kann das sein? Was habe ich bloß verpasst! *And the vision, that was planted in my brain, still remains … still remains,* versteht ihr? Sie geht nicht weg! Es gab also eine Vision! Ich hab das Wort *vision* zwar gehört, aber für mich hing es einfach im Nichts, was sollte es auch bedeuten? Jetzt weiß ich, dass ihm diese Vision ins Hirn gepflanzt wurde – *planted in my brain* –, und ich weiß, dass sie *still remains:* Sie bleibt, lebt fort. Überdauert! *Within the sound of silence.* Im Klang der Stille.

Im-Klang-der-Stille.

Ist das … ist das nicht … wunderschön?«

Die Zubereitung von Bayerischer Creme ist nicht ganz ohne. Man braucht Geduld und das richtige Händchen. Man braucht Gelatine, und das allein macht diesen Nachtisch einen Tick anspruchsvoller als andere. Mit Gelatine muss man umgehen können.

Signora Nella Passi Cantirami war mit sich zufrieden und hatte ihre perfekte Bayerische Creme Löffel für Löffel genossen. Genauer gesagt, halblöffelweise, um sie im Mund besser zergehen zu lassen. Sie hatte ihren Nachtisch regelrecht *geschlürft*, wenn man das von einem Nachtisch sagen kann. Nur dass, na ja … sie hätte vielleicht eine Prise mehr Vanille nehmen sollen. Nur eine Winzigkeit, einen Hauch.

Abgesehen von der Großmutter, die an ihre persönliche Bayerische Creme dachte, und dem Großvater, dem Notar Gualtiero Cantirami, der sich als Giulianas Vater seit Ewigkeiten mit den Verrücktheiten seiner Tochter abgefunden hatte, waren alle von der außergewöhnlichen Darbietung, die Giuliana Cantirami ihrer Familie beschert hatte, gerührt.

Alle? Nein, nicht alle. Einige.

Einige waren aufrichtig bewegt, andere weniger. Eher leicht irritiert. Wohlwollend irritiert, aber irritiert. Jawohl, denn im Grunde, und wenn man es recht besah, konnte derart ostentativer Überschwang ziemlich nervig sein. Immerhin saßen Menschen an dieser Tafel, die in dieser Welt verantwortungsvolle Posten innehatten, hohes Ansehen genossen und es gewöhnt waren zu sagen, wo's langgeht. Menschen, die wie beispielsweise Nisinas Bruder und Schwager mit Millionen jonglierten, um die Welt jetteten und, wenn sie nicht gerade im Flieger saßen, dann in einer dieser Geschäftsmeetings mit ovalen Tischen und vierzig Personen drumherum, jeder mit Mikro, Wasserglas und Notizblock vor der Nase; oder im Conference Call mit irgendeinem anderen ovalen Tisch irgendwo sonst auf diesem Planeten. Menschen also, die Englisch konnten, und zwar richtig. Und jetzt kam ihre verspulte, nicht mehr taufrische Verwandte daher und rieb ihnen unter die Nase, sie hätte Englisch gelernt! Und Lieder hätten auch einen Text! Der sogar etwas bedeutete! Oh, bitte! Das kann doch nicht wahr sein! Nicht auszuhalten! Na klar, irgendwie erträgt man's. Aber gerührt ist man ganz sicher nicht.

Und dann war da Gheri, die den ganzen Abend einen grimmigen Flunsch gezogen hatte.

Einen unergründlichen, beharrlichen Flunsch: einen Mauerflunsch, eine fest gefügte Chinesische Mauer ohne Löcher, Ritzen und Spalten. Nichts. Wie ein Stockfisch kauerte sie auf ihrem Stuhl und hatte weder eine Silbe von sich gegeben noch eine Miene verzogen. Stattdessen war sie während der Gesangsdarbietung der Tante jäh und ohne sich zu entschuldigen vom Tisch aufgesprungen, um kurz darauf noch grimmiger, verdrossener und verstörter zurückzukehren.

Ihre Eltern hatten den Abend damit zugebracht, Gheris Flunsch mit mühsam unterdrücktem Ärger zu beobachten, weit entfernt davon, das Abendessen, die Bayerische Creme und Zia Gius Gesang zu genießen. Das ganze Essen war ihnen auf den Magen geschlagen. Am liebsten hätten sie diese Tochter zu Kleinholz gemacht, schon immer war sie so gewesen: beleidigt, genervt, unzufrieden, skeptisch, zynisch. Ein so unschöner Charakter. Immer mit der ganzen Welt auf Kriegsfuß. Immer mäkelig. Das ganze Familienabendessen zu verpesten… Auf dem Heimweg im Auto würden sie ihr den Marsch blasen.

Gheri hingegen ertrug es nicht länger. Sie hatte noch an dieser Geschichte mit ihrem Bruder zu kauen, der, statt in Amerika zu sein, in England war und sich statt als Wirtschaftswissenschaftler offenbar als Schafhirte verdingte! Das war kein kleiner Brocken. Und natürlich konnte sie den nicht einfach runterschlucken, sie musste ihn so bald wie möglich ausspucken. Aber wann? Wann war dieses Abendessen endlich vorbei? Und dann auch noch die Tante, die auf Englisch sang! Das hatte ihr gerade noch gefehlt, sie musste aufstehen und es noch einmal bei Fil probieren. Umsonst, er blieb unerreichbar. Kein Wunder also, dass sie einen Flunsch zog. Allerdings war er nicht aufgesetzt, sondern echt.

Und dann diese bösen Blicke. Die bösen Blicke, die ihre Mutter und ihr Vater ihr zuwarfen. Quer über den Tisch. Zwei Panzerkreuzer, die sie unter Beschuss nahmen. Flammenwerfer. Sie hatten ja keine Ahnung…

Nach dem Abendessen, zu dritt im Auto, allgemeines Schweigen. Guido Cantirami am Steuer in der noch regenfeuchten Nacht, die Ampeln abgeschaltet, nur das Gelb blinkt. Seine Frau Nisina auf dem Beifahrersitz, Gheri hinten.

»Darf man erfahren, was mit dir los war?«

Schweigen.

»Du hast nicht ein Wort gesagt.«

Schweigen.

»Nicht zu einer Silbe hast du dich herabgelassen.«

Schweigen.

»Den ganzen Abend lang. Den ganzen, sage ich.«

»Aber Guido, da wunderst du dich noch?«, schaltet sich Nisina ein. »Du weißt doch, wie sie ist. Sie pfeift auf die anderen. Es gibt ein Familienabendessen? Na und? Es kann einen schließlich keiner zwingen, zu reden und mit anderen in Kontakt zu treten.«

»Das ist nicht in Ordnung, Margherita«, sagt Guido.

»Als hätten wir ihr nichts beigebracht«, fängt Nisina wieder an, denn auf eine Sache legte sie besonderen Wert im Leben: auf die Form. »Eine Zulu. Eine waschechte Zulu.«

»Und dann einfach aufzustehen. Glaubst du, das hat keiner mitgekriegt? Alle haben das mitgekriegt. Ausgerechnet während deine Tante singt! Darüber kann man streiten, das gebe ich zu. Aber du weißt doch, wie sie ist, oder? Wir wissen es und halten die Klappe, oder?«

»Moment, Guido, jetzt mal halblang! Du weißt, dass Gheri sie nicht ausstehen kann. Was sie auch macht, geht ihr auf die Nerven. Das war schon immer so. Deine Schwester geht unserer Tochter auf die Nerven, Punkt.«

»Ich weiß, Nisina. Mir geht sie auch auf die Nerven. Aber wir müssen sie nehmen, wie sie ist. Schließlich tut sie niemandem etwas zuleide! Also, Schluss jetzt!«

»Cami ist in Oxford.«

Endlich hat Gheri den Mund aufgemacht. Sie hat einen Laut von sich gegeben. »Cami ist in Oxford«, vier Worte sogar. Gheri hat sich herabgelassen, sich einzubringen, einen Mucks zu tun, sich mitzuteilen: zu sprechen!

»Cami?«

»Was hat das jetzt mit Cami zu tun?«

Ziemlich knifflig, den beiden stinkigen Eltern zu erklären, was Cami damit zu tun hat. Aber Gheri versucht es.

»Cami ist in Oxford.«

»Das sagtest du bereits, Gheri. Die Frage lautete, was hat Cami damit zu tun.«

»Cami ist in Oxford, und Filippo ist in Oxford.«

Punkt.

»Was hat jetzt Filippo damit zu tun?«, sagt der Vater.

»Nicht in Stanford?«, sagt die Mutter.

»Wer, Cami?«

»Nein, Filippo.«

»Ja, Filippo war in Stanford.«

»Na ja, egal, wo er ist, grüß ihn ganz lieb von uns«, sagt die Mutter zu Gheri und versucht ruhig zu bleiben und sich einzureden, es sei doch egal, ob ihr Sohn in Oxford sei, dafür gebe es gewiss einen Grund, man müsse nur nachhaken. »Hast du heute mit ihm gesprochen?«

»Ich habe mit Cami gesprochen.«

Ach ja, Cami.

»Schön. Und was sagt sie?«

»Sie sagt, Fil ist in Oxford.«

»Das haben wir jetzt begriffen, Gheri. Und weiter? Was willst du damit sagen?«, fragt der Vater ungeduldig.

»Wie, in Oxford? Was hat ihn denn nach Oxford verschlagen?«, fragt die Mutter noch einmal.

»Er hat einen Vortrag in einem College gehalten.«

»Großartig! Wieso wussten wir davon nichts, Guido? Wir hätten hin...«

»Mama, Filippo hat eine Herde mit in dieses College in Oxford gebracht.«

»Was hat er mitgebracht?«

»Eine Herde.«

»Was soll das heißen, eine Herde? Seine Freunde oder was?«

»Schafe, Mama. Eine Herde bedeutet eine Schafherde. Hunderte von Schafen. Eine riesige, gigantische Schafherde.«

»Was soll das heißen, Schafe?«

»Das soll heißen Schafe, Mama. Du weißt schon, diese wolligen Tiere, die Mäh machen.«

Als Giuliana der Familie kurz zuvor beim Nachtisch verkündet hatte, sie habe Englisch gelernt, hatten alle insgeheim gedacht, sie hätte es für den Besuch bei ihrem geliebten Neffen Filippo getan, der Italien vor Jahren verlassen hatte und nach einer längeren Zeit in London jetzt in Stanford studierte.

Tatsächlich handelte es sich um keine gewöhnliche Liebe, sondern um eine hingebungsvolle, vollkommen gegenseitige Liebe zwischen Tante und Neffe.

Für Filippo war sie nicht Giuliana Cantirami, die Schwester seines Vaters, und auch nicht Nana, sondern Zia Giu, oder besser, Giagiù.

Kaum tauchte Giagiù auf, ließ der kleine Filippo alles stehen und liegen und stürzte sich mit johlendem Freudengeschrei in ihre Arme. Giuliana ließ alle Höflichkeiten fahren, begrüßte noch nicht einmal den Bruder oder die Schwägerin, und verschwand geradewegs im Kinderzimmer, um mit Fil zu spielen. Jedesmal brachte sie ihm einen neuen Spielzeuglaster mit. Filippo sammelte Spielzeuglaster, säuberlich aufgereiht standen sie auf dem Bord über seinem Bett. Reglos, in Wartestellung. Wenn Giagiú kam, wurden sie lebendig, sie stießen zusammen, überschlugen sich und drehten wunderschöne Pirouetten.

Das Problem war nur, dass die Tante irgendwann wieder gehen musste. Egal, wie lang sie blieb, stets kam der Moment des Abschieds, für Fil eine unbegreifliche Tragödie. In der irrigen Hoffnung, es möge nicht dazu kommen, bat Fil sie deshalb immer, mit den Lastern ganz langsam zu fahren. Langsam, *ganz langsam.* Und die Tante setzte alles in dieses unmögliche Unterfangen, einen Laster, der mit voller Wucht in einen anderen donnerte, *ganz* langsam fahren zu lassen.

Margheritas Geburt änderte daran nichts. Zia Giu blieb mit Fil spielend auf dem Teppich sitzen und bedachte die Neugeborene mit gelegentlichen zerstreuten Zärtlichkeiten.

Er war der Liebling, das wusste er genau, da brauchte es nicht viele Worte. In dieser Gewissheit aufzuwachsen, hatte ihm etwas Unbezahlbares fürs Leben mitgegeben, das nur wenigen zuteil wurde: Das Vertrauen, das, egal was kommen oder wie groß und kompliziert die Welt sein mochte, es zumindest diesen einen Menschen gab, der einen unter den Millionen und Abermillionen von Menschen bedingungslos und ohne Einschränkungen am allermeisten liebte und ihn jedem anderen vorzog. Wie wunderbar!

»Fil, mein kleiner Fil!«, pflegte Zia Giu zu flöten, sobald sie sein Zimmer betrat und sich auf den Fußboden hockte. »Du bist mein zarter Fil, mein sonniges Gefilde!«

Sanftes Gefilde, duftiges Gefilde, sonniges Gefilde, blühendes Gefilde, funkelndes Gefilde … Diese Tante gab ihm alle möglichen Namen, und hätte sie jemals erklären müssen, weshalb sie ihn so sehr liebte, hätte sie es kaum in Worte fassen können.

Gibt es etwa objektive Gründe, in der Liebe jemanden vorzuziehen? Nein. Und was die subjektiven Gründe angeht, lässt sich darüber kaum reden, weil man sie nie recht durchschaut. Beispielsweise wäre es naheliegend anzunehmen, dass Fil für Zia Giu ein bisschen der Sohn war, den sie nie gehabt hatte. Naheliegend, aber nicht zutreffend. Da gab es etwas Unterschwelligeres, weniger Offensichtliches, das sich, wie gesagt, nicht erfassen ließ. Seelenverwandtschaft, besondere innere Bande. Man mag es nennen, wie man will, es bleiben auf ewig unerfindliche Gründe.

Duftiges Gefilde, sonniges Gefilde, blühendes Gefilde ...
Und Fil lachte, er lachte sich scheckig mit dieser Tante, die auf
dem Teppich lag und Wörter spann.

»Wir müssen es Zia Giu sagen«, meinte Gheri.

»Was denn?«

»Dass Fil nicht in Stanford ist.«

»Und warum?«

»Weil sie doch nach Stanford fährt, oder?«

»Ja, aber das scheint mir nicht nötig«, sagte der Vater entschieden.

»Was soll das heißen, es scheint dir nicht nötig, Papa?«

»Wir wissen doch, wie Nana ist, sie freut sich auf die Reise,
sie hat die Tickets schon vor einer Ewigkeit gekauft, sogar
Englisch gelernt hat sie. Soll sie doch fahren, die Reise genießen und auf andere Gedanken kommen. Das ist in Ordnung,
das ist schon in Ordnung so.«

KAPITEL 2

Erste Qualen

Jeder hat seine eigene Art, nachts nicht schlafen zu können; man pflegt seinen eigenen Stil, spezielle Techniken der Schlaflosigkeit. Der eine akzeptiert die Niederlage, fügt sich und begreift die nächtliche Zeit als eine Dreingabe, die es optimal zu nutzen gilt: Er steht auf, streift in der Wohnung umher, hört Musik, trinkt ein Glas gezuckerte Milch, liest etwas. Der andere begehrt auf, sträubt sich, will nicht akzeptieren, dass ausgerechnet ihm das passiert, er ist aggressiv, stöhnt, schimpft, tut so, als würde er schlafen, presst die Lider zusammen, damit der Schlaf endlich kommt, zwingt sich, an nichts zu denken, und grübelt dabei immer mehr, bis er irgendwann gespannt wie eine Geigensaite im Bett liegt.

In dieser Nacht hatten die Eheleute Cantirami einen triftigen Grund, nicht zu schlafen, und tatsächlich machten sie kein Auge zu. Sie fanden keinen Schlaf, jeder auf seine Art.

Guido brachte die Stunden damit zu, immer denselben dunklen Punkt an der Decke anzustieren. Die ganze Nacht lag er starr unter seinen Laken, ohne auch nur den kleinen Finger zu rühren. Er fragte sich nicht, was mit seinem Sohn los war, er versuchte nicht einmal, etwas derart Unbegreifliches zu verstehen. Er war in Gedanken ganz woanders: Er machte einen Plan für den folgenden Tag, überlegte, was zu tun und welche Schritte zu unternehmen seien. Wen er zuerst anrufen und was genau er fragen musste. Er wollte keine Fehler machen oder sich zu weit aus dem Fenster lehnen.

Doch er konnte ebenso wenig im Unklaren bleiben oder darauf warten, dass andere auf eine Wahrheit stießen, die sich für ihn, den Anwalt Cantirami von der angesehenen Kanzlei Fanti & Cantirami, als schwer verdaulich erweisen würde. Es gab schließlich auch einen Ruf zu verteidigen, ein Ansehen zu wahren, das eigene und das seiner Partner. Und wenn wegen seines törichten Sohnes die Klienten ausblieben? Würden sie ihm die Schuld geben, weil er der Vater war? Ach was. Wieso sollte eine derart … derart … unerhebliche und lächerliche Sache bekannt werden? Eine Wichtigtuerei. Ein Jungenstreich, den man nur deshalb spielt, damit man zwanzig Jahre später, an einem anekdotenreichen Abend, mit Freunden darüber lachen kann. Tja, aber bei Fanti konnte man nie wissen, sein Gründungspartner und alter Freund, der damals, als sie noch blutjung gewesen waren, bei einem Glas Bier in ihrer Stammkneipe gesagt hatte: Komm schon, lass uns eine Kanzlei gründen! Dann hatte er die Kanzlei gegründet und jahrelang allein Geld verdient. Doch irgendwann hatte er seinen Vorschlag ihm gegenüber wiederholt, und diesmal im Ernst: Steig mit ein. Ein verlockendes Angebot, denn die Kanzlei Fanti war eine der besten der Stadt. Corrado Fanti machte mit ihm ebenfalls ein gutes Geschäft, denn immerhin war Guido Cantirami einer der brillantesten Strafrechtler, die es gab. Die anderen hätten alles darum gegeben, ihn als Partner zu gewinnen. Wie auch immer, er hatte Ja gesagt. Jetzt waren sie die Besten: zwanzig Mitarbeiter, vier Sekretärinnen, Toplage in einem großzügigen Dachgeschoss mit Dachgarten mitten im Zentrum. Und vielleicht würde er seinen Namen irgendwann dem des Freundes und Partners voranstellen können. Diesen Traum hegte er wie einen Schatz: Er träumte davon, dass die Kanzlei eines Tages Cantirami & Fanti heißen würde. Was nun aber diese Geschichte mit den Schafen anging … Ein Sohn mit einer Schafherde im

Schlepptau! Was hatte das zu bedeuten? Stimmte das überhaupt? Wer war diese Cami eigentlich? Mussten sie einem x-beliebigen Mädchen Glauben schenken, nur weil sie einmal die Freundin ihres Sohnes gewesen war? Und wenn sie sich alles nur ausgedacht hatte? Ja, bestimmt hatte sie sich alles nur ausgedacht. Eine Fantastin. Eine Irre. Und sie waren darauf reingefallen. Morgen in der Kanzlei würde er ein paar Anrufe tätigen und herausfinden, was wirklich los war.

Nisina hingegen versuchte gar nicht erst, sich hinzulegen. Sie war viel zu unruhig. Sie hatte sich die Schuhe ausgezogen und tigerte telefonierend auf und ab. Das heißt, sie versuchte ihren Sohn zu erreichen. Zweiundvierzig Mal. Immer vergebens. Hätte sie ihn zwischen die Finger gekriegt, hätte sie ihm den Kopf dafür abgerissen, dass er ständig sein Telefon ausschaltete. Wie oft hatte er das in den letzten Jahren getan! Und sie hatte es immer ertragen. Was soll's, hatte sie sich gesagt, bestimmt hat er zu tun, er muss so viel lernen, der Ärmste, wir lassen ihn besser in Ruhe. Von wegen Ruhe! Rund um die Uhr hätten sie ihn mit Anrufen bombardieren sollen, jeden Tag, selbst wenn sie ihm damit auf die Nerven gegangen wären. Aber nein! Sie wollte nicht die aufdringliche Mutter, die Übermama sein… Wie sollte sie jetzt an ihn herankommen? Wen sollte sie fragen? Wen konnte sie anrufen? Dazu noch zu dieser nachtschlafenden Zeit? Morgen. Morgen würde sie sich etwas einfallen lassen. Jetzt würde sie ein wenig schlafen, sich ausruhen. Es bestand keine Eile. Sie würde morgen mit ihm sprechen. Nachts hatte er das Telefon natürlich ausgestellt. Obwohl… War es in Amerika nicht Tag? Die Sache mit der Zeitverschiebung würde sie nie begreifen. Na klar, in Amerika war jetzt Tag. Und wieso ging er dann nicht ran? Ach ja, er ging nicht ran, weil er nicht in Amerika war. Er war in… in… Wo war er noch mal? Oxford? Oxford! Aber wieso Oxford? Die Nacht war wirklich schwarz. Und brachte nur schwarze, trübe

Gedanken. Eine regelrechte Lawine. Wieso nur? Und wenn alles nicht stimmte? Womöglich war nichts davon wahr, und Gheri hatte sich alles nur ausgedacht. Aus Neid. Nein, nicht Neid. Rivalität, das war es. Ein bisschen leidet sie unter diesem vortrefflichen, beliebten, netten Bruder, diesem Goldjungen... Sie ist natürlich auch ein Goldkind, keine Frage! Nur etwas weniger. Und um sich zu rächen, hat sie sich diese Sache mit den Schafen ausgedacht. Morgen würde sie in aller Ruhe mit ihr reden. Sie würde sie sich vorknöpfen, auf die freundliche Tour. Ein gemeinsames Mittagessen im Zentrum, ein kleiner Bummel, ein bisschen Shopping und ein nettes Pläuschchen. Na klar! Als würde Fil mit einer Schafherde herumlaufen! Wo er Tiere doch nicht ausstehen kann! Nicht ausstehen ist vielleicht ein bisschen übertrieben, aber eine ländliche Ader hat er nicht gerade. Geschweige denn etwas Hirtenhaftes. Hirtenartiges. Wie heißt das denn noch, verdammt? Fil und Schafe, also bitte! Der rümpft doch höchstens die Nase, wenn dem ein Hund zu nahe kommt, und streichelt ihn nur, wenn's unbedingt sein muss, nur, um sich sofort danach die Hände zu waschen. So zimperlich, wie Fil ist, holt der sich doch keine hundert Schafe ins Haus! Ins Haus... In welches Haus eigentlich? Wo? Wo, zum Teufel, war ihr Sohn überhaupt? Hilfe! Wo steckt Fil? Wo ist mein Sohn?

Am nächsten Morgen um acht kam die ahnungslose Marisa. Pünktlich. Sie betrat das Haus, band sich die Schürze um und fing an, die Küche zu fegen. Dann ging sie nach nebenan, um die Betten zu machen, und stieß auf die Cantiramis. Die lagen noch im Dunkeln unter der Decke.

Natürlich lagen sie noch im Bett: Bis zum Schluss hatten sie versucht zu schlafen, und gegen sechs war es ihnen schließlich gelungen. Aber wie sollten sie das Marisa erklären? Und wieso überhaupt? Und was? Dass sie kein Auge zugetan hatten, weil ihr Sohn mit Hunderten von Schafen durch England spazierte?

Sie standen auf, erst er, dann sie.

Nisina zog die Rollläden hoch. Heller Morgen. Sonne. Gut, endlich hatte der Regen aufgehört.

Es muss wohl das Licht gewesen sein. Nachts hatte jeder auf seine Art versucht, es abzutun, etwas derart Unglaubliches nicht zu glauben. Es war leicht, ja, absolut naheliegend, es nicht zu glauben. Doch jetzt, am Morgen, wurde ihnen klar, dass die Sache stimmte. Beiden wurde es klar. Sie wussten es. Tief im Innersten wussten sie es. Sie sagten es einander nicht, aber sie wussten es. Es muss wohl das Licht gewesen sein. Das Morgenlicht zeigt die Dinge, wie sie sind, ohne Pardon. Unser Verstand kann sich nicht mehr in süßen nächtlichen Fantastereien wiegen. Es ist nun mal eine unbestreitbare Tatsache: Licht bringt Licht ins Dunkel.

Eine Viertelstunde später saßen sie in der Küche und aßen ihre Schüssel Müsli, er das mit Kleie, sie das mit Reis- und roten Dörrobstflocken, die so hauchzart waren wie Papier.

»Marisa, kümmern Sie sich bitte um den Einkauf. Fragen Sie nicht. Kartoffeln, Auberginen, Ziegenkäse, Ananas, Ossobuco... Was Sie wollen. Mir ist alles recht. Einen schönen Tag.«

Gheri schlief. Natürlich schlief sie. Was ging in ihrem Kopf bloß vor? Ihr Bruder war mit Schafen unterwegs, und sie schlief. Sollte man sie wecken? Und was würden sie ihr dann sagen?

Sie aßen ihr Müsli auf und verließen mit ihren Aktentaschen das Haus. Ohne miteinander gesprochen zu haben. Schließlich wussten sie, wie höllisch der Tag des anderen werden würde.

»Wir sehen uns zum Abendessen.«

»Ja. Bring Wein mit.«

»Was für welchen?«

»Überlass ich dir.«

An jenem Morgen ging Nisina nicht ins Büro, sie dachte nicht daran. Sie nahm ihren Terminkalender, überflog ihre Termine und sagte sie allesamt ab. Angefangen bei Signora Passerenti, mit der sie um zehn Uhr auf der Baustelle verabredet war, um über die Farbe der Vorhänge zu entscheiden. Sie rief sie umgehend an und sagte, sie habe beim besten Willen keine Zeit. Signora Passerenti reagierte äußerst verschnupft: Und was sollte sie jetzt tun?

»Schauen Sie, Signora, Ihr Haus befindet sich noch im Bau, es ist noch nichts gestrichen, und die Fensterläden fehlen auch noch, es besteht also keine Eile.«

»Mag sein, aber wie Sie sehr wohl wissen, muss der Stoff bestellt werden, und bis er endlich da ist und die Vorhänge genäht sind, dauert es eine Ewigkeit! Im Laden haben sie mir gesagt, dass ich womöglich einen Monat warten muss.«

»Na, dann warten Sie eben einen Monat, Signora, wo ist das Problem? Es ist schließlich kein Weltuntergang, wenn Sie ein paar Tage ohne Vorhänge auskommen müssen, da gibt es wahrlich andere Probleme, fragen Sie mich mal!«, hätte Nisina Rocchi Cantirami am liebsten geantwortet, aber sie hielt sich zurück. Das war ihr Job. Raumausstatterin. Im Laufe der Jahre hatte sie sich einen beachtlichen Kundenstamm geschaffen, und den setzte sie bestimmt nicht wegen ihrer Sorgen aufs Spiel.

Man muss dazu sagen, dass es magere Zeiten waren, da hätte es nur noch gefehlt, die eigenen Kunden zu vergraulen. Niemand gab mehr Geld für Einrichtung aus, allenfalls besuchte man ein kurioses Geschäft, das damals sehr angesagt war und Ikea hieß, eine Art schwedischer Megastore, wo man für kleines Geld eine Ecke des trauten Heims aufhübschen konnte, und sei es nur mit einem Kissen oder einem erbsengrünen Geschirrständer. In der Shoppingpause konnte man dort sogar zu Mittag essen, einen schnellen, billigen, aber gehaltvollen Selbstbedienungsmittagssnack.Sonntags kam man

extra mit den Kindern her, vor allem wegen der Hirschfleisch-
bällchen mit Kartoffeln – eigentlich waren sie ja aus ganz nor-
malem Fleisch, aber was für eine schöne Vorstellung, sie wären
vom Hirschen, der an verschneite Wälder und vereiste Seen
denken ließ – und obendrauf eine rote Sauce, die aus einer Art
unreifer, aber dafür ordentlich kandierter Blaubeeren bestand,
die vielleicht gar keine Blaubeeren waren, dem Gericht jedoch
einen eindeutig skandinavischen Look verpassten. Eine wahrhaft nordische Schwelgerei, zu Ikea zu fahren. In seinem europäischen Selbstverständnis gestärkt, kam man wieder heraus.
Wollten die Leute in jenen Zeiten Geld fürs Wohnen ausgeben, fuhren sie zu Ikea. Kaum jemand kam noch auf die Idee,
einen Innenarchitekten oder eine Raumausstatterin zu bemü-
hen. Und so verlegte sich Nisina Rocchi darauf, die wenigen
Zitronen auszupressen, die sie noch in der Hand hatte, und
sehr gut darauf aufzupassen. Sie versuchte die Frau mit den
Vorhängen zu beruhigen.

»Signora Passerenti, ich rufe Sie ganz bald wieder an, ganz
bestimmt, und bitte entschuldigen Sie noch mal vielmals«,
sagte sie ihr am Handy.

Dann schlüpfte sie in einen Hauseingang, um dem Lärm zu
entfliehen, und versuchte abermals wie besessen, Fil anzurufen.
Sie wählte die Nummer. Nichts. Sie wählte wieder. Nichts.
Dann versuchte sie es mit SMS. Sie tippte und sendete. Wartete. Nichts. Sie schrieb auch eine Mail. Sie öffnete Skype (ein
damaliges Videotelefoniesystem). Vergeblich. Alles schwieg.
Beim Anblick des Skype-Symbols kamen ihr die Tränen. Sie
starrte auf die kleine, leere Silhouette, auf dieses winzige graue
Icon, das einfach nicht grün werden wollte! Ihr Sohn Fil war
nicht da. Er war nicht erreichbar. Würde er jemals wieder erreichbar sein? Panik überfiel sie: Und wenn sie ihn niemals
wiederfände?

Nisina fragte sich, weshalb man sich so sehr von Handys,

E-Mails und all den anderen elektronischen Teufeleien abhängig machte, wieso man sich ihnen so gänzlich auslieferte. Warum hatte sie ihren Sohn nicht nach einer Festnetznummer gefragt, als er nach Amerika aufgebrochen war, nach einer zweiten Adresse, nach irgendetwas, irgendjemandem, nach Gott weiß was, wo sie ihn jetzt erreichen konnte? Aber nein, sie hatte es nicht getan. Er hat ja sein Handy, seine E-Mail, ich kann ihn immer erreichen. Hatte sie gedacht. Übers Netz, digital und wireless! Da waren Buschtrommeln oder Brieftauben noch besser!

Sie fühlte sich hilflos und leer. Jeglicher Kommunikationsmittel beraubt. Als hätte man ihr die Stimme genommen. Oder besser, als hätte man ihr die Stimme gelassen, aber sie nutzte nichts. Auf der anderen Seite war niemand, der sie hätte hören können. Dennoch verspürte sie den Drang, mit jemandem zu reden. Mit jemandem, der ihr nahe war, genauer gesagt, der ihrem Sohn in letzter Zeit nahe gewesen war.

Ihr fiel seine Exfreundin ein. Diese Cami, die Gheri tags zuvor die berüchtigte SMS geschickt hatte.

Ja, sie würde Cami anrufen. Und vielleicht deren Eltern, schließlich hatte Filippo häufig bei ihnen zu Mittag oder zu Abend gegessen, als sie zusammen gewesen waren. Selbst nachdem sie Schluss gemacht hatten, war er noch hingegangen, vielleicht nur ein- oder zweimal im Jahr, aber immerhin. Sie hatte das toll gefunden.

»Hallo, Cami? Hier ist Filippos Mama.«

Cami war nett. Verständlicherweise ein bisschen überrascht, aber nett, während sie ihr haarklein erzählte, was sie gesehen hatte. Am Ende hatte sie Mitleid.

»Machen Sie sich keine Sorgen, Signora. Fil wirkte ganz normal und guter Dinge. Es ging ihm gut. Ich hatte sogar den Eindruck, er hat ein bisschen zugenommen.«

»Aber worüber habt ihr denn gesprochen, Cami?«

»Wir haben nicht miteinander geredet. Ich habe ihm von Weitem zugewinkt. Aber er hat mich noch nicht mal gesehen. Ich bin hingegangen, weil ich gelesen hatte, dass er dort sein würde, da fand ich's nett, vorbeizuschauen, sonst nichts.«

»Wie, sonst nichts? Könntest du ihn jetzt nicht bitte fragen, was ...«

»Aber Signora, ich bin in Frankreich!«

»Ach so, du bist nicht mehr dort.«

»Nein.«

Cami war nicht mehr in Oxford. Der einzig mögliche Kontakt war geplatzt. Sie fragte, ob Cami zufällig wüsste, wo Fil wohne, oder ob sie ihn danach fragen könne. Nein, sie habe keine Ahnung. Und sie wollte ihn lieber nicht fragen, sie wolle nicht aufdringlich erscheinen.

»Verstehen Sie, Signora? Aber keine Sorge, ab und zu hören wir per SMS voneinander.«

Na bitte, per SMS. Wie lange waren Fil und Cami nicht mehr zusammen, seit drei, vier, sechs Jahren? Natürlich hörten sie per SMS voneinander. Und sie? Wie hörte sie von ihrem Sohn?

Sie rief Camis Eltern an. Die hatten zwar nichts damit zu tun, aber trotzdem. Die Ärmsten waren etwas überrascht, luden sie aber am selben Abend noch zum Essen ein. Was auch sonst? Sie hatten sich so über das Zusammensein der beiden Kinder gefreut und extra ein schönes Fest in ihrem Haus auf dem Land ausgerichtet. Wer machte das denn noch, ein Verlobungsfest. Mit Ringtausch. Das heißt, er hatte ihr einen Ring geschenkt und sie ihm Manschettenknöpfe. Wo waren die eigentlich geblieben? Nisina hatte sie nie an Fil gesehen.

Das alles schien eine Ewigkeit her zu sein.

Na schön, sie nahm die Essenseinladung der Bardi-Saracenis an. Vielleicht würde sie noch etwas über ihren Sohn herausfinden, wer weiß. Er war so häufig bei ihnen ein und aus gegangen. Vielleicht konnte sie etwas Neues erfahren, und sei es nur eine andere Sicht der Dinge.

Sie ging weiter. Sie hatte kein Ziel, wollte einfach nur gehen. Sie wollte gehen, bis sie nicht mehr konnte, und tatsächlich fing ihr Rücken an zu schmerzen. Alles tat ihr weh, vor allem die Seele.

Sie rief Gelsa an. Wieso so tun, als wäre nichts, das würde sie eh nicht schaffen. Ihre Freundin Gelsa. Die einzig wahre Freundin. In solchen Fällen wird einem klar, dass man nur einen wahren Freund hat. Ein einziger Name kommt uns in den Sinn, und der gehört demjenigen, den wir gemeinhin unseren besten Freund nennen. So banal es klingen mag, ihm öffnen wir unser Herz.

Es kam ihr gar nicht in den Sinn, beispielsweise ihren Bruder anzurufen. Er war viel zu sehr mit Arbeit und Golfen beschäftigt. Und auch nicht ihre Schwester Carletta, die zwar lieb und nett war, aber ständig in ihrer Praxis stand und Zähne zog. Man musste sich nur anschauen, wie sie ihre beiden Mädchen großgezogen hatte, die jetzt in diesem undankbaren, unausstehlichen Alter um die zwanzig und derart von sich selbst eingenommen waren, dass einem ganz schlecht wurde. Patagonien hätte ihr nicht fremder sein können.

Gelsa ging sofort ran. Nisina erzählte ihr alles bis ins kleinste Detail.

»Ich weiß nicht, Gelsa, ich habe einen Sohn, den ich nicht finde. Ich suche und suche, aber er ist nicht da. Er ist nicht dort, wo er sein sollte, und das nicht erst seit gestern. Es ist, als … als hätte er sich unauffindbar gemacht … unauffindbar, verstehst du? Oder ich als seine Mutter bin unfähig, ihn zu finden, vielleicht ist es eher das. Ich habe einen unauffindbaren Sohn, und ich bin eine unfähige Mutter.«

Gelsa war ebenfalls unterwegs. Bei all dem Straßenlärm hatte sie einiges nicht mitbekommen und nicht verstanden, was es mit den Schafen auf sich hatte und wieso ihre Freundin Nisina ihren Sohn nicht in Oxford suchen konnte, wo er sich aller Wahrscheinlichkeit nach aufhielt, denn immerhin hatte man ihn dort gesehen. Doch sie fragte nicht weiter nach, so verzweifelt, wie ihre Freundin war, war es besser, sie zu sehen. Sie verabredeten sich zum Mittagessen, um sich in Ruhe zu unterhalten.

»Wir sind alle unauffindbar, Nisina«, sagte sie derweil und stieg in einen überfüllten Bus, was sie nicht davon abhielt, übers Handy ein paar philosophische Weisheiten loszuwerden. Aus dem Stehgreif, um Nisina ein bisschen aufzumuntern. »Wir alle«, sagte sie. »Wenn man genau darüber nachdenkt, verbringen wir eine mehr oder weniger große Anzahl von Jahren auf der Erde, ohne je gefunden zu werden. Das Lustige oder Tragische daran ist, dass wir uns nie versteckt haben. Es sucht keiner nach uns, und weißt du, warum? Weil alle glauben, bereits alles zu wissen, das ist das Schlimme. Dabei wissen wir nichts voneinander. Nisi, wir sehen uns um Viertel nach eins bei mir, Ciao.«

Die einzige Gewissheit für Anwalt Cantirami war das Balliol College. Das war der Ausgangspunkt.

Dass dieses Mädchen, diese Cami, sich alles ausgedacht hatte, erschien ihm jetzt, am helllichten Vormittag, unmöglich. Gewisse Dinge denkt man sich nicht aus.

Somit war dieses verdammte College in Oxford die einzige Sicherheit, die einzige Tatsache, das einzige Indiz von Fils Auftauchen. Fil war dort aufgetaucht. Mit einer riesigen Schafherde. Hier musste man ansetzen.

Und als Mann der Tat setzte Anwalt Cantirami auch genau hier an. Er würde das Balliol College anrufen.

Doch zuerst musste er noch ein paar dringende Pflichten erledigen.

Zum Beispiel die Blumen. Zu den wichtigsten Dingen an diesem Novembertag gehörte, Blumen an die Frau des Ingenieurs De Sfera zu schicken, kanzleiintern auch Nosferatu genannt. Das durfte er auf gar keinen Fall vergessen, schließlich ging es um ein gewisses öffentliches Amt … ein gewisser, sehr verlockender Posten, zweihunderttausend Euro im Jahr oder, wenn's gut lief, vielleicht mehr, das hing ganz davon ab, ob der Ingenieur De Sfera ein Wörtchen fallen ließ oder nicht …

Um halb zehn Uhr morgens betrat Guido Cantirami also die Kanzlei und sagte als Erstes zu seiner Sekretärin: »Wir müssen Nosferatus Frau die Blumen schicken.«

Und die Sekretärin Signorina Elettrica sagte, reglos wie eine Statue: »Schon geschehen, Avvocato, schon geschehen, keine Sorge. Sie müssen sich überhaupt keine Sorgen machen, Avvocato.«

Doch Avvocato Cantirami machte sich an diesem Morgen Sorgen. Allerdings nicht wegen der Blumen, sondern wegen seines Sohnes. Aber oft ist es leichter, seine Sorgen auf andere Dinge zu lenken. Vom Nachwuchs auf die Schafe, von den Schafen auf die Blumen. Also ermahnte er Elettrica noch einmal, es bald zu tun, möglichst bald, umgehend.

»Ich hab sie bereits geschickt, Avvocato, schon passiert«, erwiderte das freundliche, zarte Mädchen, das, obwohl gerade erst eingestellt, mit beflissener Selbstverständlichkeit kerzengerade auf ihrem ergonomischen Bürostuhl saß, den sie sich am zweiten Arbeitstag von zu Hause mitgebracht hatte, weil sie angeblich nicht ohne konnte. Bei acht Stunden sitzender Tätigkeit, ohne sich zu rühren – Kaffeepause und Mittagessen ausgenommen –, musste sie laut Haltungsempfehlungen mit geradem Rücken und Ellenbogen im Neunzig-Grad-Winkel an der Tastatur sitzen, um keine krummen Schultern zu kriegen, und die Augen mussten gerade auf den Bildschirm gerichtet sein, um die Halsmuskeln nicht zu strapazieren.

In Wirklichkeit hieß Signorina Elettrica Eleonora Triché, daher der mentale Kurzschluss. Es war eine Angewohnheit des Avvocato, den Leuten andere Namen zu geben, es war sein spezielles Vergnügen und der einzige Spleen, den er sich gönnte. »Guten Morgen, Signorina Elettrica«, grüßte er sie jeden Morgen und freute sich über seinen Sinn für Humor. Auch den Namen seiner Frau hatte er geändert, von Annalisa zu – Gott weiß wie – Nisina. Ebenso den seiner Tochter, die inzwischen von allen Gheri genannt wurde, und den der besten Freundin seiner Frau, Gelsomina Cherubini, genannt Gelsa. Das Erstaunliche war, dass alle ihm dieses Vergnügen zugestanden und ihre Spitznamen annahmen. Ansonsten war sein Leben bar jeglicher Exzentrizität: Avvocato Cantirami trug dunkelgraue Anzüge mit schwarzen Schnürschuhen, helle Gabardine-Regenmäntel im Frühling und Herbst und dunkelblaue Kaschmirmäntel im Winter.

»Es mag lächerlich klingen, aber die Blumen für die Signora sind unerlässlich«, sagte er noch einmal, um klarzumachen, was schon längst vollkommen klar war.

»Keine Sorge, Avvocato, ich verstehe.«

Gut, die Blumen waren abgehakt. Also fing er an, sich über das Meeting um elf Gedanken zu machen, das er auf keinen Fall sausen lassen konnte. Er bereitete es minutiös vor und betrat den Saal um Punkt 11.03 Uhr mit einem halben Meter Akten unter dem Arm. Fanti empfing ihn auf der Schwelle. Der Fall Beltramini war eine heikle Angelegenheit, und Guido sollte die Sache ausfechten. Kein Problem, seit Monaten arbeitete er am Plädoyer. Jetzt ging es um die letzten Absprachen mit den Kollegen. Er war nervös und in Gedanken ganz woanders, doch er konnte sich gut verstellen, dass Fanti nichts bemerkte.

Als das Meeting vorbei war, war es Mittag. Er sagte, er habe keinen Hunger, und ließ Fanti mit den jungen Kanzleimitarbeitern und den Sekretärinnen in das übliche kleine Restaurant abziehen. Als er endlich allein war, schloss er die Tür, streckte sich im Sessel aus und starrte an die Decke. Dann griff er zum Telefon.

Erstes Problem: Er kannte niemanden am Balliol College. Er rief seinen Freund De Coltris an, der an der Katholischen Uni lehrte und die halbe Welt kannte. Dank seiner Hilfe gelang es ihm, sich mit dem Dekan des Colleges in Verbindung zu setzen, und er fragte ihn, ob es am Vortag vielleicht ... nun ja, ob es Probleme mit Schafen gegeben habe. Das war zwar peinlich, aber besser, man kam sofort auf den Punkt. Nur eine kleine, arglose Auslassung erlaubte er sich: Er sagte nicht, dass er der Vater einer der beiden Referenten war, und gab sich als Mitarbeiter eines Statistikinstituts für Studienabschlüsse im Ausland aus.

»Und ob! Diese Sache war recht ... wie soll ich sagen – unangenehm? Unerwartet? Ja, freilich, hier waren eine Menge Schafe, Hunderte ... Oh, ja! Die Spuren sind noch gut zu sehen, wir können Sie Ihnen gern zeigen, wenn Sie wünschen: Kacke auf dem Boden, Wollbüschel ...«

»Danke, das ist sehr nett, aber ich bin nicht vor Ort. Könnten Sie mir stattdessen den Gefallen tun und mir die Namen der Referenten verraten?«, fragte er, um es kurz zu machen.

Das ging nicht sofort. Der Dekan musste sich erst schlaumachen und rief ihn dann zurück. Jeremy Piccoli und Filippo Cantirami, so hießen sie. Mit Schafen im Schlepptau.

Guido hatte ins Schwarze getroffen. Es hatte sich also tatsächlich um seinen Sohn gehandelt, und er hatte Schafe bei sich gehabt. Perfekt.

Perfekt?

Er fragte, ob er die Adressen der beiden Referenten haben könne. Es war doch wohl das Selbstverständlichste von der Welt, dass eine Uni die Adressdaten ihrer Gastredner besaß.

Doch die – ebenfalls unendlich höfliche – Antwort lautete, man habe bedauerlicherweise nur die Adresse von einem der beiden, nämlich von Mr Piccoli, Mr Cantirami sei nicht von ihnen eingeladen worden.

»In Ordnung, dann geben Sie mir die Adresse von Mr Piccoli.«

»Haltor Hotel, 29 Crossman Road.«

»Wie, ein Hotel?«

»Dort haben wir ihn untergebracht, Sir.«

»Aber ich meinte die Heimatanschrift!«

Da würde er sich ein paar Tage gedulden müssen, der Verantwortliche sei nicht da, und er habe keine Ahnung, wo er nachschauen müsse. Über Cantirami würden sie sich ebenfalls schlaumachen, da könne er ganz beruhigt sein, schließlich sei es in ihrem Interesse, herauszufinden, wer ihnen dieses Geschafe – diese Schaferei? –, nun ja, dieses Durcheinander eingebrockt habe. Sie würden Nachforschungen anstellen und ihm die Ergebnisse umgehend mitteilen. Möglicherweise verfüge die Polizei, die die Schafe durch den Stadtverkehr gelotst hatte, über die Daten des jungen Hirten.

Hirten? Avvocato Cantirami traf fast der Schlag, als er hörte, dass sein Sohn als Hirte bezeichnet wurde. Doch durfte er sich jetzt nicht von einem albernen Wort aus dem Konzept bringen lassen, schließlich hatte er noch einiges vor sich.

Den zweiten Schritt hatte er genauestens ausgeklügelt: ein Anruf in Stanford. Klar, wenn Filippo in Oxford war, war er nicht in Stanford. Es galt also herauszufinden, weshalb er nicht da war, wo er sein sollte, nämlich an der Universität Stanford in seinem letzten Promotionsjahr in BWL.

Nachdem Guido Cantirami von einem Büro zum nächsten weitergereicht worden war, fragte er Professor Quinsley, zu dem man ihn schließlich durchgestellt hatte, rundheraus, ob er ihn mit seinem Sohn in Kontakt bringen könne. Er sagte, wie er heiße, wo er ihn vermutete, und das Datum seiner Ankunft, also den 5. September 2008, das wusste er ganz genau.

In Stanford gebe es keinen Filippo Cantirami, er sei nirgends registriert und niemals dort gewesen.

Na, großartig.

Den ganzen Nachmittag wurde Guido nicht gestört. Er hatte Elettrica angewiesen, keine Anrufe durchzustellen und niemanden vorzulassen. Er müsse am Fall Beltramini arbeiten. Doch stattdessen hatte er die Zeit mit Nachdenken verbracht, den Kopf in den Händen vergraben.

Sein Sohn war nicht in Stanford. Er hatte nie mit dem Doktorat angefangen. Aber hatte er den Studienplatz wenigstens bekommen?

Er rief in London an. Die einzig vernünftige Taktik war, die Sache zurückzuverfolgen und Schritt für Schritt die Etappen nachzuvollziehen, die sein Sohn durchlaufen hatte. Besser gesagt, die Etappen, die er hätte durchlaufen sollen, aber möglicherweise nicht durchlaufen hatte.

Filippo hatte das Stanford-Doktorat während seines Masters an der London School of Economics bekommen. Guido erinnerte sich noch an den Abend, an dem sie es erfahren und alle drei – er, seine Frau und Gheri – in der Küche darauf angestoßen hatten, auf den fernen, tüchtigen Sohn, der ein Doktorat in Amerika machte.

Er musste an der London School anrufen. Wenn Filippo das Stanford-Doktorat nie angetreten hatte, war der fantastische Masterabschluss in London vielleicht genauso eine Mär.

Man sagte ihm, ein Filippo Cantirami habe sich im Jahr 2006 bei ihnen eingeschrieben, für einen Master. Die Einschreibung nebst gezahlten Gebühren und abgelegten Prüfungen waren fein säuberlich dokumentiert. Fehlte nur der Abschluss: der Master, der Titel, die Zensuren. Nichts. Kein Master in den folgenden Jahren. Es tue ihnen leid. Mehr könnten sie ihm nicht sagen.

Als Guido die Kanzlei verließ, war es dunkel. Der Himmel trug das typische Abendblau wolkenloser Tage. Avvocato Cantiramis gedankenschwerer Blick verlor sich im farbigen Dunkel, in dem weit weg die ersten blassen Sterne aufglommen.

In dem Moment rief Elettrica auf seinem Handy an, um ihm zu sagen, Signora De Sfera habe die Blumen erhalten und bedanke sich vielmals. Sie hoffe, sie habe ihn nicht gestört, doch sie habe es ihm sofort sagen wollen, sie wisse ja, wie wichtig ihm das sei.

»Danke, Elettrica, sehr nett.«

Ehe er das Handy endgültig abschaltete, rief er seine Frau an. Er gab ihr eine kurze Zusammenfassung der geführten Telefonate, sagte, sie solle nicht mit dem Essen auf ihn warten, nachher würde er ausführlicher berichten. Sie entgegnete, das sei völlig in Ordnung, sie sei sowieso gerade auf dem Weg zum Abendessen bei den Bardi Saracenis. Das erstaunte ihn, doch er sagte nichts.

Er hatte beschlossen, nichts zu essen, er hatte nicht den geringsten Hunger. Er würde ein wenig spazieren gehen, einfach so, um beschäftigt zu sein. Mit bedächtigen Schritten überquerte er die Brücke und blickte in das noch immer braune Wasser hinab.

KAPITEL 3

Wer ist mein Sohn?

Zum Mittagessen bei Gelsa kam Nisina eine halbe Stunde zu früh. Gelsa stand vor riesigen Papierbögen am Reißbrett und zeichnete Linien.

»Es regnet«, sagte sie, als Nisina hereinkam.

»Nein, wie kommst du darauf? Die Sonne strahlt.«

»Hier auf der Zeichnung regnet es, Nisi, ich muss Regen zeichnen. Sobald ich fertig bin, essen wir was.«

Das hatten also die dichten, parallelen Striche zu bedeuten.

Unter Nisinas und Guidos Freunden war Gelsa die Einzige, die aus der Reihe fiel. Die anderen waren mehr oder weniger allesamt vom gleichen Schlag, dem der anerkannten, wohlhabenden und einflussreichen Berufstätigen. Gelsa Cherubini hingegen war Comiczeichnerin und weder anerkannt noch wohlhabend noch einflussreich.

Es war ihr anzusehen, dass sie damit gut leben konnte. Sie bewohnte eine schöne, lichtdurchflutete Wohnung im fünften Stock eines Mietshauses am Fluss, und das schon seit vielen Jahren, seit ihrer Hochzeit mit Professor Alvise Torre, seines Zeichens Philosophielehrer an einem Gymnasium im Stadtzentrum. Sie hatten keine Kinder, doch schien ihnen das nichts auszumachen. Irgendwann, vor rund zehn Jahren vielleicht, hatte Gelsa Nisina gestanden, dass Kinder dort kommen, wo sie kommen müssen, und wenn sie keine bekommen hätten, gebe es gewiss einen Grund dafür. Nicht umsonst lautete ihre Lebensmaxime, dass sich alles in einem universellen

Gleichgewicht befand und Gott schon wisse, was er tun und lassen müsse, um diese Balance zu halten. Die Menschen durften lediglich am Fenster stehen und zuschauen.

Gelsa liebte es, stundenlang am Fenster zu stehen, dort, im fünften Stock am Fluss, von wo aus man, so behauptete sie, das gesamte Universum überblickte.

»Du kannst dir nicht vorstellen, was man von einem Fenster aus alles sieht«, sagte sie. »Man muss gar nicht das Haus verlassen, Nisi. Wenn man rausgeht, verliert man den Überblick, man sieht viel weniger, das bringt nichts.«

Von Mittagessen natürlich keine Spur. Zumindest dem Anschein nach. Bei Gelsa war das immer so, sie schien an nichts anderes als an ihre Zeichnungen zu denken. Doch dann stellte sich heraus, dass sie an alles gedacht hatte. Und auch an diesem Tag war nebenan in der Küche alles bereit: eine Lasagne, die nur noch aufgewärmt werden musste, ein kleiner Salat mit einer Auswahl an Dressings, zwei Scheiben Schinken pro Kopf, Obstsalat und Crème Caramel.

»Danke, Gelsa, wenn ich dich nicht hätte.«

»Aber jetzt musst du mir alles genau erzählen.«

Und Nisina schüttete ihrer Freundin ihr Herz aus, offenbarte ihre Zweifel, ihre Ängste, die Tatsache, dass sie nicht begreife, was eigentlich passiert war, und sie nicht wisse, was sie tun solle.

»Kannst du Fil denn wirklich nicht erreichen? Das wäre doch das Einfachste.«

»Danke, das weiß ich selbst. Aber das ist es ja gerade! Es gelingt uns nicht, uns mit unserem Sohn in Verbindung zu setzen! Ich weiß nicht, ob du verstehst, was ich meine.«

»Tue ich. Lass mich nachdenken. Ich mach dir erst mal einen Kaffee.«

Sie ging nach nebenan und kehrte kurz darauf mit vollen Espressotassen auf einem Tablett zurück.

»Ich würde nach Oxford fahren.«

»Nach Oxford?«

»Ja, such ihn, geh in dieses verdammte College, folge seiner Spur. Du kannst nur hinfahren und dir selbst ein Bild davon machen, was los ist. Man muss sehen, um zu begreifen, Nisi, sehen!«

Als Nisina nach dem Espresso das Haus verließ, fuhr sie nicht nach Oxford, sondern zum Gymnasium der Heiligen Augustinerpater.

Ihre Freundin hatte recht. Sie mussten so bald wie möglich nach Oxford. Doch bis dahin hatte sie einen freien Nachmittag, und den galt es zu nutzen. Danach würde sie mit ihrem Mann entscheiden, wann es losgehen sollte.

Ein quälender Gedanke fraß sich immer tiefer in Nisinas Herz, der Gedanke, dass sie ihren Sohn nie begriffen hatte. Wer war er wirklich, was ging in ihm vor, wie sah er die Welt, wie war sein Leben? Was wusste sie davon? Was wusste eine Mutter schon? Es gibt Eltern, die ihren Kindern per se näherstehen und mit ihnen auf einer Wellenlänge sind. Und es gibt Eltern, die es weniger oder überhaupt nicht sind. Das heißt nicht, dass sie Rabeneltern sind oder ihre Kinder nicht lieben, sondern lediglich, dass sie ihnen weniger ähnlich sind und es ihnen deshalb schwerer fällt, sie zu durchschauen. Oft merken sie es nicht einmal und glauben, sie gut zu kennen. Bis eines Tages etwas völlig Unfassbares passiert, das ihnen ihre Ahnungslosigkeit mit einem Schlag vor Augen führt. Eine Schafherde zum Beispiel.

Jetzt wollte Nisina sofort all die verlorene Zeit wettmachen, in wenigen Stunden begreifen, wer ihr Sohn war, im Schnelldurchlauf bis zu seiner frühesten Kindheit zurückgehen, wenn es nötig war. Mit den Menschen reden, die ihn, diesen nunmehr unauffindbaren und vom Erdboden verschluckten Sohn, vielleicht besser kannten als sie. Reden. Begreifen, nachvollziehen.

Deshalb hatte sie beschlossen, das Gymnasium aufzusuchen, das Fil fünf Jahre lang besucht hatte.

Sie hatte Glück. Auf dem Flur traf sie die alte Latein- und Griechischlehrerin, die Fil drei Jahre lang gehabt hatte. Sie fragte, ob sie einen Moment Zeit habe, und folgte ihr in die Bibliothek. Signora Salgemmi konnte sich an Nisina erinnern, freute sich, sie zu sehen, und erkundigte sich nach Fil.

»Er studiert BWL. Im Ausland«, Nisina versuchte vage zu bleiben. Doch es war schwer, etwas in Erfahrung zu bringen, ohne etwas preiszugeben. »Ja, er ist noch immer sehr gut. Aber…«

»Aber?«

»Nun ja, Signora, er ist verschwunden…«

»Wie, er ist verschwunden? Was ist passiert?«

»Ach, es ist nur, weil ich ihn ausgerechnet heute nicht ans Telefon kriege. Sie wissen ja, wie Mütter sind. Ich war gerade in der Nähe, und da habe ich mir gedacht, es wäre doch schön, ein paar von seinen alten Lehrern wiederzusehen, einfach so, auch, um mich zu bedanken. Wissen Sie noch, wie glücklich Fil war, hier zur Schule zu gehen?«

»Und ob ich mich erinnere! Filippo ist mir ein unvergesslicher Schüler. Er war so… so… eigensinnig und zugleich so zerstreut!«

Na bitte, vielleicht hatte sie angebissen. Jetzt musste man ihren Erinnerungen nur noch ein bisschen auf die Sprünge helfen.

»Ach, finden Sie? Aber er hat doch gelernt, hatte anständige Noten, war gut.«

»Natürlich, sehr gut. Doch abgesehen von den hervorragenden Zensuren, nun ja, was mir so an ihm gefiel, war seine… wie soll ich sagen? Seine Gleichgültigkeit.«

»Gleichgültigkeit?«

»Also, ich erinnere mich zum Beispiel, dass ich den Schülern einmal eine besonders knifflige Übersetzung gab, und zwar absichtlich, weil die Klasse kaum mitmachte und ich sie wachrütteln wollte. Filippo war der Einzige, der eine Eins oder eine Eins plus schrieb – ich weiß es nicht mehr. Doch er bat mich, die Note nicht zu vermerken. So war Filippo, entschlossen und distanziert. Gleichgültig eben. Ein Gewinner, dem es nicht wichtig ist, zu gewinnen. Es hatte immer den Anschein, als läge ihm wirklich nichts daran, gut zu sein. Ich weiß nicht, ob ich mich klar ausgedrückt habe, bitte verstehen Sie mich nicht falsch …«

Signora Salgemmi war eine anständige Frau. Ehrlich, gebildet. Man konnte ihr ansehen, dass sie für ihr Fachgebiet genauso lebte wie für ihre Schüler. Dennoch hatte sie etwas Kleinmütiges an sich, als wäre sie ein Mensch am Rande der Gesellschaft, den der reißende Strom des Lebens ans Ufer gespült hatte. Doch vielleicht lag es auch nur an dieser Bibliothek mit den verstaubten Regalen; und an diesem Strickjäckchen, das sie sich wie einen Schal um die Schultern schlang. Wer weiß. Tatsache war jedoch, dass Nisina ein unbändiges Verlangen überkam, das Weite zu suchen.

»Sie waren sehr freundlich, Signora Salgemmi. Ich danke Ihnen, und hoffentlich bis bald.«

»Ja, vielleicht mit Filippo, sagen Sie ihm, er soll mal vorbeikommen. Und grüßen Sie ihn herzlich!«

In der Familie galt Filippo als Genie. Immer schon. Oder zumindest seit der dritten Grundschulklasse, als er sich zum ersten Mal mit einem Aufsatz über die Atmung der Fliegen hervorgetan hatte. Fünf eng mit Schönschrift beschriebene Seiten mit entsprechenden farbigen Abbildungen, die einem Bildband entnommen waren, und einem Pappeinband, auf dessen Deckel die aufgeklebte Fotokopie einer abstrakten Braque-Zeichnung prangte, die mit Fliegen zwar nichts zu tun hatte, seiner Meinung nach jedoch perfekt passte.

Er hatte immer und ausschließlich Privatschulen besucht, und zwar katholische. Die Cantiramis waren keine praktizierenden Katholiken. Sie gingen nur selten zur Messe, und das fast nur bei Hochzeiten und Beerdigungen. Nisina betete hin und wieder abends vor dem Einschlafen. Sie drehte sich zur Bettkante, bekreuzigte sich und sagte: Jesus, ich bitte dich, mach, dass alles gut wird, beschütz meinen Mann und meine Kinder, danke. Dann bekreuzigte sie sich abermals, lautlos, im Dunkeln.

Doch als es darum ging, eine Schule für ihre Kinder auszuwählen, hatte es keine Zweifel gegeben: katholische Schulen, möglichst von Jesuiten geführt. Es war ja schön und gut, fortschrittlich zu sein und eine demokratische Mitte-Links-Partei zu wählen. Und natürlich müsste es eigentlich eine staatliche Schule sein, es war schließlich das Letzte, dass der Staat private Schulen subventionierte. Doch da es um die Zukunft der eigenen Kinder ging, wurde nicht lang gefackelt. Auf eine gescheite Ausbildung der Kinder kam es schließlich an, hehre Ideen hin oder her.

Also besuchte Filippo acht Jahre lang eine Nonnenschule und wechselte dann auf das beste klassische Gymnasium der Stadt, eben das Gymnasium der Heiligen Augustinerpater.

Und im Sommer nahm er an den obligatorischen Englischkursen teil. Ein Monat in Bristol, und das jeden Juli. Englisch und katholische Schulen, so hielten es die Cantiramis und mit ihnen zu jener Zeit fast alle gutbürgerlichen Familien der Stadt und ganz Italiens.

Auf dem Weg zu Fuß nach Hause dachte Nisina an die Nachmittage zurück, an denen sie Filippo und seinen damals besten

Freund Enrico Tanghi zum Basketballspielen in eine kleine Sporthalle an der nächsten Ecke gebracht hatte. Die Jungen mussten um die acht Jahre alt gewesen sein. Was für eine schöne Zeit. Und Filippo spielte so gut. Die ganze Stunde über konnte sie den Blick nicht von ihm losreißen. Er hatte einen Mannschaftsgeist, eine Großzügigkeit den anderen gegenüber ... Und es war offensichtlich, dass Basketball ihm gefiel. Irgendwann hatten sie sogar daran gedacht, ihn weitermachen zu lassen. Enricos Mutter, mit der sie sich angefreundet hatten, hatte sogar gedrängt: »Aber ja, lasst ihn in der Mannschaft, dann machen sie zusammen weiter.«

Das war es! Jetzt wusste sie, mit wem sie noch reden konnte: mit Enricos Mutter! Wie hieß sie noch gleich? Sie hastete nach Hause und sah im Adressbuch nach. A, B, C, D ... Ja, D. Daniela Tanghi. Perfekt! Sie wählte die Nummer.

»Daniela? Ciao, hier ist Nisina. Ich weiß nicht, ob du dich noch erinnerst ...«

»Nisina, aber klar doch. Das ist aber nett! Du kannst dir nicht vorstellen, wie oft ich ...«

»Ich auch, du kannst dir nicht vorstellen, wie oft ich mir gesagt habe: Jetzt ruf ich sie an, jetzt ruf ich sie an, und dann, na, du weißt ja, wie es ist.«

»Und ob, das weiß ich bestens. Und wie geht es dir? Erzähl mal, wie geht's euch, wie geht's ...«

»Filippo? Gut, uns geht's gut, und euch?«

»Ja, auch. Enrico ist beim Militär, stell dir vor. Das ist der Weg, für den er sich entschieden hat. Im letzten Gymnasiumsjahr hat er gesagt: Was soll's, ich bewerbe mich, mal sehen, ob's klappt. Und es hat geklappt, sie haben ihn genommen. Also hat er die Akademie in Modena gemacht. Jetzt ist er schon Offizier.«

»Ach, wie toll! Und spielt er immer noch Basketball?«

»Aber selbstverständlich! Weißt du noch, wie viel Spaß

er hatte? Dein Filippo hingegen ... Enrico hat ihn zwar mitgeschleift, aber ...«

»Mitgeschleift?«

»Na, sicher, du weißt doch, wie Filippo war. Er war gut, keine Frage, er hat sich reingehängt. Aber er hätte auch gut drauf verzichten können.«

Wie, er hätte drauf verzichten können? Nisina blieb die Spucke weg. Sie setzte sich und suchte nach Worten. Sie musste Enricos Mutter auf jeden Fall zum Reden bringen, deshalb tat sie so, als wäre nichts.

»Aber klar erinnere ich mich.«

»Der Ärmste, er konnte Basketball nicht ausstehen, das sah man zehn Meilen gegen den Wind.«

Wie, das sah man zehn Meilen gegen den Wind? Was sah man? Was erzählte ihr diese Frau da, mit der sie seit Jahren nichts zu tun hatte, die ihren Sohn kein bisschen kannte, die ...? Sie waren sich nur begegnet, wenn sie ihre kleinen Jungs zum Basketball gebracht hatten, und jetzt tat sie so, als wüsste sie über alles Bescheid.

»Na ja, Daniela, so klar war es nun auch nicht, was er eigentlich wollte.«

»Wie, das war nicht klar? Typisch Mütter: kriegen immer alles als Letzte mit. Bei uns hat er keinen Hehl daraus gemacht, dass er keine Lust mehr hatte und nur weitermachte, weil es euch so wichtig war. Filippo war so süß. Was soll's, Nisina, Schnee von gestern. Mensch, wie nett ...«

»Ja, wirklich ... Aber was hat er euch denn genau gesagt?«

»Ach, nichts, ich weiß es nicht mehr. Aber wenn ich ihn abgeholt habe, war es offensichlich: Filippo saß immer auf der Bank.«

»Auf der Bank?«

»Ja! Er spielte nicht. Er bat den Trainer, nicht spielen zu müssen. Er saß lieber auf der Bank. Und der Trainer hat ihm den Wunsch nur zu gern erfüllt! Es wollten ja immer alle spielen; einem, der freiwillig verzichtete, haben sie die Füße geküsst!«

Als das Telefonat beendet war, war Nisina erledigt.

Sie zog die Schuhe aus und machte sich einen Tee.

Sie hatte nicht einmal die Kraft zu duschen. Weshalb war sie bloß auf die blöde Idee gekommen, die Einladung der Bardi Saracenis anzunehmen! Jetzt hatte sie nicht die geringste Lust hinzugehen. Sie stellte sich das höfliche Theater vor, das sie würde mitmachen müssen. Und sie die ganze Zeit mit dem Gedanken im Kopf, dass ihr Sohn als Kind Basketball gespielt, aber es eigentlich gehasst und es nie seiner Mutter gesagt hatte; was, bitte, war das für ein Sohn?

Was sollte sie überhaupt anziehen? Sie entschied sich für ein kurzes schwarzes Kleid und ein beigefarbenes Jäckchen. Flache, schwarze Lackpumps.

Gheri war nicht da. Sie hatte einen Zettel dagelassen: BIN ZUM LERNEN BEI ELDA. SCHLAFE VIELLEICHT DA. WARTET NICHT AUF MICH.

Nisina lege sich im Dunkeln aufs Sofa. Wenigstens zehn Minuten Ruhe. Marisa hatte vergessen, die Läden zu schließen, das Flackern der Autoscheinwerfer drang durch die Fenster. Dazu Verkehrsgeräusche, quietschende Reifen, ein Pfiff, eine Sirene, Autohupen. Nisina wohnte gern mitten in der Stadt, im pulsierenden Leben. Sie kam sich lebendiger vor, als wäre sie noch jung. Es ließ sie glauben, sie hätte noch ein Leben vor sich. Doch das hatte sie nicht. Die Kinder waren groß, in ein paar Jahren würde ihr Mann in den Ruhestand gehen. Was sie hatten tun können, hatten sie getan. Ende.

Sie rief Gelsa an. Sie musste sich das Herz erleichtern.

»Gelsa, Fil hatte nie Spaß an Basketball! Und im Gymnasium war er gleichgültig!«

»Gleichgültig?«

»Ja, gleichgültig, Gelsa, gleichgültig! Er hat seine Noten nicht vermerken lassen!«

»Na und? Was soll das heißen? Und woher hast du das?«

Nisina erzählte ihr von ihrem Nachmittag. Gelsa fragte sie, ob sie verrückt geworden sei, was das solle, wie sie darauf komme, nach zwanzig Jahren mit all diesen Leuten zu reden, spielte sie Krebs oder was? Fil war, wie er war, aber vor allem war er ihr Sohn, sie wisse ganz genau, was sie an ihm habe, sie solle aufhören, die anderen danach zu fragen, und das auch noch im Rückwärtsgang, das sei wirklich die Höhe!

»Ich habe keine Ahnung, was für einen Sohn ich habe.«

»Das stimmt nicht, Nisi, sag das doch nicht.«

»Aber es stimmt. Du hast keine Kinder, du kannst das nicht beurteilen.«

Wenn Nisina ihre Freundin mit der Tatsache konfrontierte, dass sie keine Kinder hatte, war das ein sicheres Zeichen, dass sie sich irgendwie verfahren hatten.

»Entschuldige, Gelsa. Ich wollte nur sagen, ich weiß nicht, ob dir das klar ist: Filippo hat sechs Jahre lang in der Basketballmannschaft gespielt! Sechs Jahre lang! Ich dachte, es hätte ihm Spaß gemacht. Ich dachte, er wäre ganz verrückt nach Basketball! Kannst du dir das vorstellen?«

»Schön, in Ordnung, er hat's dir nicht gesagt. Er hat's verschwiegen. Oder vielleicht hat er irgendwann seine Meinung geändert, anfangs hat es ihm Spaß gemacht und dann nicht mehr. Wieso sollte er es dir dann sagen? Er wollte bestimmt nur nett sein! Er hat gesehen, dass du es toll fandest, und netterweise …«

»Was fand ich toll?«

»Dass er Basketball spielt.«

Schweigen.

»Nisi, du fandest es doch toll, oder?«

»Ja, ich fand's toll. Eine Mutter findet es nun mal toll, wenn ihr Sohn Basketball spielt, das ist doch normal!«

»Okay, das ist normal. Gut, in Ordnung.«

»Nein, nichts ist in Ordnung. Vielleicht hätte ich es nicht toll finden sollen, dass er Basketball spielt. Vielleicht hätte ich toll finden sollen, dass er Gitarre spielt. Oder schwimmt. Oder in einem Knabenchor singt…«

»Oder nichts macht… Wer weiß?«

»Und genau das ist der Punkt: Niemand kann irgendetwas sagen, weil niemand irgendetwas weiß! Verstehst du das?«

»Ja, das verstehe ich.«

»Gut. Muss Schluss machen. Danke, Gelsa. Ich ruf dich an.«

Nach dem Abendessen ließen die Bardis sie im Wohnzimmer Platz nehmen. In einem ihrer drei Wohnzimmer, dem größten mit den drei in Form und Farbe unterschiedlichen Sofas. Überall Konsolen, Teppiche, Nippes. Chinoiserien, afrikanische Elefanten aus Elfenbein, Silberzeug.

Nisinas Blick fiel auf einen Stoß »Abitare«-Hefte, die ordentlich gestapelt auf dem flachen Glastisch lagen. Sie dachte darüber nach, mit wie viel Hingabe die Menschen Zeitschriften in ihren Wohnzimmern stapelten, Zeitschriften, die normalerweise keiner mehr durchblätterte, aber es war so schön, sie in Reichweite zu haben. Es gehörte zur Kunst des Einrichtens – das wusste sie nur zu gut, schließlich war es ihr Beruf –, eine Wohnung mit Nichts schön, gemütlich und einladend zu machen. Auch sie hatte ihre Zeitschriftenstapel zu Hause. Mindestens zwanzig Ausgaben von »AD« und ein gutes Dutzend »Merian«-Hefte gut sichtbar auf dem Mahagonitisch, zwischen dem Kristallkerzenleuchter und dem Keramikaschenbecher aus Bassano. Schön. Irgendwie rührend. Doch wie überflüssig und bedeutungslos ihr all das jetzt erschien. Besagte Stapel eingeschlossen.

»Und unser Filippo macht jetzt also seinen Doktor…«, fing Signora Bardi an.

»Ja, er hat viel um die Ohren. Wir hören uns eigentlich nur selten. Die letzten Jahre waren nun mal ...«

»Ich verstehe. Wo genau ist er eigentlich gerade? Denn wissen Sie, wir haben gedacht ... Ach ja, war er nicht in Amerika? Aber unsere Cami hat uns gesagt ... na ja, unsere Cami hat ihn ...«

»... in Oxford gesehen«, vervollständigte ihr Mann den Satz.

»Na ja, Sie wissen ja, diese Kinder ...«

»Aber sicher doch, was soll man sich da Gedanken machen ... Es sind Kinder!«

Nisina versuchte etwas zu sagen, ohne etwas zu sagen, über die Details hinwegzugehen, die Unterhaltung in eine andere Richtung zu lenken. Doch das war nicht einfach. Sie war in die Höhle des Löwen geraten und obendrein freiwillig. Jetzt zeigte der Löwe seine Krallen, was in diesem Fall bedeutete, dass Signora Mariapia Bardi Saraceni sich nicht scheute, auf die Nachricht des Jahrhunderts zu sprechen zu kommen:

»Und diese Geschichte mit den Schafen? Lustig! Nein, wissen Sie, als Cami uns davon erzählte, wollten wir es nicht glauben ... Stellen Sie sich vor, sie hat uns extra angerufen. Der Filippo! Wer hätte das gedacht ...«

Nisina wusste nicht, was sie sagen sollte. Sie hätte es sich denken können. Zum Glück reichte Dottor Antonio Bardi Sraceni ihr einen schwachen Strohhalm.

»Aber das sind doch Kindereien, Mariapia! Nicht der Rede wert.«

Am liebsten hätte Nisina sich bedankt. Aber sie riss sich zusammen. Das Kind war ohnehin schon in den Brunnen gefallen. Sie fragte sich noch immer, wieso um alles in der Welt sie diese beiden hatte treffen wollen. Was war von den Eltern des Mädchens, das ihr Sohn hatte abblitzen lassen, schon zu erwarten? Wieso hatte sie das getan? Es stimmte, eine verzweifelte Mutter war zu allem fähig.

Doch etwas Gutes sprang am Ende trotzdem dabei heraus, denn Camis Mutter, die nicht umsonst Psychologin war, fing irgendwann an, von ihrer Arbeit zu erzählen, von ihren Patienten, jungen Leuten mit kaputter Psyche:

»Ist doch kein Wunder«, sagte sie, »man muss sich nur anschauen, wie die Eltern mit ihnen umgehen. Entweder werden sie sich selbst überlassen, ohne Halt, ohne Aufmerksamkeit, oder schlimmer noch, sie ersticken in Anforderungen, mach dies, mach das, gerate ja nicht auf die schiefe Bahn... Chaos, Signora Cantirami, das reinste Chaos! Aber bei Ihrem Sohn nicht! Filippo weiß, was er will! Entschlossen, zielstrebig. Einer, der sich nicht einmal um seine Familie schert, wenn er sich was in den Kopf gesetzt hat...!«

Was sollte das heißen, der sich nicht um seine Familie schert? Was will mir diese Seelenklempnerin damit sagen?

»Na ja«, stotterte Nisina. »Wir haben eigentlich den Eindruck, dass Filippo immer... ein anständiger Junge war.«

»Aber sicher«, schaltete sich ihr Mann ein. »Sehr anständig. Als er unserer Tochter vorgeschlagen hat, nach Australien auszuwandern, war ich auch völlig einverstanden, nur dann...«

»Verzeihung, was hat er vorgeschlagen?« Nisina konnte nicht anders.

»Australien. Sagen Sie mir nicht, Sie hätten das nicht gewusst. Das wäre ja ein echtes Ding, schließlich hatte alles schon Hand und Fuß, alles war minutiös geplant und festgezurrt. Ich glaube, sie hatten sogar schon ein Haus gemietet, nicht wahr, Mariapia? Aber Sie, Signora Cantirami...«

»Doch, doch, natürlich wusste ich davon. Aber klar doch, mein Mann und ich...«

»Na, sehen Sie, und ich fand das eine hervorragende Idee. Keine Ahnung, warum dann alles geplatzt ist. Geht mich auch nichts an. Die jungen Leute sind nun mal so wankelmütig, so unstet... Nicht wahr, Mariapia? Also, wenn ich mir eine Kritik an Ihrem guten Fil erlauben darf, dann vielleicht, dass er ein bisschen… ein bisschen… flatterhaft war!«

Flatterhaft? Was, zum Teufel… was sollte das denn heißen, flatterhaft? Was erlaubte der sich? Nisina wollte etwas erwidern, doch es gelang ihr nicht. Signora Bardi Saraceni war in hysterisches Wiehern ausgebrochen. Sie konnte sich einfach nicht mehr einkriegen und japste: »Genauso ist es… die Schafe… diese Schafe… was soll ich sagen! Stimmt genau, flatterhaft, ja! Wirklich flatterhaft!«

Nisina ertrug es nicht länger. Weil ihr nichts Besseres einfiel, schützte sie Kopfschmerzen vor, verabschiedete sich, bedankte sich und verließ schnurstracks das Haus. Sie musste nachdenken. Frische Luft schnappen.

Um halb zehn war sie wieder auf der Straße und beschloss, zu Fuß zu gehen. Seit es tags zuvor aufgehört hatte zu regnen, war es fast übertrieben schön. Ein eisiges, dunkles Blau. Sie ging langsam. Es war sinnlos, zu hetzen. Auch diese Nacht würde sie nicht schlafen. Zu viele Knoten in ihrer Brust.

Fluchtversuche. Das war es. Hatte ihr Sohn nicht schon mehrmals versucht wegzulaufen? Was sollte Australien sonst bedeuten? Das war ihr letzter Gedanke gewesen, der letzte einer ganzen Reihe von Gedanken. Das war es. Okay. Aber wieso? Von wegen entschlossen und zielstrebig! Was stimmte im Leben ihres Sohnes nicht? Was lag ihm dermaßen quer, dass er davonlaufen wollte, sogar bis nach Australien?

An was hatte es ihm gefehlt? Bestimmt nicht an Liebe. Man konnte ihr nicht sagen, ihrem Sohn hätte es an Liebe gemangelt, weder von ihr noch von ihrem Mann. Sie waren für ihn da gewesen. Sie hatte extra angefangen, spät zu arbeiten, und ihr Job war dermaßen flexibel… Die Kinder kamen vor allem anderen. Dann die Arbeit, aber erst *dann*! Und für ihren Mann, den Ärmsten, war es genauso. Auch bei ihm hieß es, erst die Kinder und *dann* die Arbeit. Obwohl er mit der Kanzlei so viel um die Ohren hatte, die Rechtsstreitigkeiten, die Termine. Aber er rief immer an, manchmal sogar dreimal am Tag, um zu wissen, was die Kinder machten. Und sonntags ging er mit Fil zum Fußball, er ließ kein Spiel aus. Und mindestens einmal die Woche ging er mit ihnen essen. Und fuhr mit ihnen Ski. Und Motorrad. Und Segelboot. Einmal – Fil war noch klein gewesen – hatten sie ihm am Lido ein kleines Boot gemietet, weil er Schiffbrüchiger spielen wollte. Was hatten sie falsch gemacht? Wieso wollte ihr Erstgeborener ständig abhauen? Aber wollte er das wirklich?

Und wo war sie? Sie, seine Mutter, wo war sie gewesen, als Fil diese Signale aussandte? Welche Signale eigentlich? Mussten Eltern Seismologen sein oder was? Kryptografen? Ägyptologen, die Hieroglyphen entziffern konnten?

Nisina war einfach überzeugt gewesen, ihrem Sohn gehe es gut, mehr nicht. Sehr gut. Ein glücklicher Junge ohne Macken. Wie eine perfekt polierte Fensterscheibe. Na, super! Was war sie doch für eine tolle Mutter gewesen … völlig bescheuert!

Obendrein war ihr inzwischen klar geworden, dass ihr Sohn nie wirklich mit ihnen geredet hatte. Er hatte ihnen nie gesagt, was er dachte, was er gut fand und was nicht. Er hatte so getan, als wäre alles in Ordnung. Wieso? War das auch ihre Schuld? Oder war es vielleicht eher ein Charakterfehler, eine Schwäche? Ja, genau, eine Schwäche. Vielleicht hätten sie mit ihm zum Psychologen gehen sollen. Wenigstens ab und zu. Ihm mit irgendwelchen Medikamenten helfen sollen. Gab es denn ein Medikament gegen Scheinheiligkeit? Irgendwelche Tropfen, die man seinem Sohn abends verabreichen konnte, damit er aufhörte so zu tun, als spiele er gerne Basketball? Wie lange hatte Fil ihnen etwas vorgemacht? Jahre? Schon immer? Seit seiner Geburt?

Können Neugeborene sich verstellen? In welchem Alter fängt man damit an? Und wieso sollte ein Kind ausgerechnet seinen Eltern etwas vormachen, die ihn in die Welt gesetzt haben und bedingungslos lieben? Was für ein perverser Schalter legt sich im Kopf eines lieben, fleißigen, freundlichen und folgsamen Sohnes um? Welcher Felsen schiebt sich wie aus dem Nichts zwischen ihn und sie? Oder zwischen ihn und die Welt, für die sie stehen? Welches unüberbrückbare Unverständnis?

Wie gern hätte Nisina jetzt mit ihm geredet!

Sie wollte nur das eine: ihn anrufen, seine Stimme hören, mit ihm sprechen. Stundenlang. All die Stunden, die sie in den vergangenen achtundzwanzig Jahren zu wenig mit ihm geredet hatte.

Ein Anruf war so einfach! Man nahm das Telefon, drückte auf »Fil«, horchte hinein und sagte Hallo. Es war so einfach und doch so schwer! Unmöglich! Dennoch versuchte sie es wieder. Sie wusste, dass es sinnlos war, und dennoch nahm sie das Telefon, drückte auf »Fil« und wartete.

Der von Ihnen gewünschte Gesprächspartner ist zurzeit nicht erreichbar. Bitte versuchen Sie es später noch einmal.

Wann später? Wie viel später?

Zum ersten Mal in ihrem Leben vermisste Nisina Rocchi ihren Sohn. Eine dumpfe Sehnsucht, die ihr die Brust zusammenschnürte.

Fil war seit fünf Jahren aus dem Haus, und erst jetzt, an diesem Abend, vermisste sie ihn zum ersten Mal. Ein fernes Kind erscheint einer Mutter nun mal nicht fern, wenn sie genau weiß, wo es ist, was es macht, an welchen Orten und mit welchen Menschen es unterwegs ist. Solange sie wenigstens noch einen Schimmer von seinem wirklichen Leben hat. Weit weg, aber wirklich. Je mehr sie weiß, desto weniger leidet sie. Sie verortet ihn. Sie kann ihn an einem bestimmten Punkt, in einer Umgebung, einer Zeit verorten. Und wenn sie nur weiß, dass er mittwochabends mit Giovanni ins Kino geht oder in die Bar an der Ecke, wo es mittags seine Lieblingsbrötchen mit Paprika gibt. Wenige Kleinigkeiten wie diese – ein Giovanni, zwei Paprika – genügen einer Mutter, um ihr Kind irgendwie irgendwo einzuordnen. Und diese Tatsache, es einordnen und es sich vage vorstellen zu können, bringt es einem näher.

An dem Abend wurde sich Nisina mit einem Schlag bewusst, wie weit weg Fil war, denn plötzlich konnte sie ihn nicht mehr verorten.

Sie fühlte sich kraftlos.

Nicht nur das Gewicht dieses harten, zermürbenden Tages drückte sie nieder, sondern auch die Schwere all dieser Jahre. Die Schwere, so lange Mutter gewesen zu sein und es kaum mitbekommen zu haben. Plötzlich lastete dieses Gewicht auf ihren Schultern, in ihren Händen, auf ihrem Magen.

Kaum war sie zu Hause, legte sie sich im Dunkeln aufs Sofa und schloss die Augen, um es vollkommen finster zu haben.

Dann hörte sie den Schlüssel im Schloss. Guido, ein Glück. Er konnte sich kaum den Mantel ausziehen, da war sie schon bei ihm.

»Wir müssen die Polizei anrufen.«

»Die Polizei?«

Guido legte den Schlüssel aus der Hand, schlüpfte aus seinem blauen Kaschmirmantel, verschwand im Bad und kehrte zurück.

»Und wieso die Polizei?«

»Guido, wir haben einen Sohn verloren! Wir wissen nicht, wo er ist. Sie werden ihn finden. Das ist schließlich ihr Job, oder nicht? Verschwundene Personen finden.«

Guido tigerte durch die Küche, öffnete den Kühlschrank, klappte ihn wieder zu.

»Du musst Marisa sagen, dass sie die Zitronen nicht vor mir verstecken soll.«

»Niemand versteckt die Zitronen vor dir. Du musst mit diesen Zitronen aufhören. Und jetzt antworte mir.«

»Gab es eine Frage?«

»Es gibt tausend Fragen, tausend …«

»Nisina, beruhige dich. Komm, setzen wir uns.«

Er hakte sie unter und führte sie ins Wohnzimmer. Sie nahmen nebeneinander Platz und blickten geradeaus. Er erzählte ihr bis ins kleinste Detail seinen Tag, alles, was er durch seine Recherchen und Telefonate in Erfahrung gebracht hatte. Am Schluss sagte er: »Nisina, Fil hat uns betrogen. Er belügt uns seit Jahren, ist dir das klar? Seit Jahren! Die Polizei hilft da nicht. Er hat nie ein Doktorat in Stanford gemacht. Er ist nie in Stanford gewesen. Seit drei Jahren wähnen wir ihn dort, aber das stimmt nicht. Er ist nicht dort. Er macht nicht das, was wir geglaubt haben. Und er ist nicht da, wo wir ihn vermutet haben. Er hat uns belogen. Seit Jahren führt er uns an der Nase herum. Die Polizei kann da überhaupt nichts tun, verstehst du?«

»Aber das ist doch nicht möglich, Guido …«

Guido stand auf, um sich einen Kaffee zu machen. Er goss sich eine Tasse ein, kehrte ins Wohnzimmer zurück und setzte sich seiner Frau gegenüber. Schweigend hörte er ihr zu.

»Guido, denk doch kurz mal nach: Es ist unmöglich, dass Filippo uns seit drei Jahren belügt. Wir sprechen uns mindestens einmal die Woche! Wir skypen regelmäßig. Er antwortet regelmäßig auf unsere Mails. Ich habe sie alle aufgehoben, Guido. Ich habe sie gelesen und ausgedruckt. Nebenan habe ich eine Mappe, die ist einen halben Meter dick! Ich hole sie, wenn du willst. Das ist nicht möglich. Das haben wir uns nicht alles eingebildet.«

»Wir nicht …«

»Aber man kann sich doch kein Leben einbilden, Guido, was denkst du denn? Er erzählt uns alles, was er macht. Bis ins kleinste Detail, die Seminare, die Freunde, die Mädchen, die Ausflüge nach San Francisco, die Seehunde... Erinnerst du dich an die Seehunde? Er hat uns gesagt, dass er zu dieser Stelle geht, auf der Mole... Wie hieß die noch gleich? Jeden Sonntag, um die Seehunde zu beobachten. Er hat sich in die Seehunde verliebt, Guido! Das ist unmöglich! Sag mir nicht, dass er sich auch die Seehunde ausgedacht hat!«

Guido schwieg. Seine Frau hatte recht. Der Kontakt zu Filippo war nie abgebrochen. Und er kam nach Hause. Mindestens zweimal im Jahr, zu Weihnachten und im Sommer. Im Sommer blieb er zwei Monate, sogar drei, wenn er konnte. Drei Monate zu Hause sind nicht wenig. Und in diesen drei Monaten erzählte er von Stanford, zeigte Fotos. Waren das Fotomontagen oder was?

War sein ganzes Leben eine Fotomontage? Nein, das konnte sie nicht glauben. Es musste eine Erklärung geben, vielleicht eine ganz einfache, läppische. Die Wirklichkeit ist oft verblüffend banal. Vielleicht ist es nur ein Detail, eine winzige Kleinigkeit, die einem entgeht und von der universellen Erkenntnis trennt...

Nisina verschwand nebenan und kehrte triumphierend mit einem himmelblauen Sweatshirt von Fil in der Hand wieder zurück.

»Schau mal! Da ist das Logo der Uni Stanford draufgedruckt! Und er hat auch ein paar solche T-Shirts und eine Kappe mit passendem Schal! Das haben wir nicht geträumt, Guido! Unser Sohn *ist* in Stanford! Da muss ein Fehler vorliegen. Irgendjemand sagt uns nicht die Wahrheit. Schau!«

Schreiend hielt sie ihm das Sweatshirt unter die Nase. Guido hatte sie noch nie so außer sich gesehen. Fast konnte ihm diese sanfte, elegante, stets gefasste Frau, die er vor vielen Jahren in der Gewissheit geheiratet hatte, sie ein Leben lang zu lieben, und die er geliebt hatte und noch immer wahnsinnig liebte, Angst machen, und er hätte alles gegeben, um sie nicht so zu sehen, er hätte ihr das Haar geordnet, das ihr jetzt wie ein hässlicher, wirrer Schatten über der Stirn in die Höhe stand. Er wollte nicht, dass seine Frau Schatten hatte, er wollte, dass sie wieder der Sonnenschein ihrer Ehe würde. Was war das? Eine flüchtige Verfinsterung, ein Augenblick. Alles war gut. Alles würde wieder gut werden. Das war nur ein leidiger Zwischenfall, ein Faden, der sich verheddert hatte, was war schon dabei? Mit Geduld und Fingerspitzengefühl würden sie ihn gemeinsam entwirren.

»Lass uns schlafen gehen, Nisi. So tun wir uns nur weh.«

KAPITEL 4

Zweite Qualen

Es ist unglaublich, wie bei den Härtefällen des Lebens selbst die gemeinhin wirksamsten Medikamente versagen. Die Pharmahersteller sollten das auf ihre Beipackzettel schreiben; neben den Anwendungen, der Dosis und den Nebenwirkungen sollten sie auch die Wirkungslosigkeiten auflisten, also die Fälle, in denen das Medikament nicht den leisesten Effekt zeigt, und dazuschreiben, wie man dieser Ineffizienz wenigstens teilweise entgegenwirken kann. Denn obwohl sie ihre üblichen Tropfen genommen hatte, tat Signora Cantirami auch in dieser zweiten Nacht kein Auge zu.

Die ganze Zeit über rief sie sich immer wieder die Gespräche ins Gedächtnis, von denen ihr Mann ihr berichtet hatte, vor allem das mit Oxford. Mindestens zwanzigmal hatte sie es im Geiste wiederholt, wie ein Tonband, und jedesmal blieb sie an einem Punkt hängen, der ihr unklar war und den sie einfach nicht begreifen konnte. Ehrlich gesagt, waren sämtliche Punkte unklar: Knoten, dorniges Dickicht, Gestrüpp ohne die kleinste, samtig rot daraus hervorblitzende Himbeere, die ihr ein wenig Trost, Mut und Hoffnung hätte geben können. Der Punkt allerdings, über den sie in dieser Nacht immer wieder stolperte, mochte zwar läppisch und unerheblich daherkommen, war dafür aber so unentwirrbar wie ein verfilztes Knäuel und betraf mehr oder weniger Folgendes: Wieso, zum Teufel, lädt eine Uni wie die Universität von Oxford einen jungen, vielversprechenden Doktoranden der Wirtschaftswissenschaften ein, wenn dieser junge Mann gar kein Doktorand ist und somit vielleicht noch nicht einmal ein vielversprechender Ökonom?

Etwas entzog sich ihr. Das ganze Leben ihres Sohnes, insbesondere die letzten Jahre, entzogen sich ihr.

Fil entzog sich ihr, und zwar von A bis Z.

Sie dachte an den Tag seiner Geburt zurück. Ein herrlich lauer Frühsommertag. Am Abend zuvor waren sie lang mit Freunden unterwegs gewesen und erst um zwei Uhr ins Bett gekommen. Sie erinnerte sich, dass sie in der Nacht eine Eule oder ein Käuzchen gehört hatte. Sie konnte die beiden nie unterscheiden. Doch es war ein heiteres, kein bisschen düsteres Geräusch. Es hatte ihr Gesellschaft geleistet, und sie hatte es als eine Art Ankündigung genommen. Angekündigt von einem nächtlichen, rhythmischen, wohlmeinenden Ruf, kam ihr Junge auf die Welt.

Am Morgen hatte sie den Koffer genommen und sich guter Dinge auf den Weg ins Krankenhaus gemacht. Sie wusste, dass es ein liebes Kind werden würde. Woher, hätte sie nicht sagen können. Gewisse Dinge spürt man, sie sind unerklärlich, aber unmissverständlich. Genauso gut hätte man die Wolken fragen können, woher sie wussten, dass sie Regen brachten, oder das Meer, warum es Wellen macht, wenn es auf den Strand trifft. Gewisse Dinge sind, wie sie sind und basta.

Als Fil klein war, hatte Nisina nicht gearbeitet. Gemeinsam hatten sie und Guido beschlossen, dass sie zu Hause bleiben würde.

»Ich will meinen Sohn nicht verpassen«, hatte sie gesagt.

Sie konnte es sich leisten, denn Guido verdiente gut. Sie hatten eine Zugehfrau und einen Babysitter, der auch über Nacht blieb, wenn sie nicht da waren. Es war ein sehr schönes Leben gewesen. Margherita wurde geboren, und Nisina hatte einfach weitergemacht, überzeugter denn je, Vollzeitmama sein zu wollen. Sie ging mit den Kindern in den Park und ins Schwimmbad. Sie organisierte die Kindergeburtstage und traf sich mit anderen Müttern zum Kaffee. Im Winter fuhr sie mit ihnen ein paar Wochen zum Skilaufen und im Sommer zwei Monate ans Meer, damit sie gute Luft atmeten, Sport trieben und groß und stark würden. An einen Job würde sie später denken. Waren die Kinder erst einmal groß, wäre das kein Problem, hatte sie sich gesagt, dann würde ihr schon was einfallen. Bei Frauen dieser Kreise war das in jenen Jahren durchaus gängig. Irgendwann sagten sie sich: Jetzt überlege ich mir, was ich Schönes anfangen kann. Das konnte Aquarellmalen sein, das Verfassen von Lexikoneinträgen oder Katechismusunterricht.

Auch Nisina hatte sich ihren Job selbst ausgedacht: Sie war Innendekorateurin geworden. Sie richtete die Häuser anderer Leute ein, beriet sie bei Stoffen, Möbeln, Teppichen oder ob sie eine Lampe umstellen sollten oder nicht. Es machte ihr Spaß, man brauchte Elan und Kreativität.

Doch Filippo war wirklich ein liebes Kind gewesen. Ein Kind, das aß und schlief, mit anderen Kindern spielte und kein Theater machte. Ruhig und still. Vielleicht ein bisschen eigenbrötlerisch. Zum Beispiel hatte er diese Angewohnheit mit den hohlen Bäumen: Kaum waren sie auf dem Land oder in den Bergen, rannte er sofort los und verkroch sich in einem hohlen Baum. Niemand konnte ihn finden, und nach einer Weile wurde gewissenhaft Baum für Baum abgesucht. Sie wussten schließlich, wo er war, wo sollte er sonst sein? Ach, was waren das für schöne Zeiten gewesen! Als Fils Fluchtversuche noch so leicht zu durchschauen waren.

Als Kind hatte er nie Probleme gemacht. Und auch nicht als Teenager. Fast konnte man sagen, er war nie Teenager gewesen. Es war, als hätte er diese finstere, stürmische, Jugend genannte Phase übersprungen, die wie eine Naturkatastrophe irgendwann über jeden hereinbricht. Er war einfach erwachsen geworden. Jedes Jahr ein bisschen mehr. Er hatte einen Bartschatten und Haare auf den Beinen bekommen. Wie alle Jungs seines Alters. Aber es hatte keine Szenen gegeben, keine Auseinandersetzungen. Er lernte, gondelte ein bisschen mit dem Motorrad durch die Gegend, ging ab und zu mit seinen Freunden aus, hatte hin und wieder eine Freundin und ließ sonntags seine ferngesteuerten Flugzeuge fliegen. Ein normales Leben.

Und jetzt?

Wo hatte die Sache einen Knick bekommen und warum?

Hatte sie einen Knick bekommen?

All diese Gedanken gingen Nisina in jener Nacht durch den Kopf, dicht gedrängt und unstet, oder besser, einer willkürlichen, jedoch auf wundersame Weise logischen Ordnung folgend. Sie mochte nicht glauben, dass ihr Fil sie dermaßen betrogen hatte. Sie mochte es nicht glauben, weil sie den Sinn nicht durchschaute, die Gründe nicht begriff. Immer wieder sah sie ihn als kleinen Jungen vor sich, ein rosiger, pausbackiger kleiner Kerl, der sie von Weitem anstrahlte und auf sie zutapste, der Blümchen pflückte, um sie ihr beim Abendessen zu schenken, der rot wurde, wenn er etwas Unartiges tat, und ihr dann, wenn sie ihm wieder gut war, die Arme um den Hals schlang und ihr sagte, sie sei die schönste Mama der Welt.

Was hatte sie falsch gemacht? Was hatte sie Schlimmes getan? War da draußen irgendjemand, der es ihr sagen und ihr helfen konnte? War es denn so abwegig, dass die Mutter eines achtundzwanzigjährigen Sohnes ein bisschen Hilfe brauchte?

Statt sich in jener Nacht ebenfalls einer quälenden Gewissensprüfung hinsichtlich seiner Vaterrolle samt eventueller Erziehungsfehler zu unterziehen, goss sich Guido Cantirami einen Whiskey ein, verschwand in seinem Arbeitszimmer und schaltete den Computer ein.

Er hatte beschlossen, seinem Sohn zu schreiben. Wieso nicht? Dass er auf Mails nicht antwortete, bedeutete schließlich nicht, dass er sie nicht las. Sollte er sie also lesen, würde er erfahren, was sein Vater von ihm hielt und was er ihn dringend wissen lassen wollte. Im Extremfall würden seine Worte ins Leere gehen. Eine ins Meer geworfene Flaschenpost. Es kommt, wie es kommt.

In Wahrheit war Guido stinksauer. Er platzte fast vor blindem Zorn, für den er kein Ventil fand und der sich immer weiter verästelte. Er musste Dampf ablassen. Fil zu schreiben, war eine Möglichkeit – die einzig machbare, die ihm einfiel –, um den Schmerz loszuwerden. Was gab es Besseres, als die ganze Nacht auf einer Tastatur herumzuhacken.

Ihm war die fixe Idee gekommen, dass Fil ein Rebell geworden war. Ein Revoluzzer. Und dass er sich einer religiösen Sekte oder einer extremistischen Gruppierung angeschlossen hatte. Dass es sich nicht nur um ein Aufbegehren gegen die Eltern handelte und ebenso wenig um eine gesellschaftliche Ohrfeige. Er stellte ihn sich in Terroristenkluft vor, beim Aushecken von Kampfstrategien oder beim Bombenbau in einem feuchten, dunklen Keller. Die Schafe waren nur Ablenkung, klar. Ein Trick, um die Aufmerksamkeit abzulenken, teuflische Augenwischerei.

Mit glühender Entschlossenheit legte er los. Die Worte stürzten herab wie Meteoriten, die in der Atmosphäre Feuer fingen, und er hoffte, sie würden auf der Erdoberfläche, in der Seele seines Sohnes, tiefe Krater reißen.

Doch kurz nach zwei Uhr nachts wurde der Ton allmählich sanfter. Als der Morgen graute, schrieb Guido völlig erschöpft zusammenhanglose, vor Verständnis, Schuldgefühlen und Hilferufen strotzende Satzfetzen. Ja, Hilferufe. Er, der Vater, bat den Sohn um Hilfe, darum, sich zu melden, ihm alles zu erklären.

Am Schluss wurde es ein derart pathetischer Brief, dass er ihn nicht abschickte. Er speicherte ihn noch nicht einmal als Entwurf, sondern ließ ihn verschwinden, vom Äther verschlucken. Was sollte ein Sohn mit den Worten eines Vaters anfangen, der offenbar den Verstand verloren hatte? Er wusste es nicht mehr. Guido Cantirami wusste nicht einmal mehr, ob er überhaupt einen Sohn hatte. Es war schon hell, als er über dem Computer einschlief, die Arme auf der Tastatur, darauf der schwere Kopf. Es war kein richtiger Schlaf. Eher eine Kapitulation.

Als er hochschreckte, war es Zeit, ins Büro zu gehen. Er fühlte sich benommen, aber irgendwie auch zufrieden, und hatte das Gefühl, die Nacht auf die denkbar beste Weise verbracht zu haben. Dass er seinem Sohn keine Mail geschickt hatte, tat nichts zur Sache. Er war bei ihm gewesen. Ihm die ganze Nacht durch zu schreiben hatte bedeutet, ihm nahe zu sein. Oder zumindest weniger fern.

Und seltsamerweise hatte diese schlaflose, arbeitsame Nacht ihm gutgetan. Sein Geist war wieder wach und klar. Ihm kamen neue Ideen, andere Pläne. Als er seine Frau in der Küche vor ihrer üblichen Müslischüssel antraf, begrüßte er sie fast überschwänglich. Er wusste, was zu tun war. Er war zufrieden mit sich und voller Zuversicht.

Unterdessen hatte Gheri sich nicht in Luft aufgelöst, wie die Mutter befürchtet hatte.

Die Sache mit ihrem Bruder ließ sie alles andere als kalt, sie machte sich große Sorgen. Auch sie hatte x-mal vergeblich versucht, ihn zu erreichen. Auch sie fragte sich, wo er steckte und was zum Teufel er trieb.

Ihre Freundin Elda, bei der sie tatsächlich übernachtet hatte, stand ihr zur Seite. Sie versuchte sie zu trösten und sagte, um Fil müsse man sich keine Sorgen machen. Man wisse doch wie er sei, auf ihn könne man sich verlassen. Jetzt müsse man nur dahinterkommen, was los sei, eine Erklärung gebe es bestimmt.

Sie hatte sogar eine Idee. Eine etwas sonderbare und, wie sich herausstellte, völlig sinnlose Idee vielleicht, aber immerhin gab sie der Freundin das Gefühl, nicht ganz allein im Dunkeln zu tappen.

Um das Thema zu wechseln und Gheri auf andere Gedanken zu bringen, redete sie mit ihr über Politik. Sie plauderte über absurde Teilzeitjobs, Hungerlöhne und wie schwer es inzwischen sei, eine auch nur vorübergehende Beschäftigung zu finden. Und da kam ihr die Idee. Wieso sie sich nicht an die Gewerkschaften wende, schlug Elda ihr auf einmal strahlend vor.

»Welche Gewerkschaften? Bist du irre?«, gab Gheri zurück.

»Es gibt auch Gewerkschaften für Akademiker, wusstest du das nicht?«

»Was redest du denn da?«

»Siehst du? Die Leute sind völlig ahnungslos! Ihr lebt alle hinterm Mond. Ihr macht nichts und denkt nur bis zur eigenen Nasenspitze.«

»Hör mir bloß mit dieser elenden Nasenspitze auf, Elda!«

Wenn ihre Freundin erst einmal in Fahrt kam, endete es immer bei dieser Nasenspitze, Gheri konnte es nicht mehr hören. Sie fühlte sich schutzlos ausgeliefert. Schon richtig, ihre Familie hatte Geld, sie trug die Klamotten, die sie wollte, und studierte, ohne jobben zu müssen – na und? Musste sie deshalb ihr Leben lang ein schlechtes Gewissen haben? Und was die Politik betraf, wählte sie eine gemäßigte Linkspartei, ging zu Demos und hing die PACE-Flagge aus dem Fenster. Aber

Elda wollte etwas ganz anderes von ihr, etwas Handfesteres, einen Aufstand zum Beispiel.

Sie waren Freundinnen, aber sie hatten unterschiedliche Köpfe und unterschiedliche Leben. Elda Circassi war die Tochter zweier Exrevoluzzer. Schon als Dreijährige war sie mit auf Demos geschleift worden und hatte auf dem Wohnzimmerteppich gespielt, derweil ihre Eltern sich eine Zigarette nach der anderen ansteckten und sich bis vier Uhr morgens mit Freunden – alles Genossen – die Köpfe über Politik heiß redeten. Sie hatte sich an der Schauspielschule in Rom eingeschrieben, widmete sich aber hauptsächlich der No-Global-Bewegung und feministischen Versammlungen. Sie mochte Gheri sehr. Sie hatten sich bei einem Tanzkurs kennengelernt, doch dann hatte Elda damit aufgehört, weil sie lieber im örtlichen Stadion laufen ging. So hatten sie sich ein paar Jahre lang aus den Augen verloren. Eines Abends waren sie sich in einem Keller wiederbegegnet, in dem eine frisch gegründete Theatertruppe *Gott* von Woody Allen aufführte. Von da an waren sie Freundinnen geworden. Womöglich glaubte Elda, Gheri vor ihrem politischen Desinteresse retten zu müssen. Und Gheri meinte, sie könnte der Moralpaukerei, zu der Elda unweigerlich neigte, entgegenwirken.

»Es gibt eine Gewerkschaft für Akademiker, glaub mir. Sie heißt GW.«

»Gab's da nicht den Nationalen Gewerkschaftsbund?«

»Doch, das ist das Gleiche. Gewerkschaft für Wissensarbeiter.«

»Wissensarbeiter? Und was soll das sein?«

»Die, die mit dem Kopf arbeiten: Bücher, Studium, Schule, Forschung … Hallo!?«

»Na schön, aber was hat mein Bruder damit zu tun?«

»Ist dein Bruder kein Akademiker? Einer, der wissenschaftlich arbeitet? Wenn der nicht mit dem Kopf arbeitet, dann …«

»Ja, Elda. Aber was hat die Gewerkschaft mit den Schafen meines Bruders zu tun? Wir haben ein konkretes Problem, Eldina: die Schafe! Ist dir das klar oder nicht?«

»Na ja, sagen wir mal, dein Bruder ist ein Wissensarbeiter, der vorübergehend verschwunden ist … Sie könnten dir helfen, ihn wiederzufinden. Und ihm helfen, sich wiederzufinden!«

»Das verirrte Lämmchen oder was?«

»Mach, was du willst, aber ich hab's dir gesagt.«

Gheri ließ sich die Adresse geben, das erschien ihr ihrer Freundin gegenüber nur fair.

Doch sie ging nicht hin. Sie hatte nicht den Mumm. Sie wusste nicht, was sie hätte sagen sollen. Immer wieder spielte sie im Geiste durch, was sie hätte sagen können, aber jedesmal war es eine Katastrophe. Sie schlenderte durch die Straßen der Innenstadt und landete schließlich in einer Bar. Sie bestellte einen Kakao, dann noch einen und noch einen, nippte bedächtig an ihrer Tasse, saß da und dachte nach.

Der Film, der vor ihrem inneren Auge ablief, sah ungefähr so aus: Sie geht zur GW, kommt rein und sagt, guten Tag, ich wollte fragen, ob Sie mir helfen können. Bitte, Signorina, um was geht es denn? Um Folgendes: Ich habe einen Bruder, der als Wissensarbeiter tätig ist, er fällt also in euren Bereich … Dieser Bruder ist ein großer Wirtschaftsspezialist, er macht sein Doktorat in Stanford, aber jetzt ist er in Oxford und kümmert sich um eine Gruppe Schafe. Eine Herde, wollte ich sagen. Eine Schafherde, keine Gruppe. Schön, und was können wir für Sie tun, Signorina? Wenn denn in den Büros der GW überhaupt gesiezt wird. Nein, bestimmt duzen sich alle, kaum vorstellbar, dass eine Gewerkschaft die Leute siezt. Also, noch mal. Schön, Genossin, was können wir für dich tun? Nichts, ich habe gedacht, vielleicht könnt ihr ihn ausfindig machen und ihn fragen, ob sie ihm ins Hirn geschissen haben.

Nein, das ging nicht. So nett sie bei der GW auch sein mochten und sosehr sie sich um die – wie es in der unsäglichen Abkürzung hieß – Wissensarbeiter kümmerten und obgleich ihr Bruder sich, zumindest bis vor wenigen Tagen, zu dieser menschlichen, oder besser, gesellschaftlichen Spezies recht spezieller Arbeiter zählen konnte, hätten sie ihr wohl kaum helfen können. Außerdem hätten sie ihr gesagt: Die Schafe sind ja wohl Sache deines Bruders! Wenn er Schafe hüten will, soll er doch! Was haben wir damit zu tun?

In diesem Moment ging Gheri auf, dass man ihr nicht helfen konnte. Überhaupt nicht. Und als sie die Bar mit einem leicht flauen Gefühl wegen des vielen Kakaos verließ, traf sie auf Girolamo Noce, genannt Giro.

Er war ein stattlicher fünfundvierzigjähriger Müßiggänger, der am Fachbereich Kommunikationswissenschaften einen Lehrauftrag für ein vierzigstündiges Seminar über die Geschichte der RAI ergattert hatte. Darüber hinaus hielt er sich als Journalist über Wasser und brachte hin und wieder bei irgendeinem Provinzkäseblatt einen kleinen Filmartikel unter. Gheri hatte ihn bei einem Seminar über Filmgeschichte kennengelernt, in das sie sich hineingeschmuggelt und das sie dann aus Langeweile fluchtartig wieder verlassen hatte. Doch da hatte er bereits ein Auge auf sie geworfen. Und ihr sogar eine Zeit lang den Hof gemacht und geglaubt, er hätte die Beute im Sack, nur weil sie zweimal hintereinander mit ihm ins Kino gegangen war. Dabei hatte er ihr nur den richtigen Film am richtigen Abend vorgeschlagen, und sie hatte nichts Besseres vorgehabt. Doch das ahnte er nicht. Und als er ihr an diesem Nachmittag wieder über den Weg lief, mit ihrem langen blonden Haar, dieser dunklen, ein wenig maskulinen Jacke und dem schmalen, lockeren Schlips über dem halb aufgeknöpften Hemd, schön wie eine Rose, beschloss er, seine Freiersarbeit wiederaufzunehmen, und machte sich wie eine eifrige Spinne sofort daran, sein Netz zu spinnen.

»Ich bin gerade auf dem Weg zur Zeitung, begleitest du mich? Dann zeige ich dir die Reportage, an der ich gerade sitze, und du kannst mir was dazu sagen«, schlug er ihr vor.

In dem Moment wäre Gheri mit jedem mitgegangen, selbst mit einem kamelreitenden Beduinen in der Wüste, so erschöpft und niedergedrückt war sie. Also stieg sie auf Girolamo Noces Kamel und begleitete ihn zur Zeitung.

Er stellte ihr vier Kollegen vor, die vor ihren Bildschirmen klebten, zeigte ihr Fotos, die er von irgendwelchen stillgelegten Industrieanlagen geschossen hatte – darum sollte es in seiner Reportage gehen –, und fing an, von den Interviews zu erzählen, die er machen wollte, bis ihm aufging, dass sie gar nicht zuhörte.

»Was hast du?«, fragte er.

In nicht einmal zwei Minuten hatte sie ihm die ganze Geschichte von ihrem Bruder in den Schoß gekippt.

Was für ein Fehler! Jemandem das Herz zu öffnen, der sich für einen Journalisten hielt! Girolamo Noce führte sie sofort zum Chefredakteur, einem dicken, rosigen Kerl namens Leone mit schütterem Bart und einer mindestens zwei Nummern zu kleinen Siebzigerjahre-Tweedjacke.

»Leone, hör dir das mal an!« In einer Minute hatte er ihm alles erzählt, samt Oxford, Schafen, Stanford, Wirtschaft, der Bocconi und dem Prekariat.

»Sorry, Giro, aber was hat das Prekariat mit dem Ganzen zu tun?«, fragte Gheri verdattert.

»Leone schreibt etwas über prekäre Arbeitsverhältnisse. Er macht einen großartigen Job. Gestern hat er vierzigjährige Aushilfslehrer, ein paar Arbeiter aus der Textilbranche, die gerade vor die Tür gesetzt wurden, und ein paar junge Leute, die mit einem superbefristeten Zwei-Monats-Vertrag und einem Tritt in den Arsch bei einem Callcenter angefangen haben, interviewt. Das schlägt ein wie 'ne Bombe, wirst schon sehen!«

»Ja, schon klar, aber was hat mein Bruder mit befristeten Jobs zu tun?«

»Wieso, gehört er nicht zum Prekariat?«

»Na ja, nee. Irgendwie nicht.«

»Aber hast du mir nicht erzählt, er sei seinen Job los?«, fragte Leone Girolamo.

»Ja, genau. Er war Professor in Stanford, und jetzt haben sie ihm gekündigt, und er zieht rum und verkauft Vieh«, hob Girolamo an.

»Was redet ihr denn da?«, fiel Gheri ihm ins Wort. »Das habt ihr nicht von mir! Darf man fragen, wieso ihr Journalisten euch immer alles ausdenkt?«

»Aber hast du nicht gesagt, er sei mit einer Schafherde rumgelaufen? Und was soll er deiner Meinung nach damit machen, außer sie zu verkaufen? Erklär's mir. Ich glaub nicht, dass Ökonomen neuerdings mit Schafen im Schlepptau unterwegs sind! Oder doch? Korrigier mich, wenn ich unrecht habe. Sag mir, was dein Bruder macht. Ist doch offensichtlich, bei der Krise, die an den Unis herrscht. Es gibt immer weniger Stellen, fähige junge Leute hocken ihr ganzes Leben lang auf befristeten Verträgen … Ist doch logisch, dass dein armer Bruder sich mit Schafen über Wasser hält! Er ist halt auch Opfer dieses Scheißsystems!«

»Okay, gute Nacht. Danke trotzdem, man sieht sich.«

»Nein, entschuldige, jetzt sag doch mal …«, hob der rotblonde Dicke namens Leone an.

»Ich hab deinem Freund Giro nur erzählt, dass mein Bruder in Oxford war und in Begleitung einer Schafherde einen Vortrag gehalten hat. Entschuldigt, ich habe den irrwitzigen Fehler begangen, euch das zu erzählen, Ende, das war blöd, schönen Tag noch! Mein Bruder gehört nicht zum Prekariat, sondern ist Wissenschaftler.«

»Wieso verplemperst du dann damit meine Zeit?«, raunzte

Leone Girolamo an. »Wenn du mir die jetzt bitte vom Hals schaffst, können wir weiterarbeiten, hier gibt's nämlich haufenweise zu tun, da brauchen wir nicht so ein kleines Miststück, das sich für wer weiß was hält.«

Arme Gheri, es war doch nicht ihre Schuld, dass ihr Bruder nicht Teil des Prekariats war und seine Geschichte deshalb nicht zog. Niemand hatte daran Schuld. Doch in jenen Jahren der Weltwirtschaftskrise hatten sich die unsicheren Arbeitsverhältnisse zu einer regelrechten gesellschaftlichen Plage entwickelt. Selbst tüchtige, gut ausgebildete junge Leute hatten größte Mühe, einen Job zu finden, und wenn sie einen fanden, war er zeitlich begrenzt, vorübergehend, flüchtig: eben prekär …

Sich über ein so vielschichtiges Problem die Köpfe heißzureden, wäre an dieser Stelle unangebracht, auch weil der zeitliche Abstand, mit dem wir heute auf diese Epoche zurückblicken, so groß ist, dass die Dinge an Schärfe verlieren. Es sei nur gesagt, dass man damals äußerst sensibilisiert für das Prekariatsproblem war, vor allem im Jahr 2011, dem Jahr der »Empörten«, also jener jungen Menschen auf der ganzen Welt, die vereint gegen ein System protestierten, das ihnen »die Zukunft stahl«, wie auf ihren Bannern zu lesen stand.

Leider und so traurig es ist, zählte unser Fil nicht zu dieser Gruppe. Er war weder prekär noch empört. Überdies gehörte er der wohlhabenden Klasse an, was für viele bereits einer Schuld gleichkam. Es wundert also kein bisschen, dass sich Girolamos und Leones Käseblatt einen Dreck um ihn scherte, sobald klar war, wie die Dinge standen.

Verärgert zog Gheri von dannen. Trotzdem versuchte Girolamo seine letzte, ganz persönliche Karte auszuspielen und lud sie für den Abend zum Essen ein, was erwartungsgemäß ein Schlag ins Wasser war. Gheri stand der Kopf ganz woanders und nach dem Zwischenfall in der Redaktion wollte sie nur noch eines: nach Hause, heiß duschen und vielleicht noch eine Folge *Criminal Minds* anschauen, um runterzukommen, mit genialen *Profilers*, die den nächsten, natürlich vollkommen durchgeknallten und blutrünstigen Serienmörder aufspürten.

KAPITEL 5

Lehrerinnen, Koffer und Seehunde

Nach dem unbefriedigenden Besuch bei Signora Salgemmi suchte Nisina nach der zweiten schlaflosen Nacht Filippos Grundschullehrerin auf.

Das war schon recht weit zurückgerudert. Aber wenn es ihr in den Sinn gekommen war, bedeutete es, dass sie es brauchte. Sie brauchte dieses Stochern in der Vergangenheit. Hätte sie gekonnt, hätte sie sogar mit den Engeln des Paradieses geredet, um alles über ihren Sohn in Erfahrung zu bringen. Das ganze Chaos, von dem sie, obwohl sie seine Mutter war und jahrelang mit ihm zusammengelebt hatte, nichts mitbekommen hatte. Oder nichts begriffen hatte.

Die Lehrerin Schwester Lucia war in der Klasse. Sie unterrichtete. Diese Nachricht tröstete Nisina sehr. Wenn man bedachte, dass es genau zweiundzwanzig Jahre her war, dass ihr Sohn an dieser Schule die erste Klasse besucht hatte, war es beruhigend zu wissen, dass seine damalige Lehrerin noch immer dort war und in diesem Moment ihre Klasse unterrichtete. Es war ein bisschen so wie festzustellen, dass manche Dinge doch dort bleiben, wo wir sie zurückgelassen haben. Menschen wie Häuser. Bäume. Klippen. Wirklich sehr beruhigend. Endlich widersprach einmal etwas der allseits verstörenden Idee zeitlicher Befristung.

Nisina wartete bis zur Zehn-Uhr-Pause. Als es läutete, stürzten die Kinder freudig in den Flur und weiter in den Hof. Es war eine sehr schöne Szene, die sie an ihre eigene Schulzeit und an die guten Brötchen zurückdenken ließ, die am Hausmeistertresen verkauft wurden; man musste sich ranhalten, um die ganze Auswahl zu haben. Die Brötchen mit Thunfisch und Artischocken waren als erste aus, und wenn man nicht schnell genug war, blieben nur noch die mit Käse übrig.

»Signora Cantirami, wie nett!«

Mit einem herzlichen Lächeln tauchte Schwester Lucia aus einer Traube kreischender Kinder auf. Sie sah aus wie immer. Man hatte tatsächlich den Eindruck, als wäre die Zeit für sie stehen geblieben. Natürlich tut die Schwesternkluft das Ihrige und kaschiert die Anzeichen möglichen (oder besser, gewissen) körperlichen Alterns. Doch das Gesicht, dieser vielsagende Teil unseres Körpers, der am meisten über uns verrät, wo sich mit jeder Falte ein weiterer Abgrund in unser Leben gräbt, ist dennoch zu sehen. Schwester Lucia hatte keine Falten. Oder zumindest schien es Nisina, die ganz andere Dinge im Kopf hatte, auf den ersten Blick so. Doch eine Haarsträhne, die sich unter der weißen, das Gesicht umrahmenden Haube hervorgestohlen hatte, war silberweiß geworden und ließ eine Art Schatten auf ihren Teint fallen, einen abendlichen Hauch. Wie bei Sonnenuntergang, wenn das Licht auf den Straßen und am Himmel langsam schwindet.

Sie setzten sich in den kleinen Aufenthaltsraum gegenüber dem Sekretariat. Es duftete nach Blumen und Sauberkeit. Der blank polierte Marmorboden glänzte in der Sonne, die durch die blitzsauberen Fenster fiel und sich rötlich funkelnd in den Mahagonimöbeln spiegelte.

»Ich will gar nicht lange stören, Schwester Lucia. Sie sehen fantastisch aus! Ich freue mich …«

»Ich mich auch, Signora Cantirami, es freut mich sehr, Sie zu sehen. Wie geht es Ihrer Familie? Erzählen Sie mir von Filippo.«

»Erinnern Sie sich noch an ihn?«

»Was für eine Frage! Im Herzen einer Lehrerin haben alle kleinen Gesichter einen festen Platz. Und Ihr Junge war ... so ein besonderes Kind.«

»Besonders? Finden Sie?«

»Wissen Sie noch, man konnte ihm nie etwas recht machen. Er zog dann immer seinen kleinen Flunsch und guckte streng. Ach, ich weiß nicht, ich weiß nicht ... Manch einer hätte das vielleicht als Überheblichkeit abgetan. Aber stattdessen müssen wir Gott danken, dass es solche Kinder gibt. Ruhelose, unzufriedene Kinder. Aber nur, weil sie nach den Sternen greifen. Sie wollen eine Welt, die es nicht gibt. Doch oft ist die Welt, nach der sie sich sehnen, die Welt, wie sie sein sollte, Signora Cantirami. Deshalb sind uns Lehrern diese wertvollen Kinder so besonders ans Herz gewachsen, weil sie fast nach einer gewissen Form von Ideal streben! Ich weiß nicht, ob ich mich verständlich gemacht habe ...«

Nisina war gerührt, etwas Derartiges über ihren Sohn zu hören.

»Sie können sich nicht vorstellen, wie wohl mir Ihre Worte tun«, sagte sie. »Denn, um ehrlich zu sein, kenne ich mich gerade nicht mehr wirklich aus. Mein Sohn lebt weit weg, und ich habe Angst, dass ...«

»Angst, dass er vom Weg abkommt? Nein, Filippo ist nicht der Mensch, der vom Weg abkommt. Geben Sie ihm Zeit. Manche von uns brauchen mehr Zeit, um zu dem zu werden, was sie wirklich sind. Das bedeutet nicht, dass mit ihnen was nicht in Ordnung ist. Es heißt nur, dass manche Phasen ihres Lebens länger dauern. Aber wir haben doch keine Eile, oder? Wo sollten wir denn so hastig hinwollen?«

»Ja, schon, Schwester Lucia, aber es ist so: Ich habe Angst, dass Filippo sich in Schwierigkeiten gebracht hat ...«

Sie schilderte die vergangenen Jahre, die Examen, das Abi, das Auslandsstudium. Und schließlich deutete sie den Kern des Problems an. Die Schafe ließ sie zwar unerwähnt, sagte aber, Filippo befände sich womöglich in einer Krise, vielleicht habe er die falschen Bekanntschaften gemacht, doch das Schlimmste sei, dass sie nichts mehr von ihm wisse, er entzöge sich ihr, erzähle nichts von sich, was er machte, wo er war …

»Filippo ist sehr schüchtern, Signora, das können Sie nicht leugnen. Schon als Kind hat er alles für sich behalten, und möglicherweise hat sich daran nichts geändert.«

»Aber nicht doch, Sie irren sich! Filippo war so ein Sonnenschein! Offen, lustig, mitteilsam. Ich kann mich nicht erinnern, dass er je verschlossen war, sind Sie sich sicher?«

»Da kommt mir eine kleine Geschichte in den Sinn, ein bisschen drollig vielleicht und wahrscheinlich völlig bedeutungslos. Ich möchte sie Ihnen trotzdem erzählen. Bestimmt erinnern Sie sich, dass sich die Kinder an dieser Schule noch etwas zum Mittagessen von zu Hause mitbringen dürfen, wenn sie nicht nur das Schulmensagericht essen möchten. Irgendetwas Leckeres von der Mama, ein Hamburger, ein frittierter Fisch, ein Stück Kuchen … Morgens kommt jeder mit seinem Körbchen an, und dann stellen wir die Körbchen in einen großen, abschließbaren Kühlschrank. Zum Mittagessen muss dann jeder nach seinem Körbchen fragen, und wir holen ihn dann und machen das Essen im Ofen warm. Erinnern Sie sich? Heute ist es noch genauso wie damals. Filippo hatte immer ein Körbchen dabei. Sie gaben ihm natürlich jeden Tag etwas Gutes mit. Aber er hat nie danach gefragt. Wussten Sie das? Er traute sich nicht. Lieber verzichtete er auf seine Köstlichkeiten, als den Mund aufzumachen! Ohne einen Mucks aß er das, was es in der Mensa gab. Ich wusste, dass er ein Körbchen dabeihatte. Aber ich wartete ab. Er musste kommen, ich durfte ihn nicht drängen. Es war alles in dem Kästchen verschlossen, das er in sich trug. Er wusste nicht, wie man es öffnete. Es galt abzuwarten. Vielleicht ist es noch immer so, und Filippo braucht Zeit, um mit Ihnen zu reden.«

»Das ist ja erschütternd, was Sie mir da erzählen, Schwester Lucia! Ich hätte nie gedacht, dass mein Sohn …«

»Aber da ist doch nichts dabei! Ich habe nur gesagt, dass er ein wenig schüchtern war. Schüchternheit ist schließlich keine Krankheit – im Gegenteil! Es ist vielmehr so, als ob jemand spürt, eine ganze Welt in sich zu haben, und nicht weiß, wie er sie in die Welt um sich herum transportieren soll. Es ist lediglich ein … Transportproblem, so würde ich es ausdrücken! Schüchternen Kindern fehlt der richtige LKW, das ist alles! Aber den finden sie, ganz bestimmt!«

»Ach, ich weiß nicht, ehrlich gesagt, bin ich etwas erschüttert. Sie schildern mir ein mir völlig unbekanntes Kind.«

»Das kommt vor. Ich mag mich irren, aber ich meine, das kommt vor. Oft wissen Mütter nicht sonderlich viel über ihre Kinder. Aber das ist normal. Machen Sie sich keinen Kopf. Und kommen Sie mich wieder besuchen! Sie können sich nicht vorstellen, wie sehr es mich freut, wenn eine Mutter mir von ihrem erwachsenen Kind erzählt. Dann sehe ich es vor mir, wie es war, und weiß endlich, was aus ihm geworden ist.«

Es hatte bereits vor mindestens fünf Minuten geläutet, Schwester Lucia war mit ihrer Zeit schon mehr als großzügig gewesen, jetzt musste sie wieder in ihre Klasse. Nisina stand auf und bedankte sich nachdrücklich, aber unterm Strich nicht nachdrücklich genug. Gewiss sehr viel weniger, als sie gewollt hätte, so groß war die Dankbarkeit, die sie empfand.

Als sie die Schule verließ, hätte sie am liebsten geweint. Sie war so durcheinander, dass sie nicht begriff, ob ihr aus heimlicher, jäher Freude oder aus abgrundtiefer Traurigkeit zum Weinen zumute war.

Ihr Sohn schüchtern? Aber als kleiner Junge war er ein regelrechter Wirbelwind gewesen! Mitreißend, dynamisch, immer fröhlich. Auf Kinderfesten dauerte es keine zehn Minuten, und er war der Chef, der entschied, was gespielt wurde, und die Mannschaften aufstellte. War es möglich, dass die Lehrerin etwas anderes in ihm gesehen hatte? War es möglich, dass er zwei Gesichter hatte? Dass es zwei Filippos gab und sie, die Mutter, immer nur einen gesehen hatte?

Guido hatte das Haus ebenfalls zeitig verlassen. Er hatte eine glasklare Vorstellung davon, was zu tun war, und an diesem zweiten Tag persönlicher Ermittlungen machte er entscheidende und unverhoffte Fortschritte.

Kaum war er im Büro, tat er sofort das, was er – als er im Morgengrauen aus dem Dämmerzustand, in den er gefallen war, erwacht war – in einem Geistesblitz beschlossen hatte: Er rief noch einmal im Balliol Collage an. Wieder gab er sich als Mitarbeiter eines nebulösen Instituts aus. Diesmal bat er, mit dem Professor sprechen zu dürfen, der Jeremy Piccoli eingeladen hatte. Darin bestand die neue, geniale Idee.

Er bekam ihn an die Strippe. Der Professor hieß Lennart und war überaus freundlich. Er betonte, er habe nur Jeremy Piccoli eingeladen, und der habe seinerseits wiederum den anderen, diesen Filippo Cantirami eingeladen, von dem Professor Lennart nicht ahnte, dass er Guidos Sohn war. Gewiss, in seinen Augen sei das ein recht merkwürdiges Gebaren. Es komme für gewöhnlich nicht vor, dass ein Referent seinerseits einen anderen Referenten einlade und das ihm vorbehaltene Gehör und Prestige mit ihm teile. Doch so sei es gewesen.

Merkwürdig. Guido Cantirami fand das alles sehr merkwürdig. Und er begann nachzudenken. Was, zum Henker, war da zwischen seinem Sohn und diesem Jeremy Piccoli? Und wer war dieser Jeremy Piccoli überhaupt?

Der Professor des Balliol College sagte ihm, es handele sich um einen sehr beachtlichen jungen Mann, einen aufsteigenden Stern im Bereich der Wirtschaftswissenschaften, der eingeladen worden sei, weil er eine bestimmte Formel entdeckt habe, ach, mehr noch, einen Algorithmus, und zwar einen äußerst bedeutenden, um das Wachstum der westlichen Länder zu simulieren, ja, genau darum gehe es, um das Simulieren des Wachstums, das in den letzten Jahren dramatisch ins Stocken geraten war. In seinem recht repetitiven Stil berichtete ihm der Professor auch, dass die Konferenz umwerfend gewesen sei. Umwerfend. Die Gelehrten seien sprachlos gewesen und die beiden Redner, die zugleich die Erfinder des Algorithmus waren, schlichtweg großartig.

Die Erfinder? Plural? Avvocato Cantirami fragte sich, ob er richtig gehört hatte.

Ja, Piccoli hatte zu dieser Gelegenheit tatsächlich bekannt gegeben, dass er mit Cantirami zusammengearbeitet habe und dass dessen Beitrag entscheidend gewesen sei. An dem Punkt hatte es sogar bewegten Applaus gegeben, der Cantirami gegolten hatte; doch der hatte sich dagegen verwehrt und jeglichen Verdienst von sich gewiesen. Ja doch, von sich gewiesen.

Merkwürdig. Es wurde immer merkwürdiger. Avvocato Cantirami brauchte Zeit. Er schloss sich in seinem Büro ein und bat Elettrica, keine Telefonate durchzustellen und niemanden vorzulassen. Er wollte allein sein. Wie war das möglich? Wie ließen sich diese beiden Tatsachen zusammenbringen? Sein Sohn tauchte mit Schafen auf und wurde gefeiert wie ein großer Entdecker? Wenn er tatsächlich seinen Master abgebrochen und mit dem Doktorat nicht begonnen hatte, wie konnte er dann vor einem Publikum namhafter Experten als junger Wissenschaftler derart gefeiert werden?

Irgendetwas passte nicht zusammen. Doch zum ersten Mal stahl sich ein positiver Gedanke in dieses Desaster, ein hoffnungsvoller Lichtstrahl, dass dieser Sohn doch nicht so verloren war und man nur eine Erklärung für diese kleine, womöglich unbedeutende Merkwürdigkeit der Schafe finden musste.

Nach und nach ging Guido auf, dass er zur Lösung des Rätsels Jeremy Piccoli ausfindig machen musste. Er war der Schlüssel zum Geheimnis. Wieso war er nicht sofort darauf gekommen?

Keiner in der Familie hatte je von ihm gehört. Er fragte seine Frau und seine Tochter: nichts. Ihnen gegenüber hatte Filippo ihn nie erwähnt. Trotzdem musste er ein Freund von ihm sein oder mehr noch, ein treuer Gefährte, ein Forscherkumpel, ein … Verbündeter geradezu. Das war es, ein Verbündeter. Vielleicht war dieser Piccoli schuld an diesem … Narrenstreich mit den Schafen.

Vielleicht hatte Filippo ihn an der Uni kennengelernt.

Er rief an der Bocconi an, der Rektor war ein Freund von ihm. Schon bald hatte er alle Informationen zusammen: Jeremy Piccoli stammte aus einem nordlombardischen Kaff, Chiambrate, Carandate, Guido Cantirami hatte es am Telefon nicht genau verstanden. Im September 2002 hatte er sich an der Bocconi eingeschrieben, im Februar 2006 seinen Bachelor gemacht.

Im selben Jahr wie Filippo. Bingo! Dort hatten er und sein Sohn sich also kennengelernt.

Piccoli hatte mit Bestnoten abgeschlossen, so der Rektor, und gleich darauf einen Master im Ausland erhalten.

»Wo im Ausland?«

»Tut mir leid, mehr kann ich dir gerade nicht sagen, aber wenn du mich morgen noch mal anrufst …«

»Bemüh dich nicht«, dankte er dem Freund hastig. Er wusste, was er tun musste, er hatte eine Eingebung. Wetten, dieser Piccoli hatte 2006 einen Studienplatz für einen Master in London erhalten? Er rief bei der London School an. Seine Vermutung wurde bestätigt.

»Und wissen Sie, wann er seinen Master abgeschlossen hat?«

»Ja, 2008. Und dann …«

Guido Cantirami hatte genug gehört: Er wusste, was jetzt kam. Alles klar. Wetten, der gute Jeremy Piccoli war von London nach Stanford gegangen?

Langsam lichtete sich der Nebel. Sein Sohn hatte also weder seinen Master in London beendet, noch an die Universität von Stanford gewechselt. Jeremy Piccoli hingegen schon. Er hatte beides gemacht und war nun dort, wo auch Fil hätte sein sollen.

Wieso er und sein Sohn nicht? Durch welchen dünnen, obskuren Faden waren ihre beiden Leben verbunden?

Er musste weitergraben. Wer war dieser Jeremy Piccoli, dieser Altersgenosse seines Sohnes mit diesem veralteten, lächerlich verenglischten Vor- und diesem Allerweltsnachnamen? Woher kam er? Was genau machte er?

Avvocato Cantirami machte sich schlau. Er setzte die jungen Kanzleimitarbeiter und die Sekretärinnen darauf an, und binnen weniger Stunden hatte er die gewünschten Fakten auf dem Tisch.

Jeremy Piccoli, geboren am 17. Februar 1983 in Carandate. Wohnhaft in Carandate, Via Stappelli 145.

Sohn von Mario Piccoli, Vermesser beim Bauunternehmen Molteni & Co., seit einiger Zeit arbeitslos, und von Daniela Fraschini, Verkäuferin in einer Filiale der Kette Orlo Espresso in Carandate, Stadtteil Santa Clotilde.

Er musste ihn treffen, diesen nebulösen Jeremy Piccoli.

»Morgen reisen wir nach Stanford«, verkündete er seiner verdatterten Frau.

»Aber …«

»Ich erklär's dir später, Nisina. Jetzt ist keine Zeit zu verlieren, ich buche den Flug, und du packst.«

Insgeheim atmete Nisina auf. Sie war erleichtert. Endlich! Sie hatte zwar überhaupt keine Ahnung, was los war, doch sie vertraute ihrem Mann blind und war froh, endlich in diesen trüben Wassern zu fischen, in diesem reglosen Sumpf, in den das Leben sie plötzlich mit dem Kopf voran hineingesteckt hatte.

Sie packten die Koffer, Guido erklärte seiner Frau, weshalb sie nach Stanford und nicht nach Oxford fuhren, dann setzten sie Gheri ins Bild. Tags darauf stiegen sie ins Flugzeug nach San Francisco.

Unterdessen war Giuliana Cantirami zwei Tage vor Abflug ihres Bruders und ihrer Schwägerin in San Francisco gelandet, also wie geplant einen Tag nach dem ihr zu Ehren abgehaltenen Familienabendessen.

Als sie in ihrem Hotelzimmer eintraf, war es bereits Abend. Doch weil sie nicht müde war, machte sie einen kleinen Bummel durch die Straßen. Schon am nächsten Tag würde sie nach Stanford fahren und den geliebten Neffen sehen. Jetzt gönnte sie sich ein paar Stunden Touristenzerstreuung, sie wollte einen Blick auf die Stadt werfen und sofort den Ozean sehen. Sie schlenderte eine Mole hinunter, und dort, auf schwimmenden Pontons, lagen die Seehunde. Ein glänzend graues Meer von Seehunden oder Seelöwen, ein Gewimmel von rundlichen, feuchten, fettschwabbelnden Körpern. Die Seehunde! Die Seehunde, von denen Fil in seinen Mails immer geschrieben hatte! Sie hatte noch nie welche gesehen. Allenfalls als Kind im Zoo. Oder vielleicht nur in Grundschulbüchern? Eine ganze Weile wanderte sie auf und ab. Es war dunkel. Die Luft roch nach tonnenweise Heringen, Schwertfischen und Walen. Ja, irgendwie auch nach Walen. Giuliana fühlte sich ein wenig wie Kapitän Ahab. Weniger düster allerdings, leichter, zartbesaiteter. Ein Kapitän Ahab, der sich gern einmal einen kleinen Spaziergang, ein bisschen Shopping in den Läden und Boutiquen, eine Rast an der frischen Luft mit Meerblick, Drink und Nüsschen gönnte.

Als sie beschoss, ins Hotel zurückzukehren, war es nach elf. Sie traute sich nicht mehr, sich das Abendessen aufs Zimmer zu bestellen, es war zu spät. Sie streckte sich auf ihrem Bett aus. Um zwei war sie noch immer nicht eingeschlafen, rastlos wie ein Teenagermädchen, das am nächsten Morgen zum ersten Mal mit der Klasse nach Venedig fährt und sich kaum traut, mit den Klassenkameraden in den Bus zu steigen. Und das alles, weil sie Fil sehen würde. Seinetwegen war sie bis hierher gekommen, für niemanden sonst hätte sie eine so weite Reise gemacht. Das würde sie ihm morgen sagen. Kaum zu fassen, dass sie ihn in wenigen Stunden wirklich sehen würde. Sie malte sich die Begegnung aus, die Überraschung, die Freude … Würde sie den Weg nach Stanford finden? Und würde es mit ihrem Englisch wirklich klappen? Bisher war sie damit durchgekommen. Aber in Stanford?

Von den Schafen wusste Giuliana natürlich nichts, und auch nicht, dass Fil nicht in Stanford war; hatte doch ihr Bruder beschlossen, ihr von alledem nichts zu erzählen.

Und das lange bevor er selber wusste, dass er nach Stanford reisen würde, um nach Jeremy zu suchen.

So trafen die Cantiramis, ohne voneinander zu wissen, in völlig unerheblichem zeitlichem Abstand und auf der Suche nach zwei verschiedenen Personen in Stanford ein.

Schon bald sollte etwas sehr Lustiges und Unverhofftes passieren. Wie zu erwarten, würde Zia Giuliana Fil nicht finden, denn Fil war nie in Stanford gewesen. Stattdessen würde sie, was sehr viel weniger zu erwarten war, Jeremy Piccoli treffen, den sie nicht im Entferntesten suchte und von dem sie nicht einmal wusste, dass es ihn gab, derweil Fils Eltern, die fieberhaft nach Jeremy suchten und sich just auf den Weg gemacht hatten, um ihn zu treffen, ihn nicht finden würden, und das aus einem sehr einfachen Grund, der in Kürze verdeutlicht wird und mit niemand anderem als mit Giuliana zu tun hatte.

So läuft es bisweilen nun mal. Das, was man erwartet, tritt nicht ein, dafür aber das, was man nicht erwartet.

ZWEITER TEIL

Auf der Suche nach Fil

KAPITEL I

Giuliana in Stanford

Am nächsten Morgen stellte sich Giuliana in den großen Aufzug, dessen verspiegelte Wände die mitfahrenden Hotelgäste vervielfachten, und fuhr abwärts. Wer weiß, aus welchen Ländern sie kamen, welche unbekannten, vertrackten Sprachen sie sprachen. Zum Glück blieben sie stumm, dann musste sie nicht so tun, als verstünde sie alles oder könnte sich verständigen. Sie durchquerte die mit dickem Teppich ausgelegte Lobby, frühstückte, blickte selbstvergessen auf die silbrig grün schimmernde Bucht jenseits der großen Fensterfront und aß ihr Stück Apfelkuchen. Dann ging sie los, um die morgendliche Stadt zu erkunden. Sie mietete sich ein Auto.

Unter all den Wagen, die ihr zur Auswahl standen, entschied sie sich für ein weißes, zweisitziges Cabrio mit roten Polstern.

»Das ist aber nicht die richtige Jahreszeit, Madam.«

»Für mich schon, keine Sorge.«

Sie wollte Fil abholen und mit ihm ein bisschen durch die Bucht gondeln. Was gab es da Besseres als ein schnittiges Cabrio? Da nahm man den steifen Hals gern in Kauf. Sie wickelte sich ihren weiten Schal dreimal um den Hals, schlüpfte in die winddichte Daunenjacke, setzte die nostalgische Fliegerbrille auf, die sie auf dem Flohmarkt gefunden hatte, streifte die weißen, fingerlosen Autofahrer-Lederhandschuhe mit den Löchern auf den Fingerknöcheln über und fuhr los.

Der Campus erschien ihr wie einer dieser abgeschlossenen,

weltfernen, mythischen Orte, die es vielleicht niemals gegeben hat. Atlantis, Utopia, die Sonnenstadt. Versunkene Welten, die nur in unseren Träumen existieren und derer sie nun ansichtig werden durfte.

Sie wanderte umher und vergaß darüber fast, weshalb sie dort war. Sie verlor sich. Sie verlor sich im Fotografieren jeden noch so banalen Meters Straßenpflaster, des Schattens eines Astes auf einer Mauer, des gelben Laubes am Boden, das exakt genauso gelb war wie jedes Laub in jedem Herbst an jedem Ort dieser Erde, ihr an jenem Tag und an jenem Ort jedoch als einzigartig erschien. Sie verlor sich im wahrsten Sinne des Wortes zwischen baumbestandenen Wegen, Grünflächen und Palmen… Palmen! Fast frivol an diesem seriösen, metaphysischen, geradezu feierlichen Ort.

Sie wollte, dass ihr Neffe aus allen Wolken fiel, wenn sie ganz plötzlich vor ihm stünde, deshalb hatte sie ihn noch nicht angerufen.

Es war ein strahlender Tag. Die niedrigen Gebäude, die Glockentürme in der Ferne, die Laubengänge, die kurz geschorenen, leuchtend grünen Rasenflächen verliehen allem eine, wenn auch leicht künstliche, Aura der Vollkommenheit. Hin und wieder zog ein Grüppchen Studenten an ihr vorbei. Sie sahen aus, als würden sie einen Spaziergang machen, leicht und geschmeidig wie Schatten aus einer anderen Welt. Sie plauderten angeregt, witzelten, lachten. Sie trugen Bücher unter dem Arm, kleine Rucksäcke auf den Schultern oder Umhängetaschen. Auch ihre Kleidung war leicht, fast schwerelos: ein übergroßes Sweatshirt, ein ausgeleiertes T-Shirt, ein wehender Seidenschal. Als wäre es nicht mitten im Herbst, sondern als herrschte endloser Frühling. Sie musste an die elysischen Felder denken, über die sie in der Schule gelernt und die sie sich genau so vorgestellt hatte: luftig, sonnendurchflutet, strahlend grün und himmelblau, die Seligen mit ihren durchscheinenden Körpern, die Arm in Arm einherspazierten, die klingenden Stimmen, die Chöre, inmitten von rechteckigen Rasenflächen, die aussahen, als wären sie dem Schöpfer bei der Erschaffung der Welt aus der Hand gefallen und zufällig dort gelandet, Fetzen von Glück, himmlische Gaben.

Hier und da lagen Studenten im Gras und genossen mit geschlossenen Augen die Sonne oder saßen mit einem aufgeschlagenen Buch oder dem Computer auf den Knien da. Oder es standen vier oder fünf Stühle im Kreis um einen dozierenden alten Professor herum. *Lectures* unter freiem Himmel. Lehrer und Schüler, eine Gemeinschaft des Geistes. Es wirkte gar nicht wie Unterricht, es waren Menschen, die sich unterhielten, mehr nicht.

Was für ein Glück ihr Neffe hatte, hier zu sein, wie freute sie sich, dass er so ein Glück hatte!

Giuliana war überzeugt, sie würde ihm früher oder später über den Weg laufen, er würde plötzlich auf einem dieser blitzsauberen Wege auftauchen oder auf einer Stufe sitzen oder auf der Rückenlehne einer Bank hocken. Also suchte sie ihn mit den Augen und entdeckte in jedem jungen Mann etwas von ihm: die Statur, den leicht taumelnden Gang, die leise Verträumtheit, die stumpfe Kontur der Koteletten. Überall sah sie ihren angebeteten Fil. Und auch wenn sie sich jedesmal täuschte, war sie sich sicher, dass er im nächsten Moment vor ihr stehen und rufen würde: »Zia Giagiù, was für eine Überraschung!«

Im erstbesten Café machte sie halt und gönnte sich ein Sandwich und Pommes und danach ein Stück Schokokuchen. Und da Fil überall herumschwirrte und nirgends auftauchte, beschloss sie, sich an die Besucherinformation zu wenden. Dort suchte man in der Onlinedatenbank und in den Unterlagen. Und fand ihn nicht. Unter den Doktoranden gab es keinen Cantirami, Filippo.

»Wie bitte?«

»Tut uns leid.«

Giuliana machte ein paar Schritte rückwärts und blickte sich um. Mit einem Mal fühlte sie sich so fern, so deplatziert. Einen Moment lang wusste sie nicht, was sie machen, wo sie hin sollte. Dieser Ort, der ihr bis wenige Augenblicke zuvor wie das Paradies auf Erden erschienen war, kam ihr jetzt wie Ödland vor. Der – nie dagewesene – Gedanke beschlich sie, dass es vielleicht ein Fehler gewesen war, unangekündigt hier aufzutauchen. Jemanden überraschen… Irgendwann sollte sie sich diesen dämlichen Spleen abgewöhnen.

Doch gleich darauf hatte sie sich wieder gefangen. Das musste ein Irrtum, ein Lapsus der Behörden sein. Ein Missverständnis. Was sonst? So etwas kam vor, selbst in den Vereinigten Staaten. Sie fing an, herumzufragen. Wäre doch gelacht, wenn man Fil nicht kennen würde. Es wimmelte vor Studenten, bestimmt würde sie Kommilitonen ihres Neffen treffen oder einen seiner Dozenten. Sie sprach Studenten an und fragte: »Kennen Sie Filippo Cantirami? Er ist Italiener und studiert hier Wirtschaftswissenschaften.« Sie fragte die jungen Leute, die auf dem Rasen lagen, auf dem Weg zu einer Vorlesung waren oder gerade aus einer herauskamen. Sie fragte einzeln herumstehende Studenten, die sich ein wenig abseits hielten.

Nichts. Niemand kannte ihn.

Also versuchte sie ihn anzurufen. Dann würde sie eben auf den Überraschungseffekt verzichten. Wenn es so schwer war, ihn aufzuspüren – womit sie nicht gerechnet hatte –, dann ließ sie es eben bleiben. Sie würde ihn einfach anrufen, überrascht wäre er ja trotzdem. Sie würde sagen: »Hey, mein liebes, luftiges Gefilde, wo hat's dich hingeweht? Weißt du, wo ich bin? Sei in drei Minuten an der Ecke…« Voller Vorfreude wählte sie die Nummer. Doch stattdessen ertönte ein nervtötendes: *Die von Ihnen gewählte Rufnummer ist zurzeit nicht erreichbar.*

Was war das eigentlich für ein Satz? Was meinte diese Stimme? Wie kam sie überhaupt dazu, etwas derart Unerbittliches von sich zu geben?

Giuliana war verstört und ein wenig sauer. Es war natürlich kein Drama. Es bestand keine Eile. Vielleicht war Fil in einer Vorlesung. Oder er schlief. Sie würde ihn später anrufen.

Sie versuchte es mehrmals, aber vergeblich.

Also beschloss sie, ins Café zurückzukehren, in dem sie das Sandwich gegessen hatte. Und an einem der Tischchen im Freien fiel ihr ein junger Mann ins Auge. Wer weiß, warum einem etwas oder jemand ins Auge fällt oder eben nicht? Locken, traumverlorenes Gesicht, knitteriges kariertes Jackett. Er war der Einzige, der nicht im Aufbruch war. Die Mittagspause war beendet, und alle anderen suchten ihre Sachen zusammen und machten sich auf den Weg. Dieser Junge jedoch blieb wie angewurzelt an seinem Tischchen sitzen, als hätte er nichts mitbekommen. Er saß einfach da, zeitlos. Das heißt, er hatte alle Zeit der Welt. So schien es zumindest. Vielleicht war es das. Oder die Locken. Oder vielleicht, weil die Dinge, die geschehen müssen, geschehen, wer weiß das schon? Er las. Er las von einer Büroklammer zusammengehaltene lose Blätter, die ihm immer wieder auseinanderrutschten. Er las, doch er machte den Eindruck, als dächte er an etwas anderes, Wichtigeres. Seltsam. Giuliana musterte ihn, er mochte im Alter ihres Neffen sein. Irgendetwas rührte sich in ihr.

»Entschuldigen Sie«, sagte sie in perfektem, ganz leicht italienisch eingefärbtem Englisch. »Sie haben gerade zu tun, Verzeihung. Ich wollte Sie nur fragen, ob sie zufällig einen gewissen Fil kennen.«

Auf dem Campus der Uni Stanford gibt es Tausende von Menschen, Studenten und Professoren. Giuliana Cantirami war ausgerechnet auf ihn gestoßen: Jeremy Piccoli, Fils Freund, der Einzige dort, der ihn kannte und etwas über ihn sagen konnte. Unerklärlich. Geradezu unwirklich.

Nach dem Vorfall mit den Schafen im Balliol College hatte Jeremy Piccoli keine Zeit verloren. Er hatte den erstbesten Flug genommen, den er kriegen konnte. Nur weg. Zurück nach Stanford. Um den Großen Teich zwischen sich und Fil zu haben. Das war sein einziges Ziel. Und das hatte er getan.

Er hatte Fil, umringt von seinen Schafen, einer Traube Schaulustiger und Polizisten, die gekommen waren, um für Ordnung zu sorgen und ihn womöglich festzunehmen, zurückgelassen. Er hätte ihn verteidigen, die Sache erklären und sich für ihn starkmachen können. Er hätte dort bleiben und sich anhören können, was Fil ihm zu sagen hatte, aber nein, er hatte ihn stehen lassen. Es war schwer zu erklären, was er empfunden hatte. Sehr schwer. Oxford war sein großer Traum gewesen. So sehr, dass er sich während des Gymnasiums nicht getraut hatte, sich zu bewerben, er hatte seinen Traum begraben. Und dann war er ausgerechnet nach Oxford eingeladen worden. Nicht als Student, sondern als Professor! Unglaublich. Monatelang hatte er seinen Vortrag vorbereitet, ihn laut vor dem Spiegel geprobt. Monatelang hatte er sich alles ausgemalt, als wäre es ein Film: Wie er ankommt, wie er aufgenommen wird, wer ihn vorstellt, wie die Kollegen, die renommierten Gelehrten, das Publikum reagieren würde … Und dann hatten diese blöden Schafe alles kaputt gemacht.

Er hatte versucht, mit der Universitätsverwaltung zu reden, um klarzustellen und zu beteuern, dass er nichts damit zu tun und keine Ahnung von alledem hatte. Aber damit war alles nur noch mehr durcheinandergeraten. Blieb nur noch, sich aus dem

Staub zu machen, das Weite zu suchen. Und auf dem Weg zurück, während all der quälenden Stunden, die er todmüde im Flugzeug saß, hatte er nichts als Fragen im Kopf gehabt. Was hatte es mit diesen Schafen auf sich? Wieso hatte Fil das getan? Wieso hatte er alles kaputt gemacht? Und ihren Pakt, den sie vielleicht niemals hätten schließen dürfen … Richtig, der Pakt … Wieso hatte er eingeschlagen? Und wie kam er aus der ganzen Sache wieder heraus? Indem er davonlief? War das eine Lösung? War das aufrichtig? Nein, er hätte nicht davonlaufen dürfen. Vielleicht hatten sie Fil in den Knast gesteckt … Kaum war das Flugzeug in San Francisco gelandet, hatte er ihn zu erreichen versucht. Doch Fils Handy war aus. Auch dort an dem Tischchen im Campuscafé hatte er ihn ständig angerufen. Er hatte sich was zum Lernen mitgebracht, aber er konnte sich nicht konzentrieren, er musste Fil finden, mit ihm reden. Nichts. Abgeschaltet und unerreichbar. Er hatte sich einen Hamburger mit Salat und ein Bier geholt, dann noch eines. Aus. Oder unerreichbar. Und jetzt fragte diese Unbekannte ausgerechnet ihn nach Fil … Wie hatte sie ihn ausfindig gemacht? Und dazu noch so schnell? Aber fragte sie wirklich nach Fil? Hatte er sich das nicht vielleicht eingebildet? Hatte diese Frau wirklich *Fil* gesagt und nicht etwas, das so ähnlich klang? Welcher Fil überhaupt? Es musste schließlich nicht sein Fil sein, es gab Millionen Fils auf der Welt.

Und wer war diese Frau?

Jeremy betrachtete sie genauer. Ihr Alter war schwer zu schätzen, doch sie wirkte jung. Nicht ganz jung, aber auf keinen Fall alt. Sie war keine Frau mittleren Alters. Eher ein Mädchen mittleren Alters. Sportlich. Ein bisschen schräg … Für eine genauere Betrachtung und seine Verwunderung blieb ihm jedoch nicht viel Zeit, da fügte die Frau schon hinzu: »Ich meine Filippo Cantirami, kennen Sie ihn?«

Es gab kein Entrinnen: Filippo Cantirami.

Jeremy fühlte sich wie ein aufgescheuchtes Tier, dessen Bau aufgestöbert wurde: die Höhle wird aufgebuddelt, der Unterschlupf ausgehoben, Licht angemacht. Etwas in der Art. Er dachte: Jetzt bin ich geliefert, das war's. Er hatte es immer gewusst, er hatte es Fil sogar gesagt: Und dann finden sie mich, du wirst schon sehen! Und siehe da … Nur, dass er nicht so bald damit gerechnet hatte. Er antwortete wie aus der Pistole geschossen – was blieb ihm auch übrig? Er antwortete schneller als nötig. Man musste sich der Sache stellen, den Ereignissen entgegentreten, statt ihnen ausweichen zu wollen.

»Aber sicher. Wir sind Freunde!«, brach es aus Jeremy heraus. Erst dann sagte er: »Verzeihung, und wer sind Sie, und wieso suchen Sie ihn?«

»Ich bin Giuliana Cantirami.« Pause. »Fils Tante.«

Sie sagte es einfach so. Rundheraus. Mit einer Atempause dazwischen. Und strich sich das Haar zurecht. Mit dieser typisch kessen Mädchengeste warf sie den Kopf zurück und strich sich das Haar zurecht. Jeremy sah den gebogenen Hals, das Silberkettchen, das zwischen den Schlüsselbeinen flimmerte, den Anhänger. Was war das für ein Anhänger? Eine Muschel, eine Medaille? Er konnte keinen klaren Gedanken fassen oder sonst etwas Sinnvolles tun. Er starrte sie an.

Oder besser, er starrte durch sie hindurch. Er starrte in seine eigenen, verborgensten Gedanken, starrte auf das Bild, das er sich im Laufe der Jahre von dieser Frau gemacht hatte. Fils Tante, die berühmte Zia Giu.

Fil hatte so viel und in einer Weise von ihr gesprochen, dass Jeremy irgendwann der Verdacht gekommen war, es gäbe sie nicht, sie wäre ein Hirngespinst. Eine Art Roboter-Tante, die sich ein fantasievoller, einsamer Junge zurechtgeträumt hatte. Doch es gab sie wirklich. Sie existierte. In Fleisch und Blut stand sie vor ihm. Und er starrte sie an und wunderte sich. Nicht über sie, doch wer hätte je (jemals!) gedacht, dass diese ach so sagenumwobene Tante auch noch so schön war. Er starrte sie an, wie er als Kind die Stofftiere im Schaufenster angestarrt hatte, als wären sie das größte Weltwunder überhaupt.

Sie fingen an zu reden.

Dort, an diesem Tischchen. Stundenlang.

Jeremy redete, sie nicht. Die Worte sprudelten aus ihm hervor wie ein Wasserfall, dabei hatte sie ihn lediglich gefragt, ob er wisse, wo Fil stecke.

Jeremy sagte ihr nicht sofort, dass Fil nicht in Stanford war. Es erschien ihm besser, von Anfang an zu erzählen, damit sie sich ein genaues Bild vom Hergang der Dinge machen konnte und begriff, worum es eigentlich ging. Er fühlte sich ertappt: Natürlich war Fils Tante gekommen, um zu wissen, was passiert war; doch er war auch erleichtert, endlich alles loswerden zu können, sich von dieser Last zu befreien, die er seit drei Jahren mit sich herumschleppte. Es war richtig, dass Fils Familie die Wahrheit erfuhr. Er wollte nur, dass diese wunderschöne Tante sich nicht zu sehr aufregte, dass sie keinen Riesenschock bekam …

Also erzählte er der Reihe nach.

Giuliana hörte zu. Sie wunderte sich zwar, dass dieser Junge so weit ausholte, aber sie folgte ihm. Sie unterbrach ihn nicht. Ihr gefiel dieser unaufhaltsame Wortstrom: so überbordend und reißend, doch sie fühlte sich gut und leicht, wie wenn man beim Schwimmen toter Mann spielt und sich treiben lässt, einfach so, um zu spüren, wie das Wasser die schlaffen Glieder trägt. Sie fand es nur ein wenig seltsam, dass dieser junge Mann ihr sein ganzes Leben erzählte, statt ihr einfach Fils Adresse zu geben. Doch sie ließ ihn gewähren. Sie hatte Zeit und war sehr neugierig. Sie bat ihn lediglich, ein wenig langsamer zu erzählen.

»Also, Jeremy, einen Moment, nur damit ich recht verstehe.

Ich war wohl nicht ganz bei der Sache. Wie lange waren Sie beide schon in London?«

»Seit fast zwei Jahren, wir waren dabei, unseren Master fertig zu machen. Und dann kam besagter Juniabend…

KAPITEL 2

Swap

An besagtem Juniabend hatte Fil mich gefragt, ob wir uns im Pub treffen wollten. Richtig, wir hatten was zu feiern. Wir hatten gerade erfahren, dass wir in Stanford genommen worden waren. Alle beide, für ein Doktorat in Stanford, ich war außer mir. Auch wenn, na ja … noch mal jahrelang rumdümpeln, ohne die Aussicht auf einen festen Job. Was sollte ich bloß meinen Eltern sagen, wenn das Stipendium nicht reichte. Ich hatte Lust, mit jemandem zu reden, mal sehen, was Fil darüber dachte.

Als ich in das Pub komme, ist er schon da und sitzt auf einem der hohen Barhocker am Tresen. Er starrt das volle Bierglas an, das vor ihm steht. Er trinkt nicht, redet mit niemandem. Es sieht aus, als würde er mit dem Bierglas reden. Ich gehe zu ihm. Ich kann ihm ansehen, dass ihn etwas umtreibt und er nicht zum Feiern da ist.

Er sagt, er wolle mir etwas vorschlagen.

›Was denn?‹

›Einen Swap.‹

So drückt er sich aus: einen Swap.

Er fragt mich, ob ich weiß, was das ist. Klar weiß ich das.

›Also, ich gebe dir mein Leben, und du gibst mir deins, so was in der Art. Bist du dabei?‹

Das sagt er. Zwei oder drei Minuten sage ich gar nichts. Bestelle auch ein Bier.

Du gibst mir dein Leben und ich dir meins … klar. Ein

harmloses Sätzchen. Ich sehe ihn an. Er hockt da und stiert auf unsere Biergläser. Gedankenverloren schiebt er sie auf dem Tresen hin und her, eines hinter das andere, umeinander herum. Einfach so, um etwas zu machen. Dann legt er los. Er sieht mich beim Sprechen nicht an. Eine Rede aus einem Guss, sauber wie ein Schnitt in den Fels. Es ist offensichtlich, dass er lange darüber nachgedacht und dann einen Entschluss gefasst hat. Ohne Haspeln und Stocken. Er redet so, wie wenn alles bereits definitiv wäre, und es ist klar, dass seine Entscheidung bereits steht. ›Ich glaube, das käme uns beiden zugute‹, sagt er. ›Das ist ein guter Pakt. Meiner Meinung nach. Echt. Ein guter Pakt. Das lässt sich machen. Du machst dein Leben und ich meines. Keine Sorge, du musst nichts tun. Du lebst so weiter wie bisher. Ich bin … ich bin derjenige, der sich ändert. Ich glaube, das könnte … funktionieren.‹

Ich habe um einen Tag Bedenkzeit gebeten. Das erschien mir angemessen, die Nacht inklusive. Vierundzwanzig Stunden. Und dann habe ich eingewilligt.

Ich weiß nicht, ob das wirklich ein guter Pakt war, aber in dem Moment war es das, was ich wollte, es war verdammt noch mal das, was ich brauchte. Und es gab keinen anderen Weg, es zu bekommen. Ich schlage ein. Ich sage es ihm am nächsten Abend, in demselben Pub. Genau vierundzwanzig Stunden später. Ich bin nun mal ein präziser Mensch.

»Entschuldigen Sie, Jeremy.« Bei dem Wort »präzise« ist Giuliana hellhörig geworden. »In was genau willigen Sie an dem Abend ein?«

Jeremy entschuldigte sich, er war zu schnell gewesen.

»Ja, also, der Reihe nach. Ich habe Fil in einem Seminar kennengelernt. In Mailand. An der Bocconi, zu Beginn des dritten Studienjahres. Die fantastische Bocconi … Für mich war es ein Traum, der sich erfüllte, als ob eine Märchenfigur lebendig werden würde. Daran gewöhnt man sich nicht so schnell …

Ich lief in dieser Uni noch immer mit offenem Mund herum. Fil hingegen wirkte, als wäre er nie woanders gewesen, als wäre er dort geboren. Er war der Beste, das sah man. Ich der vielleicht Zweitbeste. Ich weiß, ich sollte das nicht sagen, aber in dem Seminar schien ich in puncto Können direkt nach ihm zu kommen. Ich rede von dieser recht speziellen Gabe, fünf Sekunden vor den anderen auf die Lösung zu kommen. Fünf Sekunden, nicht mehr. Doch dieser Bruchteil macht den Unterschied. Die anderen liegen noch am Ankerplatz, dein Boot aber ist schon auf der anderen Seite des Meeres. Das nennt man Rückenwind haben. Fil hatte ihn. Und damit erreichte er immer das andere Ufer des Meeres.

Das andere Ufer des Meeres… ach ja. Als ich noch klein war, habe ich mich an den Strand gehockt und wollte nicht baden gehen. Ich hatte Angst vor dem Meer. Das geht nur wenigen so, ich weiß. Aber ich war einer davon. Es kam mir übermäßig vor, dieses ganze Wasser, das einem entgegenrollt, und man begreift nicht, weshalb es sich dir entgegenwirft und von wo.

Sehen Sie? Ständig schweife ich ab, das ist eine Schwäche von mir…

Also, ich lerne Fil kennen und beschließe, dass ich gern sein Freund werden würde. Er wohnt in Mailand. Jeden Morgen um sechs nehme ich den Zug aus Carandate und dann die U-Bahn. Ich wohne in Carandate, vierzig Kilometer von Mailand entfernt. Filippo weiß das natürlich. Aber sonst weiß er nicht viel über mich. Er weiß nicht, wer ich bin, er kennt meine Familie nicht und so weiter. Wie sollte er auch? Wir treffen uns bei der Vorlesung, wir essen ein Brötchen zusammen, wir gehen auch ein paarmal abends was trinken, aber das war's. Unsere Leben überschneiden sich nicht. Das passiert unter uns Kommilitonen so gut wie nie, glaube ich. Aber an dem Abend in London schlägt er mir genau das Richtige vor. Er bietet mir haargenau das an, was ich brauche, verstehen Sie? Genau das, auf den Punkt genau. Er trifft ins Schwarze. Ich weiß nicht, wie, er spürt es einfach. Oder vielleicht weiß er es. Wie dem auch sei, er macht mir diesen irrwitzigen Vorschlag. Mir und keinem anderen! Er schlägt mir diesen Swap vor. Er sagt, wenn ich diesen Tausch will, hilft er mir. Das heißt, er gibt das Geld, was er von seinen Eltern kriegt, an mich weiter. Schließlich braucht er es nicht mehr, darin ist er sich sicher. Aber ich schon. Ich kann mit dem Geld etwas ruhiger leben und muss meinen Eltern gegenüber nicht dauernd ein schlechtes Gewissen haben. Er meint, ich hätt's drauf. ›Du bist ehrgeizig, hast Ideen‹, meint er. ›Du musst auf jeden Fall weitermachen, den Weg gehen, der dir gefällt. Finanzielle Probleme dürfen bei dir nicht vorkommen, so was darf es für dich nicht geben. Du musst deine Reisen bezahlen können, egal, ob du nach Hause oder zu irgendwelchen Wahnsinnskursen oder Superprofs willst. Du musst alles haben, was du brauchst. Alles, Jer! Das hast du verdient. Das ist dein Leben. Das sieht man. Schon allein, wie du deine Tasche über der Schulter trägst. Du hast Stil, Jer! Eine ganz eigene Art, dich am Riemen deiner Tasche festzuhalten … Und auch, wie du redest. Wie du mit den Professoren redest, ihnen direkt in die Augen siehst. Ganz direkt, Jer. Nicht so schief wie wir Normalsterblichen, die sich wie Aale aus ihren Klauen winden wollen. Wir sehen sie an wie Aale, aber du nicht. Hast du dich eigentlich mal gefragt, wieso du ihnen direkt in die Augen blickst? Weil du weißt, dass du einer von ihnen wirst. Das weißt du ganz genau, Jer. Du weißt es, weil das dein Leben ist. Klar? Also musst du es machen. Ich weiß, dass du nicht den Mumm hast, deine Eltern um mehr Geld zu bitten, du versuchst es nicht einmal, sie bringen schon Opfer genug, eher würdest du dich umbringen, als sie zu fragen. Aber du brauchst dich nicht umzubringen, Jer. Das solltest du wissen. Ich gebe dir das Geld.‹

Das sagt er zu mir.

Und ich weiß nicht, wie er draufgekommen ist. Aber seine Augen glänzen an jenem Abend, man sieht, dass er es ernst meint, dass es ihm eine Freude und ein echtes Anliegen ist. Und ich freue mich. Es stimmt, es ist genau, wie er sagt. Es war immer mein Traum, an einer renommierten Uni wie Stanford zu studieren, zu forschen.

Ich war froh, einen solchen Freund zu haben, wissen Sie? Das ist nicht selbstverständlich…

Obwohl… Verdammt noch mal… Ich hätte das auch alles umsonst für ihn gemacht!«

Jeremy verstummte. Er hatte ohne Pause geredet. Giuliana blickte auf. Verwundert, fragend.

»Was alles, Jeremy?«, fragte sie. »Darf ich fragen, worin euer Pakt bestand, was das für ein Tausch war, für den Fil Ihnen Geld bot?«

Jeremy senkte den Blick. Er schwieg noch einen Moment.

»Er wollte nicht nach Stanford.«

Abermals macht er eine lange Pause, ohne von der Tischplatte aufzublicken.

»Das sei nicht sein Leben, meinte er. Er hätte die Nase voll, er mache nicht mehr weiter so.

Ich habe an dem Abend null verstanden. Und ich habe nachgefragt. Sie müssen mir glauben, Giuliana, ich habe ihn gefragt, ich habe gebohrt, ihn mit Fragen bombardiert. Wo willst du hin? Verlässt du die London School? Willst du woanders studieren? Oder kehrst du nach Hause zurück? Oder fängst du wieder an der Bocconi an? Oder gehst du arbeiten? Hast du einen Job gefunden? Oder was ist es dann, hast du eine Freundin? So in der Art, ein Haufen Fragen, aber er hat nichts gesagt. Er meinte: Ich weiß nicht, es ist noch zu früh, lass mich mal machen, ich bin mir noch nicht im Klaren. Das heißt, nur zum Teil. Er meinte, er sei sich noch nicht hundertprozentig sicher, aber achtundneunzigprozentig. Ich meine, er hätte achtundneunzig gesagt … Oder vielleicht achtzig.«

Noch eine Pause.

»Aber das spielte keine Rolle. Wissen Sie, was eine Rolle spielte? Dass ich bis dahin geglaubt hatte, wir wollten das Gleiche, dass wir fast so etwas wie Brüder wären. Und er eröffnete mir, dass es nicht so war. Dass wir nicht mehr das Gleiche wollten. Ich weiß nicht einmal, ob wir das jemals gewollt hatten. Das war es. Das tat sich wie ein Riss zwischen uns auf. Wie ein Abgrund.

Wissen Sie, was ich unfassbar fand? Dass er eine Sache wie Stanford in den Wind schoss. Stanford! Amerika, die Staaten, der Pazifik, Palo Alto, Steve Jobs … Und er sagt: Nein danke, ich gehe nicht hin, geh du doch!

Also, ist ja klar. Jeder darf in seinem Leben machen, was er will. Wäre schlimm, wenn nicht. Jeder ist frei. Frei, das zu tun, was einem in den Sinn kommt, und sei es, gegen die Wand zu fahren. Als Beispiel. Wenn man Bock hat. Aber … Aber auf Stanford zu scheißen! Ich habe … ich weiß noch, dass ich an dem Abend … Ich habe ihn immer wieder gefragt, ob er verrückt sei, ob er zu viel getrunken habe, ob er mich auf den Arm nehmen wolle oder was.

Nein. Er war nicht verrückt, er hatte eine Entscheidung getroffen. Er wollte weder meinen Rat noch meine Meinung. Er wollte mich nur um Hilfe bitten. Denn es gab ein Problem.

Fil hatte dieses eine, verdammte, total vertrackte Problem: Er wollte es seinen Eltern nicht sagen.

Das war es: Er wollte es seinen Eltern nicht sagen!

Deshalb brauchte er mich!

Haben Sie verstanden?«

Nein. Giuliana verstand nichts. Das heißt, allmählich dämmerte es ihr.

»Sie wollen mir sagen, dass Fil 2008 gar nicht nach Stanford gegangen ist? Es war doch 2008?«

»Nein, er ist nicht gegangen …«

»Und dass Fil jetzt … nicht hier ist?«

»Nein, er ist nicht hier …«

Jeremy antwortete wie ein Roboter, fast lautlos, flüsternd, als wären es keine Antworten. Er stammelte, es war, als redete er insgeheim mit sich selbst, als schluckte er seine Worte hinunter, damit niemand sie mitbekam. Und wie ein Mantra wiederholte er: »Nein, nein, er ist nie hier nach Stanford gekommen, nein, Fil ist nie … hierhergekommen …«

Giuliana sah ihm in die Augen. Doch sie blickte ihn nicht richtig an. Sie dachte nach. Sie hielt die Augen weit geöffnet, wie von einem grellen Licht geblendet.

»Aber dann sind es drei Jahre, dass …«, sagte sie. Wie ein fallender Stein. »Wo ist Fil jetzt?«

»Na ja, in London«, nuschelte Jeremy verschämt, als fürchtete er, nicht die richtige Antwort zu haben. Dabei war es die richtige Antwort. »Ja«, wiederholte er, »Fil lebt in London.«

»In London? Und was macht er da?«

»Ich weiß nicht. Er lebt da. Das war es, was ich Ihnen noch sagen wollte! An dem Abend im Pub … Mit diesem Pakt wollte er …«

Giuliana begann zu frösteln. Die Sonne war verschwunden, und es war entsetzlich kalt dort draußen hinter dem Campuscafé. Wieso waren sie dort geblieben? Wieso hatte sie diesem Unbekannten erlaubt, sie stundenlang in der Kälte sitzen zu lassen? Und wieso war sie überhaupt in Amerika, so weit weg von allen?

»Können wir gehen?«, bat sie. »Oder uns zumindest … reinsetzen?«

Sie setzten sich nach drinnen an einen Ecktisch. Giuliana bestellte heißen Tee mit ein bisschen Milch und Keksen: »Mit

Schokolade, wenn möglich«, sagte sie der Kellnerin. Jeremy sah sie an. Sie wirkte so verloren, so fern. Eine Hand lag matt auf der Tischdecke; das lange, schmale, weiße Handgelenk stak aus dem Blusenärmel. Mit der anderen Hand malträtierte sie eine Brosche, die am Revers ihres karierten Jacketts mit den leuchtenden Goldknöpfen steckte. Wenn er gekonnt hätte, hätte Jeremy ihr das alles erspart. Aber sie musste doch wissen, was passiert war.

»Ich erzähle Ihnen alles, was ich weiß, Giuliana. Das ist zwar nicht viel, aber, nun ja, kurz gesagt geht es um Folgendes: Fil wollte nicht nach Stanford. Aber er traute sich nicht, es seinen Eltern zu sagen. Also musste er ihnen etwas vorgaukeln, eine andere Möglichkeit gab's nicht. Theater spielen. So tun, als würde er nach Stanford gehen, dort leben, dort studieren, sein Doktorat machen. Er musste seine Eltern betrügen. Haben Sie verstanden? Das war beileibe nicht einfach … Man kann sich nicht aus dem Stegreif ein Leben ausdenken. Oder zumindest behauptete Fil, er könne es nicht. Nicht wirklich. Er meinte, er habe es versucht, und eine Weile habe es auch geklappt. Aber was dann? Wie denkt man sich ein Leben aus, das man nicht lebt? Wie erzählt man seinen Eltern – den Eltern! – von Orten, die man nicht kennt, von Leuten, die man nicht trifft, vom Studium, das man nicht macht …

Ich. Ich ging nach Stanford und konnte ihm helfen. Ich war sein Freund, das konnte ich für ihn tun. Ich musste nur an seiner Stelle dort leben, die Dinge studieren, die er studiert hätte, die Leute und Orte sehen und besuchen, die er gesehen und besucht hätte … und ihm alles erzählen. Ich sollte ihm Berichte schreiben. ›Detaillierte Berichte‹, sagte er. Das war alles, was er wollte. Mehr nicht …

Um seinen Eltern nicht wehzutun. Das würde sie zu sehr treffen, meinte er. Er wollte sie nicht enttäuschen. Das sagte er immer wieder, er war ganz besessen davon. Ich bräuchte ihm nur die Besonderheiten zu schildern, die Details. ›Ein Leben besteht aus Details‹, meinte er. ›Die Details machen alles glaubwürdig. Bitte, Jeremy, ist das zu viel verlangt? Kannst du das tun? Schick mir die Details …‹ Per Mail. Ich sollte ihm nur Mails schicken. In regelmäßigem Abstand von, sagen wir, einer Woche, die leitete er dann an seine Eltern weiter, und zack! wurde sein Leben wahr.

Sein Leben, das eigentlich meines war …

Das war der Tausch, der Pakt.

Ich weiß, dass das nur schwer zu verstehen ist. Ich habe an dem Abend auch eine Weile gebraucht. Aber wissen Sie, was das Schöne ist? Dass es kein wirklicher Tausch war, nur etwas Ähnliches. Es war nicht so, dass ich er und er ich wurde. Keiner wurde jemand anders. Und das fand ich in Ordnung. Es ging dabei nicht um eine Karnevalsmaskerade, wo der Arme reich und der Herr zum Diener wird. Er verstellte sich nur. Er tat so, als lebte er ein Leben, das in Wirklichkeit ich für ihn lebte und ihm weiterreichte, das war alles. Derweil lebte er woanders ein anderes Leben. Ein Leben, das ihm mehr entsprach oder so.

So hab ich's verstanden. Aber wer weiß … Fil hat mir nie etwas erzählt. Er hat mir nicht gesagt, wo er hinwollte oder wieso er es tat. Nein. Er sagte mir immer nur Sachen wie: Ich weiß nicht, Ich bin mir noch nicht ganz klar, Tut mir echt leid, Jer, ich muss noch mehr Durchblick kriegen … So was.

Das Wichtigste war, dass seine Eltern glücklich waren. Es genügte schon, dass sie nicht … unglücklich waren. Das war seine fixe Idee. Sein Tick.

Ich fand, das war falsch. Das war Betrug an seinen Eltern, an seiner Familie. So etwas sollte man nicht tun. Zumindest sehe ich das so. Ich hab's ihm gesagt. Und wie ich ihm das gesagt habe! Aber glauben Sie, er … er hätte auf mich gehört?

›Das ist das Einzige, worum ich dich bitte, Jer. Du musst nur an meiner Stelle leben, ist das so schlimm? Kannst du das für mich tun? Ja, Jer? Was hältst du davon, hm? Sag mir, was du davon hältst.‹

Verdammt, was halte ich davon …? Er war mein Freund. Er bat mich um einen Gefallen …«

Giuliana spielte mit ihrer Brosche am Jackettkragen. Während Jeremy redete, hatte sie die ganze Zeit daran herumgespielt, sie zwischen den Fingern hin- und hergedreht.

Es war ein Frosch. Ein kleiner, grün emaillierter Frosch mit einer gelben Krone auf dem Kopf. Ein Froschkönig natürlich.

Sie hatte sie sich am Morgen gekauft, ehe sie das weiße Cabrio mit den roten Sitzen gemietet hatte. Sie war aus dem Hotel gekommen, und in einem Schaufenster des Nachbargebäudes hatte sie diese Brosche entdeckt. Einen Moment lang hatte sie davorgestanden und war dann weitergegangen. Plötzlich war sie umgekehrt, hatte sie noch eine Weile betrachtet und war schließlich hineingegangen, um sie zu kaufen. Sie hatte also ein wenig Widerstand geleistet, aber nicht allzu großen. Auf diesen Kauf konnte sie nicht verzichten.

Es passierte ihr häufig, dass ihr ein Gegenstand plötzlich unwiderstehlich erschien: Als würde das Leben selbst ihn einfordern. Es war wie eine Begegnung. Sie begegnete den Gegenständen. Oder besser, die Gegenstände begegneten ihr. Sie kamen ihr entgegen, wie man so schön sagt. Manche Gegenstände schienen regelrecht aufzuleuchten und nach ihr zu rufen, wenn sie am Schaufenster vorbeikam. Ein Schrei um Aufmerksamkeit. Sie hatte sich in den Kopf gesetzt, dass wenn diese Gegenstände sie riefen, es einen triftigen, gewiss ganz eng mit ihrem Leben verknüpften Grund geben musste. Womöglich wollten diese Gegenstände ihr Leben ändern. Sie konnte den Grund nur erahnen, doch sie wusste, dass es ihn gab, und deshalb musste sie dem Impuls nachgeben, statt ihn zu unterdrücken.

Nur einmal war sie diesem Impuls nicht gefolgt und hatte es bereut. Das war vor rund zwanzig Jahren gewesen, als sie noch jung und sorglos war. Auf einem Flohmarkt hatte sie ein Bild entdeckt. Ein wertloses, unsigniertes Gemälde unbekannten Datums. Ein bewegtes Meer unter grünlich blauem Himmelslicht, das auf dem Wasser glänzte und sich auf den Wogenkämmen brach, ehe Gischt spritzend ans Ufer rollte. Dieses Meerstück gefiel ihr wahnsinnig gut. Sie sah es schon bei sich zu Hause hängen, an der Wand gegenüber dem Bett, dann hätte sie es beim Aufwachen gleich vor Augen. Auch in einer Ecke im Eingang konnte sie es sich gut vorstellen: Man betritt die Höhle und hat das Meer vor Augen, und schon kommt sie einem wie der Himmel vor.

Es kostete fünfundvierzigtausend Lire (damals gab es noch Lire). War das teuer? War das billig? Sie wusste es nicht. Sie gab sich einen Ruck und sagte sich: Na, komm schon, geh weiter, das brauchst du nicht. Sie ging weiter und kaufte es nicht. Doch im Laufe des Tages ließ sie der Gedanke an dieses Meer nicht los. Irgendwann quälte sie dieser Verzicht so sehr, dass sie es nicht mehr aushielt. Sie verließ die Arbeit und rannte zum Flohmarkt. Es war schon spät, und höchstwahrscheinlich waren die Stände schon weg. Das Herz schlug ihr bis zum Hals. Sie waren noch da! Schon von Weitem konnte sie den Stand mit den Bildern sehen. Voll banger Erwartung eilte sie darauf zu, doch ihr Meerbild war nicht zu sehen. Alle anderen waren noch da: Stillleben, Landschaften, Porträts. Nur ihr Bild fehlte. Auf der Staffelei, auf der es am Morgen gestanden hatte, prangte jetzt ein anderes, geschmackloses Bild, ein Teller mit vier roten Äpfeln, dazu noch stümperhaft gemalt. Sie wagte es nicht, den Verkäufer zu fragen, offenbar hatte er es verkauft. War das möglich? Ja. Er hatte den ganzen Tag über nur ein einziges Bild verkauft: ihr Bild! Traurig machte sie kehrt. Niemals würde sie vom Bett aus auf dieses kupfergrün schimmernde Meer blicken können. Sie hatte es verloren, und das, weil sie heldenhaften Verzicht hatte üben wollen, der nun niemandem etwas brachte.

Es hing ihr noch eine ganze Weile lang nach. Sie hatte sich um etwas gebracht, das ihr ein wenig Glück beschert hätte, und sie wusste nicht einmal, warum. Sie kam sich nur dumm vor und untauglich: Sie hatte es nicht geschafft, einer Sache gerecht zu werden, einem Ruf zu folgen, sie hatte ein Signal ignoriert, das ihr vielleicht ein Hinweis auf einen tieferen Sinn oder ein Geheimnis hatte sein wollen… Schluss damit. Sie versprach sich, in Zukunft stets auf diese Rufe des Lebens zu hören. So war es dieser vertrackten Logik einer geradezu metaphysischen Ordnung und nicht etwa einem banalen, konsumgesteuerten Besitzverlangen geschuldet, dass Giuliana ihre Wohnung und ihr Leben mit Dingen anfüllte: Tellerchen, Anhänger, Plüschtiere, Porzellantiere, Tiere aus Holz, Glas oder Stoff, Bildchen, Spardosen, Foulards, Kettchen, Aschenbecher, Figürchen und Broschen.

Broschen… An jenem Morgen in San Francisco war ihr gewesen, als hätte ihr Leben ohne diesen bekrönten grünen Frosch keinen Sinn mehr. Und sie hatte ihn gekauft. Was den Sinn betraf, den diese Brosche ihrem Leben geben würde, nun ja, da musste man vertrauensvoll abwarten.

Tatsache ist, dass Giuliana Cantirami glaubte, es gebe da jemanden, nicht unbedingt eine Gottheit, die stets auf sie aufpaste, jemanden, der von oben und ohne sich jemals blicken zu lassen, ihr Leben lenkte.

Im Campuscafé spielte Giuliana also mit besagter Froschbrosche. Es war Abend geworden. Sie hatten gar nicht gemerkt, wie der Nachmittag vergangen war, so sehr war Jeremy von seinen Schilderungen eingenommen und so gebannt hatte Giuliana ihnen gelauscht.

Gebannt. Und geschockt: Plötzlich erfuhr sie an diesem

amerikanischen Novemberabend von einem wildfremden jungen Lockenkopf, dass ihr Neffe sie alle seit Jahren hinters Licht führte; dass er nie in Stanford gewesen war; dass er nicht dorthin gegangen war, weil das nicht *sein* Leben war …

Was sollte das überhaupt heißen? Wem gehört denn das Leben, das wir leben? Hat jeder irgendwann das Gefühl, er erkennt sein Leben nicht mehr wieder? Manchmal vielleicht. Aber was hat ein Junge, der davonläuft, schon Erschreckendes, Unbegreifliches, Befremdliches gesehen? Und wo war Fil geblieben?

Sie fühlte sich verloren und schrecklich verwirrt. Sie bat Jeremy, sie einen Moment zu entschuldigen, und ging hinaus, um Fil anzurufen; sie konnte nicht glauben, dass das alles stimmte. Sie musste mit ihm sprechen, sie empfand ein mächtiges, überwältigendes, erschütterndes Verlangen danach. Sie wählte die Nummer. Zigmal, zwanghaft, mechanisch. Fils Handy antwortete mit der üblichen dramatischen Ansage: nicht erreichbar. Sie kehrte zum Tisch zurück. Sie war am Boden zerstört, als hätte sie erst jetzt begriffen, was passiert war: Sie hatten Fil verloren, allesamt, sie inbegriffen.

Jeremy blickte sie stumm an. Er tröstete sie mit den Augen. Jetzt war sie das Problem, er wollte nicht, dass diese Frau zu sehr litt, dass ihr Blick sich verdüsterte, ihr Gesicht an Süße verlor. Er versuchte sie abzulenken. Er redete über das Café, über den Jungen, der hinter dem Tresen arbeitete, ein Mexikaner mit russischen Wurzeln, mit dem er sich angefreundet hatte. Doch Giuliana schien ihm überhaupt nicht zuzuhören, fast so, als wäre sie gar nicht da.

»Gehen wir zusammen abendessen?«, schlug er vor. »Was meinen Sie?«

KAPITEL 3

Winkelzüge der Täuschung

Sie nahmen das Auto, Giuliana saß am Steuer, und auf diesen großen Straßen und in der Dunkelheit, die sie mit kalter Luft umhüllte, dachte sie, dass ein Cabrio wohl doch keine so gute Idee gewesen war. Keiner der beiden kam auf die Idee, das Dach zuzumachen.

Jeremy hatte sich fest in seine Jacke gehüllt und einen dicken, selbst gestrickten Schal aus der Tasche geholt. Er redete nicht, lotste sie lediglich zu einem nahe gelegenen Restaurant. Es war teuer, und er war erst ein einziges Mal dort gewesen, doch es gefiel ihm: Es war elegant, mit weiß befrackten Kellnern und großen modernen Bildern an der Wand. Der richtige Ort. Perfekt, um diese Frau auszuführen, mit ihr hereinzukommen, einen guten Tisch zu verlangen, ihr den Vortritt zu lassen und sie vor sich hergehen zu sehen… Diese sexy Frau, die jetzt, da sie am Restauranttisch saßen, ihr kariertes Jackett auszog und in einer fließenden Seidenbluse dasaß, die ihre Schulter leicht entblößte. Ihre Haltung war merkwürdig: Sie saß seitlich, ein wenig abgerückt, als wäre sie nicht zum Essen dort, sondern hätte sich zufällig kurz dort hingesetzt, um von einer langen, geheimnisvollen Reise zu verschnaufen. Jetzt strich sie sich das Haar mit dieser selbstvergessenen Mädchengeste zurück. Dichtes, geschmeidiges Haar.

Sie bestellten gedämpften Lachs mit Kartoffeln und eine Flasche Chemin de Dames. Sein Lieblingsweißwein.

Dann erzählte Jeremy, wie der Tausch funktionierte. Er

schickte Fil »detaillierte Berichte«, eine Mail nach der anderen, mehr oder weniger alle sechs bis sieben Tage, in denen er alles festhielt: Wo er hinging, was er tat, was er studierte, aber vor allem die Kleinigkeiten, zum Beispiel, wie der Flur vor dem Prüfungsraum aussah, oder den Weg zur Bibliothek, das Gesicht des Bibliothekars, was er sagte, wenn er ein Buch auf dem Tisch hatte liegenlassen. Oder davon, wie er sich auf seinem Stuhl einmal ganz krumm gemacht hatte, um die Augen einer jungen Wissenschaftlerin besser sehen zu können, die kleinen Glitzersteinchen auf ihren Lidern … Oder er erzählte von seinem Kommilitonen Scott, der im Zimmer nebenan wohnte, Rugby spielte und sich vor Mädchen nicht retten konnte, ihm aber nie eine vorstellte. Wozu sollte ich, sagte er, du hängst doch eh nur über den Büchern …

Als Jeremy seinen Master an der LSE machte, war das natürlich anstrengend. Aber noch viel anstrengender war es, Fil so genau davon zu erzählen, dass es später für seine Eltern glaubwürdig klang.

»Aber wieso? Also, Jeremy … Sie wollen mir doch nicht etwa sagen, dass Fil … nicht einmal seinen Master gemacht hat?«, hakte Giuliana nach.

»Nein, er hat ihn nicht gemacht.«

»Das heißt, in London hat er nicht mal fertigstudiert?«

»Nein.«

»Und seine Eltern haben nichts bemerkt?«

»Nein.«

Giuliana fiel aus allen Wolken. Wie war es möglich, dass ihr Bruder und ihre Schwägerin nichts bemerkt hatten? Und sie? Sie gehörte ebenfalls zu dieser reizenden Großfamilie.

»Problematisch wurde es«, erzählte Jeremy weiter, »als Fils Eltern meinten, sie wollten zur Masterverleihung nach London kommen. Das war vielleicht ein Schlamassel! Wenn sie gekommen wären, wäre das Kartenhaus in sich zusammengefallen. Wir mussten alles dransetzen, um sie davon abzuhalten. Wir haben lange darüber nachgedacht, was wir sagen sollen, vielleicht, dass Fil vierzig Fieber hat oder so. Aber schließlich hatte er eine geniale Idee: ›Wir sagen, wie es ist‹, meinte er. ›Was meinst du mit: wie es ist?‹, fragte ich. ›Wir sagen, dass es mir nicht recht ist, was ist schon dabei?‹ Und das machte er dann auch: Er sagte seinen Eltern, dass er sie beim Festakt nicht dabeihaben wolle! Das sagte er ihnen. Dass er sie nicht will! Er schrieb, dass er sich freue und dass er sich ganz doll bei ihnen bedanke und dass sie ganz wunderbar seien, und dies und das und hin und her, und dass er ihnen alles zu verdanken habe, dass er genau wisse, wie wichtig ihnen das sei und wie gern sie dabei wären, ist doch klar, wenn der Sohn den Master kriegt, das ist schließlich der krönende Abschluss, natürlich, das verstehe er und es tue ihm leid … Aber das sei nun mal ein ganz intimer Moment für ihn, es sei ihm fast ein bisschen peinlich … Wie auch immer, sie könnten ihn für schüchtern oder gar egoistisch halten, aber das sei nun mal sein Wunsch: keine Verwandten bei der Masterverleihung und basta.

Ich fragte ihn, ob er verrückt geworden sei, wie könne er seinen Eltern verbieten zu kommen, das sei ein geradezu heiliges Anliegen. Doch Fils Eltern zeigten Verständnis. Mehr noch: Sie waren stolz! Ja, wirklich, sie schrieben ihm eine total bescheuerte, vor Bewunderung triefende Mail, wie stolz sie auf so einen Sohn seien, so zurückhaltend, mit so viel Understatement und Bescheidenheit und blablabla …

Jedenfalls sind sie nicht nach London gekommen, Ende, aus – eine echte Meisterleistung!

Dann wechselte ich nach Stanford. Und ab da wurde es hart. Ich wusste nicht, wie ich mich Fil gegenüber verhalten, was ich tun sollte. Ich war außer mir vor Glück, aber ich wusste nicht, wie ich ihm meine Freude vermitteln sollte und ob es richtig war, dass ich hier war und nicht er. Wie sollte ich ihm diesen herrlichen Ort beschreiben… und dann auch noch per Mail, auf ein paar mickerige Zeilen eingedampft! Ich fand, er müsse herkommen und es sich mit eigenen Augen ansehen… Aber er sagte, ich würde das schon hinkriegen, und ich solle nicht so ein Geschiss drum machen.

Tatsache ist, dass ich ein schlechtes Gewissen hatte, an einem solchen Ort zu sein, und deshalb erzählte ich ihm nicht viel. Ich hatte Angst, dass er es in den falschen Hals bekam. Wie auch immer, ich lebte sein Leben… das heißt, ich lebte mein Leben, aber es war auch seines, das ich zumindest als seines vortäuschte, damit es glaubhaft erschien… Ein einziges Durcheinander…

Ich wusste auch nicht, ob Fil es wirklich in Ordnung fand, nicht nach Stanford gekommen zu sein. Vielleicht hatte er seinen Verzicht inzwischen bereut, und meine Begeisterung kränkte ihn. Wer weiß?

Aber nein, er freute sich wie ein Honigkuchenpferd. Er sagte, ich tue ihm einen riesigen Gefallen, und seine Eltern würden sich freuen. Also, natürlich nicht darüber, dass *ich* in Stanford studierte, sondern dass *er* in Stanford studierte und somit auch irgendwie, dass *ich* es an seiner Stelle tat. Dabei hatten sie nicht den blassesten Schimmer… natürlich nicht, woher auch? Sie wussten noch nicht mal, dass es mich gibt…«

Giuliana ließ sich die Dessertkarte bringen. Sie bestellte eine Mousse au chocolat mit Baisersplittern und Bitterschokoladeraspeln. Und ein Glas Passito. Jeremy bestellte nichts. Er redete und redete.

Jetzt schilderte er ihr einen weiteren hochinteressanten Aspekt des Tauschs, nämlich dass das Erfassen dieser vermaledeiten Berichte gar nicht so einfach war, denn nicht alles ließ sich erzählen. Es war tatsächlich eine Frage der »Erzählbarkeit«. Die Sache war so: Nicht alles, was Jeremy in Stanford erlebte, konnte eins zu eins an Fil weitergegeben werden, sondern nur die geeigneten Facetten, die, die mit Fil etwas zu tun hatten, die seinem Geschmack, seinem Charakter, seinen Gewohnheiten entsprachen.

Mit Kleidung ist es ähnlich, überlegte Giuliana. Manches steht einem nicht, anderes schon. Ihr war nie in den Sinn gekommen, dass es mit Erzählungen ähnlich sein könnte. Es gibt Erzählungen, die aus unserem Mund unglaubwürdig klingen. Wie wenn sie bei einem Familienabendessen erzählte, sie hätte sich einen Nerzmantel oder eine Perlenkette gekauft. Oder sie würde im August eine Kreuzfahrt machen. Eine Kreuzfahrt, ein Nerz … Sie!

Jeremy sagte, anfangs sei ihm das nicht klar gewesen und er habe Fehler gemacht. Einmal zum Beispiel hatte er Fil einen Abend in der Disco beschrieben und Fil hatte die Mail nicht verwenden können, er hatte auf *Löschen* gedrückt, und das war's, weil seine Mutter gerochen hätte, dass es nicht stimmte: Eher würde er sich erdrosseln lassen, als in die Disco zu gehen und sich den Schädel mit Musik zuzudröhnen.

Auch die Schilderung eines Rugbyspiels war unpassend gewesen. Es musste etwas anderes her. Jeremy mochte Rugbyfan sein, oder besser sein Kumpel Scott, der in der Mannschaft spielte und ihn mit zu den Spielen schleifte und mit seiner Begeisterung ein bisschen angesteckt hatte, aber Fil hatte für Rugby nie etwas übrig gehabt. Das war ein echtes Problem zwischen ihnen beiden gewesen. Fil meinte, Jeremy solle nicht mehr zu Scotts Rugbyspielen gehen, weil sie nichts brächten. Sie brächten dem Swap nichts.

»Kannst du nicht einfach so tun, als würde Scott einen anderen Sport treiben?«, sagte Fil.

Jeremy antwortete, er sei wohl verrückt geworden:

»Willst du wahre Geschichten oder erfundene? Ich dachte, du wolltest von mir wahre Geschichten hören. Wieso haben wir diesen Pakt sonst geschlossen? Scott existiert. Es ist nicht in Ordnung, dass ich ihn mir jetzt zurechtbiegen soll, wie es dir passt.«

Da meinte Fil, er solle Scott vergessen und sich Tennismatches statt Rugbyspiele ansehen, er möge doch Tennis. Doch auch das haute nicht hin, weil Jeremy Tennis todlangweilig fand und sich weigerte hinzugehen.

Also musste Fil sich die Stanforder Tennismatches ausdenken. Einmal hatte er sich ausgedacht, er habe den großen Roger Federer spielen sehen, der, wie alle Welt wusste, just in den Tagen in Roland Garros gewonnen hatte und deshalb schlecht in Stanford sein konnte. Fil bemühte sich, die Sache noch hinzudrehen, und sagte seinen Eltern, sie hätten wohl falsch verstanden, er hätte gemeint, er habe ihn im Fernsehen gesehen, woraufhin ihm seine Mutter die Mail zurückschickte, in der stand, er habe ihn auf einem Stanforder Tennisplatz gesehen, und Fil blieb nichts anderes übrig als zu sagen, er habe an dem Abend wohl einen im Tee gehabt.

Kurz gesagt, es war nicht leicht. Fil meinte, Jeremy müsse aufhören, Dinge zu tun, die er niemals tun würde, und Jeremy fragte zurück, ob er verrückt geworden sei oder was. Ihr Pakt bestünde nicht darin, dass er-Jeremy zu ihm-Fil werde, mitsamt aller Vorlieben, Gewohnheiten und Ticks… Es sei ja wohl nicht so, dass, wenn er-Fil Schweinepastete mit Zwiebeln mochte, er-Jeremy sich mit Schwein und Zwiebeln vollstopfen müsse. Jeremy hasste Zwiebeln. Und Schwein genauso. Das haute nicht hin.

Es gab also eine Menge Probleme. Die Sache war beileibe kein Klacks, zwei Freunde, die ein bisschen ihr Leben tauschen und mal sehen, wie's läuft. Für Jeremy hatte das Ganze auch philosophische Aspekte. Zum Beispiel: Wenn man sein Leben einem anderen überließ, indem man es ihm erzählte, musste man es dann so leben, wie es einem gerade passte, oder musste man es dem anderen anpassen? Und wenn dem so war, hieß das, man lebte nicht mehr sein eigenes Leben, sondern das potenzielle des anderen? Man war also nicht mehr man selbst, sondern der andere? Konnte der andere einem dann nicht ein bisschen entgegenkommen? Er musste sich ja nicht gleich komplett ändern, sondern sich dem, der ihn ersetzte, ein wenig annähern. Aber ersetzte er ihn wirklich? Und wie sehr? Wie viel sollte das sein, in Prozent ausgedrückt?

Manchmal gab Fil ihm die Geschichten, die er brauchte, regelrecht in Auftrag. Einmal sagte er beispielsweise, seine Eltern wunderten sich, dass er keine Freundin habe, und bat Jeremy, ihm zu helfen. Jeremy hatte geantwortet, so etwas könne er sich nicht ausdenken, und wenn es sowieso nur ums Ausdenken ginge, könne Fil sich seine Liebesgeschichte gefälligst selbst zusammenspinnen.

»Wissen Sie, was er mir geantwortet hat?«, sagte er zu Giuliana. »›Dann geh halt mit einem Mädchen aus, und dann erzählst du's mir!‹ Das hat er mir gesagt. ›Entschuldige mal‹, hab ich gesagt, ›geh du doch mit einem Mädchen aus, dann kannst du erzählen, was du willst. Wieso muss ich was mit einer anfangen, obwohl es mir vielleicht gar nicht passt?‹ Aber er meinte nur, er brauche die richtigen Details, und die könne man sich nun mal nicht ausdenken, wozu sei unser Pakt ihm sonst nütze? Irgendwie hatte er ja auch recht, keine Frage. Fil meinte, das Problem sei, die Dinge richtig zu verorten, die Dinge selbst seien immer die gleichen, man küsst ein Mädchen oder man geht nach dem Kino mit zu ihr, aber das Drumherum ändert sich, wo man sie küsst und ob man sie vorher irgendwo zum Essen eingeladen hat und wie die Tischbeleuchtung war und so weiter …«

Die Tischbeleuchtung …

Fil hatte recht. Giuliana betrachtete die Kerze zwischen sich und Jeremy, die zu einer erstarrten Wachspfütze zusammengeschrumpft war. Grünlich, denn die Kerze war grün gewesen. Grasgrün. Wie war die Beleuchtung an ihrem Tisch? Warm, sie erschien ihr warm, und weich wie diese wachsige Lache.

»Einmal habe ich ihm das heißeste Mädel aus meinem Kurs ausgeborgt«, fuhr Jeremy fort. »Sie war Chinesin und hieß Susan Chen Ling. Ich habe ein bisschen gezögert, ob ich's machen soll oder nicht, weil ich sie nur ungern an ihn verfüttern wollte. Aber was heißt ausgeborgt… es war ja alles virtuell! Also beschloss ich, nicht lange rumzutun, und weil ich mit diesem Mädchen ab und zu ausging, erzählte ich Fil die Details: Was sie gern aß, wie sie sich anzog, was sie erzählte… na ja, ist ja klar… Am Ende lief es auf einen lustigen Dreier hinaus, denn Fil sagte mir wiederum, was ich ihr erzählen und wohin ich sie ausführen sollte und so weiter. Das hatte zwar nicht viel mit dem Pakt zu tun, aber er war auf den Geschmack gekommen. Na ja, irgendwann wurde die Sache mit dieser Susan ernster, und sie lud mich ein, sie in China zu besuchen. Sie meinte, ich solle ihre Familie kennenlernen, ihre vierunddreißig Cousins zum Beispiel, völlig unsinnig. Und ich erstattete Fil Bericht darüber, aber eher, weil es so lustig war. Doch er bedankte sich und schickte ihn eins zu eins an seine Eltern weiter.

Seine Eltern kriegten fast einen Herzinfarkt! Fast hätten sie sich sofort ins Flugzeug nach Amerika gesetzt! Ob er denn verrückt geworden sei, er solle bloß nicht nach China gehen. Als er eine ganze Weile später einmal nach Hause fuhr, fragten sie ihn sofort nach der Chinesin, und er hatte es total vergessen, denn, klar, wenn man die Dinge nicht wirklich lebt, bleiben sie kaum hängen, Mädchen beispielsweise sind nur austauschbare Namen, ein Atemhauch… Francesca, Alba, Susan… Doch bei so einer Sache wie unserem Swap sind Namen natürlich entscheidend! Bringt man sie durcheinander, ist man am Arsch. Aber er brachte sie nicht durcheinander. Seine Eltern fragten ihn nach seiner Freundin Chi O Lin, und er entgegnete wie aus der Pistole geschossen, sie hieße Chen, Chen Ling. ›Mit der ist es aus‹, meinte er. ›Ich will nicht darüber sprechen …‹

Doch hin und wieder brachte er dennoch was durcheinander. Wie bei der Sache mit den Walen …«

Bei den Walen fiel Giuliana, die bereits beim dritten Gläschen Passito angekommen war, ihm ins Wort. Sie fühlte sich weder wach noch schläfrig, vielmehr erfüllt von nächtlicher Glückseligkeit. Eine Art Selbstvergessenheit, wie wenn man die Nacht mit sehr guten Freunden verbringt, bis zum Morgengrauen durchredet, derweil die Lider immer schwerer werden. Die Kräfte lassen langsam nach, die Muskeln sind nicht mehr zu spüren, und während man mit halb offenem Mund und glasigem Blick dasitzt, lullt dich ein inneres Schlaflied ein … Schön, sehr angenehm und entspannend. So ging es Giuliana. Und sie gab sich dem hin.

»Ich weiß nicht, ob Sie das kennen«, sagte sie zu Jeremy, »aber es ist komisch: Wenn ich jetzt die Augen schließe, ist es, als wäre ich nicht mehr da. Als würde ich verschwinden. Das haben wir als Kinder gemacht, nicht wahr? In Wirklichkeit sehen Sie mich natürlich genau wie vorher, nur ich sehe Sie nicht mehr. Und weil ich nichts mehr sehe, glaube ich, ich bin verschwunden …«

Ganz plötzlich war ihr diese Erinnerung an Fil in den Sinn gekommen, er musste erst drei oder vier gewesen sein. Es war Sommer, und sie waren alle bei den Großeltern. Fil spielte im Esszimmer, das am Nachmittag still und in warmes Dämmerlicht getaucht dalag. Auf einmal hatte er gesagt: »Jetzt spielen wir, dass du mich suchst und ich bin nicht da.« Und sofort machte er die Augen zu. Er blieb, wo er war, direkt vor ihrer Nase, doch er schloss die Augen, und von dem Moment an glaubte er, nicht mehr da zu sein; er war verschwunden, und die Tante musste ihn suchen. Und sie suchte ihn. »Wo hast du dich bloß versteckt, mein Filinchen?«, rief sie und ging suchend durchs Zimmer. Bis Fil die Augen wieder aufmachte und sich schüttelte vor Lachen.

Vielleicht hatte Fil jetzt auch nur die Augen zugemacht. Er spielte, er sei nicht da.

Giuliana gab sich diesem Gedanken hin. Nur einen Moment, dann kam sie wieder zu sich.

»Sie waren gerade bei den Walen, entschuldigen Sie, Jeremy, wenn ich sie unterbrochen habe …«

»Ja, richtig, die Wale … Einmal hat unser Kurs eine Reise unternommen, einen mehrtägigen Ausflug, um Wale zu sehen. Es gibt da einen Ort, wo sie zu der Jahreszeit vorbeiziehen. Natürlich haben wir nicht einen zu Gesicht bekommen. Vielleicht war es doch nicht der richtige Ort, oder es war die falsche Jahreszeit. Ich schrieb also Fil, wir hätten nicht mal die Spur eines Wals gesehen, aber aus irgendeinem seltsamen Grund erzählte er seinen Eltern, wir hätten ›einen ganzen Schwarm Wale‹ gesehen. Ich weiß das noch genau, weil er mich fragte, ob man bei Walen eigentlich Schwarm sagte und ich ihm geantwortet habe, meines Wissens nach nein, aber er schrieb es trotzdem. Das Schlimme war, dass er nicht den blassesten Schimmer hatte und behauptete, er habe die Wale nur wenige Meter entfernt von einem Segelboot aus gesehen, und seine Eltern riefen ihn an und fragten, ob er sie etwa auf den Arm nehmen wolle. Da waren wir wirklich kurz davor aufzufliegen. Zum Glück hat Fil es geschafft, die ganze Sache umzudrehen und zu sagen: Sehr gut, ihr seid nicht drauf reingefallen, war doch klar, dass das Quatsch ist, ich habe mir das alles nur ausgedacht! Ehrlich gesagt, war das das einzige Mal, dass er die Wahrheit gesagt hat.

Ich habe ihn dann gefragt, was ihn da bitte geritten hätte, ob er denn die leiseste Ahnung habe, wie riesig so ein Wal sei. Er meinte, er habe nur den Wal aus *Pinocchio* im Kopf, und außerdem habe er es nicht nett gefunden, seinen Eltern zu erzählen, er sei losgefahren, um Wale zu sehen, und dann habe sich kein einziger blicken lassen. Was für ein Segelboot das gewesen sei und wie groß, habe er nicht wichtig gefunden. Hauptsache, seine Eltern waren glücklich, sie wären enttäuscht gewesen, wenn er keine Wale gesehen hätte. Er hatte ihnen eine Freude machen wollen.

Eine Freude machen… Giuliana schoss eine Erzählung von Asimov durch den Kopf. Einfach so, ganz plötzlich. Es musste Jahre her sein, dass sie sie gelesen hatte. Es war die Geschichte eines Roboters, der wegen eines Konstruktionsfehlers die Gedanken der Menschen lesen konnte, und da die oberste Roboterregel lautete, den Menschen keinen Schaden zuzufügen, sagte er ihnen genau das, was sie hören wollten. Um ihnen keinen Schaden zuzufügen. Nur dass er deshalb manchmal einen Haufen Lügen verzapfte! Zum Beispiel ist die Doktorin Susan Calvin in der Erzählung in ihren Kollegen verliebt, und der Roboter durchschaut sie, und um ihr eine Freude zu machen, sagt er, der Kollege sei auch in sie verliebt. Dabei stimmt das gar nicht, er ist sogar kurz davor, eine andere zu heiraten. Und Susan Calvin ist alles andere als glücklich, als sie es herausfindet… *Lügner!*, so heißt die Erzählung.

Lügner? Dann wäre Fil also nichts anderes als ein Lügner? Ihr Fil, war das möglich?

»Ist das möglich?«, fragte sie laut.

»Was denn?«, fragte Jeremy.

»Ach, nichts, ich habe mich nur gefragt: Ist es möglich, dass mein Bruder, meine Schwägerin… ihm das alles abgenommen haben? Aber wenn ich mich recht erinnere, ist meine Schwägerin doch einmal nach Stanford gekommen, um Fil zu besuchen?«

»Ja, sicher. Sie war hier in Stanford.«

»Sieh an. Und … gab es da keine Probleme?«

»Von wegen Probleme! Damals sind wir fast durchgedreht. Wir wussten nicht, was wir tun sollten. Ich habe gedacht, jetzt sind wir angeschmiert, wie meine Großmutter sagt. Ende. Aus. Was soll's, eine Weile war's ja gut gegangen, und irgendwann hat eben alles sein Ende … Aber Fil sagte: ›Keine Panik. Ich komme nach Stanford und quartiere mich ein paar Tage in deinem Zimmer ein. Und solange meine Mutter da ist, ziehst du Leine.‹«

»Soll das heißen, Filippo war hier?«

»Ja.«

»Und meine Schwägerin? Ich meine, seine Mutter …«

»Seine Mutter war auch hier. Es war unglaublich. Es hat funktioniert. Er ist zwei Tage vorher gekommen, um sich mit allem vertraut zu machen, mit den Menschen und Orten. Ich habe ihm gesagt: Zum Mittagessen gehst du da hin und isst ein Sandwich, nimm die mit Senf, die sind die besten. Das Seminar I ist in der Aula soundso, die Sprechstunde von Professor X ist am Dienstagmorgen … Wir waren sogar zusammen im Supermarkt einkaufen, und er hat sich die Sachen gekauft, die er gern mag, griechischen Joghurt, Olivenpaste, also all die Sachen, von denen seine Mutter wusste, dass er sie gern isst.«

»Entschuldigung, aber warum ist es so wichtig, was er eingekauft hat?«

»Das ist entscheidend! Es wäre zum Beispiel ein Drama gewesen, wenn seine Mutter bei ihm im Kühlschrank Zitronenmarmelade entdeckt hätte!«

»Wieso?«

»Fil hasst Zitronen. Ich bin verrückt danach, sogar übers Ragout würde ich mir Zitronensaft gießen. Nicht so Fil. Das ist wie mit Rugby oder mit Mädchen oder Walen … Genau das Gleiche. Wir mussten höllisch aufpassen, zwischen ihm und mir besteht ein himmelweiter Unterschied …«

Giuliana musterte ihn belustigt.

»Mit dem Essen war es einfacher«, fuhr Jeremy fort. »Wir haben einen Haufen Sachen weggeschmissen: mexikanisches Chili, Paprikaöl, meine geliebte Blumenkohlsuppe und alles mit Gurke … Für das Zimmer hatte Fil ein paar eigene Sachen mitgebracht, zum Beispiel ein Snoopyposter, auf dem Snoopy mit einem Blatt tanzt, ich wäre im Leben nicht drauf gekommen, mir so was Grausames an die Wand zu hängen. Ich hatte Formel-I-Fotos über dem Bett. Die mussten alle runter. Er hat ein paar seiner Bücher ins Regal gestellt, CDs mit seiner Musik … In null Komma nichts sah es aus, als würde er dort wohnen.«

Wieder hatten sie das Zeitgefühl verloren. Wie viele Stunden saßen sie schon in dem kleinen Restaurant?

Mit dem Abendessen waren sie längst fertig, die Kellner hatten sie mit Nachtisch, Kaffee und Passito versorgt und dann sich selbst überlassen; nach und nach waren die Gäste aufgestanden, hatten ihre Mäntel genommen und waren in die Nacht und in ihre Leben entschwunden.

Doch sie beide waren, ohne etwas davon mitzubekommen, an ihrem Tisch am Fenster sitzen geblieben, hinter dem die Bäume im Wind wehten.

Giuliana war ganz in Gedanken versunken. Wie großartig, dachte sie, wie großartig ihr Neffe und sein Freund Jeremy gewesen waren, der sie jetzt mit diesem leicht schuldbewussten Blick anstarrte, als erwarte er von ihr die Absolution. Was für ein rührender, verdrehter Junge!

Und die arme Nisina! Sie war so beglückt aus Stanford zurückgekehrt: Wenn ihr wüsstet, wo mein Junge wohnt! Und dann kamen all die wunderbaren Beschreibungen. Und jetzt … war alles falsch – es war so unglaublich, was Jeremy ihr da erzählte!

Wie ist es möglich, dass ich von dieser Wahnsinnsgeschichte nichts mitgekriegt habe, jahrelang?, fragte sich Giuliana immer wieder. Fil hat mir nie etwas gesagt. Mir hat er auch etwas vorgemacht. Es gab nichts schönzureden, sie war nicht die liebste, herzensvertraute Tante, sondern eine Verwandte wie alle anderen. Und sie hatte nichts geahnt! Sie, die Fil innerlich so nahestand! Wie konnte es sein, dass sie in all den Jahren niemals diesen natürlichen Riecher hatte, den man Ahnung nennt? Sie war erschüttert. Sie hatte stets geglaubt, das Herz ihres Neffen zu besitzen. Mehr noch. Wenn jeder Mensch ein Geheimnis in sich birgt oder gar selbst ein Geheimnis ist, dann war sie überzeugt gewesen, Fils Geheimnis seit jeher zu kennen. Das war keine Anmaßung, allenfalls ein Überschuss an Liebe. Sie liebte diesen Jungen so sehr, dass sie glaubte, alles von ihm zu wissen. Als stünde Liebe für Klarsicht. Wie naiv von ihr! Normalerweise ist das Gegenteil der Fall: Liebe vernebelt. Wir durchschauen den Menschen, den wir lieben, niemals wirklich, eben weil wir ihn lieben. Jemanden zu durchschauen, den wir *nicht* lieben, der uns fern und vielleicht unsympathisch ist, ist sehr viel einfacher. Da ist unser Blick vollkommen ungetrübt. Ohne die Filter des Herzens sehen wir schärfer. Nur dass uns in der Regel nichts daran liegt, unseren Durchblick an Leuten zum Einsatz zu bringen, die uns wurst oder unsympathisch sind. Also begreifen wir nichts, wenn wir es gerne würden, und pfeifen drauf, wenn wir es könnten.

Das Seltsame war, dass diese Überlegungen Giuliana nicht im Mindesten beunruhigten. Sie spürte in all dem eine neue, geheimnisvolle Eintracht zwischen sich und Fil, und das hatte etwas seltsam Beruhigendes. Es war, als wäre jede Entscheidung, die Fil getroffen hatte, und jedweder Grund dafür in Ordnung. Egal, wo er jetzt gerade war, egal, was er tat, sie spürte, dass es in Ordnung war. Sie war einverstanden, sie war auf seiner Seite. Doch das stillte ihre Neugier nicht. Je mehr

Zeit verging, desto vehementer fragte sie sich, was Fil dazu gebracht hatte, alles sausen zu lassen und nicht nach Stanford zu gehen. War es eine plötzliche Eingebung gewesen oder eher etwas, das Tag für Tag gewachsen war, bis er es irgendwann nicht mehr hatte ignorieren können? Sie fragte Jeremy danach. Sie fragte, ob ihm etwas aufgefallen war, ob er in all den Jahren des gemeinsamen Studiums diesen Riss bemerkt hatte. Hatte er denn keine Ahnung, warum Fil nicht hierhergekommen war? Immerhin war er doch so dicke mit ihm gewesen.

Dicke mit ihm? Schön gesagt. Jeremy begann nachzudenken: Ist Freundschaft zu etwas nütze? Gewährt sie uns Zugang zum Wesen des anderen, lässt sie uns den Grund seiner Handlungen begreifen? Nein.

Nein, Jeremy hatte keine Ahnung, weshalb Fil alles hingeschmissen hatte. Er hatte seine Entscheidung akzeptiert, und da es Sache seines Freundes war, war es gut so. Oder zumindest hinterfragte er seinen Schritt nicht.

»Nein, ich weiß es nicht«, entgegnete er. »Ehrlich, ich weiß es nicht ...«

»Aber ... Irgendwelche Schlüsse werden Sie doch gezogen haben.«

»Ja, das habe ich ...

KAPITEL 4

Jeremys Dunkel

Es ging im Frühling los.

Anfangs war alles okay. Die ersten Monate, London, unsere Gruppe, das Studium, die Abende... Fil konnte mit allen gut. Außer vielleicht mit einem, für den er nicht viel übrighatte, weil er sich wahnsinnig aufspielte: ein Londoner namens Roger Sheffield. Aber im Frühling fing Fil an, sich zu verändern. Er fuhr Motorrad. Er hatte sich ein Motorrad zugelegt, und sonntags verließ er die Stadt und fuhr allein herum, keiner wusste, wo, und suchte Platanen. Er hat's total mit Platanen... Auch unter der Woche, auch, wenn Vorlesungen waren... Einmal, es stand eine wichtige Vorlesung an, und alle waren schon da, schickte Fil mir eine SMS, er käme nicht, ich solle ihn entschuldigen, auch bei den Profs. Er könne jetzt nicht, er habe Platanen gefunden. Und was für welche, wenn du die sehen könntest, diese Äste, diese Verzweigungen, diese sonst was... Als ich ihn das nächste Mal sah, frage ich ihn, ob alles in Ordnung sei, aber er lächelte nur. Immer wenn ich ihn fragte, wo zum Teufel er sich rumtrieb, antwortete er das Gleiche: im Wald. Und er redete von Platanen... Eine Manie! Als wäre das normal... Und dann noch rund um London, wo es kaum Wälder gibt...!

Dann kam diese Prüfung, die er vergeigte, und von da an... Es war eine Examensprüfung. Eine Art Abschlusstest, über das, was im Kurs durchgenommen worden war. Vier Themen, vier Fragen. Wir haben heftig gebüffelt. Fil am meisten. Damals hat er viel gelernt, viel mehr als ich. Ich war etwas … eingeschüchtert, lernte langsamer, meinte, es nicht so gut draufzuhaben. Ich hatte ständig Angst, die Prüfungen nicht zu schaffen. Doch diesmal kriegte ich die Bestnote und Fil die schlechteste. Es traf ihn richtig hart. Als wir die Ergebnisse erfuhren, war er so stinkwütend wie noch nie. Am liebsten wäre er auf die Wände losgegangen. Die nächste Prüfung lief noch mieser. Fil rasselte durch. Und er wollte nicht darüber reden, wich aus. Ende.

Er sagte nur einen einzigen Satz, an den ich mich noch heute erinnere: ›Dieser Ort hindert mich am Studieren!‹ Das sagte er, total angespannt und nervös. Als wäre er auf die ganze Welt sauer. Aber weshalb? Wir waren an der besten Uni der Welt, dem Mekka der Wissenschaft, und er sagte mir, man hindere ihn am Studieren… *Hindern*, also bitte! Wo du doch Tag und Nacht über den Büchern hängst! Und wer hindert dich überhaupt? Das würde ich zu gern wissen! Na ja, jedenfalls habe ich keine Ahnung, was in ihn gefahren war. Wie auch immer, angefangen hat es, glaube ich, mit diesen Ausflügen in die Wälder. Aber genau weiß ich's nicht…

Das letzte Jahr blieb Fil ziemlich viel für sich… ein bisschen zu viel für meinen Geschmack. Er verkroch sich in seiner Bibliothek, sagte, ich solle ihn in Ruhe lassen, er müsse lernen. Als wäre er der Einzige… Wenn ich ihm das sagte, bekam er schlechte Laune. ›Ihr und eure Tests und Prüfungen, nein, danke, ich will was anderes‹, sagte er… Manchmal kann er ein echter Kotzbrocken sein. Wenn es aber darum ging, am Algorithmus zu arbeiten, dann war er da, dazu hatte er immer Lust. Doch sobald die Sache öffentlich vorgestellt werden sollte, schickte er mich vor. Ich sagte zu ihm: ›Bist du doof?‹ *Du* hast doch die Idee gehabt… ›Na und?‹, antwortete er in seiner entrückten Art, Sie wissen schon: Er redet mit einem, aber es ist, als wäre er gar nicht da und als sähe er durch einen hindurch. Ich wollte mich nicht in den Vordergrund drängen, aber am Ende kamen die Profs auf mich zu und trugen mir Forschungsarbeiten und Publikationen an.

Dann war da die Geschichte mit den Postern. Die erzähle ich Ihnen, weil sie wichtig ist. Vorausgesetzt, Sie haben noch ein wenig Zeit …«

Ein wenig Zeit, dachte Giuliana, sehr witzig! Seit wie vielen Stunden hockten sie jetzt schon in diesem kleinen Restaurant? Und wann hatten sie sich an diesem Nachmittag getroffen? Es musste drei oder vier gewesen sein. Na schön, sie redeten jetzt seit fast acht Stunden, und Jeremy fragte sie, ob sie noch ein wenig Zeit hätte … Die Zeit! Was bedeutete sie ihnen noch?

»In dem Jahr an der LSE waren wir eine tolle Gruppe«, fängt Jeremy wieder an. »Leute auf Zack, wie gesagt. Also wurden wir gebeten, Poster für irgendeine Tagung zu machen. Es war eine bedeutende Tagung, zu der Referenten aus der ganzen Welt kommen sollten, Monsterökonomen, Gelehrte, die tollsten Wissenschaftler. Es war eine Ehre, da was vorstellen zu dürfen. Ich meine, sein eigenes Poster, sein eigenes Forschungsprojekt vorstellen zu dürfen. Wir knieten uns also richtig rein. Stolz. Gebauchpinselt. Bis auf Fil. Fil weigerte sich. Ich weiß nicht, ob Ihnen das klar ist: Er weigerte sich, etwas vorzustellen! Er weigerte sich, ein Poster zu zeigen, bei so einer Tagung! Das ist einfach nicht zu fassen, schon beim Erzählen stellen sich mir die Nackenhaare auf …«

»Verzeihung, Jeremy … Aber was ist ein Poster?«

»Ein Poster ist eine plakative Darstellung des Forschungsvorhabens, an dem man arbeitet. Man nimmt ein großes Blatt und umreißt sein Projekt. Das heißt, das, was man wissenschaftlich vertiefen will oder die ersten Ergebnisse oder was man erwartet, sozusagen die grundlegenden Eckpunkte der eigenen Forschung … Dann nimmt man das Blatt, das aussieht wie ein eng beschriebenes Bettlaken, stellt es auf einen Ständer und platziert es dort, wo viele Leute vorbeikommen, wo Durchgangsverkehr herrscht. In der Eingangshalle zum Beispiel, dann sehen es die Leute, die zum Kongress unterwegs sind, sie bleiben stehen und lesen und plaudern ein wenig mit dir … Sie sollen davon angezogen werden. Und das alles natürlich, damit man bekannt wird. Es geht so: Ich als Urheber stehe neben meinem Poster und warte, und wenn ein Prof interessiert stehen bleibt, kann ich ihm mein Forschungsprojekt erklären, und wer weiß, vielleicht sagt er, es gefällt ihm, ich solle mich da und da mal vorstellen oder zu ihm kommen. Kurz, ich soll mich bei ihm melden. Eines führt bekanntlich zum anderen. Ich wurde ganz kribbelig bei dem Gedanken, mein Poster auszustellen. Doch Fil meinte, das sei reine Werbung, ein Marketinggag, für so was gebe er sich nicht her, er mache keine Werbung für seine Forschung, er böte sich selbst nicht feil, er würde nicht schreien *Kommen Sie, meine Herrschaften, sehen Sie her!* Er zog richtig vom Leder. Er weigerte sich. Schließlich warf er sogar den Tisch um.«

»Den Tisch?«

»Ja, bei der letzten Versammlung. Jeder von uns stellte den anderen sein Poster vor, und Fil sagte Nein, er mache kein Poster. Er sagte es ganz ruhig. Er klang zwar ein bisschen so, als würde er uns bedauern, als wäre er nur aus Versehen hier und sowieso ganz anders und als wären wir arme bestechliche Irre … Doch man hätte es einfach überhören können. Stattdessen aber legte dieser Roger Sheffield, der ihm eh schon auf den Sack ging, richtig los, sagte, er mache einen Fehler, was er sich dabei denke, das schlage sich negativ auf die Gruppe nieder, und überhaupt, wieso er denn nicht mitmache, das sei für alle eine Chance, die dürfe man nicht verpassen, die müsse man im Flug schnappen … Ja, okay, er ist ein bisschen neunmalklug und hat einen Ton am Leib, als hätte er die Weisheit mit Löffeln gefressen. Doch man hätte es auch einfach überhören können. Aber nichts da… Ich glaube, das war das Stichwort. Roger sagte es hundertmal hintereinander, und Fil sah rot und schmiss ihm den Tisch vor den Latz, aber wirklich: Er packte ihn von unten und peng! Ich glaube, es ist dieser Satz gewesen. ›Was ist das überhaupt für eine blöde Floskel?‹, sagte er später auf dem Heimweg, er konnte sich einfach nicht wieder einkriegen. ›Alles, was uns über den Weg läuft, ist eine Chance, das Leben ist eine Chance, man sagt ja auch die Chance des Lebens, oder? Oh, wie wunderbar, die Chance des Lebens! Und Roger greift danach! Schnappt sie sich im Flug, oh yeah! Wie Wachteln! Er sollte sich auf Wachteln spezialisieren, die *schnappt man im Flug*! Paff-paff, hol dir runter, so viel du willst, Sheffield! Wachteln, Tauben, Harpyien, fliegende Hirsche… Baller dir runter, was du willst, aber bleib mir vom Leib!‹

Er war auf hundertachtzig.

Dann kam die Antwort, dass sie uns in Stanford nehmen. Und ab da wissen Sie ja alles schon. Ende der Geschichte.

Ob ich seine Entscheidung nachvollziehen konnte? Nein.

Ich will ehrlich sein, für mich war das ein harter Schlag. Dass er alles hinschmeißen wollte, nein, das war mir bis dahin nicht klar gewesen. Aber wenn ich jetzt so darüber nachdenke, liegt es eigentlich auf der Hand… Na klar: Er hat's nicht gepackt! So was passiert nun mal… Ich weiß, das ist verdammt schmerzhaft, und es tut mir leid, dass ausgerechnet ich… aber so ist es wohl gelaufen. Irgendwie hatten wir uns auch ziemlich auseinandergelebt, Fil und ich… Abgesehen von der Arbeit am Algorithmus sahen wir uns nur noch selten. Ich musste dranbleiben. Prüfungen machen, publizieren. Ich durfte den Anschluss nicht verlieren. Ich hatte Ziele. Das Doktorat, meine Karriere… Fil hat mich sogar damit aufgezogen, ›Ziele‹ sei auch so ein Wort, das ihn auf die Palme bringe. Das heißt, er zog mich nicht wirklich damit auf, es war eher nett gemeint… Er meinte nur, ob es wirklich nötig sei, sich so ins Zeug zu legen. Na toll, Fil, bravo! Ich habe nun mal Eltern, die … Ich habe eine Großmutter … Ich kann mir nicht erlauben …

Und so, na ja … wir hatten uns ein bisschen auseinandergelebt. Es war, als fehlte ihm die Orientierung, als hätte er keine Ziele. Am Ende gehörte er nicht mehr zu uns. Er hatte anderes im Kopf. Und auch … einen anderen Rhythmus. Genau, Rhythmus. Wie gesagt, er hielt nicht Schritt. Wir rannten alle wie die Irren, und er blieb zurück.

Ich verstehe das sogar, es ist nun mal hart. Man fragt sich, wieso das alles, ist es das überhaupt wert? Es ist ein Wettrennen. Und auch ziemlich gnadenlos. Alle drängeln und schubsen, um einen zu Fall zu bringen, aber man darf nicht lockerlassen, man muss hart bleiben. Manche packen das, die anderen sind weg vom Fenster. Wer lockerlässt, hat verloren. Ist angeschmiert. Die rennen einen platt. Für die ist man nichts, nur einer weniger. Sie sagen einfach, one less, one less …

Und so war es.

Fil hatte aufgegeben.

Klar.«

Die Kellner hatten die Tische sauber gemacht und für den nächsten Tag eingedeckt, die Servietten gewechselt, neue Teller und Gläser hingestellt, Besteck danebengelegt. Jeremy redete, und Giuliana beobachtete gedankenverloren die jungen Männer, die sorgfältig und akkurat die Gläser platzierten: für Wasser, für Wein, für den Spumante, in einer perfekten Diagonale. Sie war hingerissen von dieser Kunst des Gläseraufstellens. Es lag so viel Hingabe darin. Die Kellner waren noch so jung, wer weiß, was aus ihnen werden würde …

Jetzt waren sie fertig, hielten sich im Hintergrund und sahen zu ihnen hinüber. Sie schienen sich zu fragen, wann sie endlich aufstehen würden, damit sie zumachen und ins Bett gehen konnten. Giuliana wollte Jeremys Wortfluss auf keinen

Fall unterbrechen, doch diese schläfrigen, in stummer Ungeduld dastehenden Jungs taten ihr leid. Sie schlug vor zu gehen, sie würde ihn gern zum Campus zurückbringen, sie sei noch nicht müde und es mache ihr gar nichts aus, nachts zu fahren, dann würden sie im Auto weiterreden können.

»Aber Sie werden sich erkälten«, meinte Jeremy, der an das offene Auto dachte.

»Ach was, die frische Luft wird uns guttun! Und wir beeilen uns, es geht doch ganz schnell.«

Obwohl die Straßen leer waren, kroch Giuliana mit vierzig Stundenkilometern dahin, weil Jeremy redete und redete und der Fahrtwind ihm die Worte aus dem Mund zu reißen drohte, von denen sie nicht eine Silbe verpassen wollte.

Zurück auf dem Campus, stellten sie das Auto ab und wanderten langsam nebeneinander her. Keiner der beiden wollte, dass diese Nacht endete. Im Schneckentempo durchquerten sie den Campus. Das einzig Lästige war die Kälte. Jeremy schlug vor, nach drinnen in den leeren Hörsaal zu gehen, in dem er unterrichtete und zu dem er den Schlüssel hatte. Vorausgesetzt, sie sei nicht müde und habe Zeit und Lust, noch ein wenig weiterzureden…

Sie betraten die riesige, leere, amphitheaterartige Aula und setzten sich wie Studenten in die vorderen Bänke. Dort verbrachten sie den Rest der Nacht, in der einzig vom Mondlicht erhellten Dunkelheit, das schräg durch die großen Fenster fiel und sich in einem leuchtenden Rechteck über sie ergoss. Vielleicht war es die nächtliche Stille, die die Dinge aus einem intimeren Blickwinkel zeigte und Jeremy zu einer Art Geständnis hinriss. Denn er offenbarte Giuliana Gefühle, von denen er nicht einmal wusste, dass er sie hatte.

»Wissen Sie was? Mir ging es schlecht. Die ganzen drei Jahre des Swap zwischen mir und Fil… Ich habe zwar meine Hausaufgaben ordentlich gemacht, ich habe regelmäßig meine tollen Berichte geschickt, aber innerlich war ich total im Keller. In mir herrschte völliges Chaos. Heilloses Durcheinander. Und es ging mir ganz schön auf die … das heißt, immer dieser Zwang, ihm alles zu schreiben … Also, eigentlich kein Zwang, eher eine Last. Eine Bleikugel am Fuß. Ich fühlte mich nicht mehr frei. Ich wusste nicht mehr, ob ich das, was ich machte, tat, weil ich Lust dazu hatte oder weil ich es ihm erzählen musste. Musste! Um meiner Verpflichtung nachzukommen, um mir das Geld zu verdienen, das er mir regelmäßig und pünktlich schickte.

Verdammt! Die Sache mit dem Geld … Das war echt nicht zum Lachen. Klar, es war toll, Geld zu haben. Nicht, dass ich es ausgegeben hätte, das tat ich nicht. Doch ich wusste, dass ich es hatte. Es gab mir ein gutes Gefühl. Ich litt nicht mehr so. Na ja, richtig gelitten hatte ich ja nicht, aber … plötzlich und zum ersten Mal fühlte ich mich … finanziell im Vorteil, gibt's das? Zum-ers-ten-Mal-im-Leben. Ich hatte das Gefühl, als hätte ich endlich … Zugang zum Tempel der Begünstigten. Ich war nicht mehr außen vor. Ich war drin. Ich verkehrte an den richtigen Orten, mit den richtigen Leuten. Und das fand ich schon ziemlich irre, das muss ich zugeben. Ich weiß nicht, ob … Nein, ich glaube nicht, dass Sie das richtig nachvollziehen können. Da muss man hineingeboren sein. Wenn man von unten kommt, weiß man, dass, egal was man im Leben anstellt, es nie reichen wird. Man kann Großes leisten, Berge erklimmen, Gipfel stürmen, aber man wird sich nie richtig wohlfühlen, nie richtig bei sich sein … Ich weiß nicht, wie ich's sagen soll. Es wird da immer etwas … etwas Falsches trifft es nicht, aber … etwas Störendes sein, das ist es. Ich meine, es ist etwas anderes, ob man ganz oben geboren wird oder mühsam hinaufkraxelt. Und wenn man dann oben ist, bleibt einem etwas – wie soll ich sagen? – Angestrengtes, Steifes, die Beine sind zu kräftig, es ist offensichtlich, dass man sich zu sehr ins Zeug gelegt hat. Ich weiß nicht… Alle können sehen, dass man nicht reich geboren ist. Und man sieht, dass es alle sehen. Und leidet wie ein Hund. Das ist es.

Da kann keiner was dafür, völlig klar. Keiner hat Schuld, es ist einfach so. Man wird geboren, wo man geboren wird. Klar, Revolution, Gleichheit… Dafür haben wir ordentlich reingebuttert, wie die Geschichte zeigt. Ja, toll, großartig! Aber die Reichen wird es immer geben. Was meinen Sie? Klar wird's die immer geben, wohin sollen sie denn verschwinden? Doch wissen Sie, was? Das ist völlig in Ordnung! Echt, ich mein's ernst, ich find's völlig in Ordnung. Sie sind reich geboren? Dann sollen sie die Reichen sein! Hauptsache, sie machen es gut, so gut sie können. Ich kann es nicht ausstehen, wenn sie so tun, als wären sie arm, und behaupten, wir sind alle gleich, da werde ich total sauer. Das ist geheuchelt. Man darf den anderen nichts vorheucheln, man muss sein, wie man ist. Das sagt Fil immer. In dem Punkt waren wir uns immer einig. Für ihn ist das so eine Art goldene Regel. Und deshalb hat er den Pakt mit mir schließen wollen: Damit jeder sich von dem befreien kann, was er nicht ist, und werden kann, was er ist. Wir werden beide wahrhaftiger.

Ich war sogar ein bisschen stolz. Fil hat mich ausgewählt, sagte ich mir. Ausgewählt zu sein, ist ganz schön großartig, das gibt einem eine Menge Power. Wenn er mich seinen Eltern unterjubeln wollte, hieß das, dass ich in Ordnung war. Doch manchmal war ich mir nicht so sicher, dauernd habe ich mich gefragt: Verdienst du das alles überhaupt? Wie kommst du dazu? Wieso ausgerechnet du?

Ich fühlte mich verantwortlich. Ich musste mich noch mehr reinhängen. Als müsste ich für zwei studieren und mir den Arsch auch für Fil aufreißen. Für seine Eltern. Wenn Fil mein Leben benutzte, um seines zu erzählen, musste ich es nicht nur gut machen: ich musste es sehr gut machen. Mein Leben verdoppelte sich, verstehen Sie? Ich hatte plötzlich vier Eltern, und ich musste sie alle vier glücklich machen!

Doch dann ist was passiert. Ich kam auf seltsame, trübe Gedanken. Ich machte alles so vorbildlich, war so gut in meinem Studium. Irgendwann – ich schäme mich ein wenig, es zu sagen –, aber irgendwann nervte es mich, das alles Fil zu schenken!

Okay, schenken trifft es nicht. Es war ja alles meins. Meine Erfolge. Aber sie wurden auch zu seinen. Ich weiß, was ich Ihnen sage, ist nicht schön. Aber wir alle haben Schattenseiten und Abgründe. Wir haben unsere Macken, sind hässlich, böse… Ihnen gegenüber kann ich ehrlich sein, keine Ahnung, warum. Das alles habe ich noch nie jemandem gestanden. Nicht einmal mir selbst. Doch jetzt, in dieser Nacht, an diesem Ort, ist alles so klar…

Wie auch immer, ich fing an, Fil manches nicht mehr zu sagen. Ich gab's ihm einfach nicht weiter. Ich behielt es für mich. Wenn zum Beispiel ein Prof mich zu sich rief, um mir zu sagen, dass meine wissenschaftlichen Arbeiten immer interessanter wurden und es vielleicht denkbar wäre, bei einer Tagung ein gemeinsames Paper vorzustellen… tja, solche Sachen erzählte ich Fil nicht.

Es war mein Leben, nur meines.

Ich erzählte ihm das Nötigste. Die Fakten, das, was auf der Hand lag. Oder die Nebensächlichkeiten, die nicht ins Gewicht fielen. Zum Beispiel, dass ich häufig in einen Laden für alte amerikanische Münzen ging oder dass ein Kommilitone sich einen Hund gekauft hatte. Nichtigkeiten. Und langsam habe ich mich deshalb schlecht gefühlt. Wie ein richtiges Arschloch, wenn ich das sagen darf. Ich wusste, dass ich meinen Erfolg in Stanford auch ihm zu verdanken hatte. Doch ich brachte es nicht über mich, mich zu bedanken. Einerseits, weil ich meine Leistungen mir zuzuschreiben hatte und mich bei niemandem dafür bedanken musste. Und dann, weil ich schließlich keine Ahnung von seinem Leben hatte.

Letztlich war das der wunde Punkt: Fil ließ mich im Dunkeln. In den ganzen drei Jahren hat er mir nie was erzählt, nichts! Er hat mir nie gesagt, was er nach dem Tausch gemacht hat. Mit der Ausrede, er sei sich noch nicht im Klaren, er wisse es noch nicht, keine Ahnung… Alles Schwachsinn!

Ich war dessen nicht würdig, das war der Verdacht, der mich langsam beschlich. Dass Fil mich nicht für würdig erachtete, sich mir anzuvertrauen. Ich erzählte ihm alles, mein ganzes Leben. Klar, ich musste es tun, so lautete die Abmachung. Aber wieso erzählte er mir nie was? Gut, hin und wieder ließ er ein bisschen was raus, aber ich kannte sein zweites Leben nicht, also sein eigentliches Leben, für das er sogar in Kauf genommen hatte, seine Eltern zu betrügen. Wie sah das aus?

War ich neidisch? Aber auf was? Nein, man kann nicht auf etwas neidisch sein, was man nicht kennt. Mich nervte einfach nur, dass Fil zwei Leben hatte. Das erste gab ich ihm, na schön. Aber das zweite? Ein Rätsel! Ich hingegen hatte nur ein Leben, und das gab ich ihm. Ich wurde zu einem Leben 2.0 gezwungen, um es mal so auszudrücken. Doch es blieb dennoch nur *ein* Leben, und das erschien mir nicht fair.

Ich redete mir ein, dass Fil mich verachtete. Dass er das Leben verachtete, das ich führte und an ihn weitergab. Denken Sie kurz mal drüber nach: Mein Leben war das Leben, das er abgelehnt hatte. Es war also offensichtlich, dass er nichts dafür übrighatte. Er fand es blöd, nicht würdig, gelebt zu werden. Ich war hier in Stanford, das war mein Traum, der Traum meiner Eltern und meiner Großmutter Gina… und für Fil war es das Letzte. Klar war es das Letzte, sonst wäre er doch auch nach Stanford gegangen, meinen Sie nicht? Aber das hatte er nicht getan.

Tja, also, ich weiß nicht. Ich war verwirrt. Ich wusste nicht, ob ich dankbar oder neidisch sein sollte. War ich ein Heiliger oder ein Dieb? Ich war eine Art Usurpator, einer, der einem anderen etwas wegnimmt, das… das was? Ich verstand die Welt nicht mehr. Und deshalb…

Deshalb habe ich Fil gehasst, als er plötzlich mit all diesen Schafen dort im College auftauchte. Da hat es bei mir geklingelt. Erst da, erst in diesem Moment. Nach drei Jahren, die er mich im Ungewissen gelassen hatte, hat Fil mir endlich den Gefallen getan und mir einen Einblick in sein wunderbares, heimliches Leben gewährt. Wie? Indem er mir Hunderte Schafe vor die Nase setzte! Indem er in *mein* College eindrang, wo ich *meinen* Vortrag abhielt, zu dem *ich* ihn eingeladen hatte, um mich bei ihm zu bedanken (bedanken, Giuliana, ist das zu fassen?), und indem er diese riesige, blökende, stinkende Schafherde mitbrachte! Endlich… Endlich hatte sich mein guter Freund Fil dazu herabgelassen, mich in sein großes Geheimnis einzuweihen und mir sein sagenhaftes zweites Leben, das er seit Jahren leben konnte, weil ich ihm meines lieh, zu offenbaren. Und woraus bestand dieses fantastische Leben, das er so dringend leben wollte, weil es sein *wahres*, sein *eigentliches* Leben war? Aus Schafen!

Schafe, Giuliana…

Schafe!«

KAPITEL 5

Erstes Licht

Es passiert nicht oft, dass ein Wort, ein einziges, alleiniges Wort das allgemeine Chaos aus Gerede, Gelärme, Geschwätz und Gefasel durchbricht, unsere überreizte, verstörte Aufmerksamkeit auf sich lenkt und sich, wie in einem Vakuum aus gellender Stille, Gehör verschafft.

Das Wort »Schafe« schaffte es.

Giuliana hatte den Ellenbogen auf den Tisch gestützt und das Kinn in die Hand gelegt. Bis zu diesem Moment hatte sie sich den heftigen Worten dieses Jungen hingegeben wie dem dumpfen Rauschen eines Wildbachs. Doch dieses Wort erreichte sie wie ein Donnerhall. Sie runzelte die Brauen, und eine feine, aber unübersehbare, senkrechte Falte erschien auf ihrer Stirn, ein Fragezeichen zwischen Nase und Ponyfransen. Schafe?

»Von was für Schafen reden wir hier, Jeremy?«

Sie fragte das mit aufrichtiger, entwaffnender Verwunderung. Und hier geriet Jeremy ins Stocken. Endlich, möchten wir sagen, schließlich haben wir ihn bis hierher ununterbrochen reden lassen, ihm all diese Stunden zugestanden, vom frühen Nachmittag bis zum Morgengrauen des folgenden Tages, damit er nicht nur in aller Ruhe die Fakten loswerden, sondern sie auch reflektieren und zu so etwas wie einem präzisen, wiewohl sehr persönlichen Urteil gelangen konnte. Endlich hielt Jeremy inne und blieb einen Moment lang stumm. Verdattert und ratlos sah er Giuliana in die Augen. Und noch ehe er selber begriff, sagte er:

»Wie, was für Schafe? Die Schafe, die Fil…« Als er sah, dass Giuliana noch immer verständnislos dreinblickte, sagte er:

»Ich weiß, dass Sie deshalb hier sind und dachten, ich könnte Ihnen die Sache mit den Schafen erklären. Doch es tut mir leid, Giuliana, ich kann Ihnen rein gar nichts erklären, verzeihen Sie. Ich hatte keine Ahnung von diesen Schafen! Ich weiß nicht, wieso Fil Schafe züchtet, in Ordnung? Seit Tagen zerbreche ich mir darüber den Kopf. Vielleicht können Sie mir ja erklären, wieso. Sie kennen ihn doch so gut, seit seiner Geburt, Sie sind seine Tante. Wieso? Ich kann Ihnen nur sagen, als ich Fil mit all diesen Schafen in die Aula dieses Colleges kommen sah, habe ich…«

»Himmel noch eins, Jeremy! Was redest du denn da?«, sagte Giuliana und ging, ohne es zu merken, zum Du über. »Darf man das mal erfahren? Welche Schafe, welches College?«

Und jetzt begriff Jeremy. Ganz plötzlich und auf einmal. Der halbe Nachmittag, der ganze Abend und fast die ganze Nacht waren draufgegangen, und erst jetzt, im ersten Morgengrauen in diesem leeren Vorlesungssaal irgendwo auf dem Campus von Stanford, begriff Jeremy. Plötzlich wurde ihm etwas klar, das er nicht einmal im Entferntesten in Betracht gezogen hatte: Giuliana Cantirami, von der er geglaubt hatte, sie sei Hals über Kopf aus Italien angereist, um einen Grund für das Verhalten ihres Neffen zu finden, hatte nicht die leiseste Ahnung von den Schafen im Balliol College. So unmöglich, unglaublich und unwahrscheinlich ihm das erscheinen mochte, Fils berühmte Tante war nicht nach Stanford gekommen, um etwas herauszufinden, denn schließlich wusste sie nicht, was vorgefallen war; und sie war auch nicht gekommen, um ihn zu finden, denn schließlich wusste sie nicht, dass es ihn gab. Sie war ihm einfach nur … über den Weg gelaufen. Zufällig. Und warum hatte er ihr dann alles erzählt? Warum hatte er ihr den Pakt, das Geheimnis, den Tausch verraten? Wie konnte er nur?

Wer hatte ihn darum gebeten? Niemand. In Ordnung. Und nun? Sollte er es Giuliana sagen oder nicht?

Jeremy wusste, dass er keine Wahl hatte: Jetzt, da das Wort »Schafe« raus war, konnte er es unmöglich wieder zurücknehmen. Eine himmelschreiende Tatsache, die unbekannt hätte bleiben können, die Schafe im College – jetzt musste sie zwangsläufig enthüllt, entblößt und im blendenden Licht der Wirklichkeit zur Schau gestellt werden. Also rückte er einigermaßen befangen mit der ganzen Geschichte heraus und versuchte so sachlich und neutral wie möglich zu schildern, was sich am 9. November um elf Uhr morgens im berühmten Oxforder Balliol College zugetragen hatte.

Schweigen.

Am Ende dieses Berichts, der trotz aller Sachlichkeit sachlich gesehen haarsträubend war, sagte Giuliana kein Wort. Mit übereinandergeschlagenen Beinen saß sie da, den Arm über die niedrige Rückenlehne der halbrunden Bänke gelegt. Sie blickte Jeremy an. Verblüfft, aber auch mit einer neuen Zärtlichkeit. Er erschien ihr verloren. Sie hatte den Eindruck, als sei er der Verstörtere von beiden. Am liebsten hätte sie ihm gesagt, es sei doch nichts dabei, er solle sich keine Sorgen machen und nicht so schauen wie ein Waisenkind oder ein Schiffbrüchiger, wie jemand, der etwas oder jemanden Wichtiges verloren hatte …

Doch sie sagte nichts. Tatsächlich verspürte sie den seltsamen Drang, nach Hause zu fahren. Jäh und heftig. Es ging noch nicht einmal so sehr darum, nach Hause zurückzukehren, sondern zurückzukehren. Es war … ein Wunsch nach Rückkehr. Dieser unvermutete Stich, der uns manchmal durchfährt: Bei einem Fest vielleicht, mitten auf einem Platz, in der Menge oder im Restaurant, bei einem Familienabendessen, einem Ball, im Flugzeug oder im Dunkel eines Theaters. Egal, wo, er erwischt uns. Als hätte uns jemand an einen entlegenen, unbekannten Ort des Planeten verbannt, in ein feindseliges, fremdes Land geschickt, in dem wir uns, egal, wie die Dinge laufen, niemals zu Hause fühlen.

Oder es war nur die Müdigkeit, die sie nach all diesen Stunden überkam. Die Anspannung. Und das eigentliche Bedürfnis bestand darin, das größte fehlende Puzzleteil zu finden, das einzige, auf das es wirklich ankam: Fil. Die einzige Stimme, die schwieg, der einzige Ort, der unerreichbar war.

»Bist du dir sicher?«, fragte sie Jeremy. Nur das, kaum hörbar.

»Mit was?«

»Mit diesen Schafen.«

»Na ja … ich war da, ich habe sie gesehen!«

»Schafe. Schafe?

»Schafe.«

»Wie viele denn?«

»Eine Menge!«

»Ungefähr?«

»Ungefähr hundert, zweihundert …«

Pause.

»Aber seit wann?«

»Keine Ahnung. Vielleicht schon seit Jahren.«

Pause.

»Seit Jahren was?«

»Seit Jahren züchtet Ihr Neffe Schafe.«

Pause. Das Verb »züchten« in Verbindung mit dem Substantiv »Schafe« traf sie völlig unverhofft. Dabei war es völlig korrekt und in keiner Weise merkwürdig: Schafe wurden nun mal gezüchtet. Dennoch ließ es sie zusammenzucken. War es möglich, dass Fil diese Schafe tatsächlich züchtete, gab es dafür keine andere Erklärung?

»Aber wo ist Fil jetzt?«, brach es aus Giuliana heraus, als würde sie Jeremy zum ersten Mal danach fragen.

»In London.«

»In London. Um Schafe zu züchten?«

»Tja… schon.«

»Hast du seine Adresse?«

»Ja.«

»In welchem Stadtteil wohnt er?«

»Marylebone.«

»Und du meinst, in Marylebone… kann man Schafe züchten? Hunderte Schafe?«

»Na ja… nein.«

»Also?«

»Also, Scheiße noch eins, Giuliana! Genau das verstehe ich nicht, ich kann es einfach nicht…«

Eine unbändige Fröhlichkeit packte Giuliana, und sie prustete los. Sie konnte nicht glauben, dass Fil wirklich so weit gegangen war, doch sie wollte es glauben: Die Vorstellung eines Neffen, der mitten in London Schafe züchtete, gefiel ihr allmählich wahnsinnig gut. Selbstverständlich war die Sache alles andere als harmlos. Seit Jahren (Jahren!) züchtete Fil irgendwo Schafe (Schafe!), statt dort zu studieren, wo ihn alle vermuteten.

»Aber Fil hat uns nie gesagt…«

Züchtete er wirklich Schafe? Das war gar nicht mal so sicher: Eigentlich hatte Jeremy die Schafe nur im College gesehen, alles andere reimte er sich zusammen. Vielleicht hatte Fil die Schafe an dem Morgen erst gekauft. Oder es waren nicht seine. Oder es waren keine Schafe… Aber klar waren es Schafe. Und wieso ausgerechnet Schafe?

Jetzt kam es Giuliana so vor, als wäre das die eigentliche Frage: Wieso ausgerechnet Schafe? Sie redete sich ein, dass hier des Rätsels Lösung lag. In der Wahl ausgerechnet dieser Tiere. Wieso Schafe und nicht beispielsweise Pferde? Oder Straußen? Es gab riesige Straußenfarmen, Straußenzucht war gerade total angesagt. Oder Enten, oder Wölfe. Oder exotische

Papageien. Wieso Schafe? Wo lag der Sinn? Und verkaufte er sie, oder molk er sie nur, um Käse zu machen?

Fil, der Käse machte …

Sie war ratlos. Und sehr belustigt. Und neugierig. Sie fragte sich, wie diese Geschichte enden würde. Und dann wieder: Wieso ausgerechnet Schafe? Sie durchforstete ihre Tantenerinnerungen nach einem bedeutsamen Anhaltspunkt, der die Sache irgendwie erklärte. Ein Hinweis, ein Signal. Hatte sie Fil früher jemals ein Stoffschaf geschenkt? Nein, nicht dass sie wüsste. Haufenweise Teddys, ein Pferd, einen Tiger, ein paar Hündchen. Auch ein wunderschönes rosa Schwein mit blauen Augen. Aber keine Schafe. Fil hatte für Natur und Landleben nicht sonderlich viel übrig, eine ländliche Ader hatte er auf keinen Fall. Er hatte nie zu den Kindern gehört, die unbedingt einen Hund oder eine Katze oder wenigstens einen Kanarienvogel haben mussten und ein Riesentamtam machen, um in den Zoo zu gehen oder in den Ferien zur Safari nach Namibia zu fahren. Und was hatten Schafe mit Safari zu tun … Wie auch immer, er stand nicht auf einfaches, wildes, natürliches Leben. Das war's: natürlich. Fil war kein Naturtyp. Aber was hatte ihn dann geritten?

Ihr Bruder Guido, wusste er davon? Und ihre Schwägerin? Nein, sie hatten keine Ahnung. Sonst hätten sie ihr doch gesagt, sie solle nicht nach Stanford fahren. O Gott, musste sie es ihnen sagen? Wie sollte sie das bloß tun, mit welchen Worten?

Giuliana versuchte die Sache gedanklich durchzugehen. Sie hängte Sätze aneinander wie: Ciao, Guido, wie geht's? Wusstest du, dass Fil Schafe züchtet? Ich glaube, er macht damit Geschäfte. Oder sie würde weiter ausholen: Ciao, Guido, kennst du schon den letzten Schrei der Wirtschaftsforschung? Globale Züchtung, eine interplanetarische Ressource gegen die neue Armut der westlichen Welt …

Nein.

Sie sah die Szene schon vor sich: Guido, der total am Rad dreht, wie wild herumtelefoniert, seine Sekretärin anruft, sämtliche Hebel in Bewegung setzt, seine guten Beziehungen anzapft … Tja, Bruderherz, nichts zu machen! Diesmal hat dir dein Fil einen harten Knochen zu beißen gegeben.

Wie seltsam! Sie war nicht froh darüber, und dennoch regte sich in ihr eine eigenartige Genugtuung. Etwas sehr Persönliches, ein ganz eigenes Gefühl, das von weit her kam und nicht wirklich Groll oder Verdrossenheit war. Sie liebte Guido sehr. Es war etwas Vielschichtigeres, das ihre Familie insgesamt betraf, die Eltern beispielsweise, und besonders ihren Vater, der, das wusste sie nur zu gut, ihre Entscheidungen seit jeher missbilligt hatte.

Ihre Entscheidungen … Worin hatten die denn eigentlich bestanden? Führte sie das Leben, das sie wollte? Welches Leben will man überhaupt? Jeder sollte wissen, welches Leben er will, und es dann leben oder es zumindest versuchen. Vorausgesetzt natürlich, man hat die Wahl. Und wieso gibt es dann so viele, die nicht ihr Leben führen? Wieso haben alle oder fast alle ein Leben, das nicht ihrem Wunschleben entspricht?

Sie kannte so viele Leute, die das Leben damit verbrachten, sich über das Leben zu beklagen. Haufenweise. Sogar angesehene Chirurgen, angesagte Politiker, Geschäftsleute, die kreuz und quer durch die Welt jetteten … Ständig maulten sie herum, wie grausam, hektisch und chaotisch das Leben sei, das sie zu führen gezwungen waren. *Gezwungen* von wem überhaupt? Als wären sie Opfer. Aber Opfer wovon? Sie hatten doch dieses Leben gewollt, oder nicht? Wer hatte diesen unwiderruflichen Knopf gedrückt, wenn nicht sie selbst? Kam ihnen denn nie in den Sinn, dass es auch noch ein ganz anderes Leben geben könnte, nur zwei Schritte von ihnen entfernt?

Man musste nur den Hintern hochkriegen. Aus dem Zug steigen und einen anderen nehmen sozusagen. Gar nicht erst in ihn einsteigen. Wieso taten sie das nicht, was steckte dahinter?

Wie auch immer, die Nachricht von Fil und den Schafen veranlasste Giuliana zu ganz eigenen Grübeleien über das Leben im Allgemeinen. Manchmal genügt ein bestimmtes Ereignis im Leben anderer – die Schafe oder Nicht-Schafe eines Neffen zum Beispiel –, um die Gedanken ins Rollen zu bringen und auf Reisen zu schicken. Ja, ja, die schillernde Flatterigkeit des menschlichen Verstandes ... Tatsache ist, dass besagte Umstände eine ganz eigene und ungeahnte Unzufriedenheit in Giuliana auslösten, einen winzigen, winzigkleinen Selbstzweifel, der sich jedoch sogleich mit einer neuen, jähen, ungeahnten Fröhlichkeit mischte. Wie bei einem großen Topf, der jahrelang auf der Flamme gestanden hatte; plötzlich hebt man den Deckel, und sämtlicher Druck, sämtliche eingedampften guten wie schlechten Gerüche dringen an die Luft.

Es ist schwer, anschließend alles zurück in den Topf zu kriegen und den Deckel draufzusetzen.

Der Morgen graute. Der Mond war nicht so lange geblieben wie erhofft, gerade genug Zeit, um ein Stück Fußboden zu beleuchten, und blieb nun schon seit einer ganzen Weile verschwunden.

Wie schnell der Mond doch dahinzog, man konnte ihn kaum in Ruhe betrachten, da war er schon weitergewandert, ins nächste Stück Dunkelheit, um seine leuchtenden Rechtecke durch andere Fenster zu werfen. Und jetzt war auch die Luft von einem neuen Prickeln erfüllt, und von draußen rückte ein schimmernder Nebel heran, der den Bäumen mit jeder Minute ihre Schwärze nahm.

Jeremy hatte aufgehört zu reden, und sie hatten eine Weile schweigend dagesessen. Das Schweigen ... dieses Schweigen, das wir so schlecht ertragen, vor allem zwei Menschen, die nebeneinandersitzen. Wir halten es für Leere und sehen zu, es möglichst schnell mit Worten und Lauten zu füllen. Mit Geräuschen. Bis wir es am Ende ersticken. Dabei könnte man einfach die Geduld aufbringen und es am Leben lassen. Jeremy und Giuliana brachten sie auf. In diesem Moment waren sie in der Lage, das Wortvakuum zu ertragen, sie spürten, dass sie genau das jetzt brauchten. Bis Giuliana plötzlich genau wusste, was zu tun war.

»Aber wenn keiner von uns beiden weiß, wieso Fil Schafe hat«, sagte sie, »warum fragen wir ihn dann nicht einfach! Lass uns nach London fahren!«

London… Allein der Gedanke machte ihr gute Laune. Angesichts der unverhältnismäßigen Entfernung zwischen Amerika und England, zwischen dem Ort, an dem jeder Fil wähnte, und dem Ort, wo er tatsächlich war, musste sie grinsen.

Giuliana freute sich auf die Reise. Ein weiterer Abstecher war für sie kein Problem, schließlich ging sie keiner als sinnvoll oder wichtig erachteten Tätigkeit nach. Sie war wie ein Forscher, dessen einziger Lebenszweck darin bestand, nach dem verlorenen Schatz irgendeines ausgelöschten Volkes zu suchen, um den sich niemand sonst scherte und der nur für ihn von fundamentaler Bedeutung war. Es war also einzig und allein ihre Sache, wo sie hinfuhr und wo nicht; sie war niemandem Rechenschaft schuldig und würde jedwede ihrer Handlungen stets rechtfertigen können, da sie… nutzlos waren. Nicht notwendig. Ja, Giuliana war unbedeutend. Das wusste sie sehr genau und war dem Schicksal dankbar dafür: Es war dem Universum piepegal, wo sie war oder nicht war. Und das gab ihr maximale Freiheit. Klar, irgendwann musste sie zurück in die Bibliothek am porphyrgepflasterten Platz. Das war ihr Job. Doch im Augenblick konnte sie gut ohne…

»Ohne etwas können«: Dieser Ausdruck gefiel ihr! Es gab

so vieles, ohne das sie konnte! Und so vieles, ohne das sie nicht konnte. Und wie fragwürdig, zutiefst persönlich und bisweilen gar revolutionär diese Unverzichtbarkeit gewisser Dinge doch war. Jede Entscheidung war die reinste Willkür. Und wie aufregend, sich zu entscheiden (zum Beispiel, zurückzukehren oder nicht) und sich über den tiefen, gefährlichen Abgrund der eigenen Entscheidungen zu beugen.

Allerdings musste Giuliana zugeben, dass sich ihre Vorstellung vom eigenen Leben seit ihrer Ankunft in San Francisco ein wenig geändert hatte. Über all diese müßige, wiewohl intensive Suche nach ihrem Neffen nebst Erzählflut seitens des ihr nun nicht mehr unbekannten Jeremy hatte sich ihr Selbstbewusstsein bezüglich verhinderter Architektin und nicht verhinderter Garderobenfrau leicht getrübt. Die Felsenfestigkeit ihrer übermütigen, unbesonnenen, kühnen Jugendentscheidungen hatte Kratzer bekommen. Mit anderen Worten, der Anblick des sagenumwobenen Studienmekkas Stanford mit seinen gestutzten Rasen, wehenden Palmen, kletternden Eichhörnchen, blitzblauem Himmel und Lemuren-Studenten, die mit Büchern, Laptops und Tablets unter dem Arm anmutig über die Wege tänzelten, hatte in ihr den Gedanken aufblitzen lassen, dass sie vielleicht in ihrer Jugend… Sie ging nicht so weit zu denken, sie hätte sich für das falsche Leben entschieden – das nicht, das wäre zu viel gewesen. Doch sie war dicht davor zu überlegen, dass vielleicht auch ein anderes Leben möglich gewesen wäre. Und es war das erste Mal, dass ihr ein solch schwindelerregender Gedanke kam.

Für Jeremy war es anders. Trotz seiner jungen Jahre schien er der Erwachsene zu sein. Sein Leben war sehr viel durchgeplanter. Oder schlimmer noch: bereits im Bau. Er war weniger frei. Nein, er war kein bisschen frei. Verrückte man auch nur einen einzigen Stein, konnte das ganze Schloss über ihm in sich zusammenbrechen. Einfach so nach London zu fahren, war für ihn schon ein kühnes Unterfangen. Trotzdem hatte Jeremy riesige Lust, zu Fil zu fahren und ihn nach dem Warum zu fragen. Nach der Sache im Balliol hatte er einen schrecklichen Verdacht, der ihm zwar alles andere als behagte, doch er konnte nichts dagegen tun: Dass Fil sich die Schafe aus Jux hielt, einfach so, weil er es sich leisten konnte, weil er es sich sogar leisten konnte, Schafe zu züchten. Dass es sich bei den Schafen um die Marotte eines reichen, verwöhnten Jungen handelte. Er hatte weiterstudiert und sich darüber hinaus den Luxus geleistet, Schafe zu züchten. Es war keine kühne Entscheidung gewesen, sondern nur eine wohlfeile Machtdemonstration. Denn das war ja das Schöne: Egal, was für eine Dummheit einer wie Fil anstellte, er würde nie dafür zahlen müssen und immer auf die Füße fallen, das wusste Jeremy genau. Schafe züchten? Aber klar doch, wieso nicht? Ein solches Unterfangen ließ sich immer und zu jedem Zeitpunkt wieder rückgängig machen. Ein kapriziöser Einfall, den man ohne Weiteres wieder aus seinem Leben streichen konnte, ohne ihm damit zu schaden oder ohne dass er sich in irgendeiner Weise negativ auf seine Zukunft oder seinen Status auswirken würde. Es war, wie Russisches Roulette mit Platzpatronen zu spielen. Ein gezinktes Spiel. Und das konnte Jeremy ihm nicht verzeihen. Trotz Fils Güte, Freundlichkeit und Großzügigkeit, von der er am meisten hatte profitieren dürfen.

Ja, Fil war ein anständiger, großzügiger Kerl. Aber vielleicht auch launenhaft und verwöhnt? Das war es, was Jeremy, ohne es zu wollen, bei sich dachte. Und deshalb wollte er wissen, nachhaken, der Sache auf den Grund gehen. Um nicht so schreckliche Dinge von seinem Freund denken zu müssen, um sich selbst zu beweisen, dass es nicht so war, wie er dachte.

Aus all diesen Gründen willigte Jeremy in Giulianas Vorschlag ein. Er würde mit ihr nach London fahren, um Fil zu treffen und ihn auszufragen.

KAPITEL 6

Streit und Wortbruch

Es war eine Zeit, in der sich die Kunst zu regieren in Italien schließlich doch irgendwie – wie soll man sagen? – erneuert hatte und man die abgedroschene, überholte (und vielleicht von Anfang an recht utopische) Idee, dem Wohle des Landes, das heißt dem Wohle anderer, zu dienen, ad acta gelegt hatte und sich lieber des Vermögens seines Nächsten annahm.

Und so hatte man bis zu jenen ersten Novembertagen des Jahres 2011 rund drei Jahrzehnte lang eine leere, trübe Zeit verlebt. Grau, wenn man ihr eine Farbe geben müsste, wie ein wolkenverhangener, diesiger, bleiern auf den Dächern lastender Himmel. Eine auch an herausragenden Persönlichkeiten recht magere Zeit, die in der Lage gewesen wären, die Luft zu reinigen und diesen wolkigen Himmel wieder blitzblau und klar erstrahlen zu lassen. Nichts. Niemand, der sich zu einer solchen Reinigungsaktion aufraffte. Es ging einzig darum, den Mund möglichst voll zu nehmen, mündliche und schriftliche Moralpredigten von sich zu geben und mit Worthülsen gespickte Reden zu schwingen. Prall gestopft wie Weihnachtsgänse.

Und die Leute? Die Bürger, die Gesellschaft, die Masse, das Volk? Wie auch immer wir sie nennen wollen, die Leute waren nicht blöd, sie sahen, was vor sich ging. Doch was konnte man tun? Nun ja, die einen versuchten, über die Runden zu kommen, und die anderen versuchten zu protestieren.

Mit Kampagnen beispielsweise. Das war die Geburts- und

Sternstunde dieses rhetorischen Mittels, mit dem man der eigenen Unzufriedenheit ein Forum geben konnte. Einen Appell zu starten war zwar ein bisschen so, wie in den Wind zu schreien, doch wenn es gut lief und man das richtige Tal erwischte, konnten diese Schreie ein kleines Echo hervorrufen und zumindest zwischen den Höhlen und Felsen der Berge widerhallen.

Appelle von allen Seiten, um dieses zu verteidigen, um jenes anzuprangern. Ganze Wagenladungen voll. Und ohne jedwede Ordnung, einfach so, wie es gerade kam. Appelle für die Pressefreiheit, für die Rechte der Lotophagen, gegen die Burka, für das Kopftuch, für das Überleben schwarzer Katzen, gegen das Kruzifix im Klassenzimmer, für das Kruzifix im Klassenzimmer, gegen öffentliche Parteienfinanzierung, zur Verteidigung der Demokratie … verbreitet über Zeitungen, das Fernsehen, das Netz, ganz egal. Einen Appell zu starten oder zu unterschreiben war für viele zu einer ernsthaften Aufgabe, einer wahren *Mission* geworden.

Guido Cantirami war einer von denen, der Appelle unterschrieb. Im vergangenen, politisch recht stürmischen Jahr hatte er bereits den einen oder anderen unterzeichnet. Da er es nicht übertreiben und seinen Namen nicht für allzu viele Anliegen hergeben wollte, fragte er sich an diesem Tag, ob er den zigsten Appell unterschreiben sollte, dessen Gegenstand ihm angesichts der zahllosen anderen Dinge, die ihn beschäftigten, momentan entfallen war. Im Grunde genommen sowieso eine absolute Lappalie, ging es doch nur um eines: unterschreiben oder nicht unterschreiben.

Er beging den Fehler, mit seiner Frau darüber zu sprechen, die ihm rundheraus antwortete: »Meinst du wirklich, dies ist der richtige Zeitpunkt, um sich darüber den Kopf zu zerbrechen? Bei allem, was wir gerade um die Ohren haben! Aber ja doch, klar musst du ihn unterschreiben! Was stellst du denn für Fragen?«

Nisina Rocchi war eine unerschütterliche Appell-Befürworterin, vor allem, wenn ihr Mann sie unterschrieb. Sie hatte ihn stets dazu gedrängt, soweit das überhaupt nötig war.

Der Grund, weshalb sie an diesem Tag recht harsch und genervt antwortete, hatte jedoch nicht das Geringste mit Appellen und der italienischen Politik zu tun. In letzter Zeit, das heißt, seit die Schafe in ihr Leben gedrungen waren, war ihre Beziehung ziemlich angespannt. Genauer gesagt, anfangs, als jeder von seinen heimlichen und ganz persönlichen Ermittlungen zur Lösung des Rätsels eingenommen gewesen war, hatten sie kein bisschen gestritten. Sie hatten die ersten Tage kaum ein Wort gewechselt. Jeder hing seinen Gedanken und Albträumen nach. Und nachts trafen sie sich nur, um nebeneinander zu schlafen, oder besser, nicht zu schlafen.

Doch am Tag der Abreise, an jenem 12. November, an dem sie Hals über Kopf ins Flugzeug nach San Francisco stiegen, fingen sie an zu streiten. Vielleicht lag es an der Aufbruchstimmung, daran, dass sie so viel ermüdende, anödende Zeit mit Warten am Flughafen, Taxifahren und endlosen Flugstunden zubrachten. Irgendwann kam der Punkt, an dem sie sich einigermaßen entspannten. Und weil sie sich entspannten und nichts Konkretes mehr zu denken und zu tun hatten, konnten sie aufeinander losgehen.

Es war eine anstrengende, ermüdende Reise. Eher ein Krieg als eine Reise, mit Angriffen, Repressalien, Geheimplänen, Verrat, Handgranaten und gelegentlichem Waffenstillstand.

Doch so entzweit und unversöhnlich sie einander auch gegenüberstanden, teilten sie eine klare, wiewohl völlig falsche Überzeugung: dass ihr Sohn Schafhirte war. Dass er *wahrhaftig* beschlossen hatte, Schafe zu züchten und deshalb waschechter Hirte geworden war.

Deshalb die Streitigkeiten und Zänkereien. Sie warfen sich gegenseitig vor, einen Hirtensohn hervorgebracht zu haben.

»Du warst das!«, sagte Nisina. »Wenn du dann endlich mal nach Hause kamst, hattest du nichts Wichtigeres zu tun, als auch noch Zeitung zu lesen, Nachrichten zu sehen, mit den Kollegen zu telefonieren, einen Blick auf die Börse zu werfen. Du konntest es nicht ausstehen, dass unser Sohn mit dir spielen wollte. Er störte dich, und du hast ihn immer weggeschickt.«

»Willst du etwa behaupten, es gibt einen Zusammenhang zwischen der Tatsache, dass ich nicht mit Spielzeuglastern gespielt habe, und der Tatsache, dass unser Sohn jetzt Schafe züchtet? Ist dir eigentlich klar, wie abwegig das ist? Du hingegen ...«

»Ich hingegen: was?«

»Du hast jeden Abend deine Krimis geguckt und keine Folge ausgelassen! Was warst du eigentlich für eine Mutter? Und außerdem hast du ihm alles durchgehen lassen. Kaum hat er eine Träne verdrückt, hast du ihn in den Arm genommen. Wenn er ein Eis wollte, hast du ihm ein Eis gekauft. Wenn ich gewagt habe, etwas zu sagen wie: Nicht mehr als ein Eis am Tag, hättest du mich am liebsten umgebracht.«

»Ach, und das Eis hat was mit den Schafen zu tun, aber sicher! Je mehr Eis jemand in seiner Kindheit verdrückt, desto eher züchtet er als Erwachsener Schafe! Nennen wir die Dinge doch beim Namen: Du hast den strengen Vater gespielt, aber in Wirklichkeit war es dir schnuppe. Die Erziehung ist an mir hängen geblieben.«

»Das war mir ganz und gar nicht schnuppe! Du musstest doch dauernd übertreiben, du hast ihm sogar verboten, ins Kino zu gehen!«

»Und ob, denn wenn er und seine Mittelstufen-Kumpels aus dem Kino kamen, haben sie sich mit Wein und Wodka volllaufen lassen, wusstest du das? Nein! Woher auch, du hast ja immer in Meetings gesessen! Wer war denn da, als Filippo sturzbesoffen nach Hause kam? Du etwa? Nein, ich! Ich habe ihm sogar eine Ohrfeige gegeben. Du nicht, du hast den offenen, toleranten Vater gemimt! Alles nur Show! Du und offen! Ein Meeting-Vater warst du, sonst nichts!«

»Was soll das denn heißen, nur Show? Hast du nicht gerade gesagt, ich hätte nur so getan, als wäre ich streng, und jetzt soll ich auch noch so getan haben, als wäre ich *nicht* streng? Merkst du denn gar nicht, was für einen Blödsinn du verzapfst?«

»Du hast mich ganz genau verstanden, Guido! Wenn du willst, dass wir endlich mal Klartext reden, dann tun wir das. Du hast diesem armen Jungen das Leben versaut! Kaum ist er nur einen Millimeter vom richtigen Weg abgewichen, hast du…«

»Habe ich was?«

»Dann bist du zu mir gekommen und hast mir eine Szene gemacht! Mir, nicht ihm! Du hattest noch nicht mal den Mumm, mit ihm Tacheles zu reden, falls du dich erinnerst.«

»Wie, falls du dich erinnerst? Was redest du denn da?«

»Ich weiß schon, wovon ich rede, lass gut sein…«

Nisina ging aus den Wortgefechten mit Guido fast immer als Verliererin hervor. Er war logisch und rational, sie verlor den Faden und vergaloppierte sich. Und je mehr sie sich vergaloppierte, desto mehr Vorwürfe machte sie ihm. Je heftiger sie ihm vorwarf, den Faden verloren zu haben, desto mehr verrannte sie sich, weshalb sie stets mit dem Satz endete: »Ach, lass gut sein…« Doch in dem Moment legte sich Guido, den Sieg vor Augen, erst recht ins Zeug.

»Nichts da, jetzt lassen wir es *nicht* gut sein. Raus mit der Sprache. Spuck's aus! Das will ich jetzt hören.«

Hier pflegte Nisina ins Schleudern zu geraten. Und auch an diesem Tag, in zehntausend Meter Höhe mitten über dem Atlantischen Ozean geriet sie ins Schleudern. Sie versuchte Zeit zu gewinnen, doch sie stand mit dem Rücken zur Wand und platzte mit dem Erstbesten heraus, was ihr gerade in den Sinn kam.

»Na ja, zum Beispiel damals mit dem Bowling«, sagte sie.

»Merkst du, wie sprunghaft du bist? Du bist mit einer Sache noch nicht zu Ende, da fängst du mit der nächsten an. So bist du! Was hat denn jetzt das Bowling damit zu tun?«

»Na, klar … Jetzt tut er so, als würde er sich nicht erinnern.«

»Sicher, ich mache Show! Ich weiß von keinem Bowling, wovon redest du?«

»Die Bowling-Freunde, komm schon … Er muss so um die fünfzehn, sechzehn gewesen sein. Wie auch immer, er ging ins Gymnasium. Du hast ihn zu diesem Bowling gehen lassen, natürlich, wieso auch nicht, du warst ja so ein offener, toleranter Vater! Einmal, zweimal, dreimal … Dann bist du zu mir gekommen wie von der Tarantel gestochen, ich habe gerade ferngesehen, Fil war nicht da. Du hast regelrecht getobt. Darf man erfahren, hast du gebrüllt, darf man erfahren, was unserem Sohn eigentlich einfällt? Bowling! Will er sein ganzes Leben dort verbringen? Und ich musste dich wieder beruhigen. So war es immer mit dir. Du hast ihm nie was erlaubt, weil du nicht wolltest, dass er den vorgegebenen Weg verlässt. Und der vorgegebene Weg war deine Familie, der Name, die Dynastie …«

»Na bitte, ich wusste, dass das kommt. Ich wusste es, weil du diesen Punkt bis heute nicht verwinden kannst, Nisina: meine Familie. Es wurmt dich, dass meine Familie was Besseres ist als deine, und wie dich das wurmt. Mein Vater ist Notar und deiner nur Leiter … eines Supermarkts. Aber ich hab's dir gesagt: In meiner Familie gibt's gewisse Regeln, bestimmte Werte … Das hast du gewusst, als du mich geheiratet hast. Du brauchst jetzt gar nicht so zu tun … Du hättest ja einen anderen heiraten können, wenn's dir nicht gepasst hat, diesen … wie hieß der noch gleich?«

Die Reise von Italien an die amerikanische Pazifikküste ist ewig lang, sie wollte einfach kein Ende nehmen. Der ganze

12. November 2011 ging so drauf, mit gegenseitigen Anschuldigungen, die sie sich im Flugzeug leise zuzischten, um die anderen schlummernden Reisenden nicht zu wecken.

Erschöpft und misslaunig trafen sie im Hotel ein. Sie waren es nicht gewöhnt zu streiten, Streit kam in ihrem Leben kaum vor. Sie hatten elegantere Methoden, ihre Missbilligung kundzutun, durch Schweigen beispielsweise. Doch jetzt stellte ihr missratener Sohn sie auf eine harte Probe. Statt zum Abendessen hinunterzugehen, legten sie sich sofort schlafen.

Und so ging die große Neuigkeit an ihnen vorbei. Die Nachricht, auf die sie seit Jahren verzweifelt gewartet hatten: In Italien war der von ihnen so ungeliebte Premierminister zurückgetreten. Er war, wie man damals sagte, auf den Hügel gestiegen, womit man den Quirinalspalast, den Sitz des italienischen Präsidenten, meinte, und hatte seinen Rücktritt eingereicht. Halb Italien bejubelte den Sieg von Ethik und Moral. Die andere Hälfte dümpelte zwischen absolutem Desinteresse und Trauer um ihren beliebtesten Anführer, doch diese Hälfte Italiens zählte für Guido und Nisina nicht.

Durch den Rücktritt wurde unter anderem der Appell anlässlich der gefährdeten Demokratie und damit die eventuelle Unterschrift des Avvocato Cantirami hinfällig, der sich jedoch, ahnungslos wie er war, die halbe Nacht den Kopf darüber zerbrach, ob er unterschreiben sollte oder nicht.

Erst als die Zeitungen ihm am nächsten Tag die unverhoffte Neuigkeit verkündeten, hörte er damit auf. Sie feierten in einem Café in San Francisco, er und seine Frau, und vergaßen ihre hässlichen Streitereien. Als wäre zwischen ihnen nie eine Bombe explodiert, stießen sie fröhlich an, mit einem Stück Zitronenkuchen dazu, und dann mieteten sie sich einen Wagen und machten sich auf den Weg zum Campus von Stanford, wo sie jedoch niemanden antrafen.

Jeremy und Giuliana hatten Stanford in der Absicht verlassen, nach London zu fliegen und Filippo zu suchen.

Doch es war anders gekommen. Nur Giuliana hatte das Flugzeug nach London bestiegen. Zur vereinbarten Stunde war sie am Flughafen von San Francisco gewesen. Jeremy ebenfalls, aber an einem anderen Gate, von wo aus er sie in letzter Sekunde angerufen hatte, um ihr zu sagen, es tue ihm leid, er habe beschlossen, nicht mit ihr nach London zu Fil zu fahren, er schaffe das nicht, er sei noch nicht so weit.

»Was meinst du damit, so weit für was?«

»Ich weiß nicht... Fil wiederzusehen...«

Er hatte darüber nachgedacht. Er hatte seinen Koffer gepackt, den Campus verlassen und war zum Flughafen gefahren. Alles wie geplant. Doch im letzten Moment hatte er den Flug umgebucht. Er würde ein Weilchen nach Hause zu seinen Eltern fliegen. Er war müde, ausgelaugt. Eine Stippvisite bei seiner Familie würde ihm guttun.

Giuliana war wie vor den Kopf gestoßen. Sie fühlte sich betrogen. Und hundeeinsam in diesem riesigen Flughafen von San Francisco, dazu verdammt, auf diesen Flug nach London zu warten. Sie presste sich das Handy ans Ohr, klammerte sich an Jeremys dünne Stimme und fragte immer wieder: »Und was soll ich jetzt machen, wo soll ich jetzt hin?« Jeremy sagte, sie solle sich keine Sorgen machen, er würde sie aus der Ferne leiten. Sie kramte einen zerknitterten Zettel aus der Tasche und kritzelte hektisch Fils Adresse darauf.

In Wirklichkeit war die Sache viel vertrackter. Jeremy war derjenige, der sich betrogen fühlte, das war ihm nach der durchredeten Nacht ganz plötzlich aufgegangen. Indem Fil mit diesen Schafen aufgekreuzt war, hatte er nicht nur gegen ihren Pakt verstoßen, sondern – so sagte Jeremy sich – ihm auch eine Identität geraubt, die ihm nicht zuletzt als Schutzschild und Unterschlupf gedient hatte. Diese verdammten

Schafe hatten sie beide aus der Deckung geholt. Beide, nicht nur Fil. Fil hatte ihm den Deckmantel weggerissen, und jetzt musste auch er sich zeigen und ans Licht kommen. Nur hatte er das nicht selbst entschieden, er war nicht bereit dazu. Drei Jahre zuvor war er, ein bisschen wie Alice, durch den Spiegel ins Wunderland eingetreten, und jetzt war der Spiegel geborsten. Jeremy fragte sich, ob er es seinen Eltern sagen sollte. Der Gedanke kam ihm zum ersten Mal. Er hatte mit ihnen nie über den Pakt gesprochen. Lieber hatte er so getan, als hätte er ein höher dotiertes Stipendium bekommen. Im Grunde war es schließlich egal, hatte er gedacht: Was ändert das für sie? Das Entscheidende war, ihnen nicht auf der Tasche zu liegen. Doch es war alles andere als egal, das begriff er jetzt. Es war eine Sache, dank eines Stipendiums in Amerika studieren zu können, und eine andere, es dank des Geldes eines Kommilitonen zu tun. So hatte es sogar etwas Ehrenrühriges. Wie hatte er daran nicht denken können? Oder vielleicht hatte er einfach beschlossen, nicht daran zu denken.

Und dann gab es noch einen zweiten Grund, nicht mit Giuliana nach London zu fahren. Einen noch unaussprechlicheren Grund. Einen Grund, der sehr viel mit Giuliana zu tun hatte. Verworren, unklar, eine Art Nebel in Jeremys Hirn, den er einfach nicht loswurde. Ja, es war eine Freude, mit Giuliana nach London zu fliegen, aber es schwang eine Angst dabei mit, eine Art Vorahnung, etwas, das einen Schatten auf etwas anderes warf, das für sich genommen strahlte. Ein bisschen so, als würde man auf eine Bergtour eingeladen und könnte nur an die Schluchten und unüberwindlichen Abgründe denken, voller Angst abzustürzen. Wie dem auch sei, Jeremy wollte nicht allein mit ihr sein, er war sich nicht sicher, ob er es schaffen würde… Was, wusste er selbst nicht, also war es besser, es dabei zu belassen. Fils Tante war Fils Tante und basta. Sie musste wieder zu dem werden, was sie dank Fils Schilderungen jahrelang in Jeremys Vorstellung gewesen war: eine Fantasiefigur, ein Traum. Ganz einfach, völlig logisch, sie war nicht *echt*. Also war es besser, sie nicht zu sehen, ihr Parfüm nicht zu riechen, nicht …

Und während Guliana gen London aufbrach, ließ Jeremy, der nichts in der Welt lieber wollte, als mit ihr zusammen zu sein, sie allein und flog ebenfalls allein nach Italien.

KAPITEL 7

Nonna Gina

Jeremy landete mitten in der Nacht in Mailand, laut Ortszeit
jedoch am Morgen des folgenden Tages, und schlief bis zur
Abfahrt des Busses nach Carandate zwei Stunden lang auf
einer Bank. Er kam zur Mittagszeit an, ging aber nicht nach
Hause, sondern zu seiner Großmutter, bei der er sicher sein
konnte, dass sie zu Hause war.

Tatsächlich öffnete ihm Nonna Gina im Morgenmantel die
Tür. Sie löste gerade Kreuzworträtsel am Küchentisch, und als
sie ihn so vor sich stehen sah, drückte sie ihn mit ihren massi-
gen Armen so fest an sich, dass er fast erstickte. Sie bombardierte ihn, noch ehe er die Koffer abstellen konnte, mit Fragen: Und? Was gibt's Neues? Wieso hast du denn nicht gesagt,
dass du kommst? Hast du etwa alles hingeschmissen? Ist was
schiefgelaufen? Solltest du nicht dein Doktorat fertig machen?
Was ist denn passiert?

Währenddessen hantierte sie mit der Espressomaschine,
mit der großen für sechs Tassen, und schnitt Brot. Obwohl
es Mittagszeit war, beschmierte sie es unablässig mit Butter
und Marmelade, die sie im Spätsommer aus Bergen von Pfirsi-
chen vom Markt selbst gekocht hatte. Dann legte sie das Rät-
selheft weg, machte Platz für die Espressotasse, den Teller und
das Milchkännchen und setzte sich neben ihren Enkel, dessen
plötzliches Auftauchen sie noch immer nicht fassen konnte.
Jeremy war es in dem ganzen Wirbel gerade einmal gelungen,
die Jacke auszuziehen, und jetzt versuchte er, sie zu beruhigen:

Alles sei gut, er mache sein Doktorat, er habe sich nur eine Pause genommen und gedacht, auf einen Sprung nach Hause zu fahren, sich ein wenig bei der Familie zu erholen, aber das habe er ganz spontan entschieden, deshalb habe er nicht Bescheid gesagt, das sei alles. Und überhaupt müsse er gleich zu den Eltern.

»Ach was, weißt du, was wir machen? Wir laden die beiden heute Abend zum Essen ein, dann feiern wir alle zusammen, und du musst jetzt nirgendwohin«, entgegnete Nonna Gina schlagfertig.

Jeremy war einverstanden. Todmüde, wie er war, lag er den ganzen Nachmittag über dösend auf dem Küchensofa. Hin und wieder hörte er im Halbschlaf seine Großmutter, die den Boden wischte, den Teppich und die Kissen ausklopfte, und roch den guten Putzmittelgeruch.

Abends half er ihr, den Tisch zu decken, die Tomaten zu schneiden, die Eier zu schlagen. Seine Großmutter kochte ihm Engelshaar und panierte Schnitzel wie damals, als er noch ein Kind war. Für ihn schmeckte so das Glück: wie diese feinen Spaghetti, die im Munde zergingen.

Derweil erzählte er ihr von Stanford. Und kurz vor dem Abendessen, seine Eltern waren noch nicht da, der Tisch war bereits gedeckt, und das Wasser kochte auf der Gasflamme und sandte seinen warmen Dampf aus, setzten sie sich auf das Sofa, und er klappte seinen Computer für sie auf. Es dauerte ein Weilchen, bis er ihn aus dem Gepäck gewühlt hatte, doch er klappte ihn gern für sie auf, ganz allein für sie. Er zeigte ihr die Fotos. Als Slideshow, wo ein Foto sich in nichts auflöst und schon das nächste auftaucht, wie im Film. Seine Großmutter war völlig baff, wortlos drückte sie ihn an ihren mächtigen Körper. Genau das hatte sie sich gewünscht, die Orte zu sehen, an denen Jeremy lebte. Sie sagte, wenn sie die Orte nicht vor Augen hätte, könne sie sich nichts vorstellen, wenigstens eine

Postkarte hätte er ihr schreiben können, aber was soll's, meinte sie, ich weiß, dass du nicht dran gedacht hast. Doch wenn sie sich nichts vorstellen konnte, wie konnte sie dann ruhig bleiben und sich keine Sorgen machen? Sie konnte sich Amerika nicht vorstellen, immer hatte sie die Bäckerei am Bein gehabt, war aus ihrem Dorf nie rausgekommen. Auch später, als sie die Bäckerei längst aufgegeben hatten, hatte sie nicht im Traum ans Reisen gedacht, so mauseallein, wie sie war.

Nonna Gina stammte nicht aus Carandate, sie kam aus einem kleinen Flecken aus dem flachen Umland. Sie hieß Luigina Pontelli, und ihr großer Kummer war, dass sie nicht hatte studieren dürfen. Damals war es nicht üblich, die Kinder studieren zu lassen, vor allem die Mädchen, und für sie war mit der fünften Grundschulklasse Ende gewesen. Doch wie gern hätte sie weitergemacht; dieser Dorn war ihr ein Leben lang geblieben und schmerzte jetzt, da sie alt war, umso heftiger, weil sie wusste, dass es nun zu spät war.

In ihrem Leben hatte sie nur Brot verkauft. Nun ja, es hatte wohl so sein sollen. Schließlich hatte sie Giuseppe geheiratet, und Giuseppe war Bäcker, er hatte eine Bäckerei in Carandate, war die ganze Nacht auf den Beinen und buk Brot, dann schlief er ein paar Stunden, und nachmittags stieg er in seinen Lieferwagen und lieferte noch ein bisschen aus, um die Kasse aufzubessern, während Gina den ganzen Tag im Laden stand und verkaufte. Abends schlossen sie ab, sie kochte rasch etwas zu essen, und dann aßen sie mit ihrer einzigen Tochter Daniela. Danach fielen sie todmüde ins Bett. Zumindest war es während Giuseppes Lebzeiten so gewesen.

Doch Gina beklagte sich nicht. Sie hatte es kaum fassen können, ihn gefunden zu haben, denn sie hatte sich nie etwas vorgemacht: Sie wusste, dass sie ein bisschen dick war, vor allem an den Hüften hatte sie zwei Polster, die einfach nicht verschwinden wollten. Ihr Giuseppe war allerdings auch nicht gerade eine Schönheit mit seinem breiten Gesicht, dem hängenden Schnurrbart und den krummen Zähnen. Aber für sie war das in Ordnung. An dem Abend, als er sie im Weißen Jasmin zum Tanz aufgefordert hatte, hatte sie ihn sogar schön gefunden. Der Krieg war vorbei, die Männer waren zurück. Man sah sie überall und hatte die Wahl. Junge Männer, die von der Front kamen und abends die Tanzlokale und die Dorfstraßen bevölkerten. Die Mädchen konnten es kaum erwarten, endlich vor die Tür zu kommen, jetzt, wo die Jungs wieder da waren.

Gina war eine von ihnen. Wie jeden Samstagabend saß sie mit ihrer Freundin Luciana an einem Tisch. Es war Sommer, ein schöner, frischer Sommerabend, und sie trug ein blau geblümtes, kurzärmeliges und ziemlich weit ausgeschnittenes Kleid.

Sie tranken etwas, Gina und ihre Freundin, und warteten darauf, dass irgendein Junge sie zum Tanz aufforderte. Bis dahin plauderten sie, lauschten der Musik und sahen den anderen Paaren auf der Tanzfläche zu.

Irgendwann spielten sie die Mazurka di Migliavacca, und ein junger Mann näherte sich ihrem Tisch. Groß und mager wie ein Baum stand er da, die Hände vor dem Bauch verschränkt, weil er einfach nicht wusste, wohin damit. Er reckte den Hals zu einer Verbeugung, blickte sie an und fragte, ob sie tanzen wolle. Obwohl Gina noch nicht wusste, wer er war, füllte sich ihr Herz mit einer warmen Brise. Sie wurde rot bis zu den Haarspitzen und stand auf. Sie war auserwählt worden. Das war das Schönste daran, noch ehe sie sich ein Bild davon gemacht hatte, wer sie aufgefordert hatte und wie dieser junge Kerl überhaupt aussah. Von allen hat er mich gewollt. Und dieser Gedanke löste einen Strom aus Freude und Traurigkeit in ihr aus. Es war seltsam: Einerseits war sie glücklich, andererseits war es, als hätte das Leben sie plötzlich mit etwas konfrontiert, das über sie hinausging. Mit einer Aufgabe oder Mission, vor der sie sich jetzt nicht mehr drücken konnte. Wie oft dachte sie an diesen Moment und an dieses Gefühl zurück. Mit der Zeit begriff sie, dass sie, als sie an diesem Abend aufgestanden war, um mit diesem Jungen zu gehen, der schließlich ihr Mann werden und mit dem sie eine Tochter haben sollte, vielleicht ganz plötzlich erwachsen geworden war. Er war das Inbild des Lebens, ihres Lebens, ihrer Zukunft. Sie konnte es nicht wissen, doch auf geheimnisvolle Weise ahnte sie es.

Sie hatten ein gutes Leben gehabt. Abgesehen von der Tatsache, dass Daniela nicht hatte studieren wollen. Sie, die gekonnt hätte, hatte nicht gewollt. Sie hatte keine Lust. Sie meinte, sie sei nicht dafür gemacht. Es stimmt eben: Wer will, der kann nicht, und wer kann, der will nicht. So sah es Gina Pontelli. Nach der mittleren Reife arbeitete Daniela drei Jahre lang als Sekretärin in einem Unternehmen. Und dann wusste sie nicht, was sie mit diesen drei Jahren anfangen sollte, weil keiner sie als Sekretärin anstellen wollte. Mit gut sechzehn Jahren glaubte sie, zur Schule zu gehen, sei verplemperte Zeit gewesen, sie hatte die Nase voll vom Lernen. Wieso gibt es eigentlich Sekretärinnenschulen, wenn kein Mensch Sekretärinnen braucht?, sagte sie.

Der Vater konnte gut damit leben, er fand es in Ordnung, dass seine Tochter arbeitete. Er verhalf ihr zu einem guten Job als Friseurin im Salon neben der Bäckerei. Er kannte die Betreiber, die Gebrüder Vinci. Das waren zwei nette Kerle. Sie banden ihr eine Schürze um und ließen sie als erstes Haare waschen. An dem Tag massierte Daniela rund zwanzig Nacken und kam mit dicken Händen nach Hause.

»Ich mag es nicht, den Leuten die Köpfe zu waschen«, sagte sie.

Gina und Giuseppe gehörten zur Kriegsgeneration, sie arbeiteten von morgens bis abends und konnten es sich nicht leisten, ihre Tochter zu verwöhnen. Dann solle sie sich eben eine andere Arbeit suchen, sagten sie. Was, sei ihnen gleich, doch das ein bisschen dalli, länger als eine Woche könnten sie sie nicht durchfüttern.

Eine Woche ist wirklich kurz. Aber Daniela hatte eine Idee: Sie nähte gern. Schneidereien gab es jedoch keine mehr, die Leute kauften sich die Kleidung von der Stange. Doch Daniela war stur. Wenn sie etwas wollte, dann wollte sie es. Sie suchte sich einen Job bei einer Saum-Express-Filiale, wo man Hosen umsäumte, Jacketts enger machte, Vorhänge und Laken nähte und Decken mit Bordüren versah. Kleinere Näharbeiten eben, vor allem Reparaturen. Das war zwar nicht das, was eine Schneiderin tat, aber immerhin hatte man Nadel und Faden in der Hand, was für Daniela mehr als in Ordnung war. In einem drei Quadratmeter großen Hinterzimmer hockte sie über einer ratternden Nähmaschine und war zufrieden. Immer noch besser, als die seifigen Finger in fremder Leute Haare zu stecken.

»Ich will sehen, wie die sich einen Vogel fängt, wenn sie sich dauernd in dieser Kammer hinter Nadel und Faden verkriecht!«, brummte Gina abends im Bett beim Licht der Nachttischlampe, den Nachtschal um die Schultern. »Sag mir das mal, wo du doch alles weißt!«

Sie gingen schon um neun Uhr schlafen, weil Giuseppe um drei wieder aufstehen musste, um Brot zu backen. Doch Gina war das zu früh, sie brauchte eine Ewigkeit, um einzuschlafen. Also saß sie gegen das im Rücken gefaltete Kissen gelehnt, die Hände mit den arthritischen Knöcheln, die im Licht besonders deutlich hervortraten, auf den Aufschlag der Bettdecke gelegt, und starrte müßig gegen die Wand. Wenigstens leistete ihr die Nachttischlampe Gesellschaft. Und hin und wieder ergriff sie die Gelegenheit, um mit Giuseppe zu reden, obgleich er schon schlief und sie nicht hörte. Müde, wie er war, schlief er sofort ein. Er hatte keine Zeit, sich das Gerede seiner Frau anzuhören. Und um die Tochter machte er sich nicht die geringsten Sorgen. Die würde sich schon einen Vogel fangen, schön wie sie war! Mehr als einen, da war er sich sicher.

Und sie fing einen, ausgerechnet im Laden. Er hieß Mario und studierte Vermessungstechnik. Er holte die Sachen für seine Mutter ab, und jedesmal spähte er nach hinten, wo Daniela arbeitete. Eines Abends nahm er seinen ganzen Mut zusammen und wartete nach Ladenschluss auf sie.

Vier Jahre später wurde Jeremy geboren. An diesem seltsamen Namen war Nonna Gina schuld, die darauf bestanden hatte, dass sie ihn Geremia nennen, nach ihrem Vater Geremia Pontelli. Sie ließ sich nicht davon abbringen, doch immerhin konnte Daniela sie zur englischen Version des Namens überreden: Jeremy, das klang wenigstens nicht ganz so altmodisch. Die Großmutter musste sich dreinfügen. Sie nannte ihn sowieso immer Geremia.

Dieser Enkel war ihre ganze Freude, das Gute, was ihr im Leben zuteil geworden war. So pflegte sie zu sagen. Vor allem, nachdem Giuseppe sich eines Nachts beim Brotteigkneten plötzlich schlecht gefühlt und sie ihn bäuchlings und mit Mehl bestäubt auf dem Fußboden gefunden hatte. Seitdem war es für sie jedesmal ein Schlag in die Magengrube, das leere Haus zu betreten. Doch so war es nun einmal gekommen, niemand kann darüber entscheiden, wie es kommen soll. Außerdem passiert es so gut wie nie, dass zwei sich liebende Menschen gleichzeitig sterben. Einer geht immer zuerst, und ohne es zu wollen, fügt er dem anderen so heftige Schmerzen zu, dass ihm zuweilen die Lust am Leben vergeht.

Nonna Gina fing an, häufig in die Kirche zu gehen. Morgens nach dem Einkaufen ging sie in die Kirche in ihrem Viertel und ruhte sich ein wenig aus. Dort, im rechten Seitenschiff ganz hinten, gab es eine hübsche Statue des Erzengels Gabriel.

Sie stellte sich davor und redete mit diesem schönen, blonden, lächelnden Gabriel. Dass er blond war, hatte sie sich ausgedacht, denn die Statue war aus weißem Marmor. Sie behandelte diesen Heiligen, als wäre er ihr seliger Mann. Sie fragte ihn, wie es ihm heute gehe, wie er sich fühle. Fehlte nur noch, dass sie ihn fragte, was er zu Abend essen wolle. Ein gutes Stündchen lang stand sie da und redete mit ihm. In der Kirche war es warm, und sie fühlte sich wohl bei ihrem Erzengel. Doch um einen Gefallen bat sie ihn nie, das war ihr peinlich: Sie fand es nicht recht, die Heiligen oder die Madonna um etwas zu bitten. Niemals richtete sie eine direkte Bitte an ihn, doch sie erzählte ihm viel von Geremia und vertraute ihm an, sie wolle, dass er studierte und im Gegensatz zu seiner kläglichen Familie eines Tages etwas aus ihm werde, ob er ihm bitte helfen würde, nur das, mehr nicht.

Jeremy kam jeden Tag und machte bei ihr seine Hausaufgaben. Er kam aus der Schule, doch statt nach Hause zu gehen, wo sowieso niemand war, der ihn mit einem Ciao, wie geht's? hätte begrüßen können, geschweige denn mit einem warmen Mittagessen, ging er zu seiner Großmutter, die ihm Engelshaar mit Sauce kochte und ihn fragte, was für Noten er bekommen habe. War eine schlechte dabei, nahm sie ihm den Teller weg und schickte ihn hungrig aus dem Zimmer.

Doch lernen musste er allein, denn von Latein, Geschichte, Philosophie und dem ganzen anderen Zeug verstand Nonna Gina nichts. Den Floh, möglichst alles zu geben, hatte allerdings sie ihm ins Ohr gesetzt, immer wieder sagte sie ihm, es gebe im Leben nichts Wichtigeres als zu lernen, Bücher sollten seine einzigen Freunde und Weggefährten sein, ohne sie sei er angeschmiert. Für sie war das eine Art Genugtuung, denn ihre Tochter hatte vom Lernen nichts wissen wollen. Na schön, mein liebes Töchterchen, dachte Nonna Gina, du bist mir wie ein Aal durch die Finger geschlüpft und hast gemacht, was du wolltest. Doch dein Junge gehört mir. Den ziehe ich groß, da kannst du sicher sein. Auf meine Art. Und was ich bei dir nicht hingekriegt habe, kriege ich bei ihm hin.

Nicht, dass sie ihm die Hausaufgaben machte. So war es nicht. Sie setzte sich nicht neben ihn an den Schreibtisch, um die Seiten umzublättern, den Bleistift zu spitzen, Sätze zu diktieren oder ihm die Lösungen der Rechenaufgaben vorzusagen.

Doch sie spornte ihn an, blieb an ihm dran. Jeden verdammten Tag kontrollierte sie, dass er seine Aufgaben erledigte, und fragte ihn ab. Zuerst ließ sie sich das Buch geben, ließ sich zeigen, was er zum nächsten Tag lernen musste, zählte die Seiten und legte eine Zeit fest. War die um, kam sie ins Zimmer gerauscht und spähte ihm wie ein Falke über die Schulter, um zu sehen, bis wohin er gekommen war. War das nicht weit genug, meckerte sie. Sanft, aber sie meckerte, und manchmal, wenn sie ein wenig gereizt und müde war, fing er sich eine Kopfnuss ein. Dann ließ sie sich wieder das Buch geben und legte es offen in den Schoß, und während ihr Enkel die Lektion herunterbetete, fuhr sie mit dem Finger unter den Zeilen entlang und kontrollierte, ob er alles richtig dahersagte und wie flüssig und sicher er dabei klang. Wenn sie nicht zufrieden war, musste er noch einmal von vorn anfangen. So war es jeden Tag.

Doch vor allem erzählte sie ihm von San Domenico Savio, ihrem Lieblingsheiligen. Sie zeigte ihm das Porträt auf dem Katechismus und sagte: »Siehst du, was für ein braver Junge das war?« Und Jeremy sah das Bild eines kleinen, ordentlich angezogenen Jungen mit ernstem, artigem Gesicht, den Blick zum Himmel gerichtet, eine Hand auf dem Herzen: Das Herz leuchtete feuerrot auf dem weißen Hemd, umgeben von goldenen Strahlen.

Jeremys Eltern kamen mit einem großen Tablett voller Baisers, um ihren Sohn zu feiern. Sie umarmten ihn fest und mussten sogar ein bisschen weinen.

Mario Piccoli hatte sich schon auf eine Lasagne gefreut, denn die konnte seine Schwiegermutter perfekt, doch stattdessen fand er sich vor einem Teller Engelshaar wieder. Egal. Hauptsache, er war mit seinem Sohn zusammen und konnte ein wenig mit ihm plaudern.

»Und wie sind deine Aussichten, wenn du das Doktorat fertig hast?«, fragte er ihn sofort, noch ehe er angefangen hatte zu essen, und gönnte sich lediglich einen Schluck Rotwein.

»Gut.«

»Wie gut? Hast du schon Angebote? Ich meine, Jobangebote.«

»Lass ihn doch in Ruhe essen, er ist gerade erst angekommen, er war lang unterwegs und ist müde…«, fiel ihm Nonna Gina ins Wort.

»Ja, ja, mag sein. Aber irgendwann muss man schließlich anfangen. Wie viele Jahre bist du jetzt schon mit dem Studium zugange?«

»Papa hat recht, Nonna. Aber ja, ich habe einen Haufen Angebote bekommen, alle sehr gut. Ich habe sogar Aussichten auf einen Führungsposten im Versicherungswesen.«

»Aussichten … oder einen handfesten Job?«

»Einen Job, Papa. Und einen sehr verantwortungsvollen dazu. Es geht da um die Leitung eines Außenfinanzierungsprojekts und um die Ausarbeitung eines neuen Pensionsplans. Eine Riesensache. Angeblich kann man ziemlich schnell Karriere machen, und das Anfangsgehalt ist saftig …«

»Angeblich, angeblich … Sagen sie das nur, oder kriegst du dieses Gehalt tatsächlich?«

»Ich kriege es, Papa, ich kriege es. Und auch eine Wohnung in Manhattan, haben sie gesagt.«

»Manhattan, Amerika?«

»New York, Papa. Das ist der schönste Teil von New York.«

»New York, Mario! Stell dir vor! Da würde ich so gern mal hin«, sagte Daniela, aß ihre Pasta auf, wischte sich mit der Serviette über den Mund und trank einen Schluck.

»Aber natürlich, Mama! Du könntest zum Festakt nach Stanford kommen, Nonna auch, ich habe schon gedacht...«

»Aber das ist so weit, Jeremy... ich weiß nicht, was meinst du, Mario?«

Mario meinte nichts. Ernst, fast grimmig, starrte er auf seinen Teller. Die anderen sollten nicht sehen, wie stolz er auf seinen Sohn war. Und auch voller Hoffnungen und Erwartungen.

Jeremy betrachtete seinen Vater. Er mochte nichts von Fil, von dem Pakt, von den Schafen und dem Geld sagen, das er in diesen drei Jahren von ihm bekommen hatte. Er mochte es nicht sagen, wie könnte er auch? Seine Eltern waren so glücklich. Wie kann man den Eltern eine solche Freude verderben? Es hätte sie nur verstört und in Verlegenheit gebracht. Sie hätten diesem Freund gegenüber, von dem sie noch nicht einmal wussten, wer er war, ein schlechtes Gewissen gehabt. Sie hätten Jeremy gebeten, ihn kennenlernen zu dürfen, um sich bei ihm und seiner Familie zu bedanken. Himmel, Jeremy sah es schon vor sich, ein Treffen zwischen seinen Eltern und Avvocato Cantirami... Bloß nicht. Da hielt man besser den Mund und hoffte, dass alles weiterhin glattlief.

Nach dem Essen setzten sich Jeremys Eltern noch einen Moment aufs Sofa, um ein wenig zu plaudern, und gingen dann bald nach Hause, weil sie früh aufstehen mussten. Jeremy würde sowieso bei seiner Großmutter übernachten.

Hastig und schweigend deckte Nonna Gina ab, setzte sich neben ihren Enkel, schlug ihm die Hand aufs Knie und sagte: »Na los, zeig mir deine Bücher, jetzt wo wir allein sind!«

Es führte kein Weg dran vorbei. Jeremy musste sein Gepäck durchwühlen, alles hervorzerren, die Bücher, Vorlesungstexte und ein paar eigene Publikationen herausholen und sie seiner Großmutter zeigen. Als sie seinen Namen, Jeremy Piccoli, ordentlich gedruckt auf der Titelseite las, geriet sie ganz aus dem Häuschen. Immer wieder las und staunte sie und strich über die Seiten. Es war wie damals, wenn er eine gute Note mit nach Hause gebracht hatte und sie diesen Triumph still genoss.

»Und jetzt raus mit den Zensuren, Geremia! Zeig mir, was du bekommen hast…«

Jeremy musste ihr erklären, dass es bei einem Doktorat keine richtigen Noten gab, und das schmeckte ihr gar nicht: Sie wollte vergleichen, und wenn er ihr nicht seine Noten und die der anderen sagte, wie sollte sie dann etwas verstehen?

»Aber du bist sowieso der Beste von allen, was, Geremia? Sag mir, dass ich recht habe!«

Und Jeremy kam nicht umhin, ihr zu sagen, dass es so war. Doch er gestand ihr auch, dass er ein wenig Angst vor dem Abschlusskolloquium hatte, er wisse nicht, ob…

»Ob ob ob… jetzt hör mal auf mit diesem ob! Du wirst der Beste sein und basta!«

Nonna Gina erhob sich mühsam und verschwand nach nebenan, als wäre ihr gerade etwas eingefallen. Als sie zum Sofa zurückkehrte, hielt sie etwas in der Hand. Es war ein Heiligenbildchen, eine Art Stoffmedaillon mit dem Konterfei des heiligen Domenico Savio.

Er solle den heiligen Domenico unterm Unterhemd an der Brust tragen, sagte sie. Er brächte ihm Glück.

KAPITEL 8

»Die Philosophen haben die Welt
nur verschieden interpretiert«

Mit der Entscheidung, nach Italien zurückzukehren, statt nach London zu fliegen, hatte Jeremy auf ein Treffen mit Fil verzichtet. Doch das tat er gar nicht, denn es gab kein Treffen: Giuliana fand keinen Fil.

Sie hatte ein Taxi genommen und war direkt zu ihm gefahren, das heißt zu der Adresse, die ihr Jeremy am Telefon gegeben hatte. Sie hatte sich gesagt, dass es im Grunde besser war, allein zu kommen, so konnte sie Fil in die Arme schließen, ohne dass jemand Fremdes daneben stand. Sie und ihr Neffe, was für eine Freude.

Sie war aus dem Taxi gestiegen, hatte geklingelt, und nachdem sie die arme Klingel eine Weile malträtiert hatte, war ein Portier herausgekommen, ein schmächtiger alter Mann, der sich kaum auf den Beinen halten konnte, und ihr nuschelnd zu verstehen gab, es sei zwecklos, sich derart ins Zeug zu legen, diese Wohnung sei nicht vermietet, es wohne keiner dort. Dann hatte er gefragt, wen zum Teufel sie suche, und beim Namen Filippo Cantirami hatte er gesagt: Ja, er bekomme tatsächlich Post auf diesen Namen und habe die Anweisung, sie einem gewissen Soundso zu geben, der hin und wieder aufkreuze.

Keine Frage: Filippo lebte nicht in London. Oder zumindest nicht bei der Adresse, die Jeremy ihr gegeben hatte. Also war Jeremy ebenfalls hereingelegt worden. Und jetzt? Sie bombardierte den Alten mit Fragen: Von wem hatte er die Anweisung, wer kam, um die Post zu holen, wer … Doch umsonst, nicht eine genuschelte Silbe ließ er sich aus der Nase ziehen.

Giuliana ging davon, dann blieb sie stehen und lehnte sich gegen eine Mauer. Die Passanten streiften sie und traten ihr fast auf die Füße. In der hektischen, lauten, belebten Straße fühlte sie sich einsam wie in einer Wüste. Jetzt war sie endgültig mit ihrem Latein am Ende. Sie hatte nicht den kleinsten Anhaltspunkt, nicht einmal einen Namen oder eine Adresse. Nichts.

Sie stieß sich von der Mauer ab, setzte sich langsam in Bewegung, ihren kleinen Koffer im Schlepptau, und ließ sich von der Menge mitziehen.

Da, und erst da, erschien ihr Fil endgültig verloren.

Sie versuchte, ihn auf dem Handy zu erreichen. Einfach so, um sicherzugehen. Doch sie wusste, dass es sinnlos war. Als die Ansage losging, legte sie auf.

Sie rief Jeremy an. Ja, jetzt war Jeremy dran. Er hatte sie zwar sitzen lassen, aber er war auch sitzen gelassen worden: im Dunkeln, ausgeschlossen und hinters Licht geführt. Und wer sonst hätte ihr in diesem Moment helfen können?

Sie sagte ihm, Fil wohne nicht bei der Adresse, die er ihr gegeben hatte.

Schweigen.

Und jetzt wisse sie nicht mehr, was sie in London machen solle.

Schweigen.

Sie fragte, ob er vielleicht eine Idee habe und jetzt endlich aufhören könne, sie hängen zu lassen.

Jeremy spürte einen Kloß im Hals. Doch er bekam kein Wort heraus. Wirre, düstere Gedanken schwirrten ihm durch den Kopf. Das reinste Durcheinander. Jahrelang hatte er von seinem Freund eine falsche Adresse gehabt. Von wegen

Freund… das würde sich noch herausstellen! Er fühlte sich, wie man sich in so einem Fall fühlt: auf den Arm genommen, verletzt. Und auch beunruhigt wegen Giuliana. Er hätte alles dafür gegeben, jetzt bei ihr zu sein, um die Last und Ungewissheit dieser ganzen Geschichte mit ihr zu tragen und sie zu trösten. Es wurmte ihn, so wenig aufrichtig und loyal zu dieser Frau gewesen zu sein, die ihm so zerbrechlich erschien.

Er dachte nach, während er irgendetwas sagte, um sie zu beschwichtigen und das Schweigen zu brechen. Ihm fiel ein, dass er ihr die Adresse ihres alten Kommilitonen geben könnte, mit dem sie ihren Master an der LSE gemacht hatten, Roger Sheffield. Sie erinnere sich doch noch, der Typ mit dem Poster und den Chancen, die man nicht verpassen darf. Der, dem Fil den Tisch vor die Füße gekippt hatte. Sie waren zwar nicht befreundet, aber vielleicht könnte er ihr etwas sagen.

Giuliana schrieb sich die Adresse auf. Sie sagte, sie würde ihn auf dem Laufenden halten, über jeden einzelnen Schritt.

So ist es tatsächlich, dachte sie beim Auflegen. Jeden einzelnen Schritt. Jeremy war zwar nicht wirklich anwesend, doch wie sie jetzt durch den klaren, windigen Londoner Morgen ging, die lärmenden, vollen Straßen dieser Stadt entlang, die ihr kein bisschen gefiel und die ihr feindselig erschien, war ihr, als wäre sie nicht ganz allein. Ihr war, als wäre Jeremy in diesem soeben begonnenen Abenteuer bei ihr und als gingen sie Seite an Seite, *Schritt für Schritt*, wie auf den stillen, mondbeschienenen Wegen von Stanford.

Roger Sheffield wohnte in der Stadtmitte. Er empfing Giuliana in seiner vollkommen weiß gestrichenen Wohnung, in der selbst die Möbel und die Innentreppe weiß waren. Sie bestand aus zwei Ebenen und lag an einer Ecke der Upper Thames Street, von wo aus man die Millennium Bridge, das braune, strudelnde Wasser des Flusses und in der Ferne die wuchtige, rotbraune Silhouette der Tate Modern sehen konnte.

Als sie klingelte, öffnete er ihr in einem dunkelblauen Mantel mit hochgeschlagenem Kragen, dazu trug er einen karierten, eng um den Hals geknoteten Schal. Giuliana fand, er sah aus wie ein Erhängter, wenn auch wie ein sehr vornehmer.

»Es tut mir leid, Sie sind wohl gerade auf dem Sprung…«, entschuldigte sich Giuliana und blieb auf der Schwelle stehen. Dann sagte sie, wer sie war und weshalb sie hier war.

»Ja, ich bin eigentlich auf dem Sprung… aber kommen Sie doch herein.«

»Aber wenn Sie es eilig haben… Ich wollte nur…«

»Einen kleinen Augenblick habe ich, keine Sorge.«

Der junge Erhängte kehrte in die Wohnung zurück und ließ sich schlaff auf ein weißes Sofa im Eingang fallen. Ein riesiger Eingang mit einer fünf Meter hohen Decke, von der ein mächtiger, barocker Kristallkronleuchter hing. Das Sofa hingegen war streng und kantig wie ein Mondrianbild.

Giuliana nahm in dem Sessel gegenüber Platz und versank in riesigen, daunengefüllten rotgoldenen Damastkissen: der einzige Farbfleck weit und breit. Ein großer Gipspapagei starrte sie aus einer Ecke des Raumes an. Eine Art häuslicher Wasserspeier in Großformat. Natürlich weiß.

Roger schlug die Beine übereinander. Er trug graue Wollhosen, die in einem schmalen Aufschlag endeten. Sein blassrosa Teint war durchscheinend wie Porzellan. Er hatte etwas Leichenhaftes an sich. Ein großer, knochiger Junge, ein Skelett mit kurzem, lockigem, streng gestutztem Haarschopf. Giuliana musste an Jeremys wirre, fröhliche Locken denken.

Sie fragte, ob er etwas von Fil gehört habe, und wollte hinzufügen, ob er seinen Wohnort kenne, doch dazu kam sie nicht.

»Cantirami… das ist vielleicht einer.« Sogleich erzählte er ihr, dass sie sich an einem Abend heftig gestritten hatten.

Nichts Schlimmes, Wirtschaftszeugs: »Cantirami kommt mir mit Chartalismus, mit Afrika, wettert gegen Keynes. Mir stellen sich die Haare auf, was soll das? Ein Thatcherist? Ein Monetarist? Ich weiß nicht, ob Sie verstehen, was ich meine …«

Nein, in diesem Wortwust hatte sie nur das Wort »Haare« verstanden.

»Sei's drum, ein Genie, Ihr Neffe. Einer mit Ideen. Mit den falschen, aber immerhin hat er welche.«

»Ach, ja … finden Sie? Das freut mich«, murmelte Giuliana.

Obwohl dieser Bursche nur halb so alt war wie sie, machte er sie befangen. Daran war auch ganz wesentlich der riesige Papagei schuld. Wozu stellt man sich bloß so ein glotzendes Ding ins Haus? Sie konnte den Blick dieser ausdruckslosen Augen förmlich spüren, diesen krummen, halb geöffneten Schnabel, der drohend über ihrem Kopf hing, als wollte er auf sie einhacken. Und all dieses Weiß, selbst an den Wänden.

»Ein bisschen hochnäsig. Eingebildet, würde ich sagen«, fuhr Roger fort. »Mit dieser distanzierten Art, als wäre er ganz woanders. Aber ein Genie. Einer mit ganz eigenen Ideen. Die falschen, aber immerhin …«

Ein bisschen repetitiv, dachte Giuliana. Obsessiv. Sie musterte diesen durchscheinenden, ruckartig redenden, nervös gestikulierenden Jungen. Ständig zwirbelte er in seinen allzu kurzen Locken herum.

»Ich habe mich gefragt, ob Sie vielleicht wissen, wo ich ihn jetzt finden kann.«

»Cantirami? Machen Sie Witze? Einer, der auf dicke Hose macht, der nie da ist, nicht ans Telefon geht, unauffindbar ist. Er lässt das Handy abgeschaltet, er lässt den Laptop abgeschaltet. Er lässt alles abgeschaltet, und so …«

»Und so …«

»Na ja, und so ist es kein Wunder, wenn … Es heißt, er hätte einen Job im Ausland gefunden. Er sei Knall auf Fall weggegangen, weil man ihn Gott weiß wohin gerufen hat, um weiß der Geier was zu tun. Andere meinen, er habe sich nie wegbewegt und arbeite irgendwo hier in der Nähe. Aber wenn er abgehauen ist, wird er seine mehr als triftigen Gründe dafür gehabt haben. Einer, der sich für einen Gott hält, macht nicht einfach nichts, wenn Sie wissen, was ich meine.«

Inzwischen war Giuliana klar, dass Roger nichts von den Schafen wusste. Umso besser, dachte sie. Diese Begegnung brachte ihr nichts, sie lieferte keines der noch fehlenden Mosaiksteinchen. Ermittlungstechnisch gesehen ein echter Flop. Geduld war gefragt. Giuliana sagte nichts und blickte durch die modernen Glasfronten hinaus. Es war nur Himmel zu sehen. Darunter das braune Wasser der Themse.

»Es tut mir leid, mehr weiß ich nicht«, fuhr Roger fort und nahm ihr die letzte Hoffnung. »Ich habe ihn seit einer Ewigkeit nicht mehr gesehen. Er ist noch nicht mal auf Facebook. Ich weiß nicht, ob Sie wissen, was das heißt, heute nicht auf Facebook zu sein.«

Roger rutschte auf dem Sofa herum. War er nervös? War das Sofa unbequem? Er klappte den Mantelkragen hoch und runter. Er lockerte den karierten Schal und zurrte ihn wieder fest.

»Ich meine, auch um Karriere zu machen. Man kann nicht einfach drauf scheißen, nicht antworten, nie seine Mails checken. Seine Sache, klar. Aber so gehen einem auch die Beziehungen flöten, ich meine, die nützlichen. Entschuldige, ich hab deine Nachricht nicht gelesen, entschuldige, ich skype nicht. Na, dann beschwer dich nicht. In Wirklichkeit war Filippo Cantirami – mit Verlaub – nur ein beschissener Adliger.«

»Aber … nein, also das … hören Sie, da irren Sie sich, glauben Sie mir.«

Giuliana hatte das Gefühl, mit der falschen Person am falschen Ort zu sein. Wie in der Löwengrube. Je eher sie hier rauskam, desto besser.

»Bestimmt irre ich mich«, fuhr Roger fort. »Für mich war's total okay… ich meine, zum Beispiel: Zu den Tagungen in Boston oder in Yale haben sie mich geschickt, nicht ihn. Und auch in den Zeitschriften, also in denen, auf die es ankam… Wer veröffentlichte? Ich. Ich bin schon bei neunzehn Artikeln. Cantirami? Weiß ich nicht, keine Ahnung. Einer, der sich nicht an die Regeln hält, ein Exzentriker. Nach dem Motto Genie und Ungehorsam, wissen Sie? Nur, dass so einer am Ende in die Röhre guckt. Und wenn er es merkt… wissen Sie, was? Wissen Sie, wieso er gegangen ist?«

»Nein, warum?«

»Aus Neid!«

»Aus Neid?«

»Na ja, ich meine… Einer, der so toll ist, geschenkt… Aber am Ende… die anderen kamen weiter, und er… Ich sollte Ihnen das nicht sagen, immerhin ist er Ihr Neffe, aber Sie sind hier, um Bescheid zu wissen, oder? Ja, Neid… Deshalb konnte er mich nicht leiden, deshalb haben wir gestritten. Wissen Sie?«

Giuliana wusste einen Dreck. Sie verspürte nur einen beklommenen, traurigen Groll. Sie stieß einen langen Seufzer aus. Als mangelte es ihr an Sauerstoff. Eigentlich mangelte es ihr an allem, nicht nur an Sauerstoff. Sie fragte sich, wo sie enden würde, in welcher Grotte des Universums. In all diesem Weiß sah sie nichts als Dunkel, einfach unglaublich. Sie wollte nur raus. Das Bild, das ihr von ihrem Neffen in diesem eisigen, nichtsfarbenen Haus vorgehalten wurde, war zu erschreckend: neidisch und hochnäsig und dazu leicht frustriert.

Hastig wiederholte sie die Frage, wegen der sie gekommen war: Ob er die aktuelle Adresse ihres Neffen Fil kannte.

»Also, das nicht. Nein, die Adresse habe ich nicht!«

Roger klang verschnupft, als hätte er die Frage in den falschen Hals bekommen. Eine derart läppische, geradezu dämliche Frage: Ob er eine dämliche Adresse kannte.

Er stand auf, schlug den Kragen seines Mantels hoch, wobei er tunlichst darauf achtete, dass er fest stand, zog den Schal mit einer geschickten, offenbar tausendmal vollführten Bewegung noch ein wenig fester, öffnete Giuliana die Tür und trat mit ihr auf die Eingangsstufen hinaus. Erst da sagte er, wie von einem Geistesblitz getroffen: »Jetzt hab ich's! Wissen Sie, wen Sie fragen könnten? Fiona! Wenn Sie wollen, geb' ich Ihnen ihre Adresse.«

»Fiona?«

»Fiona Lotman. Sie war seine Freudin. Vielleicht ist sie es noch immer, keine Ahnung …«

Wenn Fil als kleiner Junge eine kleine Freundin hatte, fragte seine Mutter ihn nie, wie sie war, ob sie blonde oder braune Haare hatte oder ob sie gerne Pfefferminzschokolade aß. Nein, sie wollte den Nachnamen wissen. Das war das Erste, woran Giuliana denken musste, als sie Rogers Haus verließ. »Und wie heißt sie mit Nachnamen?«, fragte ihre Schwägerin Nisina sofort, und der arme Fil kam mit geknickter, frustrierter Miene zu ihr und fragte: »Tante Giù, ist es eigentlich okay, dass Mama mich nach den Nachnamen fragt?«. »Nein, das ist weder okay noch falsch, Fil, es ist einfach so. Deine Mama *ist so.*«

Fiona.

Fiona Lotman.

Und wer war das? Im Hause Cantirami hatte Giuliana diesen Namen nie gehört, und auch bei Jeremy nicht. Sofort rief sie bei ihr an, um sich zu verabreden, und sie hatte Glück: Fiona meinte, sie sei gerade auf dem Sprung und würde erst am nächsten Tag wiederkommen, wenn es dringend sei, müsse Giuliana sich beeilen. Der Stimme nach war sie weder nett noch nicht nett, eher neutral.

Wenige Minuten später war Giuliana mit dem Taxi dort. Ehe sie bei Fiona klingelte, rief sie Jeremy an. Sie nahm sich sozusagen einen Augenblick Zeit, um mit ihrem Kompagnon zu reden. Sie wollte ihn hören. Wenigstens seine Stimme, das brauchte sie jetzt. Und ihn über den Stand der Ermittlungen zu informieren. Genau das Wort fiel ihr dazu ein: Ermittlungen. Es gefiel ihr.

»Hör mal, Jeremy, hier alles gut. Aber Roger hat keine Ahnung, wo Fil wohnt, wir sind also genauso schlau wie vorher.«

»Wie? Ich kann nichts verstehen …«

»Was? Ja, du hast recht, ich höre dich auch ganz schlecht. Ich wollte dir noch sagen, dass er laut Roger ein Genie ist. Nur neben der Spur und ein bisschen neidisch. Ein abgedrehtes, neidisches Genie. Das zumindest denkt Roger.«

»Ja, aber … Wen juckt's, was Roger denkt?«

»Niemanden, aber weil du dachtest, Fil hätte es nicht geschafft …«

»Hätte was nicht geschafft?«

»Na ja. Weißt du noch, dass du gesagt hast, deiner Meinung nach hätte er hingeschmissen?«

»Ah, so meinst du das …«

»Na schön, vergiss es. Wir hören uns später. Aber Neid leuchtet mir wirklich gar nicht ein, absolut nicht. Als ob Fil jemanden wie Roger beneiden würde. Und außerdem, wer geht schon weg, weil er jemanden beneidet? Wenn überhaupt, geht man, weil man jemanden nicht ausstehen kann! Das ist es, Fil konnte Roger nicht ausstehen und hat hingeschmissen. Also, nicht hingeschmissen, ich meine … Wie auch immer, wir reden später drüber. Jetzt bin ich auf dem Weg zu einer gewissen Fiona, weil Roger meinte, sie könnte was wissen.«

»Ach ja, Fiona.«

»Wie, du weißt, wer das ist? Wieso hast du mir das nicht erzählt?«

»Halt so, es erschien mir nicht wichtig …«, meinte Jeremy, und sein lakonischer Ton verriet, dass es eben doch wichtig war.

»Aber du wusstest, dass sie seine Freundin war?«

»Na ja… Das wussten alle. Und außerdem ist sie in London ziemlich bekannt. Sie ist die Tochter eines Diplomaten, ein hohes Tier.«

Einigermaßen irritiert legte Giuliana auf. Sie ließ sich die Haustür öffnen, stieg die Treppe hinauf und überlegte, dass Jeremy sich gerade mit seinen Äußerungen und seiner Art, sich bedeckt zu halten, zu einem Assistenten mauserte, nach Vorbild eines Watson für Sherlock Holmes, oder wie Vize Augello für Kommissar Montalbano. Sie musste schmunzeln.

Ein Mädchen mit quietschrosa Haaren. Groß, mit einem kurzen schwarzen Jerseykleidchen, grünen Springerstiefeln, einer kleinen, geradezu eleganten silbernen Perle im Nasenflügel und einer tätowierten Eidechse auf dem Handgelenk. Doch die sah Giuliana erst später, als sie sich im Wohnzimmer unterhielten.

Wie konnte das Fils Freundin gewesen sein? Sie war kurz davor, auf dem Absatz kehrtzumachen und zu sagen: »Entschuldigung, ich muss mich geirrt haben.« Aber in was? Es war klar, dass sie sich kein bisschen geirrt hatte. Das war Fiona. Fiona Lotman. Und überhaupt, wollte sie bei den Äußerlichkeiten haltmachen? Was sind schon rosa Haare?

Fiona wohnte in einem großen Loft über den Dächern von London mit riesigen, schrägen Dachflächenfenstern, Sichtgebälk, Vintage-Designmöbeln, Ethno-Nippes, Büchern, buntem Kleinkram, Masken an den Wänden und einem Heer von in den unterschiedlichsten Theaterkostümen ausstaffierten Schneiderpuppen. Hübsche Wohnung, keine Frage.

»Setz dich, wohin du willst«, sagte Fiona und setzte sich – besser gesagt fläzte sich – aufs Sofa, die Springerstiefel auf den Kissen.

Giuliana hockte sich auf eine Sesselkante, als wollte sie so wenig Raum wie möglich einnehmen.

Es roch nach Blumen und Gewürzen. Ein bittersüßer Geruch, von dem man nicht wusste, woher er kam. Die Sonne schien durch die großen Fensterschrägen und machte den Staub sichtbar.

»Fil? Ja, wir waren zusammen.« Pause. »Zwei, drei Jahre.« Ende. Mehr sagte sie nicht. Gleichgültig, abwesend. Aber auch verschmitzt. Jetzt inspizierte sie ihre Fingernägel. Giuliana musste sich den Mund fusselig reden, um sie aus der Reserve zu locken. Schließlich änderte Fiona ihren Ton. Sie hörte auf, auf ihre Fingernägel zu starren, fragte, ob Giuliana was trinken wolle, machte beiden einen Aperitif auf Rumbasis und ein Tellerchen mit eingelegten wilden Kapern zurecht, setzte sich wieder, zog die Springerstiefel unter den Po und begann, an dem Rumzeugs nippend, zu erzählen:

»Willst du wissen, wie ich ihn kennengelernt habe? Hast du Lust? Zum Totlachen. Ich war mit Kumpels von der Bewegung zusammen, wir standen auf der Treppe. Wir spielten eine Szene. Gerade war irgendwo ein G8-Gipfel gewesen. Wir Mädchen waren die versklavten Angestellten und tippten wie auf zahllosen Schreibmaschinen in der Luft herum. Die Jungs waren angezogen wie an der Wall Street, Börse, Finanzwelt, Broker, wie diese Anzugträger, diese jungen Manager, wie Arschlöcher halt. Weil die Arbeit so elend war, haben wir uns dann in den Kopf geschossen und kehrten dann als Engelchen mit Flügeln zurück, um alle zum Teufel zu jagen.«

Fiona hielt einen Moment inne. Sie griff nach einer Zigarette und zündete sie an. Giuliana musterte sie. Viel hatte sie nicht verstanden. Wie gern hätte sie sich das eine oder andere näher erklären lassen, zum Beispiel, wo sich das Ganze abgespielt hatte und wann, in welchem Jahr, auf welcher Treppe und von welcher Bewegung sie redete. Aber nun ja, das Wichtigste war, dass sie zum Kern der Sache kam und ihr von Fil erzählte. Und tatsächlich:

»Na ja, ich habe halt gearbeitet. Und weißt du, wen ich da im Publikum entdecke? Deinen Fil. Der Einzige, der nicht klatschte. Er stand da wie ein Stockfisch, die Hände in den Taschen, und starrte mich an. Mit so einer Miene…! Gespuckt, so wie die Arschlöcher von der Wall Street. Ganz genau so! Jackett und Krawatte, sogar graue Hosen. Es nervte mich, dass er nicht applaudierte, ich konnte es nicht glauben. Da sagte ich mir: Den schnapp' ich mir! Ich ging zu ihm, stellte mich vor ihn hin und machte ihm einen Monster-Striptease, klar? Natürlich alles nur gespielt. Aber wirkungsvoll. Ich schlenkerte wild mit den Haaren herum, packte ihn beim Jackettkragen, tat so, als wolle ich ihn küssen, und ließ ihn mit einem Schlag zu Boden gehen. Ein Karategriff, nichts Besonderes, aber wenn man nicht damit rechnet, haut's einen um. Wir machen das immer beim Theater. Ich studiere nämlich Theater, ich weiß nicht, ob ich das schon erwähnt habe.«

Giuliana nickt stumm.

»Dann war die kleine Show vorbei. Applaus. Wir gingen mit dem Hut rum und machten ein bisschen Kleingeld. Und dann verbeugte ich mich vor ihm. Eine Bühnenverbeugung, wie zum Dank. Tja, du kannst dir nicht vorstellen, was dann passiert. Kurz vorher war er noch so sauer, dass er mich am liebsten in der Luft zerrissen hätte, doch dann wurde er weich. Er nahm meine Hand, hob mein Kinn und sah mich an. Einfach so. Ganz tief und eindringlich, weißt du? Und ich guckte zurück, die Genugtuung wollte ich ihm nicht geben. ›Bist du ein beschissener BWL-Student?‹, fragte ich. Und er: ›Ja. Und was bist du? Das, wonach du aussiehst?‹ Von da an waren wir immer zusammen. Eine riesige Sache, das mit deinem Neffen, aber dann, na ja… Wer hätte das gedacht? Aber wenn du willst, koche ich uns jetzt was. Oder musst du sofort los?«

»Nein, nein …«

Sie tauten sich einen Cheeseburger mit Pommes auf und aßen ihn im Stehen in der Küche.

»Am Anfang habe ich versucht, ihn in die Bewegung zu holen, aber da war nichts zu machen. Er meinte, ich wäre gar keine echte Globalisierungsgegnerin, denn statt in irgendeinem Park am Stadtrand oder einem Obdachlosenheim zu kampieren, wohnte ich in diesem Dachgeschoss, das nach verwöhnter amerikanischer Möchtegernkünstlerin aussehe. Aber ich ließ ihn reden.

Oder na ja. Zumindest ging es ziemlich holprig los. Fil hatte alles Mögliche an mir auszusetzen. Sogar die rosa Haare fand er grauenhaft. Und dass ich total falsche Ideen hätte und bis zum Haaransatz voller Gemeinplätze und Joints und Piercing und leerer Floskeln stecke, wie Globalisierung, Pazifismus, Wachstumsrücknahme, Antiglobalisierung, No-Logo … So was eben. Also, am Anfang musste man uns nur zusammenstecken, schon gingen wir in die Luft. Aber das war nicht wirklich so. Da war was zwischen uns … Er war anders, als er schien, und ich … Es gab ein Feeling. Wenn er mir sagte, ich hätte die rundesten Augen der Welt, zum Beispiel … Wir hatten einfach nur unterschiedliche Auffassungen.

Aber ich konnte ihn auch verstehen. Zum Beispiel war er der Ansicht, der Westen sei nicht wegen der Spekulationen irgendwelcher Arschlochbanker oder wegen der Reichen vor die Hunde gegangen, und er meinte, er sei unseren geheuchelten Pauperismus leid, er könne dieses Gelabere von Konsumismus nicht mehr hören … Er war so sauer … Aber je saurer er wurde, desto mehr machte er mich verrückt! Es war, als würde ich den Mond erobern, verstehst du? Es war irgendwie eine Herausforderung. Was soll ich sagen?

Und außerdem war er meistens im Pulli und nicht in Anzug und Krawatte. So einen blauen Marinepulli mit Knöpfen auf der Schulter. Und immer Segelschuhe, selbst bei Schnee hat er die nicht ausgezogen.«

Sie hatte sich noch eine Zigarette angemacht und schnippte die Asche in die feuchte Küchenspüle, wo sie leise aufzischte.

»Ich konnte mir selbst nicht erklären, wieso er mich in diesem Pulli so rührte. Er sah aus wie ein glückloser Seemann: Als hätte ihm jemand sein Boot unterm Arsch weggerissen, ohne dass er es gemerkt hätte, so was in der Art, verstehst du? Er gefiel mir. Und mit diesen Schafen hat er mich echt umgehauen, das muss ich sagen …«

Giuliana horchte auf. Die Schafe, endlich.

»Fil meinte es ernster als wir. Klar, er studiert BWL, aber er denkt nicht dran, Wirtschaftswissenschaftler zu werden! Einer, der die Welt verändern will. Ich habe mir gesagt: Pass auf, am Ende ist er noch der wahre Revolutionär. Du weißt doch, diese Stelle im *Manifest* …«

»Nein, gerade nicht …«, nuschelte Giuliana.

»Egal, ich such's dir gleich raus … Schade nur, dass er es dann doch sein ließ.«

»Wer, Marx?«

»Fil! Für ihn war immer alles zu kompliziert. Jedesmal kam er wieder mit seinem Sätzchen: ›Wozu überhaupt?‹ Zu schüchtern, verstehst du? Zu … nett. Genau, zu nett. Zum Beispiel meine rosa Haare. Ich habe dir ja gesagt, dass er nicht besonders drauf stand, er meinte: ›Wozu färbt man sich überhaupt die Haare oder zieht sich einen Ring durch die Nase?‹ Er konnte auch hart sein. Aber dann war er wieder ganz sanft und versöhnlich und erklärte einem, was er meinte, weißt du? Dann sagte er, er glaube, man könne es anders angehen, wenn man denn schon rebellieren wollte. Und ich sagte: ›Auch wenn man weiter BWL macht?‹ Um ihn zu provozieren, sonst nichts.«

Giuliana sah Fiona an. Wie sie dort in der Küche stand, am Kühlschrank lehnte und eine Kippe nach der anderen rauchte, kam sie ihr wie ein liebes Mädchen vor. Und ein sehr verletzliches, trotz des Stylings und der Ausdrucksweise.

Sie dachte an die Cantiramis, die während des Golfkrieges brav die Regenbogenflagge an den Balkon gehängt hatten. Besser, die Flaggen … Sechs Balkone, sechs Flaggen. Das hatte Gheri gewollt, die von No-Global einen Haufen Ahnung hatte. Fil nicht, er hatte immer einen großen Bogen drum gemacht; nicht, weil die Leute ihm unsympathisch waren, sondern einfach so. Gheri hingegen hatte scharenweise diese Kids mit nach Hause gebracht. Sie gehörten keiner richtigen Bewegung an. Sie waren … beliebig: beliebig pazifistisch, antiamerikanisch, ökologisch, antiprohibitionistisch. Alles zusammengeschmissen und durchgequirlt. Mit denen traf sich Gheri, zusammen mit ihrer Freundin Elda. Hin und wieder gingen sie auf irgendeine Demo, sogar nach Rom oder Paris; sie nahmen den Zug und mischten sich unters große Volk von Seattle, das nach dem Angriff auf die Zwillingstürme riesig geworden war.

Schade bloß, dass die aufgehängten Flaggen so grau wurden! Monatelang im Smog … Giuliana sah sie matt und tot an den Fenstern bei ihrem Bruder und ihrer Schwägerin hängen. Je farbloser sie wurden, desto trauriger wirkten sie. Am Ende flatterten sie als verschossene Fetzen im Nebel.

Doch jetzt, in der Küche dieses Mädchens mit den pinkfarbenen Haaren, erfuhr sie, dass Fil ein Revolutionär war, und was für einer. Fiona war mit ihrer Zigarette fertig und sagte: »Na komm, ich hol dir Marx …« Sie kam mit einem mit Dutzenden Eselsohren gespickten Band zurück, blätterte darin herum und stieß ein freudiges Quietschen aus. Sie hatte es gefunden. Es war nicht das *Manifest*, sie hatte sich geirrt. Es waren *Die Thesen über Feuerbach*, die elfte. Sie hielt Giuliana eine eifrig unterstrichene Seite hin. »Lies.« Und Giuliana las:

»Die Philosophen haben die Welt nur verschieden interpretiert, es kommt darauf an, sie zu verändern«.

Seltsam, diese Fiona, die ihr am Spülbecken zwischen einer Zigarette und der nächsten Marx unter die Nase hielt. Und seltsam auch ihr Neffe … Sie stellte ihn sich mit einem altmodischen Rauschebart vor.

»Hört ihr noch voneinander, Fil und du?«, fragte sie. Irgendwann musste man ja schließlich mal zum Ende kommen.

Fiona verneinte und senkte den Blick.

»Wir haben nie Schluss gemacht, auch, weil wir nie zusammen waren. Sagen wir, wir haben uns nicht mehr so oft gesehen. Manchmal sind wir, ich und die anderen von Occupy Wall Street, sonntags zu Fil auf die Felder gegangen. Das haben wir ein Weilchen gemacht. Da haben wir dann unsere Zelte aufgestellt. Manchmal sind wir auch eine Woche geblieben. Die Ländereien waren ja so groß … Aber weißt du, was? Ehrlich gesagt, gingen mir diese ganzen Schafe ziemlich auf den Keks. Es ist ja in Ordnung, für was einzustehen, aber Fil hat echt übertrieben. Ich meine, die Schafe hätte er sich sparen können. Irgendwann hatte ich die Faxen dicke. Ich war gerne bei ihm, aber die Schafe – nein, danke. Wenn er sie hüten oder den Stall ausmisten musste, bin ich zu Hause geblieben.«

Bis zu dem Wort »Schaf« war alles kein Problem, bis dahin hatte Giuliana ihr gut folgen können. Sie freute sich sogar, dass Fiona von den Schafen wusste: Das war die erste Bestätigung für Jeremys wirre, nebulöse Erzählung, das erste Mosaiksteinchen ihrer Pseudoermittlungen. Jetzt wusste sie, dass es die Schafe in Fils Leben wirklich gab, sie waren keine Erfindung und auch kein Hirngespinst. Gut. Doch die Worte »Felder«, »Zelte«, »Ländereien«, »Schafstall«, »hüten« lösten in ihr ein komisches Gefühl aus. Für solche Worte war sie nicht bereit. Was sollte das sein, ein Dokumentarfilm über das Landleben? Doch sie hielt sich zurück. Sie ließ nicht durchblicken, welches Chaos in ihr herrschte. Sie wartete, beschloss, noch ein wenig

Zeit vergehen zu lassen, damit die Dinge sich klarer entfalten konnten. Und die ahnungslose Fiona redete weiter:

»Ich habe immer gepennt, wenn ich bei ihm war, oder ein Video geguckt und Nüsse geknabbert. Irgendwann sind wir von Occupy nicht mehr zu Fil gefahren. Es war sowieso klar, dass er kein bisschen darauf stand, da draußen am Wochenende von uns und unseren Zelten überrannt zu werden. Thomas meinte, das würde die Schafe nervös machen … Na ja, Schafe sind Schafe, die sagen nichts. Aber man sieht es ihnen an, dass sie durcheinander sind und nicht friedlich grasen. Das meinte Thomas. Und am Ende haben wir Fil und seine Schafe zum Teufel geschickt … und Thomas auch.«

»Entschuldige, aber wer ist Thomas?«

»Der Hirte. Der Hirte des Duke.«

»Welcher Duke?«

»Wie, das weißt du nicht?«

»Ich weiß was nicht?«

»Wo Fil lebt …«

»Nein … Wo lebt Fil denn?«

KAPITEL 9

Künstler oder Ökonom?

In dieser Ecke Londons war es heiß und betriebsam. Verkehr, Lärm. Es roch nach versengtem Asphalt. Wie einen kleinen, hart erkämpften Schatz umklammerte Giuliana den Zettel, auf den Fiona die Adresse notiert hatte.

Zuallererst rief sie Jeremy an und nicht ihren Bruder. Überschwänglich, fast brutal schrie sie ihm ins Ohr: »Jeremy, weißt du, wo Fil wohnt?«

»Wo?«

Jeremy hatte gerade auf dem Sofa der Großmutter vor sich hin gedöst und sein »wo« klang ein wenig heiser.

»Er wohnt in Bleckway!«

»Wo?«

»In Bleckway!«

»Und wo soll das sein?«

Am anderen Ende der Handyleitung hing ein verdatterter Jeremy: Diesen Ortsnamen hatte er noch nie gehört. Und was sollte das überhaupt heißen, dass Fil nicht einmal mehr in London wohnte? Seit wann?

»Hundert Kilometer von London weg! Auf dem Land, in Oxfordshire! Das muss ein ganz irrer Ort sein, mit einem Prinzen! Oder einem Herzog, ich weiß es nicht, der in einem Palast wohnt, in einem Schloss …«

Nachdem sie Jeremy auf den neuesten Stand gebracht hatte, gönnte sich Giuliana eine kleine Extratour an die Themse. Einfach so, um zu feiern, dass sie Fil gefunden hatte, zumindest seine Adresse. Extratouren waren für sie immer eine Freude, eine Art, sich das Leben zurückzuholen, es fließen zu spüren, wie den Fluss, an dem sie gerade entlangging. Sie musste sich entspannen, die Gedanken ordnen, wieder einen klaren Kopf kriegen.

Dann nahm sie den Bus nach Oxford, und während sie dort am Fenster saß und die Landschaft an sich vorbeifliegen sah, versuchte sie sich in ihre neuen, vertrackten Überlegungen zu versenken.

Sie hatte nie über Dinge wie Staatsverschuldung, Hochfinanz, Bruttoinlandsprodukt oder Spekulationsblasen nachgedacht … Und vor allem hatte sie nie darüber nachgedacht, dass Fil ein BWL-Student war. Natürlich wusste sie es. Klar. Aber sie hatte nie überlegt, was das bedeutete, was es hieß, *BWL zu studieren* und sich mit Analysen, Gedanken und Fragestellungen wirtschaftlicher Natur auseinanderzusetzen.

Wieso hatte Fil sich für Wirtschaft entschieden?

Während sie still auf ihrem Sitz saß, durchkämmte sie ihre Erinnerung nach den Gründen, Wegen und Etappen dieser Entscheidung. Sie erinnerte sich, dass sie ihm irgendwann, als er kurz vor der Einschreibung war, gesagt hatte: »Bist du dir auch wirklich sicher?«

Nur das: »Bist du dir auch wirklich sicher?«

Während eines Abendessens bei ihrem Bruder und ihrer Schwägerin, und Fil war dabei. Ihre arglose, völlig neutrale Frage löste ein Donnerwetter aus. Es war ein Frühlingsabend. Filippo sollte im Juli Abi machen und dann wäre er mit seinen Freunden auf die Kykladen gefahren, um ein Segelboot zu mieten und zwischen den Inselchen umherzucruisen. An dem Abend auf der Terrasse hatte sein Vater ihn gefragt: »Und was willst du jetzt machen, Filippo, BWL?«

Die Antwort hatte gelautet: »Ja, denke ich mal …«

Und die Gegenantwort: »Großartig, mein Sohn, großartig!«

Zwischen einem Gang und dem nächsten hatte Nisina angemerkt, dass der Jüngere von den Bugellatos ebenfalls BWL studiere, und auch der Älteste von den Santafiores.

»Ach, nein!«, hatte Guido gesagt.

»Doch, die Marci hat's mir gerade neulich abends gesagt.«

Wo er BWL studieren würde, stand natürlich außer Frage: an der Bocconi, na klar.

Und dann kam es. Giuliana wusste es noch wie heute. Sie waren entspannt beim Essen gewesen. Und dann hatte sie diese Frage gestellt, die einschlug wie eine Bombe.

»Bist du dir auch wirklich sicher, Fil?«

Nur das hatte sie gefragt. Es erschien ihr so abwegig, dass ihr Neffe an der Bocconi studieren sollte. Wie ein New Yorker Wolkenkratzer im Urwald, von Lianen umwachsen. Oder ein Zebra, das in einem Garten steht und Rosen frisst. Der Fehler hatte darin bestanden, das Thema beim Abendessen anzuschneiden, wo die ganze Familie beisammensaß. Sie hätte Fil zur Seite nehmen und unter vier Augen mit ihm reden sollen. Aber nein … Hinterher blieb ihr ein bitterer, missmutiger Nachgeschmack, ein Gefühl der Unzulänglichkeit. So als meinten wir, jemandem etwas Wichtiges sagen zu müssen, das sein Leben ändern könnte, und obwohl wir dieses drängende Bedürfnis verspüren, tun wir es nicht, aus Faulheit, Zerstreutheit, Bequemlichkeit oder aus verfehlter Zurückhaltung. Und dann fragen wir uns jahrelang, was gewesen wäre, wenn wir es ihm gesagt hätten.

Wie auch immer, Giuliana dachte bei sich, dass sie Fil davon hätte abbringen sollen, BWL zu studieren, und ihm hätte sagen sollen, er solle sich in Sicherheit bringen. Doch dann fragte sie sich: in Sicherheit wovor?

Im Grunde war es ganz normal: Alle machten etwas mit BWL oder was in der Art: Jura, Wirtschaftsingenieurwesen, Industriekaufmann … Was war das? Eine Art unsichtbares Netz, das über unseren Köpfen hing? Nur sinnvolle Studienfächer, nur gesicherte Positionen. Literatur und Philosophie waren überflüssiger Schnickschnack. Überholter Firlefanz.

Deshalb hatte Fil bei der Entscheidung, was er nach dem Abi machen sollte, keine Zweifel gehabt: Aus dem einfachen Grund, dass es nichts zu entscheiden gab. Es war, als hätte irgendwo im Universum bereits jemand für ihn entschieden. Er musste nur die *Bestätigen*-Taste drücken.

Umso mehr hätte sie ihn warnen müssen, die Taste nicht zu drücken. Sie hätte ihm einen Rettungsring zuwerfen müssen. Aber welchen? Und wieso überhaupt? An dem Abend, das wusste sie noch ganz genau, hatte sie das Thema auf einen Film gelenkt, den sie besonders mochte, in dem eine Frau, die mit Mann und Kindern auf einem Ausflug unterwegs ist, an der Raststätte vergessen wird und von da an ein neues, vollkommen anderes Leben entdeckt. *Brot und Tulpen.* Vielleicht war es ihre Art gewesen, Fil eine Botschaft zukommen zu lassen. Doch wieso war sie so indirekt und nebulös gewesen? Und auch ein bisschen feige. Konnte sie die Dinge nicht beim Namen nennen? Statt zu hoffen, Fil würde den versteckten Sinn, die Metaphorik ihrer Anspielungen, erkennen. Hätte sie nicht offen reden können, Herrgott noch mal? Nein, sie hatte sich lieber kryptisch ausgedrückt und damit begnügt zu sagen, wie schön es doch sei, an einer Raststätte vergessen zu werden und zuzusehen, wie der Bus mit der ganzen Familie an Bord davonfährt, und man selbst bleibt allein zurück, frei und ungebunden ...

War Fil jemals frei und ungebunden gewesen?

Ja, offenbar schon, natürlich. Giuliana sah es ganz deutlich, es war ihre Generation gewesen ... vor allem die ihres Bruders. Regeln, Autoritäten, Grenzen – alles niedergemacht. Keine Ecken, Kanten und Geraden mehr. Nein, alles ganz flauschig, leicht, sinnlich… So war es seit vierzig Jahren. Schön. Es herrschte ein einziges Chaos, aber es war schön. Und sehr viel lustiger. Weniger eng. Es gab Platz für alle. Eine sehr viel großzügigere Vorstellung von Demokratie. Und deshalb waren alle in demokratischer Hinsicht überzeugt, frei zu sein.

Aber vielleicht stimmte das nicht. Vielleicht stimmte das ganz und gar nicht.

Die jungen Leute mochten um fünf Uhr früh nach Hause kommen. Sie mochten auch eine Freundin zum Übernachten nach Hause mitbringen, und die Mutter machte das Bett für zwei und brachte ihnen sogar das Frühstück. Das war alles drin. Aber wenn es zu den entscheidenden Fragen kam, wenn es darum ging, über ihr Leben zu entscheiden, tja… da waren sie so bedrängt, so… eingeengt! Gefangen in starren Mustern und Netzen. Eisernen Fangnetzen, die ein Countdown plötzlich zuschnappen ließ, und dann zappelten alle in ihren Maschen.

Giuliana dachte an Fils Kindheit. Manchmal war ihr Bruder nach dem Abendessen ins Kinderzimmer gestürzt, um mit dem Jungen über die Geschehnisse des Tages zu reden, über Politik und Wirtschaft. Auch über Finanzen. Er las ihm Artikel aus der *Financial Times* vor. Die *Financial Times*! Auf Englisch… Mit übertriebenem Akzent deklamierte er aus der Zeitung, und der liebe Junge saß ganz still daneben. Er mochte vielleicht zwölf gewesen sein. Er war groß und dürr, mit einem leichten Flaum auf der Oberlippe, und trug noch T-Shirts mit Sylvester, Snoopy und Spiderman drauf. Aber Guido war davon überzeugt, dass man ihm den Weg weisen müsse. So nannte er das: den Weg weisen. Aber welchen Weg? Wo sollte der Weg denn münden?

Manchmal war Giuliana mit im Zimmer. Fil setzte sich die Ohrstöpsel in die Ohren und sah durchs Fenster den vorbeifahrenden LKW nach. Wenn sein Vater mit der *FT* in der

Hand ins Zimmer platzte, fuhr er zusammen. Er wusste, dass er gekommen war, um ihm eine bestimmte Frage zur Prüfung zu unterbreiten. Giuliana hatte noch genau vor Augen, wie ihr Bruder hereinkam und in seiner typischen Art sagte, obwohl es falsch war: »Hör mal, Filippo, ich bin gekommen, um dir eine Frage zur Prüfung zu unterbreiten…« *Zur Prüfung zu unterbreiten*, was, bitte, sollte das heißen? Klar, dass man sich dann für Wirtschaft einschreibt.

War Fil frei gewesen? Hatte man ihn gedrängt? Wer vermochte das schon zu sagen?

Gut, in Ordnung, kein Panzer war je gegen ihn und seine Entscheidungen aufgefahren, im Gegenteil… Ständig sagten ihm alle, er könne sich völlig frei entscheiden. Völlig frei! Aber völlig frei wovon?

Tatsächlich war Fil so geboren: Er war gerne brav. Und das war er auch, keine Frage, er war wirklich ein braver Junge. Fleißig, ruhig. Aber vor allem war er es gern. Es gefiel ihm, *als brav zu gelten*, mehr noch, *brav zu sein*. Zu hören, dass alle um ihn herum zufrieden mit ihm waren, insbesondere die Familie… Das fand er am allertollsten: zu entsprechen. Genau dem zu entsprechen, was die anderen von ihm wollten, damit übereinzustimmen. Wie zwei Bildchen, die genau zusammenpassen, wenn man sie übereinanderlegt. Keine Probleme bereiten, ja, mehr noch, die anderen glücklich machen, allesamt. Denn es ist schön, von der Freude der anderen zu leben.

Giuliana kannte dieses Gefühl innerer Befriedigung gut, denn sie hatte ihr ganzes Leben lang dagegen angekämpft, es sich ausgetrieben, sich verboten, es zu empfinden. Sie hatte das Gegenteil getan: Sie hatte alle unzufrieden gemacht. Wie von einer Schnur gezogen, drängte es sie in die Gegenrichtung, und sie hatte nachgegeben. Doch sie kannte diesen Rausch, dieses Glück, anderen zu gefallen, es ihnen recht zu machen… Wie in dieser Erzählung von Asimov: der nette, beflissene kleine

Roboter, der furchtbare Lügen erzählt, um die Menschen glücklich zu machen.

Die innere Befriedigung, anderen zu gefallen, ihren Wünschen zu entsprechen. Und dafür Lob und Beifall zu bekommen. Das Geschenk der Anerkennung – wie herrlich! Es war eine besondere Art von Glück, das man als »sozial« bezeichnen konnte, um es von dem unberechenbaren, eigenwilligen »individuellen« Glück zu unterscheiden, das sich auf flüchtige, unbeständige Augenblicke beschränkt und allein dem Individuum und seiner persönlichen Willkür zuzuschreiben ist. Das soziale Glück geht von den anderen aus, schlägt sich auf das Individuum nieder und strahlt wieder zu den anderen zurück: Eine Art Welle, deren Endlosbewegung Wohlgefühl verbreitet und zu jener beidseitigen Befriedigung zwischen Menschen führt, die das Gruppengefühl stärkt, Zugehörigkeiten schafft und unser Leben davor bewahrt, leer und sinnlos zu erscheinen.

Das soziale Glück macht, dass wir uns besser fühlen, dachte Giulia. Klar. Wer auf das individuelle Glück setzt, entscheidet sich für ein schwieriges, steiniges Leben. Mag sein, dass ihn das tägliche Bewusstsein seines einsamen Glücks stolzer macht, doch kann er auf keinerlei Sicherheiten zählen.

Und sie, war sie glücklich? Und war sie wirklich stolz? Was war der Preis gewesen? Und der Lohn? Richtig, der Lohn… Ihr kam ein Wort in den Sinn, das so groß war, dass sie es nicht auszusprechen wagte: das Wort »Freiheit«.

Es war also möglich, dass Fil BWL studiert hatte und dann zum Studium nach London gegangen war, um seine Eltern glücklich und damit sich selbst glücklich zu machen. Deshalb hatte er nichts von den Schafen gesagt: Er hätte seine Eltern enttäuscht und alle um ihn herum und folglich sich selbst. Und als das Gebäude seines Lebens ins Wanken geriet, hatte er beschlossen, ihnen etwas vorzumachen. Es ging nicht anders. Er musste das Gebäude aufrechthalten, und das war Jeremys Aufgabe gewesen. Es war zwar nur ein Kartenhaus, aber das genügte: Von Weitem erkennt man eh nichts, man sieht nicht, woraus das Gerüst deines Lebens besteht. Hauptsache, es hält. Es durfte sich nur keiner mehr nähern.

Es war auch ihre Schuld, sagte sich Giuliana, die sich an jenem Abend auf eine einzige, schüchterne Frage beschränkt hatte: »Bist du dir auch wirklich sicher, Fil?«

War es auch ihre Schuld, was dann alles passiert war? Was hätte sie ihm denn raten sollen? Vielleicht, Künstler zu werden?

Ja, genau das war der Punkt. Ihrer Meinung nach sollte Fil Künstler sein. Er *war* ein Künstler. Vielleicht liebte sie ihn so sehr, *weil* er ein Künstler war. Ständig sitzt er da und malt, meinte seine Mutter, als er noch klein war. Malen … zahllose Blätter mit Krikelkrakel füllen. Herumschmieren nannte sie das. Siehst du, wie er herumschmiert? Ständig sitzt er da und schmiert rum, statt … Statt, statt! Sie hingegen liebte es, ihn so zu sehen! Irgendwann hatte sie ihm sogar eine Staffelei gekauft. So eine tragbare aus hellem Holz, die man ruckzuck aufgebaut hat und dann die Leinwand draufstellt. Die ist für dich, Fil … Und Fil stand da und wusste nicht, was er mit dem Ding anfangen sollte, das ganz spinnenbeinig wurde, wenn man es bis zum Anschlag spreizte. Es machte ihm sogar ein wenig Angst. Fil hatte vor allem ein wenig Angst.

Sie lachte, führte seine Hand, die den Pinsel hielt, und zeigte ihm, wie man je nach gewünschtem Effekt die Farben mischte, verdünnte und auf die Leinwand auftrug.

Seltsam, dass zu Anfang alle Impressionisten sind. Vier Pinselstriche, und schon hat man eine »Impression« der Dinge: das Meer, der Himmel … Wenn man klein ist, malt man erst einmal nur Himmel und Meer. Die Welt ist so einfach. Sie besteht nur aus diesen beiden Elementen, herrlich. Dann kommen mit den Jahren Häuser, Straßen, Autos, Nebel, Geräusche, Menschen – schöne, hässliche, gute, böse –, Tiere – gefährliche, zahme, wilde –, Möbel, Sofas, Vorhänge, Schuhe und Schuhschränke hinzu. Ohne dass wir es merken, schleichen sich all diese Dinge ein, und dazu ein wenig Selbstherrlichkeit. Es bedeutet nichts anderes, als dass wir erwachsen geworden sind. Unsere Leinwand füllt sich bis zum Platzen. Doch am Anfang nicht. Am Anfang des Lebens ist alles nur zweigeteilt: Meer oder Himmel, sonst nichts. Man muss sich nur entscheiden. Will man im Wasser oder in der Luft sein. Die Erde kommt nicht vor. Die Erde existiert nicht, wenn man jung ist.

Fil stellte sich hin und malte. Und sie sah zu. Er war sehr gut geworden. Irgendwann hatte er angefangen, berühmte Gemälde zu kopieren. Picasso, Miró, Gauguin, Casorati. Sogar Tizian. Er war originell, hatte einen eigenen Stil … Denn Fil war ein Künstler, das wusste sie genau.

Wusste sie das?

War Fil wirklich ein Künstler? Oder war sie es, die ihn so sah?

Durch wie viele Filter sehen wir die anderen? Und sind wir in der Lage, einen geliebten Menschen zu sehen, wie er ist, ohne ihn so auszustaffieren, wie wir ihn gerne hätten?

Künstler … wieso eigentlich Künstler? Was hatte Fil bis dahin denn Künstlerisches getan? Er hatte gemalt, er hatte abgemalt. Aber hatte er jemals ein Werk geschaffen? Muss man als Künstler zwangsläufig Werke schaffen? Wieso hatte sie und niemand sonst in Fil eine künstlerische Ader gesehen? Und was ist das überhaupt? Kann ein Ökonom nicht auch irgendwie Künstler sein?

Nur Fragen, nichts als Fragen. Doch eine ganz eigene Antwort hatte sie: Ein Künstler ist jemand, der sich raushält. Und Fil war einer, der sich raushielt. Vielleicht war ihre Idee von

Kunst wirr, altmodisch, romantisch und überholt. Sagen wir es so: Wenn da ein Fluss ist, und alle schwimmen fröhlich mit der Strömung, hält der Künstler sich raus, sitzt am Ufer und schaut zu.

Doch welcher Tätigkeit könnte dieses Am-Ufer-sitzen-und-auf-den-Fluss-Schauen entsprechen? Ihrer eigenen? Was hatte sie denn schon Besonderes im Leben getan? Sie starrte aus einer Bibliotheksloge auf einen Platz. War das toll?

Vielleicht sollte sie einfach nur die Klappe halten… Und genau das hatte sie getan: Sie hatte Fil zu nichts geraten. Aber was war es dann, das sie, während sie nach ihren Gesprächen mit Roger und Fiona in die braune Themse starrte, so ruhelos und unzufrieden machte?

Vielleicht war Fil als Junge in sich selbst eingeschlossen und gefangen gewesen, und sie hätte ihn heraushauen, eine klare, deutliche Form herausmeißeln können wie ein Bildhauer, der seine Statue aus einem unförmigen Marmorblock befreit. War es so? Glaubte sie wirklich, es wäre alles besser gelaufen, hätte sie Fil an jenem Abend auf der Terrasse einen Rat gegeben?

Aber welchen?

Und besser als was?

Zum Schloss

Der Bus hielt mitten in Oxford an der Endstation Glouces-
ter Green. Kaum war Giuliana ausgestiegen, war sie kurz davor, dem Impuls, der sich seit Jeremys Enthüllung von Fils Geheimnis in ihr regte, nachzugeben: Ihren Bruder anzurufen
und ihn in Kenntnis zu setzen.

Von Anfang an hatte sie gewusst, dass sie es tun musste,
doch sie hatte sich darum gedrückt, denn große Lust hatte sie
nicht, diese beiden glücklichen Ahnungslosen, die gemütlich
zu Hause saßen und keinen blassen Schimmer hatten, in Panik zu versetzen... Und dass ausgerechnet sie es sein sollte, die
den Schleier lüften oder, besser gesagt, die Tomaten von ihren
Augen reißen und sie darüber aufklären würde, dass Fil nicht
in Stanford war und Amerika nie betreten hatte, sondern in
herrlichster englischer Landschaft Schafe hütete, verursachte
ihr ziemliche Bauchschmerzen.

Außerdem waren Fils Beweggründe alles andere als klar.
Nach und nach stieg sie zwar dahinter, aber sie fragte sich zugleich, ob sie richtiglag. Ihre Vermutung war folgende: Wenn
Fil tatsächlich ein Künstler war, hatte er vielleicht aus Verzweiflung angefangen, Schafe zu hüten. Schafe zu züchten und zu hüten konnte eine extreme und kompensierende
Kunstform sein; eine Form der Land Art, eine andauernde
Alltags-Performance, eine *lebendige Installation*, in der Fil und
seine Schafe das an Ort und Stelle ausgestellte und seit gut
drei Jahren zu besichtigende Kunstwerk waren. So etwas wie

ein Künstlerleben als Gegenentwurf zum trüben bürgerlich-kapitalistischen Grau der Finanzwelt, der Märkte und der Großkonzerne ... Weide versus Wirtschaft. Ein rebellisches, fast revolutionäres Leben. Nicht gerade eine Revolution wie 1968, Lotta Continua, Pariser Mai und so weiter ... Nein. Eher etwas Persönliches, Nebensächliches. Eine eher bukolische Revolution.

Stand es ihr zu, ihrem Bruder Guido und ihrer Schwägerin Nisina etwas Derartiges zu sagen? Ihnen zu sagen: Hört mal, wenn ihr mich fragt, marschiert euer Sohn an der Spitze seiner Schafherde gegen den kapitalistischen Staat und die bürgerliche Ordnung. Stand ihr das zu?

Nein, das tat es nicht. Also widerstand sie dem verdammten Impuls, ihren Bruder anzurufen. Zumindest für den Moment.

Das Zweite, was sie gleich nach ihrer Ankunft in Oxford hätte machen sollen, war, in ein Taxi zu steigen, das sie in rund zwanzig Minuten nach Bleckway zu Fil gebracht hätte. Doch auch das tat sie nicht. Sie freute sich, ihren Neffen wiederzusehen, aber gerade weil sie sich so freute, beschloss sie, es gelassen anzugehen und nicht Hals über Kopf zu ihm zu rasen. Sie wollte das Warten genießen, das ersehnte Ereignis hinauszögern, es in Gedanken mit sich herumtragen. Und so machte sie einen kleinen Spaziergang. Sie spazierte nach rechts und nach links und fing an, sich gehörig zu verlaufen.

Sie hatte nicht gedacht, dass Oxford so schön war, sie verlief sich *wegen* all der Schönheit. Zuerst bog sie in irgendwelche mittelalterlichen Altstadtgässchen nebst irgendwelcher mit Schlüsselanhängern, bunten Tassen, Sweatshirts und Teddybären vollgestopfter Souvenirläden ein. Dann schaute sie sich die Colleges an, eines nach dem anderen, wie sie gerade kamen: das Magdalen, das Merton, das Trinity ... Sie besah sich die Gärten, die Mensen, die Kapellen. Irgendwann stand sie vor dem Balliol College. Ein Stich ging ihr durchs Herz. Es erschien ihr das schönste von allen, mit den runden Türmchen sah es aus wie ein Märchenschloss. Sie traute sich nicht, hineinzugehen, doch der Portier sagte ihr, es sei erlaubt. Sie tat zwei schüchterne Schritte durch das Tor und stand vor einem perfekt gestutzten, leuchtend grünen englischen Rasenoval. Sie war gerührt. Sie stellte es sich voller Schafe vor; sie stellte sich vor, es wäre weiß vor wolligen Schafen. Sie sah Fil auf sich zukommen, fröhlich und unbeschwert wie immer. »Wieso hast du das getan?«, fragte sie ihn in ihrer anteilnehmenden, verständnisvollen Tantenvorstellung. Und Fil lächelte glücklich und basta.

Giuliana machte kehrt. Sie hatte nicht den Mut, weiterzugehen. Es war zu viel für sie. Sie trat auf die Straße hinaus und verlief sich weiter in den Altstadtgässchen. Irgendwann stand sie inmitten endloser Wiesen: die *Meadows* des Christ Church. Sie sah Eichhörnchen zwischen den Bäumen und Hirschkälber in der Ferne. Sie wanderte weiter, bis sie an die Themse kam, wo ganze Enten-, Gänse- und Schwanfamilien sich im Wasser und auf dem staubigen Uferweg tummelten. Von jedem Tier machte sie Dutzende Fotos. Dies war keine normale Stadt, sondern ein Märchen, in dem sie wie durch ein Wunder gelandet war. Auf dem Rückweg in die Stadt blieb sie vor einem riesigen Pappkaninchen stehen: Es gehörte zu einem Laden, der Lewis Carrolls *Alice* gewidmet war. Sie trat ein, kaufte zwei Tassen, einen Schlüsselanhänger, zehn Postkarten und ein paar kleine Tischdecken mit der Grinsekatze und der Herzkönigin darauf, als Mitbringsel für Freunde.

Es war Abend geworden. Die Menschen machten ihre letzten Einkäufe in den Supermärkten und stellten sich dann ordentlich in die Schlange, um den Bus nach Hause zu nehmen. Giuliana überlegte, dass es nicht gut wäre, so spät bei Fil aufzutauchen, wenn der Tag eh schon gelaufen war. Es war besser, sich in einem kleinen Hotel zu verkriechen. Abends, wenn alles schon passiert ist und es keinen Raum für neue Ereignisse gibt, fängt man nichts mehr an. So empfand sie den Abend: als eine reglose Zeit, die kaum zum Leben gehörte. Wenn es Abend wurde, konnte man sich nur ausruhen und geduldig abwarten, dass ein neuer Tag anbrach und alles von vorn begann. Für sie war der Morgen eine ewig neue Chance, die das Leben einem bot und die ihr ermöglichte, jemand zu sein, der sie noch nie gewesen war, und zu tun, was sie noch nie getan hatte.

Guido und Nisina Cantirami hingegen dachten gar nicht daran, Giuliana zu suchen. Zumindest nicht sofort.

Sie suchten Jeremy. Diesen Jeremy Piccoli, von dem sie nicht wussten, wer er war, aber der ihnen als des Rätsels Lösung erschien, weshalb sie sich ohne viel Federlesens auf die lange Reise begeben hatten.

Auf dem Campus von Stanford wurde ihnen mitgeteilt, dass Jeremy Piccoli seit drei Jahren dort wohne und dass seine Wohnung bis zum Frühjahr 2012 belegt sei und dass es ihnen leidtue, aber er sei soeben abgereist.

Diese unglaubliche Neuigkeit versetzte Nisina in Panik, und man musste ihr einen Stuhl und ein Glas Wasser bringen. Guido geriet völlig außer sich und tobte herum, dass die Wände der hellen, aufgeräumten Büros wackelten: Er könne es nicht fassen, sie sollten gefälligst gründlich nachsehen, eine Unverschämtheit sei das, sie kämen von weit her, schließlich hätten sie ein Anrecht, ein Anliegen, eine Überzeugung... Dann beruhigte er sich. Es war so und basta, man musste sich damit abfinden: Sie hatten diesen Jeremy um Haaresbreite verpasst.

Dennoch erwies sich ihre Reise als alles andere als nutzlos: Sie erfuhren, dass Jeremy seit drei Jahren unter Fils Adresse wohnte. Oder besser, unter der, die sie als Fils Adresse kannten: Dort, wo Nisina damals ihren Sohn besucht und wohin sie ihm stets ihre Post geschickt hatte… Doch stattdessen – sieh einer an – wohnte dort Jeremy. Einerseits bestätigte dies ihren Verdacht und befeuerte ihre Ermittlungen, andererseits versetzte es sie in eine unsagbare, wiewohl durchaus nachvollziehbare Verzweiflung. Plötzlich waren sie zwei am Boden zerstörte, ratlose, zornige Eltern!

Das Irre war, dass kein Brief oder Päckchen je zurückgekommen war. Niemals hatten sie in diesen drei Jahren auch nur den kleinsten Hinweis oder Schimmer oder Verdacht gehabt, dass die Dinge nicht so waren, wie sie vermuteten.

Und so kamen Nisina und Guido Cantirami zu dem Schluss, dass Jeremy Piccoli den Platz ihres Sohnes eingenommen haben musste. Er war an seiner Stelle dort. Sie konnten sich das Wie und Warum nicht erklären, sie hatten nicht die leiseste Ahnung, nicht den Funken einer Idee, nichts. Doch es war eine Tatsache, eine wenn auch vage und unbegreifliche Neuigkeit.

Sie stiegen wieder ins Auto, verließen den Campus und gönnten sich in einem Lokal mit Meerblick einen Kaffee.

Erst da beschloss Guido endlich, seine Schwester Giuliana anzurufen. Nisina hatte ihm seit dem vorigen Abend damit in den Ohren gelegen, aber er war stur geblieben wie ein Esel.

»Giuliana können wir jetzt gar nicht brauchen«, hatte er gesagt. »Wer weiß, wo sie gerade steckt und auf welchen ihrer seltsamen Irrwege sie gerade wandelt.«

Nisina hatte den Kopf geschüttelt. Es tat ihr leid, dass ihre Schwägerin vom eigenen Bruder so schlecht behandelt wurde. Sie hatte eine ganz andere Meinung von Giuliana. Eine ganz andere (und wir können nicht ausschließen, dass es die richtige war). Sie hielt sie – und das nicht ohne einen Funken Neid – für eine ganz besondere und äußerst faszinierende Frau von höchst feinsinniger Intelligenz, was dem im Grunde recht grob gestrickten Gemüt ihres Bruders Guido entging, also dem Mann, den Nisina geheiratet hatte und mit dem sie jetzt im Angesicht des Pazifischen Ozeans in einem übermenschlichen Kraftakt irgendeine sinnvolle Einigung zu finden versuchte, um diese elende und beunruhigende Geschichte des verlorenen Sohnes und Hirten hinter sich zu bringen. Das verquaste Verhältnis zwischen Bruder und Schwester war Nisina furzegal, sie wollte nur eines: ihren Sohn so schnell wie möglich wiederfinden, Hirte hin oder her.

Und so rief Guido nach dem Kaffee Giuliana an und wurde sich mit verblüfftem Bedauern bewusst, wie sehr er seine Schwester brauchte, ja, dass er sie schon sehr viel früher gebraucht hätte, wenn er bloß eher daran gedacht hätte, sie anzurufen.

Giuliana ihrerseits hatte ihren Bruder, wie gesagt, noch nicht angerufen, wollte es aber so bald wie möglich tun, jetzt, da sie die Situation im Griff hatte und Fils wirkliche Adresse besaß. Nach dem Essen, auf ihrem Zimmer. Auch wenn man abends nichts mehr anfängt …

Guido kam ihr also einen Augenblick zuvor, was die Unterhaltung zumindest anfangs einigermaßen merkwürdig gestaltete:

»Giuliana? Ich bin's, Guido!«

»Guido? Ich bin's, Giuliana!«

»Ach, wolltest du auch …?«

»Ja, ich wollte auch …«

»Ach, denk mal an …«

»Ja, denk nur, ich wollte dich auch …«

»Ich auch, just in diesem Moment!«

»Unglaublich …«

»Tja …«

»Wie geht es dir?«

»Mir geht's gut. Aber sag mir lieber, wo du bist, weil wir,

Nisina und ich, nämlich auch hier sind und uns gefragt haben, ob ...«

»Ihr seid auch in Oxford? Ach, das freut mich aber! Ich habe euch gemütlich zu Hause gewähnt. Habt ihr beschlossen, mir nachzureisen? Aber, entschuldige Guido, solltet ihr denn nicht in Stanford sein?«

»Aber wir sind in *Stanford*, Giuliana! Und weil wir in *Stanford* sind, rufe ich dich aus *Stanford* an, weil ja auch DU in *Stanford* sein solltest! Wo, zum Teufel, hast du gesagt, bist du?«

»In Oxford, Guido. Ich bin in Oxford. Aber bitte, schrei nicht so ... Du hast eine Art, *Stanford* auszusprechen, dass es klingt, als hätte ich eine Trommel im Ohr ...«

»In Ordnung, ich schreie nicht. Aber darf ich fragen, was du in ... Oxford machst, wo du doch nach Stanford gefahren bist?«

»Na ja, das ist eine lange Geschichte, Guido. Eine wirklich sehr lange Geschichte ...«

»Und würdest du sie mir bitte erzählen, Nana?«

»Aber natürlich, Guido. Das tue ich gern. Das Problem ist nur ...«

»Das Problem ist ...?«

»Das Problem ist, dass ihr auch nach Oxford kommen solltet ... Also, nicht direkt nach Oxford, sondern nach Bleckway ... Genau, nach Bleckway ...«

»Und wieso, liebe Nana, sollten wir, wenn ich fragen darf, nach ... Wo, hast du gesagt, sollen wir hinkommen?«

Und da fing Giuliana Cantirami an, einige, wenn auch nicht alle dieser Ungeheuerlichkeiten, die sie in den letzten Tagen über Filippo in Erfahrung gebracht hatte, auf die klarste und einfachste Weise, die ihr möglich war, zu erzählen. In sehr knappen Worten berichtete sie, dass sie einen engen Freund von ihm kennengelernt hatte, einen gewissen Jeremy, von dem sie sehr viele interessante Dinge erfahren hatte, zum Beispiel, wo Fil jetzt wohnte. Natürlich gab sie ihrem Bruder sogleich die Aderesse, damit sie sich möglichst bald dort treffen konnten. Voller Stolz verkündete Giuliana ihm all diese brennend wichtigen Neuigkeiten. Ihr entging nur ein winziges Detail: dass Fil gar nicht in Bleckway war, wo sie ihn vermutete und wo sie drauf und dran war, ihn zu besuchen, nämlich an der Adresse, die Fiona ihr genannt und die sie soeben ihrem Bruder weitergegeben hatte und die wie folgt lautete: Stenheim Palace, Bleckway, Oxfordshire.

Fil war nicht dort, jedoch nicht, weil die Adresse nicht stimmte, sondern einfach, weil er, ohne etwas von Zia Gius bevorstehendem Besuch zu ahnen, just an dem Tag weggefahren war.

Also, fassen wir noch einmal zusammen: Am selben Tag, als Giuliana nach Oxford gekommen war mit der Absicht, in das in der lieblichen Grafschaft Oxfordshire gelegene Bleckway zu fahren, waren Guido und Nisina in Stanford, von wo aus sie kurz darauf nach London, dann nach Oxford und dann nach Bleckway aufbrechen sollten; Jeremy war nach Italien zurückgekehrt; und Fil hatte Bleckway verlassen, wo er tatsächlich seit rund drei Jahren wohnte. Wohin, werden wir in Kürze erfahren.

Am nächsten Morgen nahm Giuliana ein Taxi und war zwanzig Minuten später am Ziel. Sie zahlte den Taxifahrer, stieg aus und blieb verdattert stehen: Wo war sie hier gelandet? Schon tags zuvor, als Fiona ihr Fils Adresse auf einen Zettel geschrieben hatte, war sie an dem Wörtchen »Palace« hängen geblieben. Stenheim Palace, stand da. Und jetzt hatte sie das Taxi vor einem riesigen Tor abgesetzt, mit einem Portiershäuschen, in dem ein Mann in Uniform Tickets verkaufte, und einer recht langen Besucherschlange davor. Darüber und an den Seiten prangten riesige Schilder mit der Aufschrift:

STENHEIM PALACE
Sitz des Duke of Glensbury
Bleckway

Giuliana kaufte eine Eintrittskarte, nahm sich ein Faltblatt und fing an zu lesen.

Was hatte Fil damit zu tun?

Was, bitte, hatte ihr Neffe mit diesem Ort zu tun? Wo war er gelandet, wo wohnte er, wo lebte er?

Sie trat durch das Tor. Vor ihr erstreckte sich eine endlose Weite von Wiesen, Hängen, Hügeln und Sträßchen, die sich am Horizont verloren. Bäche, kleine Brücken, Enten, Wäldchen, Schwäne, Seen … Hirsche, Pfauen, Platanen …

Platanen?

Zahllose Platanen. Platanen mit mächtigen Stämmen, deren inzwischen kahle, schwarze Äste ein dichtes, unregelmäßiges, knorriges Gitter in den Himmel zeichneten. Da waren ja die berühmten Platanen! Fieberhaft kramte Giuliana das Handy hervor und rief Jeremy an:

»Ich habe die Platanen gefunden! Es gibt sie wirklich, und zwar dort, wo Fil wohnt!« Sie war völlig außer sich, im siebten Himmel. Sie hatte das Rätsel der Platanen gelöst. »Erinnerst du dich, als Fil dir die SMS geschickt hat, dass er nicht zur Vorlesung kommt, weil er wunderschöne Platanen gesehen hat? Er hat recht, sie sind wunderschön, Jeremy, du solltest diese Stämme sehen, diese schwarzen, knorrigen Äste … Wie Miró-Gemälde!«

Jeremy war gerade bei seiner Großmutter, die ihm ein spätes Frühstück mit Keksen, Kaffee mit einem Klecks Schlagsahne und einer Schüssel Amarena-Joghurt zubereitete. Sie hantierte in der Küche zwischen Speisekammer, Kühlschrank und Herd umher. Jeremy sah zu, wie unsicher sie die Füße setzte und hin und wieder ins Schwanken geriet. Er wusste nicht sofort, von welchen Platanen Giuliana redete. Dann aber fiel es ihm wieder ein, und er sagte ihr, wie froh er sei, was für eine Erleichterung, endlich zu wissen, was es mit den Platanen auf sich hatte, und dankte ihr sehr. Doch in Wirklichkeit sah er seiner Großmutter zu, deren fortschreitendes Altern ihm in seiner Abwesenheit entgangen war und das ihn mit der geballten Wucht eines stummen Vorwurfs traf. Und er dachte, ob die Platanen, die Giuliana entdeckt hatte, wirklich dieselben waren, die Fil auf seinen Motorradtouren durch die Wälder gesehen hatte, als er die Vorlesungen geschwänzt hatte.

Doch war es wirklich so wichtig, welche Platanen es waren?, fragen wir uns. Für Giuliana sicherlich nicht, es war überhaupt nicht wichtig, ob es Fils Platanen waren, sie waren dennoch wunderschön. Beglückt wanderte sie zwischen ihnen umher.

Binnen weniger Minuten waren die anderen Besucher, die mit ihr eingetreten waren, außer Sicht. Dieser Ort war so riesig, dass sich alles sofort verlief und man allein umherwandelte. Ein seltsames, unbestimmtes Gefühl, als hätte man die Grenzen der üblichen Welt überschritten und eine andere betreten.

Bereits seit einer halben Stunde marschierte Giuliana in zügigem Tempo voran. Sie wollte eine Besucherinformation finden und sich ein wenig schlaumachen, doch da sie nicht wusste, wo sie hingehen sollte oder ob es überhaupt eine Besucherinformation gab, lief sie auf gut Glück weiter. Die Straße führte geradeaus, doch wusste sie weder wohin noch wo sie endete. Was soll's, sagte sie sich, jede Straße führt irgendwohin.

Dann entdeckte sie in der Ferne ein Wäldchen jahrhundertealter Bäume, aus dem Türme und Zinnen hervorlugten. Sie ging darauf zu und traf auf eine stattliche Allee, an deren Ende sich ein Garten aus niedrigen, labyrinthisch angeordneten Hecken auftat. Dahinter erhob sich eine mächtige Schlossfassade. Die Hinweistafeln an der Seite ließen keinen Zweifel:

STENHEIM PALACE
Herzoglicher Wohnsitz aus dem
achtzehnten Jahrhundert

Sie war da. Ihr blieb die Spucke weg. Dass Fil hier wohnte, war unvorstellbar. Das heißt, niemand hätte sich so etwas jemals vorstellen können. Und dass sie ihn nach all diesen Wirrungen endlich in die Arme schließen sollte, war noch viel unvorstellbarer.

Tatsächlich sollte sie ihn nicht in die Arme schließen.

Sie war genau dort hingelangt, wo sie hingelangen sollte. Sie hatte ihre sogenannten Ermittlungen erfolgreich abgeschlossen und den Ort ausfindig gemacht, wo Fil seit drei Jahren lebte. Doch er war nicht da. Er war am Tag zuvor abgereist.

Hätte Fil bloß gewusst, dass Zia Giu kommen würde, wäre er gewiss nicht gefahren. Er hätte seine Reise verschoben und auf sie gewartet. Sie war immerhin seine Tante. Und hätte Zia Giuliana nur im Entferntesten geahnt, dass sie ihren Fil nur um wenige Stunden verpassen würde, hätte sie gewiss auf ihren Oxford-Bummel durch Colleges und Läden verzichtet. Sie hätte ihn sich verkniffen. Oh, wie gern hätte sie ihn sich verkniffen! Doch nun war es so. Nicht immer haben wir bei unseren Entscheidungen – wegzufahren oder anzukommen beispielsweise – das richtige Timing.

Am Empfangstresen des Schlosses bat Giuliana, vom Duke empfangen zu werden. Man bat sie, ein Antragsformular auszufüllen, binnen einiger Wochen sei dies gewiss möglich.

»Nein, vielleicht haben Sie mich nicht richtig verstanden …«, sagte Giuliana mit einer Entschiedenheit, die sie in ihrem ganzen Leben höchstens zwei- oder dreimal zum Einsatz gebracht hatte. Sie erklärte, woher sie kam, wer sie war und wen sie suchte. Von Warten war gar keine Rede, sie wollte sofort – *sofort*, betonte sie – vom Duke empfangen werden.

Unglaublicherweise hatte sie Erfolg, und das nicht wegen ihrer mühsam zusammengekratzten Entschiedenheit, sondern weil der Mann am Empfang bei der Erwähnung des Namens Filippo Cantirami sofort aufsprang und sie verlegen anstrahlte.

»Sie sind Filippos Tante!«

Dann machte er ein paar hastige Telefonate, ging auf Giuliana zu, führte sie hinaus, wo bereits ein dunkler Wagen auf sie wartete, entschuldigte sich vielmals und sagte, Sir Edgar Kellington, Duke of Glensbury, sei erfreut, umgehend – *umgehend*, betonte er – ihre Bekanntschaft zu machen.

KAPITEL II

Der Duke of Glensbury

Giuliana hatte sich an diesem Morgen einigermaßen lässig angezogen.

Natürlich hatte sie gewusst, dass sie auf dem Weg zum Schloss irgendeines Duke war. Doch hatte sie nicht über die *reale* – im doppelten Wortsinn – Bedeutung dieser beiden Worte nachgedacht: Schloss und Duke. Jetzt, angesichts dieses vor Säulen und Marmor strotzenden Barocktraums von Gebäude und der Ehrerbietung, die man ihr entgegenbrachte, fühlte sie sich nicht auf der Höhe.

Sie blickte auf ihre Schuhe. Sie hatte sich ein Paar Trekkingstiefel angezogen und ein waldgrünes Blouson aus künstlichem Wildleder, das eigentlich sehr gut mit den Wäldern ringsum harmonierte. Sie sah irgendwie nach einer Mischung aus Fitnessstudio, Herbstspaziergang und Jagdausflug aus.

Als sie den Palast betrat und sich in riesigen, vor Spiegeln, Gobelins, Teppichen und Marmorstandbildern, Treppen und Kristallleuchtern strotzenden Sälen wiederfand, hätte sie sich am liebsten irgendwo verkrochen, musste aber auch ein bisschen lachen. Aschenputtel beim großen Ball, durchfuhr es sie während der fünf oder sechs Minuten, die sie wartend in der Eingangshalle stand. Dann, endlich, kam Sir Edgar Kellington, Duke of Glensbury.

»Mylady, danke, dass Sie uns die Ehre Ihres Besuches erweisen! Filippo hat uns so viel von Ihnen erzählt, und das so liebevoll und begeistert ...«

Giuliana lächelte. Sie suchte nach höflichen, dem Anlass angemessenen Worten, doch sie bekam nur einen Satz heraus: »Sie kennen meinen Neffen also gut?«

»Sehr gut, Mylady. Filippo war so freundlich, eine Zeit lang bei uns zu wohnen, doch …«

»Doch?«

»Ich nehme an, Sie sind gekommen, um ihn zu sehen, und deshalb schmerzt es mich, Ihnen sagen zu müssen, dass Ihr Neffe soeben abgereist ist.«

»Soeben abgereist?«

»Wenn ich mir eine Vermutung erlauben darf, ich glaube nicht, dass Filippo von Ihrer Ankunft wusste.«

Nun ja, was das anging, hatte Giuliana selbst nichts von ihrer Ankunft gewusst … wie gern hätte sie das dem Duke gesagt. Sie hatte noch nicht einmal von der Existenz dieses Ortes gewusst, geschweige denn im Traum daran gedacht, dass er irgendetwas mit ihrem Neffen zu tun haben könnte. Doch sie sagte nichts, und der Duke blinzelte sie vielsagend an und sagte, so eine Bemerkung erlaube er sich nur, weil ihm in all diesen Monaten nicht entgangen sei, mit welch tiefer Zuneigung Fil von ihr gesprochen habe.

»Doch bestimmt sind Sie müde von der Reise«, sagte er. »Brian wird Sie in Ihre Zimmer geleiten. Wir sehen uns später, das Mittagessen ist um zwölf.«

Giuliana wollte unverzüglich wieder fahren. Was hatte sie hier verloren? Die Nachricht, Fil um Haaresbreite verpasst zu haben, demoralisierte sie zutiefst. Sie fühlte sich nutzlos, vom Pech verfolgt, erbärmlich. Alles erschien ihr plötzlich hässlich und sinnlos. Und was wollte eigentlich dieser übertrieben freundliche Duke von ihr? Und wieso wollte er unbedingt, dass sie blieb? Wozu denn?

Beim Mittagessen waren sie zu zweit. Der riesige Tisch war erlesen gedeckt. Der Duke trug einen grauen Zweireiher mit

Nadelstreifen und einen fröhlichen Schlips mit Blümchen auf pfauengrünem Grund. Er war ein umwerfend gut aussehender Mann um die sechzig, groß, rosig, mit dichtem dunklem Haar und runden, ein wenig schlaffen Wangen. Giuliana stellte ihm ein paar schüchterne Fragen zu Fil, doch der Duke schwenkte unvermindert freundlich auf andere Themen, die überdies sie selbst betrafen. Er schien sich für sie zu interessieren. Ihre Reise, ihre Gesundheit, ihr Leben im Allgemeinen, wo sie lebte, was sie machte.

»Ich weiß, dass Sie sich mit Kunst beschäftigen ...«

Giuliana wurde zusehends ratloser und verwirrter. Doch allmählich regte sich in ihr belustigte Neugier. Sie blickte sich um und versuchte sich vorzustellen, wie Fil hier lebte, zahllose Fragen schossen ihr durch den Kopf, die sie dem Duke so bald wie möglich stellen wollte: Wie hatte er ihren Neffen kennengelernt, wieso lebte Fil hier und seit wann? Und wo war er hingefahren? Doch stattdessen plauderten sie die ganze Zeit über Kunst. Dieser distinguierte und zugleich überaus warmherzige Herr brachte ihr ein so freundliches, eindringliches Interesse entgegen und zeigte eine derart aufrichtige Neugier für ihr Leben, dass sie es ihm nach und nach und fast ohne es zu merken erzählte.

Es war ein sonniger Tag mit dicken weißen Wolken, die rasch über den Himmel zogen, getrieben von einem Wind, der am Boden fast nicht zu spüren war. Nach dem Essen tranken sie einen Tee vor der großen Fensterfront, die auf den Garten hinausging, dann stiegen sie auf die Dachterrasse, weil der Duke ihr das Anwesen von oben zeigen wollte.

Eine ganze Weile standen sie da und ließen den Blick umherschweifen. Giuliana musste an diese Bilder aus dem achtzehnten Jahrhundert denken, mit den stets endlosen, von oben betrachteten Landschaften, als blickte man aus einem auf der Stelle fliegenden Flugzeug oder von einem im Nichts hängenden Balkon herab. Sie fröstelte, und der Duke ließ ihr einen Schal aus weicher Schafwolle bringen, den er ihr um die Schultern legte. Als sie ins Wohnzimmer zurückkehrten, erzählte er ihr lang und ausführlich die Geschichte seiner Familie und verriet ihr endlich, wann Filippo aufgetaucht war und wie er ihn kennengelernt hatte:

»Ein so anständiger Junge! Mit seiner schüchternen und zugleich entschlossenen Art hat er uns sofort bezaubert. Er sagte, schon seit Langem würde er hier spazieren gehen. Er habe diesen Ort zufällig entdeckt: Seine Schritte hätten ihn hierhergelenkt, und ihnen würde er vertrauen. Mit feierlichem Ernst meinte er, er suche eine neue Bleibe, in seiner Londoner Wohnung könne er nicht länger sein, und auch einen Job, irgendeinen Job, um sich über Wasser zu halten: ›Vielleicht können Sie mir einen Tipp geben… Kennen Sie jemanden hier?‹, hat er mich gefragt. Er wusste nicht, wer ich bin. Er hatte mich angesprochen, weil ich der Erste war, den er auf dem Gutsgelände getroffen hatte. Ich fragte ihn, was für eine Art Job er suche, und stellen Sie sich vor, er sagte mir, er wisse es nicht, er wolle nur Zeit haben… Was für eine seltsame Wortwahl für einen jungen Mann, dachte ich. Wer könnte denn mehr Zeit haben als so ein junger Kerl? Und trotzdem erschien er so beunruhigt…

Ich lächelte. Ich weiß nicht, warum, doch er gefiel mir auf Anhieb. Ich habe ihm kaum Fragen gestellt. Ich vertraute ihm intuitiv. Und da ich jemanden brauchte, der meinem Thomas mit dem Vieh und dem Land half, wollte ich ihm das vorschlagen. Es war ein Versuch. Man sah, dass er kein Landkind war, und auch nicht mehr jung genug, um als Knecht zu arbeiten. Ich sagte ihm: ›Wir sehen uns heute Abend zum Essen, ich erwarte Sie in der Eingangshalle des Schlosses.‹ Er war wie vom Donner gerührt und wollte mir Fragen stellen, doch ich hielt ihn zurück: ›Heute Abend.‹

Bei Tisch entschuldigte er sich tausendmal, wenn er gewusst hätte, dass ich der Duke of Glensbury bin, hätte er mich bestimmt nicht nach einem Job und einer Bleibe gefragt, er schäme sich wie ein Dieb. Aber wieso denn?, fragte ich. Ich hatte den Richtigen gefunden. Ich erzählte ihm ein bisschen von Thomas. Doch zuerst ließ ich ihn reden. Das, was er mir erzählte, beeindruckte mich zutiefst. Es war völlig selbstverständlich, dass er hier unterkommen konnte, so lange er wollte, er und sein Koffer voller Wirtschaftsbücher… Ich erwähnte doch schon, dass er einen riesigen Koffer voller Bücher bei sich hatte? Es gefiel mir, einen derart interessierten jungen Mann bei mir anfangen zu lassen, einen jungen Mann, der die Uni, eine Stadt wie London und eine brillante Karriere an den Nagel hängte, um hierherzukommen und… mit Vergnügen Schafe zu hüten! Er machte mich neugierig. Ich dachte, er könnte mein eintöniges Leben ein wenig aufmischen: Hin und wieder würde ich ihn im Schafstall besuchen und mit ihm über Gott und die Welt plaudern, und vielleicht würde ich daraufkommen, welche Grillen ihn umtrieben.

Und tatsächlich haben wir uns häufig gesehen und uns hervorragend Gesellschaft geleistet. Doch, Mylady… ich kann beileibe nicht sagen, dass ich ihn durchschaut hätte! Bis heute frage ich mich, was dieser liebe Junge wirklich will… außer zusammen mit Thomas meine Schafe hüten.

Thomas ist ein guter Kerl, er lebt hier seit Jahren mit seiner Familie. Eigentlich ist er der Hirte. Doch seine Sehkraft lässt nach. Das ist natürlich kein Problem, Thomas hat eine ganz eigene Art zu sehen entwickelt, wenn Sie verstehen, was ich meine. Es hat nie irgendwelche Schwierigkeiten gegeben. Trotzdem hatte ich das Gefühl, er hätte umso mehr eine Hilfe verdient. Also habe ich Filippo gebeten, ihm zur Hand zu gehen. Ich fand es schön, ihm jemanden wie Thomas zur Seite zu stellen und umgekehrt. Tatsächlich sind sie dicke Freunde geworden, wissen Sie? Thomas hat Ihrem Neffen vieles beigebracht, und in gewissem Sinne ist aus ihm ein guter Hirte geworden. Wenn auch ein ganz eigener... Aber kommen Sie, und sehen Sie selbst!«

Und der Duke geleitete Giuliana zu Fils Unterkunft.

Giuliana konnte es nicht fassen: In wenigen Augenblicken würde sie zwar nicht ihn selbst, doch zumindest den Ort zu Gesicht bekommen, an dem er sein heimliches Leben geführt hatte.

Nach rund einer Viertelstunde erreichten sie Thomas' Haus, ein lang gestrecktes, einstöckiges Ziegelbauernhaus. Sie passierten den Innenhof, bogen um die Ecke und erblickten auf einem kleinen Hügel ein weiteres, kleineres weißes Häuschen mit grasbewachsenem Lehmdach. Es war eine Art Nebengebäude des Bauernhauses. Dort hatte der Duke Fil untergebracht, damit er in Thomas' Nähe war. Nicht mehr als zwei kleine Zimmerchen, doch Fil fühlte sich sehr wohl, vor allem wegen des grasigen Daches: Er mochte es, einen Rasen über dem Kopf zu haben, es gebe ihm ein Gefühl der Geborgenheit, hatte er dem Duke gesagt.

Sie traten ein. Sämtliche Wände der beiden Zimmer waren bis unter die Decke mit Büchern zugestellt. Nur die Küchenwand mit dem Herd, dem Kühlschrank und dem Kamin in der Ecke war noch frei. Ansonsten überall Bücher.

»Sehen Sie? Am Tag seiner Ankunft hatte er bereits eine Menge im Gepäck. Und dann hat er sich in diesen drei Jahren haufenweise gekauft, eines nach dem anderen, und sich sogar Regale gebaut. Ein wenig rustikal, wie Sie sehen, doch es ähnelt einer richtigen Bibliothek, finden Sie nicht?«

Und ob Giuliana das fand, fast zu sehr. Sie war ratlos. Eine ganze Bibliothek... mit Gras auf dem Dach und... einem Schafstall nebenan! Auf den Ländereien eines Guts aus dem achtzehnten Jahrhundert mit stuckverzierten Sälen, zwanzig

Meter hohen Gewölben, Renaissancegemälden und Touristengruppen.

Ihre These war nicht mehr haltbar: Fil, der Hirte als Künstler oder der Künstler als Hirte, egal. Seine persönliche Rebellion gegen das bürgerlich-kapitalistische System, gegen Hochschulabschluss, Job, Geld, Karriere, Familie … Und wieso studierte er dann noch, wenn er Schafe züchtete? Dazu auch noch BWL! Es sei denn, die Bücher waren nur Deko, ein Sammlertick, ein Hobby …

»Verzeihung, aber glauben Sie, Fil hat weiterstudiert?«, fragte sie den Duke.

»Studiert? Und ob! Jedesmal, wenn ich vorbeikomme, sitzt er unter einem Baum und liest oder unterstreicht was oder macht sich Notizen. Er lernt, schreibt, was weiß ich. Und Thomas hütet derweil die Schafe. Genauer gesagt, ich habe keine Ahnung, wer sie hütet. Ich frage mich immer, wer der beiden eigentlich der wahre Hirte ist. Ich weiß nicht, wer tatsächlich nach den Schafen *sieht*. Der eine ist fast blind, und der andere … sitzt da und schmökert in seinen Büchern! Tja, aber ich versichere Ihnen, die Herde ist in Topform.

Hin und wieder plaudern Ihr Neffe und ich über Wirtschaft. Er hat wirklich originelle Ideen. Er hat sich ein spezielles Problem vorgenommen, das mit der Krise zu tun hat, etwas mit Wachstum und Decke … Er redet häufig von dieser Decke. Sogar eine neue Wirtschaftstheorie will er entwickeln. Komplexe Sache. Der hat Ideen, der hat wirklich Ideen, das können Sie mir glauben. Wenn es Sie interessiert, kann ich Ihnen gerne in Ruhe davon erzählen.

An seinen Ideen hat er mich teilhaben lassen, an seinem Leben weniger. Und ich wollte nicht aufdringlich sein. Bei den jungen Leuten muss man es behutsam angehen lassen und sie nicht bedrängen, finden Sie nicht auch?

Ich habe mich oft gefragt, wie Filippos Familie wohl ist, ob seine Eltern Bescheid wissen … Doch es war nicht an mir, sie in Kenntnis zu setzen. Und ich merkte, dass Filippo nicht gern darüber sprach. Deshalb bin ich froh, dass Sie jetzt hier sind. Offen gestanden, fühle ich mich jetzt besser.«

O Gott, Fils *Eltern*! Guido! Nisina und Guido!

Erst jetzt durchzuckte es Giuliana, dass sie ihrem Bruder und ihrer Schwägerin nicht gesagt hatte, dass sie nicht hierherzukommen brauchten, weil Fil sowieso nicht da war.

»Entschuldigen Sie«, fiel sie dem Duke ins Wort. »Ich muss dringend telefonieren, ich muss meinen Bruder zurückhalten, der … er ist mit seiner Frau hierher unterwegs. Fils Eltern … ich habe ihnen nämlich gesagt, dass Fil …«

Doch sie hatte kein Glück. Guido und Nisina waren natürlich schon aus Stanford abgereist. Sie waren auf dem Weg nach London, und es war nunmehr unmöglich, sie aufzuhalten. Am nächsten Tag würden sie eintreffen, und dann war es an Giuliana, ihnen die traurige Mitteilung zu überbringen, dass Fil wieder einmal nach sonst wohin verschwunden war.

Mutlos ließ sie sich ins Sofa fallen und erzählte dem Duke alles. Sie entschuldigte sich, dass sie ihren Bruder und seine Frau hierherbestellt hatte, doch habe sie es nur gemacht, damit sie endlich ihren Sohn wiedersehen konnten. Sie erzählte ihm, die Ärmsten hätten schon seit einer ganzen Weile keine Ahnung mehr, was er treibe, und dass es wirklich furchtbares Pech sei, dass Fil abgereist war und auch sie ihn um Haaresbreite verpasst habe. Jetzt konnte sie ihn nicht mehr fragen, warum …

»Warum was? Wenn ich Ihnen da irgendwie weiterhelfen kann?«

»Nun ja, ich war gekommen, um meinen Neffen zu fragen, wieso … verstehen Sie, Duke? Wieso er das getan hat! Keiner kann sich das erklären, aber ich weiß, dass es einen Grund geben muss. Fil ist kein Chaot. Wenn er etwas tut, dann weiß er ganz genau, warum. Und ich bin sicher, dass er mir dieses Warum verraten hätte.«

»Was verraten hätte, liebe Giuliana?«

»Nun … das mit den Schafen! Mit dem College!«

»Welches College, Giuliana?«

Nicht einmal der Duke wusste von Filippos Tat …

Giuliana konnte es kaum glauben, doch es war so. Also erzählte sie ihm, was Jeremy ihr über Fil erzählt hatte, von dem Geheimpakt zwischen den beiden, den getauschten Leben …

Der Duke sagte, er bedaure es außerordentlich, doch er wisse nicht, wie er ihr helfen könne, denn Fil habe ihm nun einmal nicht gesagt, wohin er wollte, und er habe nicht nachfragen wollen. Nicht im Entferntesten habe er so etwas geahnt, doch etwas leuchte ihm nicht ein: Filippo sei ganz gewiss kein unehrlicher, verlogener Junge, also könne das doch nur bedeuten, dass ihnen ein Teil von ihm verborgen sei, mehr nicht.

»Denn so ist es doch nun einmal. Die Wirklichkeit hat dunkle Seiten«, sagte er. »Doch das heißt nicht, dass sie an sich dunkel sind, sondern nur, dass wir nicht in der Lage sind, sie zu sehen. Wir haben eben keine besonders guten Augen, wissen Sie? Etwa so wie wenn wir nur die Hälfte des Mondes sehen, was aber nicht heißt, dass die andere Hälfte nicht da ist. Ach, Giuliana, es tut mir leid, Sie so in Sorge zu sehen. Und wie mir das leidtut … Könnte ich Ihnen doch nur helfen. Könnte ich Filippo doch nur ausfindig machen und ihn bitten zurückzukommen … Aber wie gesagt, ich habe keine Ahnung, wo er hinwollte. Es tut mir im Herzen weh …«

Und da kamen der von den Worten des Dukes ehrlich gerührten Giuliana die Ameisen in den Sinn. Ach ja, die unergründlichen Verknüpfungen unseres Geistes! Es war ein Jugendfreund gewesen (sie hatte ihn seit einer Ewigkeit nicht mehr gesehen), der ihr, den Arm zärtlich um ihre Taille gelegt, eines Abends am Ufer eines Baches gesagt hatte: »Wusstest du, dass Ameisen uns beide hier nicht sehen können? Sie erfassen nicht einmal ein Millionstel der Wirklichkeit um sich herum, sie ist zu groß für sie. Sie sehen nur die wenigen Zentimeter, die sie vor sich haben, und denken, das sei die ganze Welt… Und wir sind genauso, ist das nicht irre? Wir sehen so wenig. Wir wissen so gut wie nichts…«

KAPITEL 12

Der blinde Hirte

Am nächsten Tag trafen die Eheleute Cantirami ein. Der Duke
hatte ihnen ein Zimmer im Schloss zurechtmachen lassen, mit
Blick auf den Park und das konzentrische Spiel der Fontänen,
steinernen Seepferdchen, Tritonen und Flussgötter.

Giuliana ging sofort zu ihnen. Nisina war völlig neben sich.
Sie packte den Koffer aus, während Guido ihr sagte: »Lass das
doch, was glaubst du, wie lange wir hierbleiben? Wir sehen
Filippo, wir reden mit ihm, klären die ganze Sache und fahren
wieder, wie lange wird das dauern, einen Tag?« Doch sie hörte
nicht auf ihn. Sie redete vor sich hin. »Hat man Töne! Hat
man noch Töne… bis hierherzukommen! Aus Amerika…
Und wo sind wir hier überhaupt? Hätte ich das gewusst, hätte
ich Wanderschuhe eingepackt… und eine Windjacke… bei
der Luftfeuchtigkeit! Aber wer konnte ahnen, dass wir irgendwo auf dem Acker landen würden?«

Giuliana brachte es nicht übers Herz, ihnen sofort alles
zu sagen. Sie fing damit an, ihnen zu erzählen, dass Filippo
im Augenblick nicht da sei, also nicht… hier, er habe sich
absentiert, das heißt… er sei zufällig just einen Tag vor ihrem
Eintreffen abgereist, sie habe ihn auch nicht mehr angetroffen,
und sie verstehe nur zu gut, wenn sie enttäuscht seien, doch
da sei nichts zu machen, aber es gebe schließlich Schlimmeres.

Sie wollte noch weiterreden, vielleicht ein wenig von dem
Pakt zwischen Fil und Jeremy erzählen, die Sache mit den
Schafen ansprechen, doch sie kam nicht dazu, denn Nisina

brach in Tränen aus. Die Erschöpfung, die Anspannung der letzten Tage. Sie schlug die Hände vors Gesicht, als wollte sie all die Tränen, die sie nicht mehr zurückhalten konnte, darin auffangen, und schluchzte immer wieder: »Ich habe ihn verloren … Jetzt habe ich ihn endgültig verloren …«

Giuliana versuchte sie zu beruhigen, Fil würde irgendwann wieder auftauchen, er könne sich schließlich nicht in Luft aufgelöst haben. Doch Nisina war untröstlich. Dieser letzte Schlag, selbst hier ihren Sohn nicht anzutreffen, nicht einmal, nachdem sie kreuz und quer durch die Welt geflogen waren, war zu viel für sie. Das war nicht fair. Und kein bisschen nachvollziehbar! »Was haben wir denn Schlimmes getan?«, fragte sie den stummen Guido immer wieder. Auch er war erschüttert, fassungslos. Er konnte nicht glauben, dass er seinen Sohn so knapp verpasst hatte und dass es so unmöglich war, herauszufinden, wo er war, dass man niemanden fragen konnte und dass es nicht einen Menschen auf der Welt gab, den man um einen Hinweis oder um Hilfe bitten konnte.

Doch was Guido Cantirami am schwersten traf, war, dass er mit einem Mal im wahrsten Sinne des Wortes so machtlos war: so … ohne Macht. Für seine Frau war das schier unbegreiflich. Filippo hatte sich in Luft aufgelöst, und sein Vater, der mächtige Avvocato Cantirami, den sie geheiratet hatte, wusste nicht, was er tun sollte.

»Ich rufe die Polizei«, sagte Nisina. Das hatte sie in diesen Tagen oft gesagt, jedesmal, wenn sie das Gefühl hatte, es nicht länger auszuhalten.

»Und wer ist überhaupt dieser Duke?«, fragte Guido seine Schwester. Unter all den Fragen, die er hätte stellen können, fiel ihm nur diese ein: Wer war dieser Duke?

Giuliana fing an zu erklären. Sie hatte sie per Telefon Hals über Kopf hierherbeordert, ohne die winzigste Erklärung; dann hatte sie ihnen nur vage Andeutungen gemacht und nichts Genaues durchblicken lassen … klar, dass sie ihnen jetzt ein paar Informationen schuldete. Ohne Luft zu holen, haspelte sie hervor, dass der Duke of Glensbury Filippo seit drei Jahren beherbergte und ihn als Hilfshirte eingestellt hatte. So drückte sie sich aus, eine andere Bezeichnung fiel ihr nicht ein: Hilfshirte. Sie versuchte, möglichst wenig preiszugeben, um den beiden weitere Schläge zu ersparen. Doch selbst das Wenige war genug, und was es zu begreifen gab, begriffen Guido und Nisina sofort: Fil, ihr Erstgeborener Filippo, genannt Fil, hatte sie ohne jeden Zweifel drei Jahre lang für dumm verkauft. Verschaukelt. An der Nase herumgeführt. Betrogen. Drei Jahre!

»Aber nein, er hat euch nicht für dumm verkauft und betrogen …«, versuchte Giuliana sie zu beschwichtigen. »Er hat euch nur nicht gesagt …«

»Nicht gesagt?«, polterte Guido. »Aber sicher, die eine oder andere Kleinigkeit hat er uns nicht gesagt: Dass er nie in Stanford gewesen ist, dass er nie seinen Master in London abgeschlossen hat und statt zu studieren Ziegenkäse macht! Diese paar läppischen Kleinigkeiten hat er uns nicht gesagt, der arme liebe Junge!«

»Schafs …«

»Schafs was?«

»Der Käse … Wenn überhaupt, dann Schafskäse, nicht Ziegenkäse«, korrigierte Giuliana ihn.

»Hör gut zu, Nana, nur, damit wir uns verstehen. Jetzt sind wir hier, du hast uns hierherbestellt, und wir sind hier. Offenbar weißt du alles und wir nichts … sei's drum. Wir sind die Eltern, aber was soll's, Schwamm drüber. In Ordnung, ich schluck's. Ich versuche sogar, es zu verstehen … Okay. Aber könntest du uns wenigstens deine üblichen dämlichen Bemerkungen ersparen? Wenigstens dieses Mal, ja, Nanina, wäre das möglich? Das hier ist kein Spaß! Schafe, Ziegen, Gämsen …

Das ist kein Spaß, Giuliana, wäre das also möglich? Siehst du nicht, was für Mühe uns das alles kostet, wie viel guten Willen? Wir haben einen Sohn, der Käse macht, verstehst du das Drama ...?«

»Ach, komm schon, Guido, er macht doch keinen Käse ...«, versuchte Nisina ihm ins Wort zu fallen, vor allem, um sich selbst zu trösten.

»Aber ja doch, er macht Käse, Nisi! Wir müssen den Tatsachen ins Auge blicken! Unser Sohn macht Käse! Und weißt du, warum? Weil ... weil wir einen Sohn haben, der Schafe züchtet und deshalb Käse macht, deshalb!«

Zwei Stunden später gingen sie sich die Schafe ansehen. Was sollten sie auch sonst machen? Jetzt, wo sie schon mal da waren, konnten sie sich die Dinge – das heißt die Schafe – in all ihrer grausamen Klarheit auch mit eigenen Augen ansehen, so schmerzhaft das sein mochte.

Auch Giuliana hatte die Schafe noch nicht gesehen. Also ging sie mit.

Auf dem Weg dorthin beklagte sich Nisina fast bei jedem Schritt über ihre Schuhe. Tatsächlich trug sie elegante Pumps, die über das Straßenpflaster von San Francisco hätten klappern sollen.

Guido hatte eine unbändige Wut im Bauch. »Ich kapier's nicht ... ich kapier's nicht ... Ist das denn die Möglichkeit?«, grummelte er vor sich hin. »Bis hierher ... Und wozu? Ein paar verfilzte Schafe ... Der kann was erleben ... Und was der erleben kann! Wenn ich den erst mal zu Gesicht kriege! Der bekommt was zu hören ... dem zieh ich die Ohren lang!«

Nisina hörte gar nicht hin. Sie sagte nichts. Kein Wort sagte sie. Sie achtete nur darauf, wo sie hintrat. Sie starrte auf ihre Füße und setzte einen vor den anderen. Irgendwie kam sie voran, und das reichte ihr.

Eine gute halbe Stunde lang wanderten sie über sanfte

Hügel und gestutzten Rasen dahin und erreichten schließlich den Schafstall, ein großes Gebäude mit einem hölzernen
Wetterdach davor und einem Pfahlzaun drumherum, eine
Kulisse halb Western, halb Lupo Alberto. Sie folgten einem
schmalen Pfad den Hügel hinauf. Oben angekommen, tat sich
ein riesiges, grünes Tal vor ihnen auf. Es war voller Schafe. Fils
Schafe. Da waren sie. Ein blendendes, dicht gedrängtes Weiß,
in dem hier und da das samtige, grüne Gras aufglomm, das im
strahlenden Sonnenlicht fast künstlich aussah. Ein bewegter
Himmel mit rasch dahinziehenden Wolken, deren Weiß das
reglose Weiß der Schafherde widerzuspiegeln schien, vervollständigte das Bild.

Hingerissen blieben sie auf der Hügelkuppe stehen und
ließen den Blick schweifen. Ja, hingerissen. Und zugleich angst-
voll. Die Vorstellung, dass Fil inmitten dieser Schönheit ein
ganz eigenes, völlig unbekanntes Leben geführt hatte, machte
sie glücklich und verzweifelt zugleich.

Sie wanderten an der sanft abfallenden, grasigen Weite entlang und erreichten eine Lichtung, auf der ein Mann im Schatten eines Baumes saß und an den Stamm gelehnt an einem
Stöckchen schnitzte. Der Mann rührte sich nicht von der
Stelle, hob nur den Kopf und starrte geradeaus.

»Ich bin Thomas«, sagte er und streckte seine Hand
lächelnd ins Nichts. Selbst sein Lächeln schien sich im Nichts
zu verlieren, als wüsste es nicht, wo es hin sollte.

Nach der obligaten Bekanntmachung nahmen die Cantiramis ebenfalls unter dem Baum Platz.

Wenige Minuten später sprach Thomas bereits von Fil und
wie er plötzlich mit seinem Koffer dagestanden habe. Er hatte
den dumpfen, schweren Aufprall auf dem Boden gehört. Was
schleppst du denn da?, hatte er ihn gefragt. Nichts, nur Bücher,
hatte Fil geantwortet.

Er erzählte, wie er sich um die Tiere kümmerte, wie sehr er

sich reinhängte, wie gut er in diesen Jahren geworden war, so gut, dass er inzwischen das eine oder andere von Filippo lernen konnte. Obwohl… obwohl… Er lachte. Als wollte er etwas Lustiges sagen, traute sich aber nicht.

»Obwohl was?«, hakte Guido nach. Neugierig und auch ein bisschen beunruhigt.

»Ich habe nur gedacht, es ist komisch… Fil ist alles andere als ein Hirte: Er studiert BWL…«

»Verzeihung, wie bitte? Ist er nun Hirte oder nicht?«

»Na ja, schon… Aber er ist vor allem Student. Und er studiert wie ein Wahnsinniger, Sie sollten ihn mal sehen… Aber Sie als sein Vater wissen das natürlich. Er geht zwar nicht zu den Vorlesungen. Ich weiß das genau, er ist nie hingegangen, er ist immer mit mir auf den Weiden… Aber was soll's? Er meint, zur Uni zu gehen, sei Zeitverschwendung. Aber das, was er studiert, interessiert ihn! Und wie! Dauernd redet er darüber… Ich verstehe zwar nicht viel davon, aber es gefällt mir. Ich höre ihm zu… Wie auch immer. Ich habe ihm trotzdem alles über Schafe beigebracht, wie man sie melkt, wie man Käse macht… Auch wenn klar war, dass es ihn nicht interessiert. Er tut es natürlich nur wegen des Geldes.«

»Wie, wegen des Geldes?«, blaffte Guido Cantirami.

»Na ja, für ihn ist das ein Job wie jeder andere. Er hat einen Job gesucht. Er ist gekommen, um Geld zu verdienen, um sich das Studium zu finanzieren. Ist doch normal.«

Schweigen.

Schweigen.

Noch immer Schweigen.

»Na ja, das habe ich zumindest gedacht…«, sagte Thomas entschuldigend. »Ich kannte seine Eltern nicht, wie hätte ich da…? Aber jetzt ist ja klar, dass… Jetzt ist ja klar, dass es nicht so ist.«

Guido sah seine Frau an, dann wieder Thomas und dann

wieder seine Frau: Er wusste nicht mehr, wo er hinsehen, an wem er seine Wut ablassen sollte, und wiederholte wie ein Automat: »Hörst du, was er sagt? Hörst du, was er sagt?«

Da hatte Giuliana vielleicht etwas angerichtet: Sie hatte Guido nicht gesagt, dass Fil sein Geld an Jeremy weitergab. Sie hatte ihm einiges gesagt, aber bei der Sache mit dem berühmten Pakt war sie ein wenig vage geblieben. Dieses kleine Detail mit dem Geld hatte sie verschwiegen.

»Nein, Guido, warte, entschuldige … Ich erklär's dir. Ich muss dir das erklären …«, Giuliana versuchte ihn zu beruhigen oder zumindest die Sprache auf etwas anderes zu bringen. »Thomas, erzählen Sie uns doch lieber, wie man Schafskäse macht. Das habe ich mich nämlich immer gefragt, wissen Sie …? Dieser zarte Käse, der auf der Zunge zergeht …«

Nichts. Allgemeines Schweigen. Eine bleierne Stille. Thomas wusste nicht, wie er da wieder herauskommen sollte. Es tat ihm leid. Er senkte seinen blinden Blick, tastete im Gras nach dem Ast, den er zuvor hatte fallen lassen, und fuhr fort, mit seinem winzigen Messer daran herumzuschnitzen.

Außer dem rhythmischen Scharren auf dem Holz war nichts zu hören.

Nach einer Weile verabschiedeten sich die drei Cantiramis von Thomas und gingen über die Weiden zurück zum Schloss. Und auf diesem Rückweg packte Giuliana endlich aus. Sie erzählte von dem Pakt und dass Fil das Geld, das sie ihm schickten, seit drei Jahren an Jeremy weitergab, damit der ihm als Gegenleistung per Mail von seinem Leben in Stanford berichtete.

»Begreifst du, Nisina?«, schnaubte Guido. »Hast du begriffen, was er getan hat? Er hat uns die Mails einfach weitergeleitet … Lauter Scheißdreck hat uns unser Sohn erzählt! Von wegen Sohn! Undankbarer Lügner … Und dieser Jeremy! Der soll mir mal begegnen! Zu gern möchte ich seine Visage sehen! Jahrelang hat der mir das Geld aus der Tasche gezogen, ohne einen Ton zu sagen …«

»Guido, also bitte …«, versuchte Nisina ihn zu beschwichtigen, klang jedoch so schwach, dass man sie kaum hörte. »Dieser Jeremy hat dir nichts aus der Tasche gezogen, unser Sohn hat ihm das Geld gegeben, das hast du doch gehört!«

Nein, das hatte er nicht gehört. In seinem Kopf fuhren die Gedanken Karussell. Welche Schuld trug er? Weshalb fügte ihm das Leben derartige Qualen zu? Womit hatte ein unschuldiger, guter, verständnisvoller Vater eine solche Ungerechtigkeit verdient? Eine solche Enttäuschung? Und das von einem Sohn, der immer anständig gewesen war, der so ein braver Junge zu sein schien … Da kann man mal sehen, wie unsere frommen Illusionen enden, Vertrauen, Hoffnung. Sie prallen auf die Wirklichkeit, knallen dagegen. Da bleibt man lieber ahnungslos. Da wiegt man sich doch lieber in seligem Unwissen oder in ratloser Ungewissheit. Das ist um Längen besser als dieser niederschmetternde Blitzschlag: Er hatte einen Sohn, der das Studium geschmissen und seinem Vater nichts davon gesagt hatte. Das war die *Wahrheit*.

Beim Schloss angekommen, verharrten alle drei wie von einem Bann getroffen in der Vorhalle. Guido tigerte nervös auf und ab. Nisina hatte sich in einen damastbezogenen Sessel gesetzt, sich die Schuhe ausgezogen und massierte ihre armen Fußsohlen. Giuliana starrte aus dem Fenster auf den perlmuttfarbenen See hinaus.

»Das ist alles deine Schuld!«, platzte Guido plötzlich heraus und zeigte mit dem Finger auf seine Schwester. Aus heiterem Himmel. Als wäre er jäh aus irgendwelchen düsteren Gedanken aufgeschreckt, in die er unbemerkt versunken war, und nun wäre ihm plötzlich ein Licht aufgegangen, eine Lösung: nämlich die, dass die Schwester der Grund allen Übels war, dass es ihrem jahrelangen, unseligen Einfluss als

Tante zuzuschreiben sei, wenn sein Sohn sich nun als Hirte verdingte.

»Du ... Du hast ihn immer gegen mich aufgehetzt ... du wolltest, dass er so wird wie du, ist doch klar, ein unfähiger Taugenichts, wie du es bist!«

Kein Wunder, dass die arme Giuliana da protestierte und weinte und ständig wiederholte: »Aber was redest du denn da, Guido, was redest du denn da!« Tatsache ist, dass Guido seit jeher von all dem überzeugt war, was er seiner Schwester an jenem Abend um die Ohren haute, nur dass er es noch nie herausgelassen hatte. Jetzt hatte er den Mut gefunden und sagte es klar und deutlich: Ja, seine Schwester hatte Fil nach ihrem Ebenbild geschaffen, und dies war das Ergebnis.

»Bravo! Gut gemacht, da hast du einen schönen Hirten hingekriegt! Einen Ökonomen mit summa cum laude an der Bocconi, der Schafe über die Weide scheucht! Findest du das gut? Findest du so einen Sohn gut? Aber klar doch, ist ja fast so, als wäre es deiner, oder? Manchmal, Nana, manchmal konnte ich es einfach nicht ausstehen, wie du dich ... wie du dich ...«

»Wie ich mich was, Guido, was meinst du?«

»Wie du dich eingemischt hast!«

Eingemischt, sie? Giuliana blickte nicht mehr auf den See. Sie wusste nicht, was sie tun sollte, ob sie bleiben oder das Weite suchen sollte.

»Und du?«, gab sie leise und drohend zurück. »Ständig hast du Fil mit deiner *Financial Times* gemästet! Nie hast du ihn in Ruhe gelassen, immer musstest du ihn mit deinem Mach dies, mach das, mach jenes quälen! Und was sollte er machen, wie sollte er werden? So wie du! Hast du ihn etwa nicht geformt, hast du ihn nicht ... ruiniert? Hast du dich das nie gefragt?«

Tags darauf wachten alle so gerädert auf, als hätten sie einen Boxkampf hinter sich. Gemeinsam nahmen sie ein langsames, benommenes, nachdenkliches und verhaltenes Frühstück ein: Jeder sah im anderen einen Gegner, und das bedrückte sie. Sie fragten sich, wie sie sich wieder versöhnen konnten.

Sie setzten sich eine Weile ins Wohnzimmer, lasen und genossen einen ausgiebigen Kaffee mit Törtchen. Zuerst wechselten sie nur Halbsätze über das Wetter, dann ganze Sätze: Die dahinziehenden Wolken, diese Sonne, die unermüdlich scheint… Zur Mittagszeit war die Luft zwischen ihnen nicht mehr ganz so dick, und die Gegenwart des Duke beim Mittagessen trug zur allgemeinen Entspannung bei.

Nach dem Essen wollte Guido auf die Weide zurückkehren. Er wollte, dass sie alle drei zurückkehrten, um sich bei Thomas zu entschuldigen.

Thomas saß wie immer gegen den Stamm seines Lieblingsbaumes gelehnt und tat nichts. Guido ging zu ihm und setzte sich. Er sagte, es sei ein Missverständnis gewesen, es täte ihm leid, er sei ein wenig erschöpft, bestimmt könne er verstehen, in was für einer schmerzlichen Situation…

Thomas lächelte. Natürlich verstehe er das, sagte er.

Jetzt fiel es Guido nicht mehr schwer, ihm eine Frage zu stellen. Seit dem Vortag schleppte er diese Frage mit sich herum, sie ließ ihm keine Ruhe. Und bestimmt wusste Thomas eine Antwort. Fil und er hatten drei Jahre lang zusammengearbeitet, tagelang hatten sie zusammen auf der Weide gestanden und die Schafe beobachtet. Was hatten sie da nicht alles geredet und einander anvertraut. Thomas war der Richtige, vielleicht der Einzige in dieser ganzen Geschichte, der etwas wissen konnte. Er… Er und seine Frau Kathy waren die Ersten gewesen, die Fil aufgenommen hatten, nachdem er beschlossen hatte, die Uni zu schmeißen, also mussten sie seine Beweggründe kennen, sie hatten »gesehen«, warum er sich für dieses Leben entchieden hatte. Und so stellte Guido ihm an diesem Tag auf der Weide und nachdem er sich bei ihm entschuldigt hatte, diese direkte, fast ein wenig schroffe Frage: »Wieso hat Fil angefangen, Schafe zu züchten?«

Thomas tat einen langen Seufzer. Es schmerzte ihn, diesen gequälten Mann zu enttäuschen, doch er konnte ihm kaum etwas sagen… Er sagte, seiner Meinung nach gebe es keinen Grund. Filippo war hierhergekommen und unvermutet auf diesen Ort gestoßen, an dem sie und die Schafe waren… Das war alles. Ein Zufall!

Doch dann kam ihm etwas in den Sinn, was er Guido erzählen konnte. Ein Detail. Nichts Besonderes und vielleicht völlig nutzlos, doch er erzählte es trotzdem:

»Am Tag seiner Ankunft ist er auf die Weide gekommen, um seinen Job anzutreten. Für ihn war ich sein Chef. Er meinte es ernst. Er sagte: ›Guten Tag, ich bin hier. Was soll ich tun?‹ Und ich habe geantwortet: ›Nichts!‹ Es kam mir wie von selbst: ›Nichts‹. Ich lehnte an meinem Baum und pfiff ein Liedchen vor mich hin, was hätte ich ihm sonst sagen sollen? Hier gibt's nichts zu tun. Die Schafe weiden, die Wolken ziehen, es wird Morgen und wieder Abend. Fil hat geantwortet: ›Na bitte.‹ Nur das, aber auf eine Weise! Wie einer, der angekommen ist, wo er hinwollte, stehen bleibt, sein Gepäck abstellt und seufzt: ›Na bitte.‹ Ich weiß es noch genau, denn ich hab's am Tonfall gemerkt. Ich habe mir vorgestellt, wie er lächelt, während er sein ›Na bitte‹ sagt. Ich wusste nicht, was ihn so zufrieden machte, doch er war es. Dann habe ich gehört, wie er sich ins Gras setzte, ein Buch herausholte und darin herumblätterte. Und das Geräusch von Bleistift auf Papier. Er schrieb oder markierte etwas in seinem Buch. Nein, jetzt, da ich darüber nachdenke: Ich glaube nicht, dass er Hirte werden wollte… Ich weiß nicht mal, ob er die Schafe überhaupt angeguckt hat. Er saß einfach gern so da, die frische Luft im

Gesicht. Er mochte frische Luft. Er kam mir vor wie jemand, der irgendeinem geschlossenen Raum entkommen war und nun endlich frische Luft atmen konnte. Ich weiß es nicht, sagen Sie es mir: Ist Filippo lange Zeit nicht an die Luft gekommen?«

Guido zuckte nicht mit der Wimper. Auch Giuliana und Nisina saßen stumm und reglos da. Es war, als wäre das, was Thomas gerade erzählt hatte, für alle drei völlig unwichtig.

»Und ... Sie haben nie über etwas anderes geredet?«, fragte Nisina schließlich.

»O doch, wir haben über eine Menge Dinge geredet! Kann man sich ja vorstellen, in all den Jahren ...«

»Ich meine, hat Fil ... Ihnen jemals von uns erzählt?«

»Nein. Von Ihnen nicht.«

»Und Sie, Thomas, haben Sie ihn nie nach seiner Familie gefragt, was weiß ich, nach seinem Vater, seiner Mutter?«

»Aber klar habe ich ihn gefragt. Und ein bisschen was hat er auch rausgelassen, aber so wenig, dass ich es aufgegeben habe. Er wirkte ... wie soll ich sagen ... irgendwie haltlos. Und da habe ich gedacht, nehmen Sie es mir nicht übel, seine Eltern wären weit weg und kümmerten sich kaum um ihn. Wie dumm von mir, verzeihen Sie bitte ...«

»Keine Sorge, Thomas, das ist schon in Ordnung«, sagte Giuliana.

Nun stellte Guido ihm die zweite Frage, die er seit Tagen mit sich herumschleppte und die ihm keine Ruhe ließ:

»Hören Sie, Thomas, diese Schafe im College in Oxford ... Haben Sie ihm das aufgetragen? Wieso haben Sie ihm an diesem Tag Ihre Schafe gegeben?«

Thomas vergrub den Kopf zwischen den Händen. Eine Weile saß er so da. Der Duke hatte ihm kurz zuvor davon erzählt. Er hatte von seinen Schafen im College keine Ahnung gehabt! Es hatte ihn mehr erschüttert als sie alle zusammen.

Denn die Schafe gehörten ihm, und Fil hatte ihm nichts davon gesagt. Allein bei der Vorstellung, wie all diese Schafe sich in ein Oxforder College drängelten, erschien eine tiefe Furche auf seiner Stirn, die bisher nicht dort gewesen war. Es war nicht so, dass er Filippos Vater nicht antworten wollte. Es tat ihm nur leid, dass es ihm in all dieser gemeinsamen Zeit, in all diesen Tagen, die sie zusammen im Gras gelegen hatten, nicht gelungen war, diesen Jungen zu durchschauen. Doch er wusste wirklich nicht, was er sagen sollte. Er hätte sich selbst ohrfeigen können, so sehr hatte er versagt.

Er sagte nur, dass er ihm seine Schafe an diesem Morgen keinesfalls gegeben hatte. Filippo hatte sie bei sich, weil … Na ja, auch das war ein Zufall: Sie hatten eine Abmachung, einen Pakt, einen Kooperationspakt. Mehr könne er nicht sagen, so leid es ihm tue.

Die drei Cantiramis blieben noch ein paar Tage zu Gast in Stenheim Palace. Sie redeten selten miteinander und zogen sich in irgendwelche geheimen Ecken des Anwesens zurück.

Fils Eltern hatten endlos viele, drängende berufliche Verpflichtungen in Italien und dazu den handfesten Wunsch, von dort wegzukommen, Abstand zu kriegen und, sofern das möglich war, zu vergessen. Doch sie konnten sich nicht aufraffen, es war stärker als sie. Als hielte sie irgendetwas Geheimnisvolles dort fest. Sie konnten sich nicht dazu durchringen, nach Hause zu fahren. Als wären sie in eine Art Bann geschlagen. Vielleicht war das Dortbleiben für sie ein bisschen so, als wären sie mit Fil zusammen. Als ließe sich dieser nicht wiedergutzumachende Verlust so besser ertragen, ja beinahe verdrängen.

Jeden Tag gingen sie auf die Weide. Und während leise die Zeit verrann, fanden sie ganz allmählich und weitab von der summenden Geschäftigkeit ihres Alltags nicht direkt Frieden, aber eine Art resignierte Gefasstheit. Heimlich tat die Landschaft ihre innere Wirkung. Die Lieblichkeit des Ortes, dieses samtige Grasland, das sich für Meilen durch sanfte, schattige, sonnenscheckige Täler zog, hier und da von Strauchwerk oder kleinen, lichten Wäldchen hoch aufgeschossener Bäume unterbrochen, die ihre nackten Äste in den Himmel reckten; das friedliche Grasen dieser weißen Schafe mit den schwarzen Schnauzen vermittelte ihnen eine der Zeit enthobene Ruhe. Sie hatten es nötig. Es war, als lindere die absolute, geradezu zauberhafte Schönheit der Landschaft die Bitterkeit, die sie in sich trugen. Ja, die Lieblichkeit dieser Landschaft machte alles ein bisschen weniger schlimm, fast harmlos und unerheblich: Es war nicht mehr wichtig, dass Fil beschlossen hatte, jede potenzielle Karriere in den Wind zu schießen und mit einem blinden Hirten Schafe zu züchten. Es war nicht mehr wichtig. Alles erschien in einem Licht tiefster Güte und Gerechtigkeit. Als wäre es richtig, dass die Dinge so liefen, wie sie liefen.

Die Orte des Sohnes zu erleben, sie kennenzulernen, zu bewohnen, half ihnen, ihn in all der Zeit zu sehen, in der sie ihn nicht gesehen hatten. Obgleich es ihnen schwerfiel, versuchten sie, die Lücken zu füllen, zu verstehen, sich in seine Lage zu versetzen. Sie versuchten nachzuvollziehen, für welches Leben Fil sich entschieden hatte und warum, und was in dem Leben, gegen das er sich gewandt hatte, im Argen lag. Sie gaben sich redlich Mühe.

Warteten sie auf ihn? Glaubten sie wirklich, er würde bald zurückkommen? Man kann nicht sagen, dass sie fest davon überzeugt waren und tatsächlich auf ihn warteten. Es war ein Zwischending: Sie warteten nicht auf ihn, doch es war auch nicht so, dass sie nicht auf ihn warteten. Sie blieben. Sie hielten die Stellung wie ein kleines Heer, das auf dem Schlachtfeld ausharrt, das die Schlacht zwar nicht gewonnen, aber auch nicht verloren hatte. Es war die einzige ihnen mögliche Art sich einzubilden, dass sie Fil nicht verloren hatten.

Jeden Tag folgten sie einem Schema, von dem sie glaubten, es könnte seinem typischen Tagesablauf entsprechen. Sie wanderten über die Hügel, leisteten Thomas auf den Weiden Gesellschaft, schlenderten durch die Gärten und Pavillons des Schlosses und mischten sich unter die Touristen. Viele Stunden hielten sie sich in Fils Zimmern auf, in dieser unglaublichen Bibliothek, in der er wohl einen großen Teil seiner Zeit verbracht hatte. Dann aßen sie mit dem Duke, der schon fast ein Freund geworden war, zu Mittag und zu Abend.

Der Duke seinerseits mischte sich nicht mehr groß ein. Er war froh, sie zu Gast zu haben, hielt sich jedoch möglichst raus. Er sah sie spazieren gehen, reden, in seinen Gärten und auf den Alleen auf und ab wandern, auf den Parkbänken sitzen, die Springbrunnen und den See betrachten; immer wieder Filippos Häuschen, den Schafstall, die Weiden aufsuchen; kreuz und quer durch die Hügel laufen, in denen die Schafe frei weideten.

Oft sah er den Avvocato Cantirami mit dem Handy am Ohr auf und ab tigern; oder auf seinem Laptop herumtippen, Mails verschicken und empfangen; ab und an sah er ihn auch allein über die Weiden streifen und das eine oder andere Schaf streicheln. Die Signora nicht. Signora Cantirami hielt sich immer ein wenig abseits, als wäre dieser unmittelbare, direkte Kontakt mit dem heimlichen Leben ihres Sohnes einfach zu viel. Die Schafe berührte sie nie. Sie blieb schweigsam für sich, und mehrmals war dem Duke, als würden ihr langsame, stille Tränen über die Wangen rinnen.

Es tat ihm leid. Zwar kannte er diese Familie kaum und wusste so gut wie gar nichts über sie, dennoch machte es ihn traurig zu sehen, wie viel sinnloser Schmerz dem Unverständnis zwischen Eltern und Kindern entsprang, der sich doch mit ein wenig gutem Willen durchaus vermeiden ließe. Doch wessen guter Wille? Der des Vaters, der Mutter oder des Sohnes? Und war es wirklich nur guter Wille oder brauchte es vielleicht noch etwas anderes, irgendeine seltene, besondere Gabe, die nur wenige haben und die womöglich nicht einmal er selbst besaß?

Hatte er mit seinen Kindern Glück gehabt? Ja, er glaubte schon. Solange seine Edith am Leben gewesen war, waren sie eine sehr glückliche Familie gewesen. Dann hatte er sein Bestes gegeben, die Kinder waren irgendwie groß geworden und irgendwann ihrer Wege gegangen, wie es sich gehört. Gute Wege, meinte er. Aber wer konnte das schon sagen?

Erst am Ende seines Lebens kann ein Mensch sich glücklich schätzen ... Wo hatte er das noch einmal gelesen?

DRITTER TEIL

Ceiling Theory

KAPITEL I

Die Sommer in Bristol

Vierundsechzig verpasste Anrufe, zweiundzwanzig SMS von seiner Mutter.

Ein verpasster Anruf am Tag von seinem Vater, fast jeden Tag zur gleichen Zeit, gegen Abend.

Zia Giu hatte es am ersten Tag rund ein Dutzend Mal versucht, am zweiten fünf- und am dritten und vierten zwei- oder dreimal, dann nicht mehr. Eine einzige SMS, dafür eine lange, traurige.

Von Jeremy und Gheri nur ein paar Anrufe in den ersten beiden Tagen. Keine Nachrichten.

Als Filippo Cantirami einige Tage nach seinem Einfall mit der Schafherde ins Balliol College sein Handy wieder angeschaltet hatte, war eine schier endlose Lawine von Signalen, Nachrichten und Piepgeräuschen über ihm niedergegangen, hatte ihn überrollt und unter sich begraben.

Hatte ihn das überrascht? Ja. Offenbar hatte seine Familie von den Schafen erfahren. Doch er konnte sich einfach nicht vorstellen, wie. Es gab viele Dinge, die er sich nicht einmal im Entferntesten vorstellen konnte: Dass seine Exfreundin Cami ihn gesehen hatte, dass seine Eltern sich auf die Suche nach ihm begeben hatten, dass seine Tante nach Stanford gereist war, um ihn zu besuchen, und dort in einem Café zufällig auf Jeremy getroffen war. Fil hatte keine Ahnung.

Und jetzt, an diesem Morgen, stand er an Deck der Fähre

und stemmte sich gegen den Wind. Er war der Einzige dort draußen an diesem fahlen, kalten, noch dunklen Morgen.

Er war am 13. November abgereist. Er hatte seine Koffer gepackt, sich vom Duke und von Thomas verabschiedet und war gegangen. Er hatte eine lange Reise vor sich, bestimmt brauchte er vier oder fünf Tage. Doch jetzt auf dieser kleinen, fast menschenleeren Fähre fühlte er sich beinahe schon am Ziel. Es war die letzte Etappe. Noch ein Tag und eine Nacht, und er wäre dort.

Es tat ihm leid.

Es tat ihm schrecklich leid, ein solches Durcheinander angerichtet zu haben. Niemals hatte er alle in solche Aufregung versetzen wollen, vor allem seine Eltern nicht. Ihm ging auf, was es für eine Mutter und einen Vater bedeuten musste, den Kontakt zum Sohn zu verlieren. Von all den SMS, die er hastig überflogen hatte, war eine ihm im Gedächtnis geblieben, sie war von seiner Mutter. Es war eine der letzten.

Fil!!! Willst du mich umbringen?

Damit hatte sie ihn voll erwischt. Mit diesen drei für sie völlig untypischen Ausrufezeichen. Ausrufezeichen verwendete sie nie. Ganz offenbar ein verzweifelter Versuch, ihn zu erreichen, seinen Namen zu rufen, die Distanz zu überwinden. Und dann diese Frage … Natürlich eine rhetorische, seine Mutter musste es immer übertreiben. Aber mit einem wahren Kern: Indem er verschwunden war, ihnen etwas vorgemacht hatte, hatte er ihnen einen tödlichen Schlag versetzt. Das Letzte, was er in seinem Leben wollte, war, seiner Mutter wehzutun …

Aber wie hätte er es anders machen sollen?

Natürlich hatte er daran gedacht, sie anzurufen. Angesichts dieser Flut von Anrufen und SMS war das sein erster und spontanster Gedanke gewesen. Doch sofort hatte er ihn unterdrückt. Was hätte er sagen, wie hätte er es erklären können, und was überhaupt? Also hatte er das Einzige gemacht, was er machen konnte: Das Telefon sofort wieder ausgeschaltet.

Selbstverständlich hatten alle sofort wieder bei ihm angerufen, denn alle hatten die automatische Mitteilung erhalten, die man bekommt, wenn der Teilnehmer sein Telefon wieder anschaltet: *Die von Ihnen gewählte Nummer ist wieder erreichbar.* Doch es kam nur die übliche, niederschmetternde, hypnotische Ansage.

Ehe er nicht dort war, wo er hinwollte, würde er es nicht wieder anschalten. Dann würde er weitersehen. Dann. Derweil würden seine Eltern begreifen, dass es nicht stimmte: Er war *nicht* erreichbar. Noch nicht.

Er brauchte mehr Zeit. Nicht sehr viel mehr, nur ein bisschen. Die Zeit, die diese Reise dauerte, die er nicht mit dem Flugzeug hatte machen wollen. Er wollte es nie mehr eilig haben, nie mehr hetzen müssen. Ein Flugzeug bringt einen von A nach B, es katapultiert einen irgendwohin, ohne dass man es mitkriegt oder es begreifen, sich darüber klar werden und das vorbeiziehende Leben in sich spüren kann. Doch er wollte das Leben spüren. Zu schön waren die langen Stunden. Wenn man nicht weiß, was man machen soll, sich hinsetzt, die Beine streckt, die Augen schließt. Oder sie auf lässt und die Leute beobachtet, liest, ein wenig umherschlendert, hinausgeht, eine Zigarette raucht, sich etwas an der Bar bestellt. Wartezimmer. Die zermürbende Schönheit der Wartezimmer. Ach, wenn das doch das Leben wäre: Ein riesiger Wartesaal, in dem man umherwandert, etwas unternimmt, nachdenkt. Die Zeit vergeht, und man nimmt sie sich.

Fil hatte sie sich zurückgeholt, er hatte sie sich verdient, und jetzt wollte er sie *spüren*, die vergehende Zeit – spüren, *wie* sie verging, sie auf frischer Tat ertappen, Minute für Minute. Er wollte die Langsamkeit. Achtundzwanzig Jahre, sein ganzes Leben lang, hatte er gebraucht, um zu begreifen, aus welchem Holz er geschnitzt war. Aber er war draufgekommen. Spätestens beim großen Finale mit den Schafen im College. Von da an war alles klar gewesen. Sein Leben war ihm klar geworden, seine ganze Zukunft bis ans Ende seiner Tage. Also hatte er getan, was er endlich, und ohne sich zu verstellen, tun konnte: Er war gefahren. Er hatte Züge, Busse, Boote genommen. Und jetzt war er im Morgengrauen auf dieser kleinen, fast leeren Fähre mitten auf dem dunkelgrünen, metallischen, weiten Meer.

Wann hatte man ihm die Zeit genommen? Wer hatte das getan? Und wieso hatte er sich nicht dagegen gewehrt? Wo war er gewesen, als man ihm das angetan hatte? Kann es tatsächlich sein, dass die Jahre vergehen, dass unsere ganze Jugend, das gesamte Leben vergeht, ohne dass wir es merken? Kann es so etwas geben?

Die Sommer in Bristol. Vielleicht hatte da alles angefangen. Ja, vielleicht. Die Sommer in Bristol.

KAPITEL 2

Klippen

Der Mensch ist ein soziales Wesen. So ist es festgelegt, und es gibt nichts, was dagegenspricht.

Damals traf das besonders zu. Die Menschheit war zu der Überzeugung gelangt, dass ein dicht geknüpftes Beziehungsnetz der Sinn und Zweck des irdischen Lebens sei und dass es keine bessere Art zu leben gebe, als unablässig miteinander in Verbindung zu stehen, jeden Tag und zu jeder Tageszeit und jeglicher geografischen Distanz zum Trotz. Man lebte, um sich miteinander zu verbinden, und man verband sich gewissermaßen, um zu leben. Die überwältigenden, rasend schnellen technologischen Fortschritte, die den Alltag der meisten Menschen binnen weniger Jahre völlig auf den Kopf stellte, hatten maßgeblich zu dieser Überzeugung beigetragen.

Der gesamte Planet befand sich in einem regelrechten elektronischen Kontaktrausch: Gespräche, Nachrichten, Posts, Links, Tweets. Ein unermüdliches virtuelles Gezwitscher, an dem sich jeder mit Feuereifer beteiligte, was eine nicht unerhebliche Menge Zeit in Anspruch nahm. Man surfte hauptsächlich im Netz. Jeder, immer und überall: Am Computer, am Handy, zu Hause, im Büro oder im Freien, ganz egal.

Das führte dazu, dass die mentalen Welten, jene reinen Orte des Geistes, der Reflexion und des durch und durch theoretischen Denkens, denen ein Übermaß an Beziehungen seit jeher abträglich war und die ihren Nutzen aus Einsamkeit und der Abwesenheit jeglicher Kontakte beziehungsweise konzentrationsmindernder Ablenkungen ziehen, ein wenig ins Hintertreffen gerieten. Solche Welten hatten immer existiert und existierten auch damals noch, doch man hatte sie etwas eingemottet und ganz nach hinten verräumt. Zwar ließen sich diese Welten nicht kleinkriegen und bewiesen damit ihre alles überdauernde Zähigkeit, doch standen sie einsam und allein da, ähnlich wie Klippen. Anders gesagt, wer gern allein und einsam auf einer Stelle blieb, tat das auch weiterhin. Wie eine Klippe inmitten der Wankelmütigkeit eines mal ungestümen, mal ruhigen Meeres.

Eine dieser Klippen war Fil. Und in Zeiten, in denen die anderen stürmische Wellen waren, war das nicht leicht.

Als man ihn zum ersten Mal zum Lernen ins Ausland schickt, ist Fil fast zwölf Jahre alt und will nicht, weil er andere Pläne hat: Er will einen großen LKW aus Blech und Holz fertigbauen. Und das ist sein erster, zaghafter Aufstand, der ganz leise unter der Asche eines Feuers schwelt, das niemand sieht, nicht einmal er. Also fährt er zum Lernen ins Ausland, weil es ihn zu viel kosten würde, sich aufzulehnen, zu viel Mühe, zu viel Schmerz. Er fährt mit innerem Widerstand. Es ist Sommer, vor ihm liegen zwei Monate Ferien, und er würde nichts lieber tun, als bei den Großeltern auf dem Land zu bleiben, wo die Zeit endlos ist und die Tage nicht vergehen, dann könnte er den Laster fertigkriegen. Stattdessen reißt ihn ein Monat Ausland aus seiner Arbeit, raubt ihm die freie Zeit, die er zum Bauen bräuchte, und stopft sie mit etwas voll, das ihm völlig schnuppe ist.

Sie schicken ihn nach Bristol. Da ist das Meer in der Nähe, sagt seine Mutter, da kannst du auch ein bisschen segeln. Er sagt nichts. Was soll er auch sagen? Alle freuen sich. Er hört, wie seine Mutter am Telefon zu ihren Freundinnen sagt: »Dieses Jahr schicken wir ihn nach Bristol, da kann er ein bisschen

Englisch lernen.« Und sie brüstet sich, während sie das sagt (Filippo erkennt sofort, wenn seine Mutter sich brüstet). Er hat nichts dagegen, dass sie stolz auf ihn ist, aber er versteht einfach nicht, wieso die Tatsache, dass er einen Monat nach Bristol geht, sie so stolz auf ihn macht. Seiner Meinung nach müsste sie stolz auf den LKW sein, viel stolzer.

Natürlich kriegt er den LKW nicht fertig, nicht einmal im Sommer darauf. Den ganzen Winter über träumt er davon, ihn fertig zu bauen, doch als er wieder zu den Großeltern fährt, findet er nicht einmal die Einzelteile wieder. Sie haben den Holzschuppen aufgeräumt und offenbar nicht befunden, dass dieser Haufen aus Blech und Holz noch zu irgendetwas nütze, geschweige denn der Anfang eines Lasters ist. Und so wurde alles weggeschmissen, samt aller Einzelteile.

Hin und wieder wird er gefragt, wieso er Lastwagen so gern mag. Woher soll er das wissen? Er mag sie und basta. Weil sie groß und schwer sind, antwortet er. Weil sie so langsam fahren, dass es fast aussieht, als würden sie sich gar nicht bewegen. Deshalb mag er sie, weil es aussieht, als würden sie sich nicht bewegen. Auch wenn er es merkwürdig findet, immer alles erklären zu müssen.

Siebenmal hintereinander fährt er nach Bristol. Immer mit innerem Widerstand. Immer zu Gast bei einer Familie, weil sich seine Eltern zwischen der Option »College« und der Option »Familie« für Letzteres entscheiden. Sie meinen, man lerne mehr, wenn man mit echten Engländern zusammenlebt. Sechs Stunden täglich geht er in die Schule, vier vormittags und zwei nachmittags. In der übrigen Zeit macht er Sport und Ausflüge. Football, Tennis, Schwimmbad, Reiten, Golf. Gotische Kathedralen, Colleges, englische Landschaft, das eine oder andere Pub.

In den sieben Jahren landet er in allen möglichen Familien. Familien, die ihn elegant und freundlich ignorieren, Familien, die ihn verwöhnen wie einen eigenen Sohn, Familien, die ihn wie ein Stück Dreck behandeln, Familien, die nicht Englisch sprechen, wenn sie denn überhaupt irgendetwas sprechen, und die Schüler nur bei sich aufnehmen, um die Haushaltskasse aufzubessern, Familien, die sich nie blicken lassen und ihm um fünf Uhr nachmittags ein zwischen zwei Tellern warm gehaltenes gekochtes Hühnerbein auf den Küchentisch stellen.

Er hat also durchaus Gelegenheit, verschiedenste Varianten des Modells »Familie« kennenzulernen und festzustellen, dass der gute oder schlechte Ausgang derartiger Erfahrungen von einer einzigen, entscheidenden Variablen abhängt, nämlich von der Familie, in der man landet. Er entwickelt eine Art persönliche Philosophie, nach der es im Leben kommt, wie es kommt, und das ist einerlei, denn irgendwann geht eh alles vorbei, und man stirbt nicht dran. Auch, weil es immer etwas gibt, das einen rettet. Das Meer war hier beispielsweise genauso, wie seine Mutter es vorhergesagt hatte: so schön …

Das Gute ist, dass er anfängt, seine Gedanken, Familie für Familie, in einem Notizblock festzuhalten, den er stets bei sich trägt. Es wird zu einer Angewohnheit. Egal, wo er ist oder was er macht, Fil hält kurz inne und schreibt auf, was er gerade tut oder denkt. Es macht ihm Spaß. Er meint, so geht nie etwas verloren. Und tatsächlich ist zwar nicht alles erhalten, aber doch vieles.

Natürlich hat er seinen Eltern nie gesagt, dass er während dieses vierwöchigen Sommeraufenthalts im Ausland nicht so Englisch gelernt hat, wie sie glauben, und auch nicht, dass der Großteil der Familien, zu denen sie ihn geschickt haben, damit er mit echten Engländern in Kontakt kommt, gar keine Engländer waren. Wieso sollte er sie enttäuschen?

Sein eigentliches Problem waren die Lastwagen. Doch Filippo ist ein geduldiger Junge, er denkt sich, eines Tages, irgendwann einmal, werde ich einen bauen.

Im Herbst 2006 fängt Fil an der sagenumwobenen London School of Economics an. Fünf Jahre sind seit dem letzten Sommer in Bristol vergangen, Fil ist gerade dreiundzwanzig geworden, und man kann nicht behaupten, dass er sich in London pudelwohl fühlt. Anfangs wäre er am liebsten gleich wieder nach Hause gefahren, mit dem erstbesten Flug, Zug, Auto oder LKW. Mit dem ersten LKW, der anhält, zum Beispiel.

Vor allem fragt er sich, was er dort soll. Natürlich hatte er es gut gefunden, und vor allem war es naheliegend gewesen, total naheliegend, nach der Bocconi an die LSE zu wechseln. Es war ein bisschen so gewesen, wie sich für BWL zu entscheiden: Eine dieser Entscheidungen, die man nicht wirklich trifft, weil sie bereits getroffen wurde, und dann stellt sich wundersamerweise heraus, dass es genau die richtige war. Und wem würde es außerdem nicht gefallen, etwas Neues kennenzulernen, sich mit Leuten aus aller Welt zu befreunden, weit weg von zu Hause allein zu leben, in einer Stadt wie London (London!) zu studieren und danach vielleicht in den USA? Allein es zu erwähnen, wenn man einen alten Freund trifft: Und was machst du so? Ich studiere in London.

Das ist ein Privileg. Fil weiß das sehr gut. Doch leider erwischt er sich des Öfteren bei der Frage nach dem Warum. Er zweifelt nicht, nein, er stellt sich nur die eine oder andere Frage. Zum Beispiel fragt er sich, wieso er dort gelandet ist. Fil – aber das nur am Anfang, dann lässt es nach – begeht den Fehler, sich zu fragen, wieso einer wie er sich das antun muss, wieso er sein Zuhause, seine Familie, die Stadt, in der er geboren wurde und in der er gemütlich hätte weiterleben und seinen Kram hätte machen können, ganz normal und ohne zu übertreiben, verlassen muss.

Fil hatte eine ganz einfache Vorstellung: Wenn wir auf die Welt kommen, werden wir in einen reißenden Strom katapultiert, und deshalb fühlen wir uns so … überwältigt, als wären wir einer dunklen Macht ausgeliefert. Man ringt nach Luft, hat Angst zu ertrinken, als würde man von strudelnden Wassermassen fortgerissen und zusammen mit Hausrat, Gestrüpp und schwimmenden Baumstämmen auf einen Haufen gespült. Fil nennt dieses dunkle Phänomen den »Strom des Lebens«. Doch dann wächst man heran und versucht, sich so gut es geht eine Zuflucht zu bauen.

Mit Zuflucht meint Fil etwas sehr Kompliziertes. Nicht nur ein Zuhause und eine Familie, sondern Angewohnheiten, Dinge, die man immer auf die gleiche Weise tut und die einem zur Zuflucht werden: immer in dieselbe Bar gehen, der Katze immer zur gleichen Uhrzeit und in demselben abgestoßenen Schälchen zu fressen zu geben, den Duschvorhang behutsam zur Seite zu schieben, weil er so schwer und alt ist ... Die einzigartige Schwere dieses alten Vorhangs bei einem zu Hause, den es nur dort gibt ... Diese ganz banalen ... *Vertrautheiten*. Das heißt, die Dinge, die im Laufe der Zeit zu Vertrautheiten *werden*, eben weil die Zeit vergeht. Das bedeutet, ein Nest haben. Das bedeutet, sich sein eigenes Nest zu bauen. Das ist Architektur. So sieht es Fil. Die Kunst des Bauens, Stein für Stein.

So sieht es Fil. Und er denkt, zum Studium ins Ausland zu gehen, heißt, wieder in den Strom geschmissen und fortgerissen zu werden. Ade, Gewohnheiten. Ade, Nest. Im Ausland zu studieren, nimmt einem das Nest. Natürlich baut man sich ein neues, keine Frage ... Aber das braucht Zeit, und in den zwei oder drei Jahren, die man im Ausland verbringt, schafft man das nicht, es reicht nicht, man kann höchstens einen Anfang machen, ein Gerüst, ein paar Balken; und kaum ist man an einem guten Punkt angekommen, muss man schon wieder weg, und es geht wieder von vorn los, und man weiß nie, wo einen der Strom als Nächstes anspült.

Aber all das sagt Fil nicht. Wie könnte er auch? Man würde

ihn für einen alten Opi halten, der nur zu Hause hocken will, statt die Welt kennenzulernen und Erfahrungen zu sammeln. Er versucht es nicht einmal, er ist doch nicht verrückt.

Einmal, mit vierzehn, war er mit seiner ersten Freundin am Meer. Den ganzen Tag verbrachten sie auf der Liege. Sie sonnten sich, quatschten, knutschten. Alles war gut, bis seine Mutter eines Abends zu ihm sagte: »Du und Martina seht aus wie zwei Rentner. Wie könnt ihr die ganze Zeit nur herumhocken? Wollt ihr nicht ein bisschen Sport machen, ein Surfbrett oder ein Gummiboot mieten, Freunde treffen, tanzen gehen?« Zwei Rentner … Deshalb versucht Fil gar nicht erst zu sagen, dass er sehr gern auf einem Fleck bleibt, dass er nun einmal so ist. Er hat gelernt, und er hat einen Entschluss gefasst. Er hat beschlossen, sich zu fügen. Zu fügen! Ja zu sagen. Kein Kampf für ihn, kein Leid für die anderen. Hat das einen Preis? Aber klar hat das einen Preis: die Wahrheit. Man ist nicht mehr man selbst, sondern jemand anders. Man stimmt nicht mehr mit sich selbst überein, wenn man das so sagen kann. Man ist dissonant. Aber gibt es überhaupt ein Selbst?

Okay, den Lastwagen bei den Großeltern hat er am Ende nie fertig gebaut. Also? Also gibt es nur eines: Man verdoppelt sich. Das falsche Selbst, das die anderen wollen, macht, was die anderen wollen. Und das wahre Selbst macht, was es will. Jawohl. Was es will! Ganz einfach. Das eine geht nach Bristol und London. Das andere hingegen schwingt sich in den Zug, auf die Fähre, aufs Motorrad …

Also erzählt Fil in London allen, was alle hören wollen: Dass er zufrieden ist, dass alles super ist. Auch weil es letztendlich gar nicht so tragisch ist. Eigentlich fühlt er sich nur ein bisschen entwurzelt. Aber was soll das eigentlich heißen, entwurzelt? Ohne Wurzeln? Schon richtig, ihm fehlt ein bisschen seine Mutter, seine Gewohnheiten … das sogenannte Nest. Aber darf man das überhaupt sagen? Darf ein dreiundzwanzigjähriger Junge, der an der sagenhaften LSE in London seinen Master macht, sagen, dass ihm das Nest, dass ihm seine Mutter fehlt? Nein, das darf er nicht.

Und so sagt Fil nichts. Er lernt. Er lernt zu sagen, dass es ihm super geht, dass er total glücklich ist, dass er einen Haufen ganz besonderer Freunde hat und irre interessante Dinge tut. Alles im Superlativ. Hin und wieder übertreibt er, erfindet Worte, die es nicht gibt: hammerirre, obersuper, monsterokay. Und am Ende wird alles ein bisschen wahr, und es geht ihm wirklich gut in London, supergut.

Ehrlich gesagt, ausgerechnet in dieser Zeit Wirtschaftsstudent in London zu sein, dazu an der LSE, im Herzen der City, ist nicht gerade das Übelste, im Gegenteil ... Da ist die Arbeit mit Jeremy, der Blasenalgorithmus, ihre Studien, die Freunde, die Kommilitonen, alles clevere Leute, eine nette Truppe, dort an der LSE, Leute aus der ganzen Welt, die von Management, Governance und internationalen Finanzen träumen. Und obendrein London! London ist eine so schillernde, dynamische Stadt. An jeder Ecke anders: modern, alt, chaotisch, still, geheimnisvoll, trügerisch, rotzig, elegant. Und Fil hat diese schnuckelige kleine Wohnung mit diesem schnuckeligen kleinen Garten, die seine Eltern ihm bezahlen und wohin er seine Freunde einladen kann. In Marylebone, einem so faszinierenden Viertel. Er lernt sogar, den Namen richtig auszusprechen, halb heruntergeschluckt, wie es nur die Londoner tun. Wie ein waschechter Londoner, *Merlbone* oder so ähnlich. Er kommt sich total cool vor, es so aussprechen zu können. Abends holt er sich mit seinen Freunden Takeaway beim Thai, und dann reden sie die ganze Nacht, manchmal draußen im Garten, bei Mondenschein und in dicken Jacken, oder sie gehen zusammen ein Bier trinken, im Rabbit und Child beispielsweise.

Außerdem hat er eine Freundin.

Er begegnet ihr gleich zu Beginn. Direkt nach seiner Ankunft, in den allerersten Wochen. Sie heißt Angelica. Angelica Shauner. Ein zartes Ding mit rotem Haar und Sommersprossen, das dort in London kurz vorm Abi steht. Obwohl es ein kalter Herbst ist, geht sie mit dünnen, geblümten, eng anliegenden Kleidchen und einem Fußkettchen mit Herzchen am rechten, nackten, unbestrumpften Knöchel aus. Sie ist zart wie eine Elfe. Sie sieht aus, als wäre sie einem Märchenbuch entsprungen. Im Jahr darauf will sie sich für Raumfahrttechnik einschreiben. »Ich nehme dich mit auf den Mars!«, sagt sie zu Fil. Und lächelt dabei dieses Lächeln.

Also, abgesehen vom Anfang läuft das erste Trimester in London gar nicht schlecht. Fil lernt wie ein Besessener, besucht Tagungen und Seminare, besteht Prüfungen, verfasst Paper und trifft Angelica.

Und in den Weihnachtsferien fährt er nach Hause. Es gibt ein Familienabendessen, dann fährt er ein paar Tage Ski und geht mit Zia Giu spazieren. Als er wieder nach London fährt, ist er heiter und aufgeräumt. Er stürzt sich wieder ins Studium, besteht sämtliche Prüfungen und gehört zu den Besten.

Im Frühling beklagt er sich ein wenig über Müdigkeit, doch alle sagen, das sei normal. Er meint, es handelt sich um eine andere Müdigkeit, etwas Unübliches, doch er kann es nicht erklären. Er hätte gern mehr Zeit, um mit Jeremy zu diskutieren oder bestimmte Bücher von A bis Z durchzuarbeiten, nicht nur in Auszügen, Zusammenfassungen und Schemata. Er hat gute und ziemlich originelle Ideen, aber er kann sie nicht vertiefen: Er muss Prüfungen machen, Tests bestehen, Paper vorbereiten, Seminare besuchen. Er muss auf Mails antworten, skypen, SMS schicken.

Er fängt an, weniger zu tun. Jeden Tag ein bisschen weniger. Oft lässt er den Computer aus oder das Handy. Jedesmal, wenn er wieder einschaltet, geht eine Lawine von SMS und

Mails über ihn nieder. Also muss er antworten, zurückrufen, Gründe erfinden, um Entschuldigung bitten. Das kostet ihn zusätzlich Mühe und Zeit. Er nennt es den Preis: Den Preis, den man zahlt, um abzuschalten.

Schwierig wird es, wenn er mit seinen Dozenten einen Termin machen will, um sich etwas aus der Vorlesung noch einmal erklären zu lassen oder sich einen Literaturnachweis zu notieren. Termine werden grundsätzlich per E-Mail gemacht. Nur, dass er nicht ständig seine Mails checkt, und so geht ihm die eine oder andere Dozentenantwort durch die Lappen. Manchmal liest er seine Mails erst abends um zehn und stellt fest, dass er um zwei Uhr nachmittags irgendwo hätte sein sollen. Der Termin *war* um zwei. *Wäre* um zwei *gewesen*. Und er beißt sich in den Hintern. Ab und zu versucht er gewissenhafter zu sein, doch es ist stärker als er: Er schaltet ab, denkt nicht mehr dran, schaltet nicht wieder ein, schaltet ein, wann es ihm passt und wenn es ihm wieder einfällt.

Das ist nicht nur mit den Professoren so. Fil verpasst auch einen Haufen Freunde, weil er seine Post nicht liest und nicht auf sein Handy schaut. Das ist nicht immer so, aber genau das ist der Punkt: Er ist nicht ausdauernd. »Ausdauernd« ist das richtige Adjektiv. Das heißt, er hat Computer und Handy nicht rund um die Uhr angeschaltet. Das ist keine Absicht. Er ist eben mit anderen Dingen beschäftigt und hat nicht den Nerv, sich von Kurzmitteilungen ablenken zu lassen. »Die unterbrechen mich bei dem, was ich mache«, sagt er. »Und was, bitte, machst du?«, fragen die Leute zurück, und er zuckt mit den Achseln: Muss er denn wirklich sagen, was er macht, ist das nötig? Er macht etwas anderes, ist das so schwer zu verstehen? Es ist schwer zu verstehen. Er macht auch mal nichts. Aber er hat trotzdem keine Lust, den ganzen Mail-, Twitter- und Skypequatsch zu aktivieren. Es belastet ihn. Er will unbeschwert bleiben. Kann doch mal vorkommen, dass man keine

Lust hat, oder? Das gehört zu der persönlichen täglichen Freiheit, ob man seine Post öffnet oder nicht, zumindest sollte es dazugehören.

Aber nein. Immer glauben alle, wenn man seinen Computer nicht anschaltet, verpasst man alles. Man darf nicht offline sein. Sonst verpasst man den Anschluss. Und ohne Anschluss ist man nichts. Man existiert nicht mehr, es gibt einen nicht.

»Check halt deine Scheißmail!«, bekommt er von seinen Kommilitonen zu hören. Sie finden, der Fehler liege bei ihm, dabei wäre es so leicht, ihn zu umgehen, es braucht nur eine Winzigkeit.

Doch Fil ist störrisch. Er macht daraus eine Ehrensache. »Ich kann schließlich nicht vor dem Computer leben«, sagt er, »und ihn selbst auf dem Klo im Auge behalten. Was soll ich machen, ihn mir um den Hals hängen?«

»Und wie wär's mit einem Smartphone? Na, du Superhirn, hast du vielleicht mal daran gedacht? Musst du immer den Sonderling machen?«, sticheln die anderen.

Aber Fil geht es nicht darum, originell zu sein. Er pfeift auf Originalität. Könnte er eins werden mit dem breiigen Grau des Nebels, würde er es tun. Er will nur nicht ständig diese Fessel tragen, wer einem schreibt, wer einem antwortet, was er sagt, wo man sich trifft, wann, wieso… Wieso spürten die anderen diese Fessel nicht?

Und so verliert er auch Angelica Shauner. Ein herber Schlag. Die Geschichte mit Angelica geht sechs Monate. Sehr viel kürzer, als man normalerweise gedacht hätte angesichts der »himmelstürmenden« Absichten, mit der die zukünftige Raumfahrttechnikstudentin an den Start gegangen war.

An den Wochenenden war Fil mit ihr ein paarmal ans Meer gefahren, in ein Bed and Breakfast auf den Klippen von Cornwall. Doch unter der Woche sahen sie sich selten, weil er lernen musste. Und sie schickte ihm eine Flut von SMS. Ständig, bis zu zehn Stück am Tag. Deshalb hat es nur sechs Monate gehalten. Arme Angelica, recht hat sie: Was soll sie auch machen? Aber auch armer Fil, er lebt mit dem Albtraum des akustischen Signals der eintreffenden Nachricht. Da hilft auch die Lautlos-Einstellung nicht: Das Gerät blinkt trotzdem. Und surrt auf der hölzernen Schreibtischplatte. Also steckt er es in die Tasche, doch das verdammte Ding vibriert, und dieses gedämpfte Beben geht ihm bis ins Mark. Die reine Hölle. Meistens antwortet er, und sei es nur, um es ruhigzustellen. Mit hastigen Fingern tippt er ein paar Wortfetzen als Antwort. Doch er hat keine Lust dazu, und außerdem ist es nie genug. Sie schickt ihm ganze SMS-Epen, die den stärksten Mann umhauen würden. Fil will sich gerade mit einem Gedanken befassen, liest einen Artikel oder ist in einer Vorlesung. Oder hört Musik. Oder sitzt im Bus und hängt seinen Gedanken nach, oder ist im Supermarkt, um sich Kekse zum Frühstück zu kaufen, und wählt zwischen den vielen Sorten, mit Schokostücken, mit Haselnuss und Himbeer, mit Vanille-Pistazien-Creme. Er ist also gerade in eine bestimmte Sache vertieft. Er ist *konzentriert*. Und will es bleiben, verdammt noch mal! Ist das so schwer? Ja, das ist es. Die Leute feiern eine Art kollektive virtuelle Endlosparty, alle zusammen und miteinander connected, allen Unterschieden und Entfernungen zum Trotz. Das ist der jahrtausendealte Traum der totalen Demokratie, der jetzt endlich Wirklichkeit wird. Wie, zum Teufel, soll man sich aus diesem *global dream* raushalten?

Und so hat Angelica nach rund sechs Monaten voll Bed and Breakfast, steilen Klippen, Abenden bei Kerzenschein und Abertausenden von SMS, die Fil unbeantwortet lässt, die Schnauze voll: Das wunderschöne Elfen-Raumschiff fliegt davon. Mit folgender SMS:

It was fun Fil. It's ova, whateva. Lets be friends 4eva.

Gefolgt von folgendem lächelndem Vertikal-Emoticon:

:)

Fils Eltern in Italien sind, was das Leben ihres Sohnes betrifft, unterdessen recht ahnungslos. Das, was sie wissen, ist vage und dazu noch falsch. Sie wissen das, was Fil ihnen sagt, nämlich dass er superzufrieden ist und alles prima läuft. Doch was dieses »alles« genau ist, wissen sie nicht.

Ihnen genügt es, dass der Sohn im Ausland studiert, das macht sie froh, sie haben sich nichts vorzuwerfen und stehen (gesellschaftlich) gut da.

Damals war es so: Die Eltern (einer bestimmten gesellschaftlichen Schicht) fühlten sich nur gut, wenn ihre Kinder im Ausland studierten, wenn möglich auf einem anderen Kontinent. Und ebenso fühlten sich die Kinder (einer bestimmten gesellschaftlichen Schicht) nur gut, wenn sie im Ausland studierten, mindestens für zwei Monate und mindestens ein paar hundert Kilometer weit weg.

Tatsächlich war die Welt mit einem Schlag groß geworden. Oder besser gesagt, die Menschen hatten gemerkt, dass sie groß war. In jenen Jahren bemühte man sich, die Grenzen zu erweitern oder ganz zu überwinden. Man hatte eine »größere« Vorstellung von Völkern und Nationen, die mit interplanetarer Globalität einherging.

Man begann zu glauben, Mobilität sei alles. Der Wert eines Menschen bemaß sich hauptsächlich nach der geografischen Ausdehnung, die sein Leben abdeckte, vom Kilometerstand gewissermaßen. Vor allem die jungen Leute wurden danach beurteilt, wie sehr sie sich dem Fernen und Anderen zuwandten. Was unterm Strich als »Erfahrungen sammeln« verbucht wurde. Wer als junger Mensch Anerkennung verdienen wollte (die Worte »Leistung« und »Meritokratie« waren damals ebenfalls sehr modern), ging beispielsweise mindestens für ein Jahr nach Peru, studierte Ingenieurwesen und ritt auf Lamas.

War daran irgendetwas falsch? In Zugzwang brachte es einen zweifellos, so als würde man sagen: Mein lieber Junge, selbstverständlich musst du nicht ins Ausland gehen, doch wenn du es nicht tust, fällt unser Urteil über dich durchwachsen aus, und richtig viele Punkte kriegst du auch nicht. Etwas spitzfindig ausgedrückt, verlor damit zwangsläufig eine bestimmte Art der Erfahrung an Wert, nämlich die sogenannte innere Erfahrung, jene vollkommen unsichtbare und ziemlich... starre Fähigkeit, die Bedeutung des Seins in seinem Inneren zu erspüren, ohne kreuz und quer durch die Weltgeschichte zu tingeln. So unsichtbar und starr war sie, dass man sie keiner angemessenen Punkteskala unterziehen konnte und deshalb lieber ignorierte.

Man dachte damals tatsächlich im Punktesystem. Und das nicht nur an der Universität. Ein merkwürdiger Abschnitt der Geschichte hatte begonnen, in dem alles »objektiv messbar« sein und nach bestimmten internationalen Tabellen bewertet werden musste. Es wurde ein Haufen Arbeit in diese Bewertungsraster gesteckt, die regelrecht Gittern oder Käfigen glichen, Elemente einer höchst beeindruckenden bürokratischen Maschinerie. Der Albtraum Max Webers, eines der bedeutendsten europäischen Soziologen des ausgehenden neunzehnten Jahrhunderts, wurde wahr. Ihm zufolge würde sich der Kapitalismus durch die Bürokratie in ein stählernes Gehäuse verwandeln. Genau so hatte er sich ausgedrückt: ein stählernes Gehäuse...

Es versteht sich von selbst, dass einige Erfahrungen nur gemacht wurden, um sie in den Lebenslauf schreiben zu können. Das verfälschte den eigentlichen Sinn der Erfahrung ganz erheblich, und somit den Sinn des menschlichen Lebens an sich. Es waren die naheliegenden und unvermeidlichen Konsequenzen dieser – wie soll man sagen? – zwanghaften Auslandsstudien, die zu Beginn des dritten Jahrtausends im alten Europa um sich griffen.

Doch für die bessergestellten Familien war das, wie gesagt, völlig in Ordnung.

Und deshalb sind Fils Eltern froh, als Fil in London seine Zelte aufschlägt: Sie haben einen Sohn, der genau dort ist, wo er sein soll, und genau das tut, was von ihm erwartet wird.

Natürlich leidet Nisina ein wenig darunter, dass er so selten nach Hause kommt. Dass es nicht so sein kann, wie während seines Studiums in Mailand, ist klar, aber muss er sich deswegen gleich gar nicht mehr blicken lassen? Fil kommt zu selten. Er behauptet, Reisen lenkten ihn ab. Woraufhin sie ihm immer wieder sagt, er irre sich, der Flug dauere nur ein paar Stunden, es wäre auch eine kleine Abwechslung, er könne schließlich nicht immer über den Büchern hocken, und außerdem könne er doch während der Reise lernen, wenn es denn so wichtig sei …

Ihr würde es reichen, ihn einmal im Monat zu sehen, ihm sein altes Zimmer herzurichten, ein paar neue Anziehsachen in den Schrank zu legen, etwas Besonderes zu kochen.

Und als der Sommer kommt, kehrt Fil endlich wieder nach Hause zurück, und die Familie macht ein großes Fest, das heißt ein Familienabendessen. Und dann ist da noch das unselige Kapitel mit der ledernen Aktentasche. Nichts Schlimmes, nur ein weiteres Mosaiksteinchen. Beim Abendessen sind alle nett und lieb, stopfen ihn mit Leckerbissen voll, fragen ihn, wie es ihm in London ergeht, wie die Prüfungen laufen, was er gerade Schönes treibt und in den nächsten Monaten und Jahren treiben wird. Alles ist perfekt. Bis seine Eltern ihm ein Geschenk überreichen, einfach so, um das Ende seines ersten

Masterjahres zu feiern: eine anthrazitfarbene Aktenmappe aus strukturiertem Leder mit Edelstahlschnallen. Schön, ein wunderschönes Stück. Dazu von einer edlen Marke.

»Für deine zukünftigen Arbeitsmeetings, Dottor Cantirami!«, sagen sie lachend.

Es sollte ein liebevoller Scherz sein. Fil sagt nichts und bedankt sich. Den ganzen Abend ist er mürrisch. Irgendetwas passt ihm nicht: »Dottor Cantirami«, »Arbeitsmeetings« …

Doch mit wem kann er darüber sprechen? Und wie erklären? Und wohin flüchten? Um was zu tun?

KAPITEL 3

Der Mann, der Blätter angelte

Irgendwann ist da jemand.

Es gibt immer jemanden, der irgendwann, und vielleicht ohne es zu wollen, unser Leben beeinflusst und es in eine bestimmte Richtung lenkt. Vor allem, wenn wir jung sind. Das kann jemand Nahestehender sein oder auch ein Fremder. Jemand, der uns stets begleitet hat, oder jemand, dem wir nur einmal begegnen, doch dafür so intensiv, dass er uns nachhaltig prägt. Schwer zu sagen. Jedenfalls ist es jemand, den wir als Lehrmeister bezeichnen, auch wenn er uns nichts beigebracht hat.

Fil passiert das zu Beginn seines zweiten Jahres in London. Herbst 2007, kurz nach der *Subprime*-Krise, dem Auftakt zu einer der größten Wirtschaftskrisen der westlichen Welt. Fil kehrt nach London zurück und stürzt sich kopfüber ins Studium. Doch er ist nicht mehr derselbe. Jeremy sagt es ihm und fragt, was mit ihm los sei. Hin und wieder gehen sie wie gewohnt einen trinken, doch es ist nicht mehr so wie früher. Fil steckt voller Unruhe, er ist nie ganz da, wo er ist. Er ist wie von einer Tarantel gestochen.

Sechs Monate zuvor hat er sich ein Motorrad gekauft. Er fährt damit in die Wälder. Zum Beispiel sonntags, statt krampfhaft und grimmig vor sich hin zu lernen. Die Wälder sind ein ganzes Stück weg, er muss ziemlich viele Kilometer runterreißen, um endlich in einer anderen Welt zu sein: große, moosfeuchte Bäume, der Duft nach Erde, Heide und Laub, das sich am Boden in Matsch verwandelt. Er mag es, versinkt weich mit den Füßen darin und denkt, dass es nicht stimmt, dass die Blätter sterben: Sie sind am Entstehen. Was für ein erfreulicher Gedanke, dass die Dinge sich wandeln, es braucht Zeit, doch dann werden sie zu etwas Neuem. Es ist schön, dass die Zeit doch nicht so schnell vergeht, man muss die Dinge nur eingehend betrachten. Das zu glauben, gefällt ihm, es entschädigt ihn für seine vollgestopften, atemlosen Tage.

Hin und wieder fährt er Richtung Oxford bis in eine weniger besiedelte Gegend voller Täler, Lichtungen, Hügel und Bäche. Es sieht ein bisschen so aus wie bei ihm zu Hause, wie in den engen Tälern, die sich zwischen Felsen, Schnee und schier unerreichbar hohen Gipfeln auftun und wo man sich angesichts des mächtigen Bergmassivs winzig vorkommt, wie ein Hirsch oder ein Steinbock.

Dort begegnet ihm eines Sonntags Malmecca.

Irgendwo zwischen jahrhundertealten Bäumen steht da ein großes Haus. Ein Landhaus, vielleicht aus dem achtzehnten Jahrhundert. Verlassen, halb verfallen, die dunkelroten Ziegel geborsten, das Dach eingestürzt, grün vor Moos. Ringsherum eine verwucherte Wüste: Unkraut, alte, umgestürzte Stämme, Holzbruch, Brombeergestrüpp. Fil geht jedes Mal dorthin, es ist eine Art Ankerpunkt. Wenn er müde ist, macht er dort Rast und kehrt dann um; wenn er sich kräftig genug fühlt, geht er noch einmal doppelt so weit. Er nennt es das Rosa Haus, weil man dort, wo die Farbe noch nicht abgeblättert ist, sehen kann, dass die Wände einmal rosa waren.

An einem dieser Sonntage sieht er einen Mann wie vor Schmerzen zusammengekrümmt auf der untersten Stufe hocken. Der Mann starrt stumpf geradeaus. Er trägt eine abgewetzte braungrüne Jacke, die mit der Farbe des Bodens verschmilzt. Fil grüßt ihn und wünscht ihm einen schönen Sonntag. Der Mann hebt den Kopf und fordert ihn mit einem

Zeichen zum Sitzen auf. Neben ihm sieht Fil eine Angel im Boden stecken.

»Kommen Sie oft hierher?«, fragt er ihn.

»Ich wohne hier.«

»Hier in diesem Haus? Ich dachte, es wäre unbewohnt…«

»So halb und halb.«

Er antwortet auf Italienisch. Er ist Italiener. Was für ein Zufall. Wie groß war die Wahrscheinlichkeit, dass Fil mitten in diesem Wald einen Italiener trifft? Er fragt ihn, woher er komme. Aus der Mitte, sagt er. Mittelitalien, denkt Fil, oder was für eine Mitte? Er ist ein wortkarger Mann. Groß, hager. Um die siebzig, vielleicht jünger. Das noch dichte, dunkle Haar ist kurz und in einen perfekten Seitenscheitel frisiert. Wenn er lacht, erscheint ein Ring aus Falten auf seinen Wangen, der wie die flüchtigen Kreise auf dem Wasser aussieht, ehe der See wieder still daliegt.

»Gewisse Häuser lassen sich nicht bewohnen«, sagt er. Der Faltenring blitzt auf. Dann starrt er wieder stumm vor sich hin.

Fil weiß nicht, ob er weitergehen oder bleiben soll. Wenn er bleibt, muss er etwas sagen, um dieses Schweigen zu füllen.

»Wohnen Sie schon lange hier?«, fängt er an.

»Ja.«

»Ich komme fast jeden Sonntag hier vorbei, seltsam, dass ich Sie noch nie gesehen habe.«

»Ich komme nur selten her.«

Irgendetwas in seinen kurzen Antworten ergibt keinen Sinn, wie ein logischer Widerspruch, eine winzige Entgleisung. Wie kann es sein, dass er selten herkommt, wenn er hier wohnt?

»Und… Sie kommen, um…?«, fährt Fil fort, doch er weiß nicht, was und wie er fragen soll: um zu arbeiten oder was? Er fragt anders: »Und… wie vertreiben Sie sich Ihre Zeit?«

»Sie vertreibt sich von selbst.«

Er antwortet wie ein Irrer, aber Fil sieht, dass er nicht irre ist. Er ist ein Mann, der ein Geheimnis in sich birgt. Aber wenn er ihn jetzt mit Fragen bombardiert, vertreibt er ihn, klar. Diese in den Boden gerammte Angel zum Beispiel ... Hier gibt es weder Seen noch Flüsse oder Bäche. Zumindest nicht in unmittelbarer Nähe. Wieso sitzt dieser Mann dann mit einer Angel da?

»Und ... gehen Sie oft angeln?«, fragt Fil.

»Ja.«

»Ah ... Wo denn so?«

»Hier.«

»Hier in der Nähe?«

»Hier, wo wir sitzen. Ich angele Blätter.«

Fil ist sprachlos, der Mann lacht. Wieder blitzt der Strahlenkranz um seine Augen auf.

»Keine Sorge, Junge, du hast nur die falsche Frage gestellt. Du hättest nicht fragen sollen, wo ich angele, sondern was.«

Dabei bleibt es. Dieser Mann hat Fil nicht die winzigste Frage gestellt, weder, wer er ist, noch, was er macht. Und so belässt es Fil bei seinen Fragen, verabschiedet sich und fährt wieder nach Hause.

Er trifft ihn noch viele Sonntage. Nicht alle, denn der Mann kommt tatsächlich nicht immer; manchmal kommt Fil zum Haus, sucht ein bisschen herum, doch von ihm keine Spur.

Er heißt Malmecca, verrät er ihm einmal. Fil muss an die Insel vor Venedig denken, die Giudecca. Er fragt noch nicht einmal, ob es sein Vor- oder sein Nachname ist. Malmecca. Das ist alles. Vielleicht jüdisch.

Das Rosa Haus ist das Haus seiner Familie, vierundzwanzig Jahre hat er dort mit seiner Frau und den drei Kindern gelebt. Dann ist sie gegangen und hat die Kinder mitgenommen. Seitdem bewohnt er ein gemietetes Zimmer in der Stadt, allein. Aber irgendwie wohnt er auch im Rosa Haus. Er setzt sich davor und angelt Blätter. Er hat es nie wieder betreten, nicht einmal versucht, die Tür zu öffnen. Er sitzt davor und basta. Er meint, Häuser könne man auch so bewohnen, indem man sie hin und wieder besucht. Dann fühlen sie sich nicht verlassen und gehen nicht fort. Denn auch Häuser können fortgehen, wenn sie wollen, sagt er, sie entfernen sich, wenn sie merken, dass wir uns entfernt haben. Er hat dieses Haus sehr geliebt, er ist dort glücklich gewesen, es war sein Leben. Deshalb will er es jetzt nicht fortlassen, deshalb sitzt er davor und bleibt wie durch eine Schnur mit ihm verbunden.

All diese Dinge erfährt Fil im Laufe der Zeit. Es braucht viele Sonntage, denn dieser Mann redet nicht viel. Jeden Sonntag ein oder zwei Sätze, mehr nicht. Und so setzt sich für Fil Monat für Monat seine Geschichte zusammen. Nicht die ganze, nur ein paar Bruchstücke. Er weiß zum Beispiel, dass Malmecca Arzt ist. Neurochirurg, um genau zu sein. Er war Chefarzt der Neurochirurgie im größten Krankenhaus Londons. Aber irgendwann, von heute auf morgen, ist er gegangen, und niemand hat ihn wiedergesehen.

Eines Tages bringt Malmecca eine zweite Angel mit, steckt sie neben seine und sagt: »Die ist für dich, wenn du willst, versuchen wir es mal.«

Sie versuchen es sofort. Es geht folgendermaßen: Man muss sich unter die Bäume kauern, auf die Windböen achten und das Blatt an den Haken kriegen, ehe es zu Boden fällt. Der Haken am Ende der Angelschnur ist kein normaler Angelhaken, sondern sehr spitz und krumm, eine Art Harpune, mit der man das Blatt durchstößt. Eine Mischung aus Lassowerfen, um einen wilden Stier zu fangen, und Fliegenfischen an einem Bergbach, wenn man die Schnur über dem Wasser auswirft und hofft, eine Forelle zu erwischen. Nur, dass es hier weder um Stiere noch um Forellen ging, sondern um Blätter.

Es liegt etwas Kindisches darin, als wäre es ein Spiel. Doch Malmecca praktiziert es mit allergrößtem Ernst, und Fil versucht es ihm gleichzutun. Viele Sonntage lang ohne Erfolg. Doch als es ihm das erste Mal gelingt, ist das eine unsagbare Freude. Sein erstes geangeltes Blatt. Es ist groß und gelb, mit dichten symmetrischen Maserungen.

Malmecca legt seine geangelten Blätter neben sich auf den Boden, und am Ende des Tages rafft er sie mit beiden Armen zusammen, wirft sie mit Schwung in die Luft und lässt sie vor seinen Füßen niederregnen. Fil macht ein ratloses Gesicht.

»Entschuldige, Malmecca, aber was tust du da? Wenn du sie auf den Boden wirfst, rettest du sie doch nicht ...«

»Retten, mein Junge? Wie kommst du denn darauf?«

»Und was dann?«

»Wir halten ihren Fall. Wir ergreifen ihn, stoppen ihn ...«

»Was stoppen wir?«, stammelt Fil.

»Ihren Fall. Wir merken, dass sie fallen, wir ... achten auf sie. Es ist eine Frage der Achtsamkeit.«

Es stimmt, jedesmal sieht Fil deutlicher, wie sorgfältig Malmecca ist, mit wie viel Liebe er jedes Blatt vom Haken nimmt, wie aufmerksam er es betrachtet. Und wie ernst er sie alle auf einmal in den Wind wirft und zusieht, wie sie zu Boden taumeln, die einen nah, die anderen weiter weg. Es ist ein Abschied. Er verabschiedet sich von den sterbenden Blättern. Er begleitet sie. Für die Blätter macht es keinen Unterschied, doch für sie beide schon. Muss man so etwas noch erklären? Nein, muss man nicht.

KAPITEL 4

Rat race

Eines Tages ruft ihn sein Tutor zu sich.

Die letzten Prüfungen sind nicht optimal gelaufen. Zu viele Fragen und zu wenig Zeit, Fil hat den Fehler gemacht nachzudenken. Er hat sich die Zeit genommen und den Luxus erlaubt nachzudenken. Er hat zu viel nachgedacht. Und dann hat ihm die Zeit gefehlt. Also hat er nur die Hälfte geschafft, klar. Er hat mit niemandem darüber sprechen wollen, nicht einmal mit Jeremy, der natürlich alles abgegeben hat, wer weiß, wie er das schafft. Fil hat nur in sich hineingegrummelt: Wenn man mich etwas fragt, muss man mir auch die Zeit lassen zu antworten, oder? Was soll das sein, ein Wettlauf mit Stoppuhr? Soll ich die Dinge verstehen und darüber nachdenken oder soll ich einfach nur schnell sein?

Doch das ist es nicht. Der Tutor hat von der Geschichte mit dem Poster erfahren: dass Fil es nicht machen wollte und sich von den anderen abgesondert hat. Er hat von dem umgeschmissenen Tisch erfahren. Und jetzt will er wissen, an welchem Punkt Fil mit seinen Studien ist. Er fühlt ihm auf den Zahn.

Und so erzählt Fil ihm von seinen jüngsten Recherchen und den Ideen, die ihm gekommen sind. Es ist Anfang 2008. Im September bricht Lehman Brothers zusammen. Die Welt steht kopf, und es wird noch schlimmer kommen. Fil hat einen ganz klaren Standpunkt. Er erklärt dem Tutor, dass er sich die Krise der Märkte vornehmen wolle und dass das

Problem seiner Meinung nach darin liege, sie vorhersehen zu können. Er redet lange mit ihm. Vielleicht ein wenig zu engagiert. Aber junge Leute ereifern sich nun einmal gern. Tatsache ist, dass es für Fil stets um nichts weniger geht, als die Welt zu retten. Vielleicht studiert er deshalb BWL – um die Welt zu retten.

Der Tutor ist ein Professor um die fünfunddreißig. Er trägt einen dunklen Anzug und einen schnürsenkeldünnen, leicht fettig schimmernden Schlips. Dazu ein weißes Hemd, das über der Brust spannt. Aus den Ärmeln schauen die kurzen Manschetten hervor, die von amarantroten Emailleknöpfen zusammengehalten werden, in deren Mitte ein goldenes Wappen mit einem sich aufbäumenden Drachen prangt. Das Haar ist weder lang noch kurz und der Bart mehrere Tage alt, wie es unter den Dreißigjährigen gerade Mode ist. Die ganze Zeit über sieht er Fil leer an. Als er fertig ist, sagt er: »Was haben Sie veröffentlicht?« Es ist eine Frage, aber seine Stimme lässt kein Fragezeichen hören.

»Na ja, nichts … Noch nicht.«

»Und was wollen Sie veröffentlichen?«

»Na ja … darüber habe ich noch nicht nachgedacht …«

»Und worauf warten Sie?«

Der Tutor erkundigt sich nach den Monaten seines Masterstudiums, die er bereits hinter sich hat, nach seinen Bewertungen, seinen Projekten.

»Und wie wollen Sie weitermachen, wenn Sie nichts veröffentlichen? In Ihrem Alter? Es gibt hier Leute in Ihrem Alter, die haben bereits drei – vier Artikel, die besten *referees*, Zeitschriften mit extrem hohem *impact factor*.«

Fil starrt auf die Manschetten, auf den goldenen Drachen, der mit jeder Handbewegung aufblitzt. Er weiß nicht, was er sagen soll. In seinem Alter … was redet der da? In seinem Alter zerbricht man sich nicht den Kopf über *referees* oder den *im-*

pact factor ... Was soll das überhaupt sein? *Impact factor?* Und wozu eigentlich?

Sofort redet er mit Jeremy darüber. Er ist völlig aufgekratzt und stinkwütend.

»Nicht zu fassen!«, sagt er. »Das Einzige, was zählt, ist, wie laut dein Name zu hören ist, bis in welchen Winkel der Welt er es schafft! Ping ... pong ... Also echt, sind wir Billardkugeln oder was?«

»Drehst du jetzt völlig am Rad?« Jeremy reagiert ungehalten, er schreit fast. »Das ist unser Job! Klar musst du dir den Arsch aufreißen! Du sollst was veröffentlichen? Dann mach's doch! Du musst eine bestimmte Bewertung kriegen? Dann klemm dich dahinter! Tu alles, was du musst! Ist das so schwer? Wenn du wissenschaftlich arbeiten willst, ist das eben so! Aber wenn du nur deinen eigenen Kram machen willst, dann, bitte ... halt dich raus, klettere auf einen Baum, oder schließ dich irgendwo weg, was weiß ich!«

Jeremy ist empört. Fil tut es leid. Er will ihn nicht vor den Kopf stoßen, niemals. Er hört auf zu reden und grinst ihn kleinlaut an. Doch Jeremy grinst überhaupt nicht.

»Mir geht dieses Gerede auch auf den Zeiger«, sagt er genervt und niedergeschlagen. »Was glaubst denn du? Ich würde auch viel lieber in der Bibliothek hocken und lernen und sonst nichts. Aber das sind nun mal die Regeln. Um weiterzukommen, muss man sich darauf einlassen. Und außerdem ...«, es kostet ihn Mühe, zum Punkt zu kommen, man kann ihm ansehen, dass er es kaum über die Lippen bringt. »Und außerdem ist das sehr bequem, Fil. Es ist sehr bequem ... nur das zu machen, worauf man Bock hat! Du ... du kannst dir das leisten.«

Er macht eine Pause. Runzelt die Stirn.

»Ist doch offensichtlich, dass du dir das leisten kannst. Ich nicht ...«

An diesem Abend sind sie bei Fil. Fil tritt in seinen kleinen Garten hinaus, er braucht frische Luft. Er steht da, die Arme auf das Mäuerchen zum Nachbarn gestützt, und starrt vor sich hin. Jeremy kommt zu ihm und bittet ihn um Verzeihung. Sie rauchen eine Zigarette. Abwechselnd glimmt das matte Leuchtpünktchen des verglühenden Tabaks auf. Nein, du musst mir verzeihen, sagt Fil. Er weiß nicht, was er sonst sagen soll. Er belässt es dabei.

Sie treten in die angespannte, unruhige Londoner Nacht hinaus. Sie kaufen sich ein Bier und fangen an, über den Algorithmus, ihre Berechnungen, die neuen Hypothesen zu reden. Sie wissen wieder, warum sie so gern zusammen sind.

Dann begleitet Fil Jeremy nach Hause.

»Hör mal, vielleicht machen wir daraus eines Tages ein Buch! Du und ich, Jer, was meinst du? Ich sehe ein großes Fresko vor mir, ein historisches Panorama des Problems, eine philosophische Einordnung… Ein Buch! Verstehst du, Jer? Ein Buch! Nicht irgendein popliger, vierseitiger Artikel…«

»Ja, Fil, ein Buch. Aber ich weiß nicht, ein richtiges Buch will doch heute keiner mehr…« Jeremy bricht ab. Er blickt seinen Freund an, er erträgt es nicht, ihm wehzutun.

»Schon gut, Fil, schon gut. Vielleicht machen wir eines Tages ein Buch daraus, wieso nicht?«

Langsam schlendert Fil nach Hause zurück. Er macht extra einen Umweg durch die engen, dunklen Seitenstraßen.

Als er nach Hause kommt, schreibt er in seinen Notizblock:

Ich studiere. Ich bin Student, ich leiste wissenschaftliche Arbeit. Sind wir dazu nicht an der Uni? Und was heißt wissenschaftlich arbeiten anderes, als dass man… forscht? Man sucht einen kilometerlangen Strand nach dem richtigen Steinchen ab, dem einzigen, das die passende Form und die passenden Maße hat; die passende Farbe und Maserung… Wieso hetzt ihr mich?

Gebt mir Zeit! Vielleicht finde ich dieses Steinchen, wenn
ich alt bin, auf dem Grund des Lebens ... Wer weiß?
Lasst mich studieren! Lasst mich alt werden!

Nach dem Treffen mit dem Tutor geht Fil seltener zu den Vorlesungen.

Zwar sind die Wendungen des Lebens nicht immer so unmittelbar miteinander verknüpft, aber sagen wir, dass er es in jenen Monaten (den letzten und entscheidenden seines Masters) ein wenig gemacher angehen lässt.

Er geht viel spazieren, macht an manchen Tagen gar nichts, hockt in seinem Zimmer und denkt nach.

Er denkt an die Problematiken seiner Wirtschaftstheorie, aber auch sehr viel an seine Eltern. Besonders an seinen Vater, mit dem er gern über seine Enttäuschungen und Zweifel reden würde. Aber »Enttäuschungen« und »Zweifel« trifft es eigentlich nicht richtig. Fil ist nicht enttäuscht. Eher niedergedrückt. Doch er weiß nicht, wie er es rüberbringen soll, dass es nicht wie das Eingeständnis einer Niederlage klingt. Er will seinem Vater nicht sagen, dass er gescheitert ist. Auch, weil er nicht gescheitert ist. An was überhaupt? Es ist etwas anderes. Aber was? Vielleicht fehlt ihm nur sein Vater und sonst nichts. Ihm fehlt seine gewichtige, tröstliche Präsenz. Für ihn war sein Vater immer das: ein großer, starker Mann, bei dem man Schutz suchen konnte. Als Kind genügte es ihm, den schweren Körper seines Vaters auf der Straße neben sich zu wissen, seinen Schatten auf sich zu spüren. Es war, als würde man Hand in Hand mit einem Baum spazieren gehen. Er mochte das, es tat ihm gut.

Manchmal braucht es nichts, denkt Fil. Eines Abends, als er es nicht hinkriegt zu lernen und draußen ein so feiner Regen niedergeht, dass man ihn kaum sieht, schreibt er ihm eine Mail, die er nicht abschickt. Er druckt sie aus und legt sie in eine Mappe.

Eine weit zurückliegende Begebenheit war ihm in den Sinn gekommen. Sein Vater war mit ihm ans Meer gefahren. An einem Sonntag im Sommer. Nur sie beide, Mama und Gheri hatten an dem Tag etwas anderes vor. Er war vielleicht zehn und noch nie einen ganzen Tag mit seinem Vater allein gewesen, das Herz war ihm vor Aufregung bis in den Hals gehüpft: Was würden sie in all dieser Zeit zu zweit Großartiges machen? Sie machten nichts. So endet die Mail:

Du hattest Dir Arbeit mitgenommen, Papa. Da war eine Bar am Strand, mit Tischen, die fast am Ufer standen. Du hast Dich an eines dieser Tischchen gesetzt und bist die ganze Zeit dort sitzen geblieben, um einen Brief zu schreiben, den Du irgendwem schicken musstest. Ich hatte einen Ball und eine Betonmischmaschine aus Plastik mitgebracht. Damit ich auch etwas dabeihatte. Aber ich hatte keine Lust, alleine zu spielen. Ich hatte mich neben Dich auf den Boden gesetzt und aufs Meer gesehen. Automatisch habe ich in den Sand gegriffen, ihn in die Faust genommen, den Griff ein bisschen gelockert und ihn zwischen den Fingern hindurchrieseln lassen wie Wasser aus einem Wasserhahn. Ich tat es ganz unbewusst, zum Zeitvertreib. Dann streckte ich mich aus und sah in den Himmel, die Arme als Kissen unter dem Kopf verschränkt. Ich war froh, dort mit Dir zu sein.
Tage, sogar Monate vergehen. Irgendwann fällt mir die Hose in die Hände, die ich an jenem Sonntag getragen hatte, und finde in den Taschen ein wenig Sand. Manchmal braucht es nichts, Papa! Du kannst Dir nicht vorstellen, was für eine Freude! Dieser Sand in der Tasche… Er war der Beweis, eine Art Bestätigung, dass wir beide wirklich dort am Meer gewesen waren. Dieser Sand war all die Zeit. Die Zeit, die Du mir geschenkt hattest.

Er sagt niemandem etwas, als das Gebäude seines mustergültigen Studentenlebens ins Wanken gerät. Er weiß, dass sein Vater leiden und sich Vorwürfe machen würde. Als wären die Eltern schuld, wenn ein Kind aufhört zu tun, was es gerade tut. Was für ein Irrsinn! Überdies glaubt Fil nicht, dass das, was gerade mit ihm passiert, wirklich dramatisch ist. Er sieht kein Gebäude in sich zusammenstürzen. Aber aufrecht steht es auch nicht. Er bezweifelt, dass es überhaupt ein Gebäude gibt.

Er beschränkt sich darauf, sich zurückzuziehen. Sich weniger sehen zu lassen. Er entwickelt kleine, unmerkliche Entfernungsstrategien. Es ist kein Verschwinden, nur ein kleines Zurückbleiben. Wie gesagt, er geht immer seltener zu den Vorlesungen.

Und da er immer seltener hingeht, hat er mehr Zeit. Zeit, zu lesen, zum Beispiel.

Die Bibliothek wird sein neues Nest. Er setzt sich hinein, und das ganze übrige Leben verschwindet. Die Examen, die Kommilitonen, die Krise der Märkte, seine Eltern... Einzig die Gedanken und Ideen bleiben. Luftige, schwerelose Dinge. Abstraktionen. Andere Welten, in denen man verschwinden kann.

Fast jeden Tag geht Fil dorthin und bleibt bis spät. Er tut nur das: Er nimmt ein Buch und verschlingt es, langsam, ein Häppchen pro Tag. Auch sonntags ist er dort, um die Schwermut ein wenig zu verscheuchen, diese beklemmende Leere, die einen jeden Sonntag packt, selbst wenn die Welt unterginge, egal, was man tut, jeden Sonntag deines Lebens.

In seinem zweiten Jahr in der Bibliothek entdeckt er die Klassiker. Er versinkt darin. Er versinkt in der Literatur. Adam Smith, Schumpeter, von Hayek, Ricardo, Milton Friedman, Keynes... Und Robert Solow, der vor allem, ein lebender Klassiker.

Eingenommen von dieser intensiven, bedingungslosen Lektüre, hört er auf zu lernen. Er lernt nicht mehr *für* die Prüfungen, also nicht auf diese ganz spezielle, unfreie Art, die einzig dem Bestehen einer Prüfung dient und in erster Linie ein stressiger, notwendiger (notwendig für was eigentlich?) Vorgang des gegenseitigen Messens darstellt. Er vertieft sich auch in etwas eigenwilligere Texte. Autoren, die in den Handbüchern zitiert werden. *Lediglich* zitiert: nur Namen oder höchstens eine knappe halbe Seite Zusammenfassung. Doch es ist etwas ganz anderes, sich ihre Bücher zu schnappen, sie Seite für Seite durchzugehen, das Inhaltsverzeichnis zu studieren, die Überschriften zu überfliegen und am Ende alles zu lesen, von der ersten bis zur letzten Zeile. Es lässt sich ein Sinn herausschälen, aus Worten, Sätzen, Abschnitten formt sich allmählich eine Idee. Fil kann die wunderbare Beschaffenheit des menschlichen Gedankens genießen, dort, wo er sich manifestieren konnte: in den Büchern. Und er begreift beim Lesen dieser Bücher, dass es Zeit gebraucht hat. Er versteht, dass Bücher genau aus diesem Grund lang sind, dass es deshalb Tage dauert, sie durchzulesen. Bücher *sind* Zeit. Und Lesen ist nichts anderes, als zuzusehen, wie die Zeit vergeht.

Fil nimmt sich sogar die Freiheit, anderes zu lesen, nicht nur die Wirtschaftsklassiker, sondern auch Bücher anderer Disziplinen, Max Weber, Spengler, Huizinga… Dinge, die unter Umständen Lichtjahre von seinem Fach entfernt sind. Zum Beispiel liest er Malthus, Lotka und Volterra, ihre außergewöhnliche Theorie zur Dynamik der Bevölkerung und der Beziehung zwischen Beute und Räuber. Ein Mittelding aus Demografie und Zoologie… Für einen BWL-Studenten der reine Irrsinn, das steht in keiner Prüfungsrichtlinie, in keiner Vorlesung und keinem Seminar, das ist Fil klar. Aber diese Bücher ziehen ihn an wie ein Magnet, er kann nichts dagegen tun. Und er redet mit niemandem darüber.

Seine Zensuren rutschen auf ein Mittelmaß, und er hat sogar Mühe, ein paar entscheidende Examen zu bestehen.

Er schreibt sich in einem Fitnessstudio ein.

Er, der Fitnessstudios hasst.

Für ihn waren sie immer alle gleich: große, muffige Hallen, die Luft von stickigem Dunst gesättigt, vollgestellt mit einer Muskel-Kriegsmaschinerie.

Ebenso gut könnte er boxen gehen, geht es doch darum, Dampf abzulassen. Fil spürt eine Last auf den Schultern, die er nicht benennen kann. Es sind nicht nur die vergeigten Prüfungen und auch nicht das exzessive Lernen. Es ist etwas anderes. Er fühlt sich schwer. Egal, welches Ziel er erreicht, es ist nie genug. Sofort tut sich ein neues Hindernis vor ihm auf und fordert ihn heraus, in einer Woche, einem Monat. Und dann sind da die Kommilitonen wie Roger Sheffield. Vielleicht besteht die ganze Welt aus »Rogersheffields«. Er schreibt in seinen Notizblock:

Ich fühle mich von grausigen, schleimigen, blauen, weichen Rogersheffields umzingelt, mit Krallen, Zangen und Tentakeln. Monster, die mich umschlingen und niemals schlappmachen.

Diese jungen Leute haben ein Feuer in sich, das sie unter Dampf hält. Sie machen tatsächlich niemals schlapp. Und obwohl er mit einigen von ihnen befreundet ist, fühlt er sich ihnen fern. Sie machen keine Sekunde Pause. Fil beobachtet sie. Er stellt sich ein wenig abseits, im Bus, auf der Straße oder in der Eingangshalle, und sieht zu, wie sie mit ihren Umhängetaschen, mit ihren Laptops und Brillen, mit den Handys am Ohr und dem Kindle in der Hand herumhetzen, immer dabei, etwas schnell noch zu erwischen, eine Person, eine Information, eine Site, einen Tag, eine Stunde, ein Pub, einen Nobelpreis… Auch in den Vorlesungen beobachtet er sie, sofern er hingeht, wie sie am Bildschirm und an der Tastatur kleben, um Files zu kopieren, Mails zu verschicken. Er sieht zu, wie sie sich melden, die Hand recken, den Stift in die Höhe halten, mit klugen Mienen und genialen Fragen. Sie sind gut. Sie sind die Besten. Natürlich, immerhin haben sie einen Studienplatz bekommen, eine Prüfung, ein Bewerbungsgespräch, eine Auswahl bestanden … Sie kommen aus aller Welt und haben alles richtig gemacht.

Und er, hat er auch alles richtig gemacht? Ja, hat er. Doch er beginnt, sich zu distanzieren. Irgendwann kann er einfach nicht mehr anders: Er stellt sich abseits und bleibt dort. Er zieht sich aus diesem Strom, aus dem schlammigen Wasser, das niemals still steht und Holz, Äste, rostiges Blech, Müll und tote Tiere mit sich reißt …

Es muss am Fitnessstudio liegen. Es geht ihm damit eher schlechter als besser. Dutzende von Menschen besuchen das Fitnessstudio, es gibt gute Trainer und haufenweise Equipment. Da ist ein Raum, den Fil den Maschinenraum nennt. Er macht ihm Gänsehaut, er hat das Gefühl, einen Schiffsbauch zu betreten, dort, wo die Motoren sind. Vielleicht liegt es daran, dass es keine Fenster gibt, sondern nur Deckenbelüftung. Grelles Kunstlicht. Stille. Nur hin und wieder ein Trainer, der den Takt schlägt, und das mechanische Knarzen der Ketten, Federn, Kolben, Motoren. Und dieser warme, süßliche Geruch frischen Schweißes. Alle quälen sich auf diesen Geräten ab und treten und rennen. All diese Höllenmaschinen, die nicht stehen bleiben, und wenn man selbst stehen bleibt, schleudern sie einen wer weiß wohin. Schleuderfunktion.

Und dann das Laufband. Es wird zu seiner Obsession. Es gibt ein riesiges Laufband, auf dem man zu mehreren laufen kann, hintereinander, in einer Reihe. Ab und zu stellt er sich darauf. Weil er nicht mehr frühmorgens an die Themse geht, rennt er spätabends auf dem Laufband im Fitnessstudio. Das ist zwar weniger schön, aber es erfüllt seinen Zweck, und man ist nicht so abgelenkt. Es ist für Menschen wie ihn gemacht, die keine Zeit haben und auch keine finden.

Und dort öffnen sich ihm die Augen. Er sieht alle rennen wie die Mäuse. Es gibt diesen englischen Ausdruck *rat race*, und genau das ist es. Ein Leben im Laufschritt, ständig im Wettlauf. Ohne nachzudenken.

Also steigt Fil hin und wieder ab. Doch das Problem ist, dass man von einem Laufband nicht absteigen kann. Für die Leute hinter einem ist das ein Debakel. Doch hin und wieder tut er es trotzdem. Manche tragen es mit Fassung, manche meckern. Aber was soll's. Er entschuldigt sich und sagt, er könne nicht mehr. Er will keine Rennmaus sein. Er setzt sich auf die Bank, lehnt sich gegen die Wand und schaut zu.

Die Bank … Schon als Kind hat er dort gern gesessen, wenn seine Mutter ihn zum Basketball brachte. Er ist nur wegen der Bank hingegangen, nicht wegen des Spiels. Er ging hin, um dort zu sitzen und den anderen zuzuschauen. Klar, hin und wieder musste er spielen, sonst durfte er sich nicht wieder auf die Bank setzen. Er spielte, und fast machte es ihm sogar Spaß. Das Problem war nur, dass man den Ball ständig prellen musste, und das fand er blöd. Dieser elende Ball durfte bloß nicht bewegungslos sein, man durfte ihn keine Sekunde in den Händen halten, schon pfiff der Trainer. Und die Beine, die mussten auch ständig in Bewegung sein. Man konnte nicht mehr scharf sehen wegen der dauernden Hüpferei, wie sollte man da den Korb treffen? Klar, Fil hatte gewusst, dass man beim Basketball ständig hüpfen musste. Aber es war dieses unerbittliche »ständig«, diese endgültige Unausweichlichkeit! Gegen ein flexibleres, weniger verbissenes »Ständig« mit der einen oder anderen Pause hätte er nichts gehabt … Aber nein. Und am Ende konnte man kaum noch geradeaus gucken vor lauter prellen und hüpfen.

Wie viel besser war da das Ende der Stunde, wenn man

Körbe aus dem Stand werfen durfte, einer nach dem anderen. Man stellte sich unter das Netz, peilte an, das linke Auge zusammengekniffen, die Knie leicht gebeugt und … zack, Korb! Aber während des Spiels, wo einen alle anrempelten … Nicht nur die Gegner, auch die der eigenen Mannschaft.

Und überhaupt, Mannschaft … pff! Seine Mutter glaubte, ein Mannschaftssport sei sinnvoll, anders als Tennis, wo man allein gegen den anderen antrat und ihrer Meinung nach nichts daraus lernte. Sein Vater war der gleichen Meinung: Teamgeist ist alles, auch im Job, und deshalb ist Basketball eine optimale Vorbereitung auf das Leben. Doch das stimmte nicht. Fil konnte genau sehen, dass jeder für sich spielte. Federico Taccia zum Beispiel. Schon in der Mittelstufe war er eins neunzig, und nach jedem Spiel zählte er seine Körbe. *Seine* Körbe. Er spielte, um einen Rekord aufzustellen, der Beste zu sein.

Wie dem auch sei, absteigen ist ein Fehler. Steht man auf einem beweglichen Untergrund, sollte man nicht absteigen. Tut man es doch, sieht man die anderen rennen wie die Irren, und man gehört nicht mehr dazu. Man ist nichts mehr.

KAPITEL 5

Die Nacht der verrutschten Fliege

Fil entwickelt eine neue, kuriose Wirtschaftstheorie, etwas ganz eigenes. Und wenn er abends mit Jeremy und seiner Gruppe ausgeht und über Wirtschaft geredet wird, schweigt er. Er hört zu und basta.

Die meisten von ihnen sind den amerikanischen Theorien zugetan, vor allem der Politik der Kreditexpansion, der zufolge man gerade in Zeiten der Rezession Geld drucken muss, um die Kaufkraft anzukurbeln und die Wirtschaft wieder in Gang zu bringen. Fil ist nicht dieser Ansicht, die anderen schon. Vor allem dieser Roger Sheffield, der ihn jedesmal mit Artikeln und Zitaten zuballert. Roger und die anderen sind eingefleischte Keynesianer, sie glauben, die Verschuldung kann sie mal.

Eines Abends, als Fil wieder mit Jeremy und den anderen zusammen ist, kommt es zum Krach. Es ist März 2008, fast Frühling. Sie feiern eine Party, weil einer von ihnen gerade seinen Abschluss gemacht hat und sie nach dem Festakt allesamt in ein sehr schickes, sehr wirtschaftsstudentenmäßiges Lokal einlädt, das Clouds and Shortage heißt. Es herrscht ordentlich Trubel, viele Leute und laute Musik. Man trinkt. Fil steht nicht auf Partys, aber um Jeremy, den er seit einer ganzen Weile nicht gesehen hat, einen Gefallen zu tun, geht er mit. Irgendwann sitzen sie mit ihrer Gruppe ein wenig abseits an einem Tisch, Fil, Jeremy, Roger und die anderen. Sie fangen an, über die neuen amerikanischen Theorien zu debattieren, und Fil ist anderer Meinung. Er findet es nicht gut, dass man die Leute Geld ausgeben lässt, das sie nicht haben, irgendwann wird sich das rächen, Schulden müssen beglichen werden. Sheffield geht auf ihn los: »Na bitte, da haben wir's wieder! Immer deine christliche Weltsicht… Der Tag des Jüngsten Gerichts wird kommen… Aber in der Wirtschaft gibt es keinen Gott, kapier's halt mal!«

Das ist schlecht, denkt Fil, es sollte ihn geben. Oder sagen wir so: Wenn es Gott gäbe, wäre es besser.

Das ist der Tropfen, der das Fass zum Überlaufen bringt. Fil, der nicht in die Kirche geht, der nicht betet. Doch er hat seine eigenen Vorstellungen von Gott, er spricht nicht gern darüber, weil es ihm peinlich ist, und so ganz im Klaren ist er sich noch nicht. Gott ist sozusagen sein wunder Punkt. Doch was die Wirtschaft angeht, hat er einen ziemlich klaren und höchst moralischen Standpunkt. Nachdem er an diesem Abend bereits Wein, Bier, Whisky und dann wieder Wein getrunken hat, versucht er ihn darzulegen.

Aber nur ansatzweise. In wenigen Sätzen. Er will nicht übertreiben. Er geht es lieber sachte an, stellt das eine oder andere Wort in den Raum und sieht, wie es sich da macht.

Doch so einfach ist es nicht. Die anderen halten dagegen, reden auf ihn ein, und man versteht nichts mehr, alle sind betrunken und stürzen sich auf Fil.

Sie dreschen auf ihn ein. Jeremy sagt nichts. Er hatte sich so gefreut, dass Fil sich an diesem Abend zu ihnen gesellt hatte, es war ein gutes Zeichen gewesen, aber nun… Jeremy sieht Fil an. Er kennt ihn gut, weiß, was in den nächsten zwei Minuten passieren wird, und tatsächlich. Fil ist unnahbar, gibt sich sanft und verträumt, als sei er in den Anblick der Wolken vertieft oder betrachte verzückt das Bild eines geflügelten Engelchens. Das tut er immer, wenn man mit ihm diskutiert. Bis er dann irgendwann, statt einzulenken, aufsteht und geht. Irgendwann geht Fil einfach weg. Vor allem, wenn es zu laut wird oder alle durcheinanderreden oder einer ihn schief ansieht oder anschreit: Dann geht er, das ist seine Art. Selbst wenn er recht hat, selbst wenn ein Satz genügen würde, um alle wieder runterzuholen. In neunundneunzig von hundert Fällen hätte Fil den entscheidenden Satz. Aber er sagt ihn nicht. Er sagte ihn einfach nicht. Im Gegenteil: Je überzeugter er ist, recht zu haben und die richtige Antwort zu wissen, desto mehr hält er den Mund. Es ist, als wollte er sagen: »Wozu überhaupt?« Das ist sein Motto, Jeremy hat es so oft von ihm gehört. »Wozu überhaupt?« Für Fil gibt es nie ein »wozu«. Er hält sich lieber von der Menge fern und wandelt über die schattigen Pfade und sanft abfallenden Wiesen seiner mentalen Welt, das weiß Jeremy ganz genau!

Er kann nichts dagegen machen. Er könnte jedes Mal schreien. Jeremy weiß, dass Fil bestens dagegenhalten könnte, wie oft haben sie beide darüber geredet, manchmal bis spät in die Nacht, bei flaschenweise Bier, einem Spaziergang durch Londons Straßen. Fil meint, wenn es mit der Verschuldung so weitergeht, werden die Kreditgeberländer uns eines Tages kaufen. Sie werden die ganze Welt kaufen, nicht nur unsere verschissenen Firmen, sondern das Land. Fil könnte einen langen Vortrag über diese Themen halten, aber er tut es nicht. Er schweigt wie ein Grab, blickt ins Nichts, mit diesem Blick, der durch alles durchgeht, sogar durch Wände. Dabei ist er weder ein Feigling noch ein Loser … Fil verliert nie, nicht einmal, wenn er einfach so weggeht. Immer haftet ihm etwas Siegreiches an. Als ginge er, um woanders zu gewinnen. Ein bisschen so wie im Casino: An einem Tisch hat man eine Glückssträhne und verlässt ihn, um an einem versteckteren, entlegeneren Tisch zu gewinnen.

»Na schön, Leute …«, sagt Jeremy erschöpft. »Es ist schon spät … Was haltet ihr davon, wenn wir die Sache vertagen?«

Sie machen ihn nieder. Er hat es gewusst. Immer ist er derjenige, der in den Sack hauen und sich die Abreibung abholen muss. Aber das ist seine Art, Fil zu helfen, auch wenn Fil gar keine Hilfe braucht. Es gibt ihm das Gefühl, Fil zu schützen, ihn vor einem Feuer zu bewahren, das man zwar nicht sieht, das aber dennoch brennt.

Doch an diesem Abend läuft es anders. Noch ehe Jeremy seine Rettungsaktion beenden kann, steht Fil auf, verabschiedet sich mit einem flüchtigen Kopfnicken und geht. An diesem Abend geht er *wahrhaftig* weg: Er verlässt das Lokal, und das war's. Das hat er noch nie getan.

Jeremy läuft ihm nach, weil er glaubt, ihm sei schlecht. Doch ihm ist nicht schlecht. Er hat getrunken und schwankt ein bisschen, aber schlecht ist ihm nicht. Da wird Jeremy klar, dass das rätselhafte Feuer in Fil selbst lodert und dass es aussichtslos ist, es löschen zu wollen.

Völlig fertig verlässt Fil das Lokal, die Klamotten kleben ihm am Körper, das allzu lange Haar im Gesicht. Ihm ist heiß, trotz der noch kalten Märznacht.

Ziellos rennt er durch die Straßen, die Smokingjacke offen, die schwarze Fliege gelockert. Hin und wieder lehnt er sich gegen eine Straßenlaterne und betrachtet seine Hände in ihrem warmen, gelben Licht. Sie sind lang und weiß. Sie zittern. Es sind Hände, die nichts zu fassen kriegen und nur fortwollen.

Eine ganze Weile wandert er durch die Nacht, bis er gegen etwas stößt, das er nicht gesehen hat. Den Kopf gesenkt und in düstere Gedanken vertieft, hatte er nicht auf den Weg geachtet. Als er aufblickt, steht ein Mädchen vor ihm. Gegen sie ist er gestoßen. Groß und klapperdürr, ein rundes Gesicht, hoch oben auf einem ellenlangen Giraffenhals. Das Haar ist raspelkurz und hellblond. Leuchtend. *Phosphoreszierend*, ein regelrechtes gelbes Licht, das mitten in der Nacht vor ihm auflodert, während er wie in Trance um Entschuldigung bittet.

»Von wegen Entschuldigung! Dreh dich mal um und schau, was du angerichtet hast …«

Fil ist ganz verdattert. Was, zum Teufel, wirft ihm diese große, gelbe Leuchte mit dem stängeldürren Hals vor? Dazu mit einer Stimme, die streng klingen will, aber trotzdem einen spielerischen, belustigten Unterton hat.

Wie ferngesteuert dreht er sich um. Er sieht nichts. Was soll er auch sehen? Alles ist matt und dunkel. Der Schilfhalm von einem Mädchen zeigt auf den Boden und da sieht er die gut ein Dutzend Meter lange Spur aus Abfall hinter sich, trockenes Laub, Papierfetzen. Er muss lachen. Was ist passiert? Wo ist er gelandet? Was hat er getan, dass dieses Mädchen so wütend ist? Und wer ist dieses Mädchen überhaupt?

Er mustert sie genauer: Sie phosphoresziert wirklich. Sie trägt eine dieser quietschgelben Westen, wie Straßenarbeiter sie tragen, damit sie nicht überfahren werden. Dazu hat sie große, orangefarbene Gummihandschuhe und einen langen Besen aus falschem, erbsgrünem Plastikreisig. Wieder muss er lachen.

»Was bist du, Straßenfegerin?«

»Was ist denn das für ein Wort?«

»Na ja, ich wollte dich nicht … Es war nur eine Frage.«

»Ich bin eine, die *jetzt* gerade *diese* Straße fegt. Und wärst *du* mir nicht in die Quere gekommen, wäre ich mit meiner Arbeit längst fertig!«

»Deshalb habe ich es gewagt, mich zu entschuldigen. Aber wenn dich das nervt, entschuldige ich mich dafür, dich um Entschuldigung gebeten zu haben … Wie heißt du?«

»Stine.«

»Was ist denn das für ein Name?«

Am Ende fegt Fil eine Stunde lang mit diesem Mädchen,

das Stine heißt, weil sie Norwegerin und keine Straßenfegerin ist, die Straßen.

Er hilft ihr, immerhin hat er den Haufen aus Abfall und Blättern auseinandergetreten, den sie gerade am Straßenrand zusammengeschoben hatte und auf den Lieferwagen laden wollte.

Schweigend kehren sie vor sich hin, der eine am einen Ende der endlosen Blätterspur, der andere am anderen.

Zu dieser Nachtzeit ist nur ihr rhythmisches Fegen zu hören, ab und zu ein vorbeigleitendes Fahrrad, ein Auto oder eine Sirene.

Als jeder mit seinem Stück fertig ist, treffen sie sich in der Mitte. Ihre Besen stoßen aneinander, Fil und Stine sind nur einen Schritt voneinander entfernt. Stine stellt ihren Besen ab, kommt noch ein bisschen näher, blickt ihm direkt in die Augen und richtet ihm schweigend die Fliege. Ohne ein Wort zu sagen, mit diesen großen, hellen, wässrigen Augen, wie ein vereister See, der im Frühling taut; vor ihm steht ein unbekanntes Mädchen, das nachts Straßen fegt. Nur eine Handbreit entfernt, so nah, dass er sie küssen könnte. Ein Mädchen, das Stine heißt, knotet ihm die Fliege und … lächelt.

Ist das möglich? Fil blickt dieses Mädchen an, das so hell und leuchtend ist wie Eis, über dem die warme Sonne steht. Er weiß nicht, was er tun oder sagen soll. Er spürt, dass sie ihm entwischt, und das will er nicht. Ihm ist, als wäre er in einem dieser schrecklichen Träume, in denen man von einem Berg absteigt und fällt und spürt, wie sich das Kletterseil spannt. Fil weiß nicht, ob er derjenige ist, der das Seil hält, oder der, der fällt, doch er spürt das gespannte Seil, das plötzlich nachgibt.

Es ist schon Morgen, ein nebelvermummter Morgen, aus dem noch nichts hervortritt. Der Tag beginnt und bringt jeden ins eigene Leben zurück. Doch in dem Moment sind sie noch zusammen, mit dem Haufen Blätter zu ihren Füßen, und alles ist noch möglich.

Sie hocken auf der Bordsteinkante an der Straße, die sich allmählich mit Menschen, Autos und Geräuschen füllt, und unterhalten sich. Sie erzählen ein wenig voneinander. Nicht viel, nur ein bisschen. Fil redet von seiner Familie und von Jeremy und sogar von Wirtschaft. Stine sagt, sie komme aus einem kleinen Dorf in Norwegen, irgendwo zwischen den Fjorden. Ein kleines Dorf von vier Häusern nördlich von Oslo. Sie nennt ihm den Namen, Fil hat ihn noch nie gehört. Sie hat diesen Straßenfegerjob angenommen, um ein bisschen Geld zu verdienen und ihren Eltern weniger auf der Tasche zu liegen. Ihr Vater fängt Kabeljau, dörrt ihn und verkauft ihn dann in die ganze Welt, auch nach Italien, und sie ist nach London gekommen, um Sprachen zu studieren, damit sie ihrem Vater später beim Geschäft ein wenig helfen kann. Doch jetzt, wo sie fast fertig ist und bald wieder in ihr Dorf zurückkehrt, hat sie keine Lust mehr, dem Vater zu helfen, sie will die Welt sehen, reisen. Journalistin werden vielleicht. Oder in irgendeiner gottverlassenen Wüste eine kleine Schule gründen. Sie mag Kinder.

So sitzen sie da und stehlen den Pflichten des Tages ein paar Stunden, doch dann ist die Zeit vorüber, sie müssen einander gehen lassen. Sie verabschieden sich. Und da, als er ihr die Hand schüttelt, die sie ihm hingestreckt hat wie einem Arbeitskollegen, da bittet Fil sie, nicht zu gehen. Nur diese beiden Worte: »Geh nicht…« Er weiß, es ist nur ein Satz, obendrein ein banaler, doch er sagt ihn trotzdem. Sie haben sich gerade erst kennengelernt, dieser Satz heißt also gar nichts, aber er sagt ihn. Es ist nur ein Versuch, sie zurückzuhalten. Zu diesem Zeitpunkt seines Lebens hat Fil keine Ahnung, was die Zukunft ihm bringt. Er kann sie einfach nur bitten zu bleiben, sonst nichts. Er ist ein Kind, das ein Spielzeug haben will, allein um des Wollens wegen.

Stine hat auch keine Ahnung von ihrer Zukunft. Sie driftet in einem Zwischenstadium, in dieser Nicht-Zeit, in der man sich noch die eine oder andere Unbeständigkeit erlauben darf. Man blickt in den Nebel, und die Dinge erscheinen noch verschwommen. Ein Weilchen noch, gewiss nicht mehr für lange. Doch Fil und Stine begegnen sich just in diesem Moment, just in diesem kleinen, begrenzten Abschnitt ihrer Zeit, ein schmaler Kegel, ein winziger spitzer Winkel. Als würde man auf einem hellen Flur die Tür zu einem dunklen Zimmer öffnen, und das Licht malt einen dünnen Splitter auf den Boden. Ihre Zeit ist dieser dünne Splitter.

Ehe Stine im schwankenden Kastenwagen der städtischen Straßenreinigung verschwindet und sich dabei aus dem Fenster lehnt, wird sie auch einen Satz los. »Wieso kommst du mich nicht irgendwann mal besuchen?«, sagt sie und lässt den Motor an. Und Fil steht stumm da und sieht dem Lieferwagen nach, der im diesigen Licht der Straße verschwindet.

Dies wird immer *Die Nacht der verrutschten Fliege* bleiben, so vermerkt Fil es sich in seinem Notizblock. Die Nacht, in der er halb betrunken die Straßen fegt, zusammen mit einem Schilfhalm von einem nordischen Mädchen, und nicht weiß, wie ihre Geschichte weitergehen wird. Er weiß noch nicht mal, ob es überhaupt eine Geschichte geben wird. Das ist ja das Schöne an Begegnungen: Man weiß nie, ob sie nur ein Punkt auf dem Papier sind oder der Anfang einer Zeichnung und ob diese Zeichnung nur dieses weiße Blatt einnimmt oder das gesamte Skizzenbuch.

Am Morgen danach geht Fil zur Vorlesung. Er ist schon eine ganze Weile nicht mehr dort gewesen, Jeremy trifft ihn im Hörsaal auf seinem alten Stammplatz neben seinem und freut sich. Es ist ein grässlicher Tag, eine Vorlesung nach der anderen, bis zum Abend. Wenige Pausen, kaum Zeit zu reden. Sie essen nur ein Brötchen zusammen, und Jeremy fragt ihn, wie es ihm gehe, ob alles in Ordnung sei nach diesem Abend gegen die Keynesianer.

»Ich habe ein Mädchen kennengelernt«, sagt Fil knapp.

»Super! Wie heißt sie?«

»Stine.«

Und dann ist kein Entkommen mehr. Jeremy löchert ihn mit den üblichen Fragen: Wo hast du sie kennengelernt, wann seht ihr euch wieder, wo wohnt sie, wie ist sie? Fil schweigt nach diesem leichten, luftigen Namen: Stine, der wie eine Feder zwischen ihnen niedertaumelt. Fil ist wie weg, verloren in seinen düsteren Gedanken.

»Ich habe sie verloren«, sagt er schließlich, als sie die Vorlesung verlassen.

»Wen hast du verloren?«

»Stine.«

Wieder dieser in der Luft schwebende Feder-Name.

»Was soll das heißen, du hast sie verloren? Du hast sie doch gerade erst kennengelernt, oder?«

»Ich habe sie gehen lassen. Ich hatte nicht genug Zeit!«

Fil ist verängstigt. Von Ängsten geplagt, die Jeremy nicht nachvollziehen kann. Er findet, Fil übertreibt. Was soll das heißen, er hatte nicht genug Zeit? Dreht er jetzt völlig durch?

»Na, dann geh sie suchen!«, sagt er. »Ein Mädchen löst sich nicht in Luft auf. Find sie wieder, geh hin, wo du sie getroffen hast.«

»Lass gut sein, Jer …«

Wenn er so ist, lässt man es wirklich besser bleiben, das weiß Jeremy. Schweigend gehen sie zu den anderen Vorlesungen.

Es ist fast acht Uhr abends, die Luft ist schwer und feucht. Fil geht zu Fuß und verschwindet hinter der ersten Kurve im

Nebel. Jeremy nimmt sein Rad, steckt die Blinklichter an und saust durch die Seitenstraßen davon.

Fil kehrt zu Malmecca zurück.

Er versucht es. Eines Sonntags setzt er sich aufs Motorrad und fährt schnurstracks zum Rosa Haus. Er will ihm von Stine erzählen, darüber reden, wie man sie wiederfinden könnte. Als wäre sie ein fallendes Blatt …

Er war schon lange nicht mehr bei ihm. Doch jetzt hat er Lust hinzufahren, riesige Lust. Er nähert sich dem Haus. An der Hauswand lehnt die Angel. Doch Malmecca ist nicht zu sehen.

Am Sonntag drauf kehrt er wieder, und auch den Sonntag danach.

Er kehrt viele Male zum Rosa Haus zurück, auch an anderen Tagen. Doch Malmecca ist nicht da. Er sieht ihn nie wieder. Er hat ihn für immer verloren. Wie einen Gegenstand. Nur dass wir bei Gegenständen in Kauf nehmen, dass wir sie verlieren können. Bei Menschen nicht. Menschen verliert man nicht einfach so, ohne zu wissen, wie und warum. Wir finden sie nicht eines schönen Tages wieder.

Vielleicht ist Malmeccas Frau zurückgekommen, und sie sind wieder zusammen, mit den Kindern. Anfangs denkt Fil das. Doch darauf schwören würde er nicht; in ihm nagt der Gedanke, dass Malmecca vielleicht tot ist. Kann das sein, wieso nicht? Vielleicht hat er sich in seinem Zimmer in der Stadt, in dem er alleine lebt und von dem Fil nicht einmal weiß, wo es ist, nicht gut gefühlt. Er hat ihn nie nach dem Zimmer gefragt. Ihm geht auf, dass er Malmecca in all den Monaten keine konkrete Frage gestellt hat, wo er wohnt zum Beispiel. Wie ist das möglich? Für ihn war er der Freund aus den Wäldern, der Mann vom Rosa Haus, der Lehrmeister, Malmecca … und basta. Aber das tut man nicht. *Wenigstens wollen wir uns von* den Menschen verabschieden, die verschwinden, schreibt Fil am 12. April 2008 in seinen Notizblock. *Wenn sie sterben oder auch nur, wenn sie gehen. Es ist nicht in Ordnung, dass sie einfach so und ohne ein Wort verschwinden. Vor allem die Menschen, die uns besonders wichtig sind. Das tut man nicht. Wir haben uns von den Blättern verabschiedet. Wozu haben wir sie sonst geangelt, ehe sie den Boden berührten? Es war ein Abschied, oder nicht? Und jetzt? Jetzt verschwindest du einfach so?*

KAPITEL 6

Der Tag der Hornisse

Dann kommt der Tag der Hornisse.

An einem Aprilnachmittag in der Bibliothek. Für Fil ist das der Wendepunkt. In seinem Notizblock steht es genau so: 22. *April 2008 – der Tag der Hornisse.* Das mag unglaublich klingen. Eine Hornisse! Ein so winziges, unbedeutendes Ereignis... Doch wenn man darüber nachdenkt – wieso nicht? Was wissen wir schon, was unbedeutend ist und was nicht?

An jenem Nachmittag sitzt Fil in der Bibliothek und lernt. Ein Nachmittag wie jeder andere, er ist dort an seinem üblichen Platz, auf einem bestimmten Stuhl an einem bestimmten Tisch im Lesesaal. Seine Augen sind auf das Buch geheftet, sie brennen. Sein Kopf explodiert. Doch er muss weitermachen, darf keine Minute verlieren. Er liest nicht einen seiner geliebten Klassiker, sondern das Skript eines seiner pausenlosen Seminare.

Irgendwann fliegt eine Hornisse durch die Luft.

Seltsam, es kommen nie Hornissen in die Bibliothek. Und außerdem ist nicht Sommer. Doch da ist sie. Eine Hornisse. Wer weiß, wie die hereingekommen ist, warum sie sich hierher verirrt hat. Sie sucht den Ausweg, hat keine Ahnung, wo sie ist. Ganz dicht saust sie über die Tische und die gesenkten Köpfe der Studenten hinweg. Sie streift die Wange eines Mädchens, das entsetzt aufspringt, herumfuchtelt, die Bücher fallen lässt.

Ein Mädchen mit langen, zu einem Seitenzopf gebundenen Haaren. Neben ihr sitzt ein Junge mit großem Kopf und roten

Haaren und einem gestreiften Pulli. Für Fil war es das: der Krach, die fallenden Bücher, die Stifte, die Blätter, das Rücken der Stühle, das hektische Herumgefuchtel, um die Hornisse zu vertreiben. In der vollkommenen Stille der Bibliothek das reinste Chaos. Dann, ganz unvermittelt, fangen die beiden an zu lachen. Sie platzen fast vor Fröhlichkeit und müssen sich zusammenreißen, schließlich sind sie in einer Bibliothek. Ihre Fröhlichkeit ist fast mit den Händen zu greifen, sie ist ansteckend. Die beiden sind mittendrin in etwas, von dem sie nicht wissen, was es ist, doch es sieht verdammt nach einem Abenteuer aus. Das ist es: ein Abenteuer, das sie ja nicht verpassen wollen. Sie schütteln sich vor Lachen, die Hand wie Kinder vor den Mund gepresst, um kein Geräusch zu machen.

Fil sieht sie an.

Er sieht sie lange an.

Dann stürzen die beiden raus, sie raffen ihre Bücher zusammen, werfen sich die Jacke über die Schulter und wollen nur weg, woanders weiterlachen, sich sehen, sich kennenlernen … wer weiß. Sie rennen raus in die Straßen und in die Welt. Vielleicht essen sie zusammen ein Sandwich, trinken einen Tee, gehen spazieren. Vielleicht schlägt der Junge mit den roten Haaren dem Mädchen mit dem Seitenzopf vor, zu ihm zu gehen, es ist nicht weit. Oder vielleicht fährt er mit ihr ans Meer. Er lässt sie in sein Auto oder auf sein Motorrad steigen und fährt stundenlang bis zum Morgengrauen durch die Nacht, und dann ist da der Sand, die Klippen, die Steilwände, und von Ferne das Rauschen der Wellen, der Mond, der sich im Wasser wiegt, doch nur noch kurz, denn bald kommt der Tag und dann wieder eine Nacht und dann wieder ein Tag, und so geht es weiter, so geht das Leben … Das Leben, das Fil nicht hat.

Er sieht die beiden so lange an, wie er kann. Dann ist es vorbei, ein flüchtiger Augenblick. Fil sieht, was er sehen kann: zwei junge Leute, die plötzlich zu lernen aufhören und die

Bibliothek verlassen, mehr nicht. Er sieht sie hinausgehen, davonlaufen, hinter der Glastür des Lesesaals verschwinden. Das ist alles. Was dann kommt, kann er nicht wissen. Doch es ist dieser Moment. Als er sie gehen sieht. Und in dem Moment begreift er, wie das Leben sich auftut, wie es einen befreit, wenn man es zulässt, wenn man es machen lässt…

Fil kommt ins Grübeln und denkt mehr oder weniger Folgendes: Dass er diese Zeit nicht hat, die Zeit, innezuhalten und über eine Hornisse zu lachen und dann rauszurennen und sich mit einem unbekannten Mädchen in den Straßen zu verlieren. Diese Zeit ist ein Luxus. Der Luxus, zuzulassen, dass eine Hornisse einem das Leben verändert, dass es einen hinbringt, wo es will… Das ist wahre Zeit, die Zeit, die er nicht hat. Jemand hat sie ihm fortgenommen, und er weiß noch nicht einmal wer, wieso und wann er sie sich hat wegnehmen lassen, und im Tausch für was. Er weiß nur, dass er diese Zeit jetzt haben will.

Er denkt an Jeremy. Jeremy weiß ganz genau, wo er hinwill. An diesem Nachmittag ist er nicht zum Lernen in die Bibliothek gekommen. Irgendjemand Wichtiges war da und hat einen Vortrag gehalten, ausgerechnet hier in London, einer, der für irgendeine Bank arbeitet, und Jeremy ist nicht gekommen, weil er zu diesem wichtigen Menschen gehen wollte, um ihn kennenzulernen, mit ihm zu reden, ihn irgendwas zu fragen. Um sich wenigstens blicken zu lassen, Kontakte zu knüpfen. Eins führt zum anderen, sagt Jeremy immer. Und Fil denkt, dass er nicht will, dass irgendwas zu irgendwas führt, er will gar nichts, er weiß nicht einmal, was zu was führen soll und wieso überhaupt und woher.

Jeremy schon. Er weiß, was man wollen muss und was zu tun ist, um es zu kriegen. Aber er?

Er will seine Zeit zurück.

Und jetzt weiß er, was zu tun ist. Zwei Tage später verlässt er die London School of Economics. Mitten in einer Vorlesung.

Es ist ein strahlender Morgen Ende April, der Helligkeit und fast so etwas wie Ferienstimmung verheißt. Fil steht von seinem Platz auf. Der Professor erklärt und schreibt an die Tafel, und Fil springt auf, läuft, zwei Stufen auf einmal nehmend, die Treppe hinunter auf die Tür zu und sorgt mit seinen lauten Schritten für extreme Unruhe. Er trägt Turnschuhe mit Gummisohlen, die auf den Parkett diese unerträglichen, für Turnschuhe mit Gummisohlen so typischen rhythmischen Quietschgeräusche machen. Und dann verlässt er endgültig den Hörsaal und sein falsches Leben und versucht, die Tür nicht allzu heftig zuzuschlagen.

Die Flure, die Treppen, die Eingangshalle, dann die Straße, die Nebenstraßen, die Brücken, die Plätze, all das durchläuft er mit den gleichen, beherrschten, eiligen Schritten. Eisern behält er seinen Gang bei, saust genauso weiter, mit diesen langen, gesetzten Wanderschritten. Als müsste er mit jedem Schritt mehrere Meter zurücklegen. Als müsste er in einer bestimmten Zeit zu einem bestimmten Ziel. Zum Beispiel auf einen Gipfel, ehe es dunkel wird. Dabei hat er keine Ahnung, wo er hinwill, keinen Zeitplan. Er rennt ziellos umher. Er biegt um die Ecke, wann es ihm passt, kommt an manchen Orten zweimal vorbei, verläuft sich.

Dann, irgendwo und ohne einen erdenklichen Grund, bleibt er stehen.

Nach einer guten halben Stunde bleibt er plötzlich mitten auf einer verkehrsreichen Straße stehen und wird von den Passanten fast umgerannt. Wie festgewachsen. Als wäre er erstarrt, und nichts und niemand könnte ihn wieder zum Leben erwecken.

Dann fängt er an zu atmen. Nur das: Er atmet ein, atmet aus. Doch er tut es, als hätte er es noch nie getan. Er saugt riesige Mengen Luft durch die Nase ein, so viel wie es geht, hält sie lange an und stößt sie mit einem langsamen, endlos langen Atemzug wieder aus, bis er leer ist. Und er bleibt stehen. Er rührt sich nicht. Er ist froh, er hat das Gefühl, etwas Unglaubliches und Unerhörtes getan zu haben. Er ist froh, weil er sich die Freiheit genommen hat, stehen zu bleiben und zu atmen.

Dann geht er weiter. Er geht. Er tut den ganzen Tag nichts anderes. Er geht und basta. Doch er tut es, als hätte er in seinem ganzen Leben noch keinen Schritt getan, als wäre ihm das bisher unmöglich gewesen, als hätte man es ihm verboten. Natürlich ist es nicht so, niemand hat ihm je ein derartiges Verbot ausgesprochen. Und dennoch ist es das Gefühl einer nie gekannten Freiheit. Wer hätte das gedacht! Wer hätte gedacht, was ich als Allererstes tue: gehen!

Wenn Fil sich umblickt, hat er den Eindruck, dass niemand das tut. Niemand geht oder ist je gegangen. Er ist der Erste. Das ist nun wirklich komisch, denn alle um ihn herum tun nichts anders als gehen. Was macht man auch sonst an einem x-beliebigen Wochentag in der Innenstadt! Man geht. Vorwärts und rückwärts, nach rechts und nach links. Und dennoch ist Fil davon überzeugt, dass er der Einzige ist, der an diesem Tag in London geht. Er ist der Einzige, der diese außergewöhnliche Freiheit genießt. Und er wundert sich, aus was für einfachen Dingen Freiheit eigentlich besteht, aus so einfachen Dingen wie stehen bleiben, tief einatmen, die Füße bewegen.

Oder ein Café zu betreten. Das tut er schließlich, einfach so, weil er Lust hat. Frei.

Frei, der zu sein, der er ist, und vor allem glücklich, es noch nicht zu sein. Ja, das ist es! Indem er die London School verlassen hat, erlaubt er sich wieder, noch nichts zu sein, wie damals, als er noch jünger war. Er hat sich diese Rückkehr in eine undefinierte Lebensphase geschenkt. Plötzlich ist er jemand, der noch keinen Weg eingeschlagen, keine Karriere angepeilt hat. Er ist wieder eine vage Skizze, eine verschwommene Gestalt im Nebel. Und dieses Gefühl der Unbestimmtheit packt ihn, berauscht ihn, erfüllt ihn mit einer seltsamen, fast schuldbewussten Zufriedenheit. Eine herrlich vieldeutige, undefinierte Zeit tut sich vor ihm auf, in der er zwar etwas werden will, doch, so Gott will, noch nicht weiß, was. Dank dieser Undefiniertheit kann er sich den Luxus erlauben, sich treiben zu lassen und eines Tages vielleicht sogar dem Flug einer Hornisse, einer beschissenen Hornisse, zu folgen …

Doch er fühlt sich auch ein bisschen verloren. Frei, aber verloren. Nicht zu wissen, was man mit sich anfangen, wo und vor allem wie man seine Zeit (plötzlich hat man diesen Berg an Zeit!) verbringen soll, diesen sperrigen Haufen Zeit, der ihn von allen Seiten bedrängt, versetzt ihn in einen Zustand nervöser Unruhe. Diese Unsicherheit ist neu, sie verwundert ihn und verstört ihn ein bisschen. Die Zeit dehnt sich wie ein Ozean vor ihm aus, so riesig groß, dass sie nach allen Seiten ausbricht und man nicht weiß, wie man sie mit einem Blick erfassen soll.

Auch deshalb hat er das Café betreten, um die Monstrosität dieses Meeres, das ihn von allen Seiten umspült, zu erfassen. In diesem Café wird ihm klar, was zu tun ist, das heißt, was nicht zu tun ist. Er wird nicht mehr zur London School of Economics gehen. Und somit auch nicht zum Doktorat nach Stanford. Ende. Er hat zwar keinen blassen Schimmer, was er tun wird, aber was er nicht tun wird, was er nicht mehr tun will, weiß er.

Am nächsten Tag schwingt er sich aufs Motorrad und fährt ziellos umher. Ohne es zu wollen, kommt er bei Malmecca vorbei, doch er hält nicht an. Er fährt weiter und kommt an einen Ort namens Bleckway. Er hat ihn noch nie zuvor gesehen, geschweige denn von ihm gehört. Eine einzige, lange Straße endet auf einem Platz mit einem Kassenhäuschen. Dort werden Tickets für Stenheim Palace verkauft. Fil hat keine Ahnung, was das ist, doch er beschließt, es sich anzusehen. Er mischt sich unter die Touristen und verliert sich auf dem riesigen Anwesen. Mit langen Schritten schreitet er dahin. Es gibt ganze Platanenwälder. In der Ferne ein silbriger See, Enten im Gegenlicht, die schwarz wie Schattenspiele ins Wasser gleiten. Alles wirkt unecht, wie eine Theaterkulisse. Fil begegnet einem Mann. Er erzählt ihm, er suche einen Job, irgendeinen Job, und fragt ihn, ob er hier vielleicht richtig sei. In dem Moment beginnt sein neues Leben.

Jetzt muss er sich verstellen. Doch eigentlich geht es gar nicht darum, sich zu verstellen und Unwahrheiten zu sagen. Es geht darum, nichts zu sagen, das ist etwas anderes. Er kann nicht. Ihm geht auf, dass er die Wahrheit nicht sagen kann, weil das, was wahr ist, auch verdammt unsagbar ist. Wie kann man *sagen*, dass man zwei Monate vor seinem Master hinschmeißt, das Doktorat in den Wind schießt und sich aufs Land zurückzieht, um Schafe zu hüten? Wie sagt man diese Dinge seinen Eltern (zumal *diesen* Eltern)? Fil sagt nichts. Er sagt nicht, dass er beim Duke of Glensbury leben wird. Er sagt nicht, dass er als Hirte anfangen und nie mehr zur Uni gehen wird.

Er fängt an, sich alles auszudenken. Er versucht es zumindest, doch das ist nicht einfach. Wie viel kann man sich ausdenken? Und wie lange? Nach einem Monat ist Filippos Hirn völlig leer, und ihm ist übel. Es macht ihn seekrank, sich Kurse, Vorlesungen, Freunde, Kommilitonen und einen Haufen Anekdoten und kleine Storys ausdenken zu müssen, das ganze verworrene Szenario eines Lebens, das man nicht lebt. Doch er macht weiter. Zuerst lässt er seine Fantasie arbeiten und dann Jeremy. Es ist nicht nur, dass er seine Eltern liebt und sie nicht enttäuschen will. Es ist etwas Unterschwelligeres, Inwendigeres: Er muss sich verteidigen. Sein wahres Leben schützen, das er gerade zur Welt zu bringen versucht; es hat ihn so viel Zeit gekostet, er darf es jetzt nicht im Stich lassen. Er muss es verstecken, verleugnen. Es ist nicht Güte. Es ist nicht kindliche Ergebenheit und auch nicht Mitleid. Es ist etwas weniger Selbstloses: Es ist Selbstverteidigung, Eigenliebe. Auch wenn er dazu einen Zaun errichten muss, eine Mauer aus Falschheiten und Lügen. Was soll's. Es ist ein egoistisches Sich-Verbarrikadieren, damit das Pflänzchen wachsen kann. Was für ein Pflänzchen das ist, weiß er selbst noch nicht. Doch er will, dass es wächst. Es ist, als würden wir eine Blume ins Gewächshaus stellen, um sie vor Unwettern und Kälte zu schützen, aber auch, um sie wegzuschließen, den Blicken der anderen zu entziehen. So ist es. Keiner darf es sehen. Keiner darf es wissen.

Fil tut nichts Schlimmes. Absolut nichts Unstatthaftes, Verbotenes oder Unmoralisches. Er will sich nur herausnehmen. Schafe hüten ist da perfekt. Es könnte auch etwas anderes sein, doch die Schafe funktionieren bestens, sie sind wie für ihn gemacht. Er braucht sie, um sich aus dem Chaos zu stehlen und aus der Strömung zu ziehen. Um von diesem berüchtigten Laufband herunterzukommen … Es erscheint ihm richtig, Schafe zu züchten. Aber was weiß er schon, was richtig oder falsch ist? An den Dingen, die seine Eltern für ihn wollen, ist nichts Falsches. Es ist nur so, dass er sie für sich nicht will, und deshalb sind sie für ihn nicht richtig.

Und Fiona: Ist es für ihn und Fiona richtig? Sie ist eine Globalisierungsgegnerin mit pinkfarbenen Haaren, aber sie hat so verloren und hilflos gewirkt mit ihrer gewollt nassforschen Art und diesem schrillen Rosa auf dem Kopf … Und mit ihren runden, verwunderten Augen. Jeremy hatte ihn mit dieser schrägen Geschichte stets aufgezogen: »Der Ökonom und die Globalisierungsgegnerin« nannte er sie und musste darüber lachen. Mal sehen, wie lange das gut geht. Wie lange was gut geht?, dachte Fil. Es geht eine ganze Weile gut. Doch er weiß noch nicht mal genau, was diese Beziehung ist und ob es überhaupt eine Beziehung ist. Er kann nicht ohne sie. Sie gefällt ihm. Durch sie hat er eine Menge begriffen, sie hat ihm geholfen zu verstehen, was in den Köpfen derer vorgeht, die protestieren; junge Leute, die ihm kein bisschen ähnlich sind, aber die genauso mit den Hufen scharren wie er. Dann müssen wir wohl auch etwas gemeinsam haben, denkt Fil. Klar, dass der Protest der Globalisierungsgegner nicht sein Protest ist. Doch Fiona und ihre Freunde haben frischen Wind in seine Gedanken gebracht und ihm den Blick geöffnet.

Wie auch immer, Fil ist verwirrt und ruhelos. Er weiß nicht, gegen wen genau er protestieren soll. Er weiß nicht einmal, *ob* er protestieren will. Er ist nicht *dagegen*. Er ist nicht gegen den Staat, gegen die Börse, gegen die Banken, den Kapitalismus, Amerika, seinen Vater, seine Mutter … Er ist gegen niemanden. Er ist nur anders. Er will nicht das Leben seines Vaters führen, das ist alles. Aber das bedeutet nicht, dass er gegen ihn ist. Der einzige Akt, den er gegen ihn vollführt, ist eine Mail. *Gegen* ist ziemlich hoch gegriffen. Zugegeben, die Mail ist ein wenig hart, aber an dem Abend ist er nun einmal besonders schlecht drauf.

Auf mich wirkst Du immer wie auf dem Sprung. Ich frage mich, was Du vom Leben mitbekommst. Als ich klein war, dachte ich, Du wärst nie da, weil Du als Kapitän zur See fährst, deshalb musstest Du immer los und hast mir nicht gesagt, wer Du bist, weil Du mich eines Tages damit überraschen wolltest. Eines Tages würdest Du mich mit zu Deinem Schiff nehmen, einen zwei Kilometer langen Ozeanriesen, der dampft und wie alle auslaufenden Schiffe seine düstere Sirene hören lässt, und zu mir sagen: Siehst du? Ich bin der Kapitän! Ja, stell dir vor, Dein Vater ist Kapitän, freust Du Dich? Das würdest Du mir sagen.

Er sichert die Mail im Entwürfe-Ordner, druckt sie aus und schickt sie nicht ab. Auch diese nicht. Er hebt sie auf und belässt es dabei. Das Schöne war, sie zu schreiben. Er macht das öfter, einen Brief an seine Eltern schreiben, den er dann nicht abschickt. Er hat keine Lust, *wirklich* mit ihnen zu reden. Er weiß nicht, wie er ihnen manche Dinge sagen soll. Er weiß nicht einmal, ob er sie ihnen überhaupt sagen will. Vielleicht ist er deswegen nach Oxfordshire gegangen, um Schafe zu hüten: um seinem Vater die Dinge nicht sagen zu müssen, von denen er noch nicht einmal weiß, ob er sie ihm sagen will.

Vielleicht ist Schafe hüten nur das: eine Art, nicht mit den Eltern zu reden.

KAPITEL 7

Der Himmel über uns

Es gibt schon seit Ewigkeiten keine Kalenderverkäufer mehr. Und dennoch glauben alle immer noch, dass das neue Jahr besser wird als das alte. Und dass das soeben zu Ende gegangene ein ganz besonderes war, das in die Geschichte eingehen wird.

2011 ist wirklich ein bedeutendes Jahr. Dilma Rousseff wird zur Präsidentin Brasiliens ernannt, die erste Frau, die dieses Amt innehat. In Tunesien fällt die Diktatur von Ben Alí und in Ägypten das Mubarak-Regime. Im japanischen Kernkraftwerk Fukushima kommt es zu einem katastrophalen Unfall. Osama Bin Laden wird umgebracht. Muammar al-Gaddafi wird umgebracht. Ein Asteroid zieht zwischen der Erde und dem Mond vorbei, kaum mehr als 300 000 Kilometer von unserem Planeten entfernt. Griechenland steht auf der Kippe zum Bankrott. In Italien wechselt die Regierung, und der Spread liegt bei fast 600 (vielleicht wechselt die Regierung eben *weil* der Spread bei 600 liegt). Und Jeremy beendet sein Doktorat. Er steckt in der Endphase: Er muss die Dissertation abgeben.

Das führt bei Fil, der seit nunmehr drei Jahren ein völlig anderes Leben führt, zu einer Art Spaltung. Er fühlt sich wie zwei Personen in einer. Er ist halb Hirte, halb Doktorand in Stanford. Einerseits steht er im Morgengrauen auf und geht in den Schafstall, wendet Heu, filtert Wasser, kontrolliert das Verhältnis von Getreide zu Vitaminen für das Wachstum (der Schafe). Andererseits macht er seine Doktorarbeit fertig, da er sich durch das Vorgaukeln eines Lebens, das er nicht führt, inzwischen mit Jeremy identifiziert, und schickt seinen Eltern Mails wie:

Liebe Mama, lieber Papa,
heute Nacht war ich bis drei Uhr wach, um das letzte Kapitel meiner Doktorarbeit fertigzukriegen. Aber macht Euch keine Sorgen: Ich bin superfit! Ich trinke wannenweise Kaffee, und schon läuft's wieder …
Ich habe das Kapitel nicht fertiggekriegt, aber nur, weil mir andere Sachen in den Kopf gekommen sind, die alles noch besser machen. Ich bin sehr zufrieden. Der Professor, den ich gestern getroffen habe, hat mir gesagt, dass er, wenn es so gut wird, wie er hofft, meine Arbeit nach der Verteidigung einem Kollegen weitergeben wird, der für die Vereinten Nationen arbeitet.
Der Herbst hier ist mild und lau. Es scheint noch gar nicht Herbst zu sein. Mit meinen Freunden mache ich oft Ausflüge nach San Francisco, manchmal schauen wir uns ein Baseball-Match an. Ich habe überlegt, ob ich dieses Jahr vielleicht damit anfange, gerade bildet sich so eine Art Doktorandenmannschaft oder so etwas Ähnliches … Seht Ihr mich schon mit Basecap?
Ich weiß noch nicht, ob ich es Weihnachten nach Hause schaffe. Vielleicht bleibe ich bis zur Verteidigung der Arbeit hier, und dann kommt Ihr zur Feier rüber … Das wäre schön! Denkt doch mal drüber nach …
Okay, jetzt muss ich Schluss machen. Ich will heute Abend noch ein bisschen was schaffen.
Es grüßt Euch Euer Fil

Jeremy schreibt diese Mail und schickt sie Fil, damit er sie an seine Eltern weiterleitet. Jeremy ist derjenige, der gerade sein

Doktorat beendet und noch nicht weiß, dass er in Kürze nach Italien zurückkehren und seine Eltern und seine Großmutter damit überraschen wird. Er weiß es nicht, weil er Giuliana noch nicht getroffen hat, noch nicht zur Tagung nach Oxford gefahren ist und noch keinem Saal voller Schafe gegenüberstand. All das muss noch passieren. Also lebt er vergnügt auf seinem Campus, sitzt bis drei Uhr früh an seiner Dissertation, macht hin und wieder einen Ausflug nach San Francisco und überlegt, ob er mit Baseball anfangen soll.

Dank der Berichte seines Freundes kann Fil zwei Leben leben. Er spaltet sich, verdoppelt sich. Im ersten Leben führt er englische, schwarznasige Schafe auf die Weide, im zweiten macht er in Amerika sein Doktorat und spielt demnächst vielleicht Baseball. So unglaublich es klingen mag, das eine Leben ist nicht weniger wahr als das andere. Oder weniger unwahr, je nachdem.

Die Dissertation elektrisiert ihn regelrecht. Jeremy erzählt ihm alles mit geradezu rührender Offenheit: die Gespräche mit seinem Prof, mit den anderen Dozenten, die Diskussionen mit einem chinesischen Kommilitonen, die Abende mit den Mädchen. Da ist zum Beispiel eine, die aus Kasachstan kommt, sich ausschließlich von Eis ernährt und ein Gesicht hat wie eine Statuette aus dem neunzehnten Jahrhundert, mit hochgebundenen Haaren. Sie heißt Dala.

Doch vor allem legt Jeremy ihm die Doktorarbeit dar, Kapitel für Kapitel. Es ist eine Untersuchung zur Ricardianischen Äquivalenz, es wird eine tolle Arbeit, und Fils Begeisterung wächst von Tag zu Tag, bis er sich schließlich den Laptop mit auf die Weide nimmt und dort, gegen seine Lieblingsplatane gelehnt, eifrig an Jeremys Dissertation mitarbeitet. An einem Tag versucht er sich an Simulationen, am nächsten lädt er Daten herunter, die Jeremy offenbar noch nicht in Betracht gezogen hat, die für die Argumentation jedoch nicht unerheblich sind, dann wieder sucht er im Netz nach einem bestimmten Kapitel von Ricardo, das seiner Ansicht nach einen Aspekt näher beleuchtet, und redet sofort mit Jeremy darüber, dort, auf der Wiese. Fast hat es den Anschein, als wäre er derjenige, der promovieren müsste.

Die Schafe grasen derweil. Was sollten sie auch sonst tun? Hin und wieder verliert Fil eines. Doch das bringt ihn nicht aus der Ruhe, am nächsten Tag findet er es wieder. Schafe verliert man nie (oder fast nie). Das hat er gelernt. Es hängt einzig davon ab, wie weit der Hirte sich entfernt, es liegt nie an den Schafen. Wenn der Hirte sich nicht wegbewegt, ist alles gut. Im Grunde ist das verlorene Schaf immer ein verlorener Sohn: Es kehrt zurück. Fabeln und Parabeln mischen sich, denkt Fil, und irgendwann sind sie so ineinander verwoben, dass neue entstehen, *Das verlorene Schaf* zum Beispiel.

Doch es ist unglaublich, dass verlorene Schafe in diesen riesigen Weiten immer wieder auftauchen. Es scheint fast, als würde man sie gerade *wegen* der riesigen Weiten wiederfinden. Als machte es die Weite selbst dem Schaf unmöglich, sich zu verlieren, wie sonst ein Zaun.

Fil redet oft mit Thomas darüber. Sie verbringen Stunden zusammen, wenden Stroh oder reinigen Futtertröge, stapeln Heuballen oder harken Wiesen. Oder sie gehen zwischen den Schafen spazieren, mit Yuppie und Slowly, den beiden Hirtenhunden, die herumwuseln und die Herde zusammenhalten, und gegen Abend machen sie sich dann gemächlich auf den Heimweg. Für die Schafe ist der Tag früh vorbei, spätestens gegen fünf kehren sie zu den Ställen zurück. Manchmal bleibt Fil noch ein wenig bei ihnen. Er streichelt sie, zieht ihnen Reiser und Grashalme aus der Wolle. Er kuschelt sich ins Stroh, umgeben von diesem warmen, würzigen Geruch.

Thomas erinnert ihn ein wenig an Malmecca. An einen strahlenden Malmecca allerdings, der keine Fehler gemacht hat, die ihn jetzt quälen. Er ist ein achtunddreißigjähriger Kerl, der dort geboren ist und nicht immer blind war. Mit ungefähr zwanzig fing es an. Doch das hat ihn nicht daran gehindert, sich ein Leben mit Kathy aufzubauen, die er im Krankenhaus kennengelernt hat, wo sie eine Ausbildung als Krankenschwester machte. Jetzt haben sie zwei bald erwachsene Kinder, zwei Jungen von vierzehn und sechzehn, die beide in Oxford zur Schule gehen. Der Größere will Jura studieren, vielleicht am Saint John's. Er weiß genau, was er will, und Thomas ist froh darüber, man sieht es, weil er die Augen schließt, wenn er über ihn redet, diese Augen, die für immer geschlossen sind. Doch meistens denkt er nicht darüber nach, was aus seinen Kindern wird, sagt er, Träume sind zu schön, um wahr zu sein, und er hat Angst, sie könnten nicht wahr werden, wenn er sie zu sehr hegt.

Thomas bringt Fil eine Menge über die Aufzucht von Schafen bei: Wo man sie zum Weiden hinführt, wie lange man sie draußen lässt, wann man sie schert, wie man die Wolle am besten verkauft, was man ihnen zu fressen gibt, damit sie keine Krankheiten kriegen. Und auch, wie man mit ihnen spielt, denn, so sagt Thomas, man muss sie immer bei Laune halten.

»Wenn sie nicht gut drauf sind, machen sie traurige Wolle, und die Milch ist auch nicht gut.«

Was den Käse angeht, bleibt Fil hinterher. Er hat nicht viel übrig für Käseherstellung, für die Milchkleckerei, das Rühren im Lab. Er sieht Thomas lieber zu, fasziniert von seinen Handgriffen. Und abends isst er gern mit ihm gemeinsam den Ricotta, draußen, mit einem Löffel und einer Schüssel auf den Knien. Thomas redet, und Fil betrachtet den Mond, der anfangs nach nichts aussieht, wie hauchzarte Spitze, kaum sichtbar, und dann, mit der Dunkelheit, plötzlich das einzige Licht auf Erden ist.

Nach dem Sommer erreicht die Wirtschaftskrise in der westlichen Welt ihren Höhepunkt. Man fürchtet sogar um die Existenz Europas. Der Euro ist in Gefahr: Einige Ökonomen glauben, es wäre besser, jedes Land kehrte zu seiner Währung zurück, damit man Geld drucken und den Schaden wenigstens teilweise in Grenzen halten könne. Andere glauben, man müsse Europa nur in zwei Hälften teilen, oder besser, eine doppelte Währung einführen: einerseits ein starker Euro für die weniger verschuldeten Länder, andererseits ein schwacher Euro für die schwerer verschuldeten Länder. Oder, wie man so schön sagt, ein Euro für die Ameisen-Länder und ein Euro für die Heuschrecken-Länder.

In dieser äußerst düsteren Weltlage vereinigen sich die jungen Menschen der Welt. Besser gesagt, die jungen Menschen, die sowieso schon vereint waren (Pazifisten, Umweltschützer, Gegner der Globalisierung oder der Schnellbahntrassen) vereinigen sich noch mehr. Und hie und da benennen sie ihre Bewegungen um. Fiona und ihre Freunde zum Beispiel schließen sich der Londoner Gruppe von Occupy Wall Street an. Inzwischen ist die Geschichte mit Fil ziemlich im Argen. Und so unglaublich es klingen mag, Fiona ist auf die Schafe eifersüchtig.

Als Fil die LSE verlassen hat und aufs Land gezogen ist, hat Fiona noch gedacht: Er ist ein Held. Sie hatte es ein bisschen als ihren persönlichen, überwältigenden Sieg verbucht. Als hätte Fil, ihrem wohltuenden Einfluss sei Dank, endlich Vernunft angenommen und sich auf die richtige Seite geschlagen, nämlich auf ihre. Doch mit der Zeit wurde es ihr mit den Schafen zu bunt. Eine echte Übertreibung. Nichts gegen die Rückkehr zur Natur und die Abkehr vom Kapitalismus, aber das war zu viel.

Ständig drängelten sich die Schafe dazwischen, sorgten für Unstimmigkeiten und Ärger. Fiona konnte sie nicht ausstehen.

Wenn sie Fil zum Beispiel bat, mit auf eine Party zu kommen oder mit allen zusammen ins Kino zu gehen oder ihm von einer Galerie erzählte, in der einer aus ihrer Gruppe seine Fotos ausstellte, sagte Fil: »Nein danke, ich komme nicht, ich habe die Schafe.« Egal was, er redete sich mit seinen Schafen raus.

Dann, im Oktober 2011, lädt Fiona ihn zu einem Event ein, das ihr wahnsinnig wichtig ist: Es ist eine Sondervorstellung ihrer Theatertruppe, die Premiere von *König Lear*, und dazu noch im Globe. Es ist eine ganz persönliche Neuinterpretation des Stücks aus No-Global-Perspektive, in dem König Lears Töchter sich gegen den Vater stellen, der natürlich die Wirtschaftsmacht verkörpert. Etwas ganz Großes also, mit ganz vielen gedruckten Einladungen, namhaften Kritikern und Schlagzeilen in den Zeitungen. Und Fil? Fil sagt, Nein danke, ich habe die Schafe! Stinksauer schickt sie ihm eine SMS, die mit den folgenden Worten endet: Weißt du, wo du dir deine Schafe hinschieben kannst …?

Und mit diesen Pünktchen ist es aus zwischen ihnen.

Schon seit einiger Zeit hatte es nicht mehr gepasst. Streitereien, Diskussionen. Nichts zu machen, sie passten eben einfach nicht zusammen, Fil und die Globalisierungsgegner, die sich jetzt Occupy nannten.

»Occupy was überhaupt? Als ob es reichen würde, Wall Street zu okkupieren, um die Welt zu retten!«, sagte er.

Sie waren für Wachstumsrücknahme. Eine solidarische Wirtschaft, die Reichtum und Armut ausglich und die Ungerechtigkeiten aus der Welt schaffte. Die reichen Länder sollten weniger reich werden und zu einem fast vorkapitalistischen Zustand zurückkehren. Wachstumsrücknahme, okay, sie lesen Latouche. Schluss mit der Konsumsklaverei, mit den Wünschen, die man nicht hat, den vom Markt induzierten Bedürfnissen. Fil war skeptisch, sah die Grenzen.

»Aber klar, sehr romantisch, sich von Wurzeln zu ernäh-ren, Körbe zu flechten und sich in echte Tierfelle zu wickeln, nicht in synthetische, weil es ja keine Industrie mehr gibt … Ach übrigens, wie halten wir's mit den Tierschützern, wenn wir wieder jagen gehen? Ganz zu schweigen von meinen Scha-fen, Fiona … Wieso magst du die eigentlich nicht? Solltest du nicht ganz verrückt nach allem sein, was natürlich, tierisch und wild ist?«

»Du willst uns wohl verarschen! Du glaubst wohl, damit bist du fein raus? Zwei blöde Steinzeit-Witze, und fertig? Ein toller Ökonom bist du!«

Fil fand, die reichen Länder machten es sich zu einfach, den anderen zu sagen: Gebt euch bloß nicht die Mühe zu wachsen, ihr werdet schon sehen, es ist toll, niemals reich zu werden. Aber das für ihn größte Problem war die Verschuldung.

»Okay, nehmen wir an, wir schrauben das Wachstum zu-rück. Wir beschränken uns und fahren unsere Ansprüche zurück. Wir werden anspruchslos … ja, wir geben uns der hemmungslosen Anspruchslosigkeit hin! Scheiß auf Wachs-tum! Und die Verschuldung? Wie haltet ihr's damit? Ignorie-ren? Na bestens, dann kommt irgendwann ein netter Chinese oder Brasilianer … Brasilianer gefällt euch? Gut, also ein Braslilianer, und der kauft sich Ford. Und dann die Eni. Und dann Griechenland, eine entzückende kleine Insel nach der anderen, samt Meltemi, weiß-blauen Häuschen und Ouzo am Strand. Und dann Afrika … Gefällt euch die Vorstellung, dass China Afrika kauft? So kann es all seine demografischen Pro-blemchen lösen, und wo es schon mal dabei ist, reißt es sich die Erdölvorkommen und sämtliche Rohstoffe unter den Na-gel. Stellt euch vor, wie schön, Afrika wird von China koloni-siert … Ende! Wie, meint ihr, soll es sonst laufen? Aber nein! Ihr denkt lieber, die fiesen Finanzleute sind schuld, weil sie sich auf dem Rücken der Armen bereichert haben! Wenn's bloß so wäre! Dann hindern wir sie daran, und alles ist in Butter. Kommt euch eigentlich nie in den Sinn, dass es die aufstrebenden Länder sein könnten, die für dieses Ungleichgewicht verantwortlich sind, weil sie so lausige Löhne zahlen? Nein, oder? Das gefällt euch nicht. Die Chinesen produzieren unter für uns unvorstellbaren Bedingungen, sie beuten ihre Arbeiter aus, exportieren illegal, überschwemmen uns mit Plagiaten. Die Chinesen kolonisieren Afrika – aber egal! Euch interessiert das nicht, sind ja nur Chinesen und nicht diese fiesen Amis. Für euch sind nur die Amerikaner Imperialisten. Aber nein, tut mir leid, wir müssen uns mit diesen Chinesen rumschlagen, ob's euch gefällt oder nicht! Wie können wir mit ihnen mithalten? Habt ihr euch das schon mal gefragt? Nein, euch geht es nur darum, unsere Privilegien zu sichern, und dass wir unsere Arbeit, unseren sozialen Status und unseren Rechtsstaat behalten. Und wie? Indem wir die Steuern anheben, aber sicher! Die Reichen enteignen! Schade nur, dass es von diesen Superreichen nur eine Handvoll gibt, Leute, das haut nicht hin, ihre Reichtümer werden uns nicht reichen.«

So tönte Fil vor Fionas Freunden herum. Sie sagten ihm, er sei schlimmer als Frau Merkel. Oder sie ließen ihn reden, standen irgendwann auf und machten sich davon. Und er blieb allein zurück und redete mit vier weidenden Schafen. Und wenn er wieder nach Hause kam, ging er in die Küche und machte sich einen Kaffee oder legte sich aufs Sofa und hörte Musik, und manchmal war Fiona noch da, all dieses Rosa, dieses künstliche Rosa ihrer Haare … Eine solche Farbe wollte er bei sich nicht haben. Sie war zu laut, zu schrill. An Fiona war alles zu schrill und zu viel.

Sie war nicht wie Stine. So schlicht! Stine … Das nordische Mädchen in jener Nacht der Fliege, wie lange war das jetzt her? Jahre, Jahrhunderte. Er hatte sie immer im Sinn behalten, sie war nie verschwunden. Er hatte sie sicher in seinen Gedanken verstaut. Und dort war sie geblieben. Sie war Teil der geheimen, wahrhaftigen Dinge, von denen keiner wusste.

Stine war wie das Leben gewesen, das sich plötzlich in all seiner Größe und Weite vor einem auftut. Wie ein Bild, das jemand vor einem ausrollt und sagt: Schau mal, so wird's, gefällt's dir? Und ehe man sagen kann: Ja, total!, hat er es schon wieder zusammengerollt und in die Zeichenrolle gesteckt, und man steht belämmert da, weil man fast nichts gesehen hat, außer, dass da alles da war ... Alles! Denn am Ende ist es nicht so wichtig, wie lange man mit einem Menschen zusammen ist. Manchmal reichen ein paar Stunden, wenn sich mit ihnen die Zeit auftut, die vor einem liegt. Dann verpufft sie natürlich wieder. Aber kurz hat man sie gesehen, man weiß, wie sie ist, was einen erwartet.

Fiona war nur seine Freundin.

Stine war das Bild.

Fils Meinung nach handelte es sich nicht um eine Finanzkrise. Je mehr er darüber liest und nachdenkt, desto überzeugter ist er. Zum Beispiel gibt es Sardinen, und es gibt Thunfisch. Der Thunfisch frisst die Sardinen. Also werden die Sardinen weniger. Aber je weniger Sardinen es gibt, desto weniger haben die Thunfische zu fressen und sterben. Und wenn die Thunfische sterben, fressen sie keine Sardinen mehr, also können sich die Sardinen erholen. Doch je größer die Bestände werden, desto mehr Nahrung haben die Thunfische, also vermehren sich die Thunfische und fressen die Sardinen. Doch je mehr sie fressen, desto weniger gibt es, und die Thunfische verhungern ...

Das war eher Zoologie als Wirtschaft.

Fil arbeitet so gut wie gar nicht mehr mit Jeremy am Algorithmus. Er ist froh, dass sein Freund die Forschung fortführt, und wenn es nötig ist, ist er bereit, ihm aus der Ferne, so gut er kann, zu helfen. Er glaubt noch immer daran, dass man die

Prognosemöglichkeiten verbessern muss; es kann nicht sein, dass die Ökonomen nicht einmal drei Monate vor dem Zusammenbruch in der Lage waren, irgendetwas davon vorauszusehen. Selbst die Queen hatte das gesagt, und sie hatte recht. Am 5. November 2008 war das gewesen, und dazu an der LSE. Einen Professor, der das Szenario der Krise umrissen hatte, hatte sie gefragt: »Und wieso hat das niemand bemerkt?«

Doch jetzt weidet Fil Schafe. Er hegt andere Ideen und andere Pläne. Vielleicht denkt er auch anders. Ihm ist dieser neue Gedanke gekommen, der mit den Thunfischen und den Sardinen. Vielleicht sind die Studien zur Bevölkerung daran schuld. Oder es liegt am Im-Gras-Liegen-und-in-den-Himmel-Gucken, an all dieser müßigen Zeit, in der er die Schafe weidet. Da ist ihm die Idee mit der Decke gekommen.

Fil mag alle Himmel. Ob blau oder gelblich. Ob feuerrot, grau oder weiß. Manchmal gibt es da diese weißen Himmel, dicht, gleichförmig, ohne die geringste Schattierung, dass man sich fragt, was wohl dahinter oder seitlich davon sein mag. Bei solchen weißen Himmeln verlieren sich die Dimensionen, und man segelt im Nichts. Wie in flaumigem Nebel.

Die Himmel sind Fils Decke. Es ist das, was das Leben ihm in dieser Zeit zur Ansicht gibt. Er ist Hirte, also sieht er den Himmel an. Es stimmt nicht, dass Hirten die Schafe ansehen: Sie sehen den Himmel darüber an. Das ahnt zwar niemand, doch so ist es. Vielleicht sind die Schafe nur dazu da, dass man in den Himmel gucken kann, sie sind eine Ausrede, ein Vorwand. Hätte man keine Schafe, würde man den Himmel darüber nicht angucken, wieso sollte man auch?

Aber das Schöne am Himmel ist, dass er uns als Decke dient. Mag schon sein, dass er endlos ist und sich in den dunklen Galaxien des Weltraums verliert. Aber was kümmert uns das? Für uns ist er eine Decke. Eine Art riesige, flache, allenfalls leicht gebogene Platte, die jemand wie einen Deckel über uns gelegt hat. Ein Glück. Sie deckt uns zu. Sie schützt uns. Andernfalls würden wir durch den Äther driften. Wir hätten nicht die Konsistenz, die wir haben, gäbe es diesen Deckel nicht. Diese Decke. Genauso wie es zig Jahrhunderte zuvor Ptolemäus sah.

In der Wirtschaft ist es das Gleiche. Fil muss daran denken, dass die Vorstellung eines Himmels über dem Kopf etwas damit zu tun hat. Man muss die Vorstellung einer Decke akzeptieren, wenn es um das Wachstumsproblem, um die Europakrise, um Obamas Amerika, um die schwindelerregende Verschuldung, das stagnierende oder vielmehr schrumpfende Bruttoinlandsprodukt, den Spread, das schwindende Vertrauen der Märkte geht … Auf die Idee mit der Decke war man schon im neunzehnten Jahrhundert gekommen, es stand alles in den Klassikern, die er in der Bibliothek gelesen hatte.

Zur gleichen Zeit lernt Fil in London einen jungen Journalisten der *Financial Times* kennen. Als er sagt, wo er arbeitet, muss Fil lachen, weil er an die Artikel denken muss, die sein Vater ihm unter die Nase hielt, als er zwölf war.

»O Gott, die *Financial Times*!«, sagt er, und sofort sind sie Freunde.

Er heißt Hector Grand und lebt mit seiner Freundin Josephine zusammen, die ebenfalls Journalistin für das Ressort Gesellschaft und Kultur ist. Eines Abends laden sie Fil zum Essen ein und reden die ganze Zeit über Wirtschaft. Hector erzählt ihm von einer Zeitungsrecherche zur Wohlstandsentwicklung der Familien vom Kriegsende bis heute, welchen Stand die verschiedenen Generationen zwischen 1960 und 2010 erreicht haben. Er hat Zugang zum UK Data Archive, Unmengen von Daten, über siebenhunderttausend Familien. Wenn Fil möchte, kann er ihm die Datei weiterleiten.

Als Fil die wertvollen Daten vor sich hat, kann er es kaum fassen. Begeistert sieht er sich die Grafiken an. Er studiert die mal schwankende, mal gerade Entwicklungslinie jeder Generation. Es ist genauso, wie er es vermutet hat, die Zahlen geben ihm recht. Der Wohlstand der letzten beiden Generationen ist weniger gewachsen, oder besser gesagt, wächst gar nicht mehr, weil … der Ausgangspunkt sich bereits ganz oben befindet! Die Linie zeigt es ganz deutlich. Die letzte Generation, seine Generation, das sogenannte Prekariat, die Jugend ohne Perspektive, ist nicht nur durch die Krise blockiert, sondern auch, weil sie vom höchsten jemals erreichten Level startet. Klar, dass sie sich nicht bewegt: Um sich zu bewegen, müsste sie den Himmel durchbrechen.

Man muss das Wachstum deckeln. Man kann nicht einfach so weitermachen. Das ist wie mit den Fischen: Die Thunfische müssen aufhören, zu viele Sardinen zu fressen, sonst sind sie am Ende. Sie sind gezwungen, sich zu zügeln. Mit den Staaten ist es genauso. Jeder Staat muss lernen zu sagen: Okay, ich bin an dem Punkt gestartet und bis zu dem Punkt gekommen, danke, das reicht mir, jetzt sollen die anderen von ihrem Startpunkt aus so weit kommen, wie sie können. Klar, wenn sie weiter unten anfangen, haben sie einen längeren Weg. Wenn ich beim Ziel losrenne, bin ich ja schon da und muss keinen halben Meter zurücklegen. Logisch. Das gilt für einzelne Menschen genauso wie für Staaten. Im Grunde sind Staaten nicht anders als Menschen. Wenn einer schon da ist, wo soll er dann noch hin? Vielleicht bleibt er einen Moment stehen. Vielleicht merkt er, dass er keine Lust mehr hat zu rennen …

Ankommen, das Geheimnis liegt allein in der etymologischen Bedeutung dieses Verbs: Hat einer schon das Ufer erreicht, hält er natürlich an. Nur die anderen sind noch mit geblähten Segeln unterwegs.

Die Sache ist so offensichtlich … Fil sieht sie vor sich wie in einem Geländelauf, die sogenannten angekommenen Staaten. Das alte Europa mit eingeschlossen. Sie sitzen am Rand des Parcours im Kreis, dicht am Rasensaum, erschöpft, verschwitzt, die Nummern auf den Trikots zerknittert; hinter der Ziellinie im Schatten, ein Liedchen trällernd, Limonade trinkend, ein Brötchen mampfend oder schlafend, wenn ihnen denn danach ist, darauf vertrauend, dass die anderen Staaten der Welt nach und nach eintrudeln und sich zu ihnen in den Schatten gesellen, bis am Ende alle angekommene Staaten sind und sich ein Riesenauflauf bildet, eine Art kollektives, planetarisches, globales *Déjeuner sur l'herbe*.

Zugegeben, eine recht schlichte Vision für einen Ökonomen. Und auch ziemlich … bildgewaltig, okay. Surreal, abstrakt. Fil weiß das, so dumm ist er nicht. Doch er würde sich wirklich wünschen, dass die Krise der reichen Länder nicht für eine Tragödie gehalten wird. Seiner Meinung nach ist es nur eine Ankunft. Natürlich entgeht ihm nicht, dass das Ankommen auch ein paar beachtliche Probleme birgt: Der Wachstumsstillstand eines Landes, oder wie immer man es nennen will (Wachstumsrückgang, Ankunft, Stagnation oder Picknick im Grünen), ist ein Unglück. Und nicht nur, weil man dadurch aufhört, reicher zu werden, sondern weil die Menschen sich die letzten Stücke aus den Händen reißen, sobald der Kuchen nicht mehr größer wird. Sozialneid, Klassenhass, Gewalt. Das ist das Problem, und Fil sieht es genau vor sich: Allen ein gutes Leben zu ermöglichen, *trotz* null Wachstums.

Darin liegt eine neue Herausforderung. Nicht nur die aufstrebenden Länder wachsen lassen, sondern den bereits aufgestrebten Ländern das Überleben zu sichern, sie nicht untergehen zu lassen. Vielleicht kann man ihnen irgendeine andere Art von Fortschritt ermöglichen oder dafür sorgen, dass sie mit dem Stillstand einverstanden sind, aber trotzdem ganz oben schwimmen. Mit Wachstumsrückgang hat das nichts zu tun. Die Idee ist, einen »glücklichen, nicht-fortschrittlichen Staat« zu schaffen. Wie kann man weiterhin ein Angekommener Staat sein, wie kann man diesen Zustand des Ankommens fortbestehen lassen, ihn fortwährend machen sozusagen ... Die Ankunft fortwähren zu lassen, das ist es. Ein Standbild des Läufers, der das Zielband durchreißt und weder zurückkehrt noch sich zum Verschnaufen in eine Ecke setzt.

Den eigenen Reichtum überleben. Reich genug bleiben, ohne hysterisch zu werden oder die Ellenbogen auszufahren, sondern zugleich auf die anderen warten und ihnen gegebenenfalls unter die Arme greifen. Es geht darum, ein neues Leben zu erfinden! In dieser Post-Fortschrittsära eine andere Art von Fortschritt zu entwickeln. Sich vielleicht gar nicht um Fortschritt scheren.

Zu all dem gelangt Filippo Cantirami im ausklingenden Jahr 2011: Zu der Idee einer Decke, zu dem beruhigenden und utopisch gerechten Bild eines »Wirtschaftshimmels«, der sich dauerhaft über uns spannt und ein bisschen als Decke fungiert, schützend und begrenzend zugleich, unter der wir auf neue Art leben und weiterkommen können.

Dass ihm all diese Gedanken kommen, während er neue Wirtschaftswissenschaftler und alte, gestrige Klassiker liest oder seinen Schafen beim Weiden zusieht oder an Thunfische und Sardinen denkt oder die Daten aus dem Britischen Archiv auswertet, ist nicht von Belang. Sie kommen ihm, und zwar just in dem Moment, als Jeremy an seiner Stelle die Dissertation in Stanford abschließt und alle glauben, Fil sei dort, obwohl er auf seinen Weiden unweit von Oxford sitzt, wo keiner weiß, wer er ist oder was er macht. Und er liest und denkt nach und macht sich in aller Ruhe Notizen zu seiner neuen Wirtschaftstheorie, die in wenigen Jahren als *Ceiling Theory* bekannt werden sollte.

KAPITEL 8

Schafe im Balliol College

Fil hat nie gefragt, ob er eine Schafherde in ein englisches College mitbringen darf. An jenem bestimmten Novembermorgen hat er nicht im Entferntesten vor, Thomas' Schafe ins Balliol College mitzunehmen. Es ist kein Einfall, kein Entschluss. Etwas Derartiges kommt ihm gar nicht in den Sinn.

Es handelt sich um eine zufällige Verkettung von Ereignissen.

Da ist zunächst der Brief, den sein Vater ihm wenige Tage zuvor schreibt. Er erhält ihn als Anhang zu einer Mail und er heißt *CaroFilippodie7.doc*. Sieben Versionen, dazu eine überarbeitete Version der siebten, die den Namen *7.die2.* trägt: Was für ein verzwicktes System, denkt Fil.

Auch wenn er seine Mails nur sehr selten liest, an diesem Tag liest er sie. Er hätte es lassen können, doch er tut es. Und er liest den Brief des Vaters, ein Felsbrocken, der auf ihn herabstürzt und den niemand von ihm abwälzen kann:

Lieber Filippo,
endlich finde ich Zeit und Muße, ein bisschen mit Dir zu
plaudern, und ich habe beschlossen, Dir diesen langen Brief
zu schreiben, da man über Skype nicht wirklich miteinander
reden kann, weil natürlich alle ständig auf dem Sprung sind.
Zuerst einmal hoffe ich, dass es Dir gut geht. Du kannst Dir
vorstellen, wie sehr es mir angesichts dieser Entfernung – die,
ob Du's glaubst oder nicht, für Deinen alten Vater schwer zu

ertragen war und ist – hilft und geholfen hat, die Gewissheit
zu haben, dass das Studium, für das Du Dich entschieden hast
und das Du gerade so erfolgreich zu Ende führst, so sehr Deiner Natur und Deinem Sein entsprechen. Du kannst Dir nicht
vorstellen, wie stolz ein Vater auf einen solchen Sohn ist. Glaub
mir, für mich ist es ein täglicher Grund des Stolzes, Dich dort
in diesem Mekka der wissenschaftlichen Lehre zu wissen, an
diesem Ort Amerikas, der zu Recht als Ideenschmiede und
Weihestätte der bedeutendsten Erfindungen der westlichen
Welt gilt.
Und deshalb will ich Dir jetzt möglichst ausführlich und
präzise darlegen, welche Gedanken ich mir gemacht habe.
Oder besser, welche Gedanken wir, Mama und ich, uns über
Deine Zukunft gemacht haben.
Dein glänzendes Studium geht zu Ende, Filippo. Bald wirst
Du Deine Dissertation verteidigen und, mit den verdienten
Lorbeeren gekrönt, Stanford verlassen, und Mama und ich
können Dir nur wünschen, dass sich all die Mühen, die Du
in diesen Jahren zusammen mit uns auf Dich genommen hast,
voll und ganz für Dich auszahlen. Doch jetzt ist es Zeit, an die
Zukunft zu denken. Dies ist der Moment, in dem ein junger
Mann seine Karten ausspielen und große Entscheidungen tref-
fen muss, um seinem Leben eine endgültige Richtung zu geben.
Wie Du weißt, haben weder Mama noch ich Deinen Entscheidungen je im Weg gestanden. Wir wollten – denn so ist es gut
und richtig – dass Du Dich von Deinem Willen leiten lässt,
und haben Dich in Deinen Vorlieben und Neigungen, soweit
es uns möglich war, stets unterstützt.
Aber nun musst Du Deinem alten, weisen Vater erlauben,
Dich bei der heiklen, ebenso vertrackten wie wunderbaren
Wahl Deines zukünftigen Berufes ein wenig an die Hand
zu nehmen, wie damals, als Du noch ein Kind warst…
Dank Deines Könnens und Deiner Beständigkeit stehen

Dir nun zahlreiche interessante Wege offen. Es geht darum, den besten zu wählen, damit nicht nur Dein berufliches Fortkommen die richtige Richtung nimmt.

In diesen Jahren, aber vor allem in den letzten Monaten, habe ich mit vielen meiner Kollegen und guten Freunden über Dich gesprochen. Alle waren aufrichtig interessiert. Ein junger Mann wie Du kann ja nur heiß begehrt sein... Heutzutage sind wenige so gut ausgebildet und intelligent wie Du, und dazu mit einem solchen Engagement gesegnet – eine vernachlässigte Tugend, die heute jedoch wertvoller ist denn je, vor allem in gewissen Bereichen, und wenn man die Leiter des Erfolgs emporklimmen will, wie Du es hoffentlich kannst und willst.

Kommen wir zum Punkt.

Beispielsweise böte sich für Dich über einige meiner Mailänder Kollegen ein hervorragender Posten in einem großen Versicherungsunternehmen in Mailand. Dann wärst Du in unserer Nähe, Mama wäre natürlich glücklich, und alle anderen auch, und Du hättest gute Chancen auf einen raschen und in jeder Hinsicht lohnenden Aufstieg.

Vielleicht aber würde Dir der internationale Aspekt fehlen.

In dem Fall würde ich Dir den Vorschlag machen, in den Staaten zu bleiben, genauer gesagt, in Washington, wo ein alter Kommilitone von mir, der eine glanzvoller Karriere hingelegt hat, Dir einen Posten im Pentagon sichern würde! Mehr sage ich nicht, ich würde lieber direkt mit Dir darüber reden, aber ich kann Dir bereits versichern, dass das Angebot mehr als verlockend ist.

Der letzte Vorschlag schließlich kommt von einem alten Familienfreund, Ludovico Frinzi, der, wie Du weißt, ein großes Tier an der Wall Street ist und natürlich beste Beziehungen in die halbe Welt hat, London inbegriffen. Er würde Dir einen Kontakt mit dem Direktor einer großen Londoner Investmentbank verschaffen, was wohl auch nicht zu verachten ist. Ganz ehrlich, ich würde Dir dringend raten, diese Option ernsthaft in Erwägung zu ziehen, so könntest Du nach London zurückkehren, wo Du Dich auskennst und wohlfühlst.

Ich meine herausgehört zu haben, dass der Vorstand sich sehr freuen würde … na ja, dass unser Name – unser Familienname – mehr als willkommen wäre … Und von da aus stünde Dir natürlich auch eine im engeren Sinne politische und diplomatische Karriere auf internationaler Ebene und mit, nun ja, staatstragenden Perspektiven offen … Aber zäumen wir das Pferd nicht beim Schwanz auf, würde Mama sagen.

Jede weitere Überlegung wäre verfrüht.

Was ich Dir sagen wollte, habe ich gesagt, damit Du, bis Du mit Deinem Doktorat durch bist, die Möglichkeit hast, nachzudenken und alles richtig abzuwägen. Natürlich unter meiner Führung, keine Angst: Ich lasse Dich nie allein, mein Sohn! Du kannst auf mich zählen, ich bin da, und ich werde immer für Dich da sein, egal, was für Nöte, Zweifel oder Unsicherheiten Dich plagen.

Eine feste Umarmung

Papa

Fil liest den Brief, und ihm bleibt die Luft weg. Als hätte ihm jemand die Kehle zugedrückt, kann er plötzlich nicht mehr atmen. Als wäre er in einen tiefen, engen Schacht gefallen, einen Brunnen. Mühsam stemmt er sich aus dem Stuhl und macht zwei Schritte durchs Zimmer. Er fühlt sich schwer wie Blei. Er öffnet die Fenster. Endlich kriegt er ein bisschen Luft, aber nur wenig. Er kehrt an den Computer zurück und löscht die Mail. Er klickt auf *Löschen*, dann leert er den Papierkorb und starrt auf das sich bewegende Icon.

In dieser Nacht kann er nicht schlafen. Er steht auf, schenkt sich ein Glas Whisky ein und macht sich gleich danach einen

Schweizer Kräutertee. Er liegt auf dem Sofa und starrt ins Dunkle. Er geht hinaus, wandert ziellos über die Hügel und Wiesen.

In den folgenden Tagen wird es ein wenig besser. Je mehr Zeit vergeht, desto mehr entspannt und beruhigt sich alles. Fil findet zu einer gewissen, zumindest scheinbaren Gelassenheit zurück. Er führt die Schafe auf die Weide, lernt, hört mit Thomas Radio und sieht ihm beim Käsemachen zu. Aber in seinem Inneren wirbeln die Gedanken durcheinander, die er jedoch für sich behält. Er vertraut sich weder Thomas noch dem Duke an, teilt seine Last mit niemandem. Er denkt nach. Brütet. Hat sich in seine Gedanken gekauert, in der Hoffnung, irgendwann einen Ausweg zu finden, etwas, das ihn aus diesem dunklen Loch rettet. Er weiß, dass er eine Entscheidung treffen und aus der Deckung kommen muss, so kann es nicht weitergehen. Sein Vater plant sein Leben, doch es ist das Leben eines anderen. Früher oder später muss er es ihm sagen.

Am Abend des 8. November sagt Thomas zu Fil, dass er sich nicht wohlfühlt. Er hat starke Halsschmerzen und wohl auch Fieber. Fil fühlt seine glühende Stirn. Kein Problem, beschwichtigt er ihn, dann bring ich die Schafe morgen auf die Weide.

Gesagt, getan. Im Morgengrauen gegen fünf öffnet Fil den Stall, lässt die Schafe heraus und setzt sich langsam in Richtung Port Meadow in Bewegung, wo sich die *commons* erstrecken, die grenzenlosen, leuchtend grünen Wiesen an der Themse, die die Stadt ihren Bürgern zur Verfügung stellt, damit sie ihre Tiere darauf weiden können. Er hätte auch auf den Weiden des Duke bleiben können. Oder nach Norden Richtung Cotswolds ziehen. Doch an diesem Morgen hat er Lust, ein wenig auf die Themse zu schauen. Er setzt sich ans Ufer, den Rücken gegen einen dicken Platanenstamm gelehnt. Er hat sich einen Artikel über den Spread mitgenommen, und sobald es hell genug ist, beginnt er zu lesen, während die Schafe wie immer hierhin und dahin wandern und fressen.

Es ist erholsam, dort zu sitzen, zuzusehen, wie es Morgen wird, und hinter sich das gedämpfte Summen der erwachenden Stadt zu hören, den Verkehr, die Menschen, die ihren Tag beginnen, arbeiten gehen, joggen. Und er ist dort mit seinen Schafen, den beiden Hunden, den Büchern und Gedanken. Alles scheint sich zu lösen, wenn er auf der Weide ist und diesem gemächlichen, methodischen, unbewussten Fressen zuschaut. Ach, wie gern wäre er manchmal ein Schaf!

Fil schaltet sein Handy ein. Er hat es mitgenommen, falls Thomas ihn erreichen muss, er hat es ihm versprochen. Er hat es schon seit einer ganzen Weile nicht mehr angemacht. Sofort geht das Gepiepe los: Dutzende SMS hageln auf ihn ein, als wollte sich das Telefon dafür rächen, dass es ausgeschaltet war. Und dort, unter dem Baum während einer Lesepause, wirft Fil einen Blick darauf. Er hätte es genauso gut lassen können. Niemand hat ihn dazu gezwungen, er hat das Telefon nur wegen Thomas dabei. Aber er liest die SMS. Eine nach der anderen geht er sie durch. Nachrichten von Freunden, Kommilitonen, Exfreundinnen … und von Jeremy.

Jeremy, verdammt! Gegen neun Uhr hat er ihn dreimal angerufen und fünf Nachrichten geschickt. Aber klar, die Tagung! Wie konnte er das nur vergessen! Oxford, 9. November, Balliol College. Heute ist der 9. November, er ist in Oxford und hat einen Termin im Balliol College.

Und all diese Schafe am Hacken …

Völlig gefangen in den wirren Gedanken der letzten Tage, hat Fil vergessen, dass Jeremy ihn eingeladen hatte, einen Vortrag über ihren Algorithmus zu halten. Er hatte es ihm vor Monaten angetragen, mit der Bitte, ihm beizustehen, ihm bedeute das viel, es sei schließlich ihr Algorithmus, ihr Baby, Fil dürfe es nicht im Stich lassen. Monatelang hatte er ihm in den

Ohren gelegen: »Komm schon, Fil, du musst dabei sein! Du bist doch gleich um die Ecke. Ich komme aus Amerika, und du wohnst direkt nebenan, von London nach Oxford ist es doch ein Katzensprung!« Am Abend zuvor und am Morgen bombardiert er ihn mit SMS. In letzter Zeit hat er nichts mehr von Fil gehört und traut dem Braten nicht; besser, er erinnerte ihn noch einmal. Er hat Angst, dass Fil es vergessen hat, wo er doch in Gedanken immer woanders ist ...

Tatsache, Fil hat's vergessen. Und jetzt, auf der Weide von Port Meadow, liest er Jeremys SMS ...

Fil, wo bist du? Ich erreiche dich nicht.
Bitte, melde dich!
Fil! Ich warte im College auf dich.
11 Uhr, Balliol College.
Fil, wenn Du mich sitzenlässt, bringe ich dich um.

Er hat die Schafe bei sich, hundertachtundsechzig wollige, blökende Suffolk-Schafe.

Kann er sie einfach auf der Weide zurücklassen? Es sind so zahme Tiere, sie würden nichts Schlimmes anstellen ... Aber kann man darauf vertrauen? Nein, besser nicht.

Könnte er sie in den Stall zurückbringen, sich umziehen, das Motorrad nehmen und zum College rasen? Nein, zu weit weg, das würde er nicht schaffen.

Kann er so tun, als hätte er sie nicht dabei? Sich einreden, sie seien nicht echt? Aber er *hat* diese Schafe, kein Zweifel: Da stehen sie vor ihm, er kann sie sogar riechen, diese typische Mischung aus Wolle und Fleisch. Nichts zu machen, er *ist* »ein junger Mann mit Schafen«. Kein echter Hirte, aber immerhin ein Hilfshirte. Ein Schafführer. Der Punkt ist, dass er in diesem Moment nun einmal Schafe hütet. Und er hat keine Ahnung, wohin mit ihnen.

Es gibt nur zwei Möglichkeiten: Entweder er geht nicht ins College, oder er nimmt die Schafe mit.

Aber gibt es wirklich zwei Möglichkeiten? Kann er einfach nicht zu Jeremys Tagung gehen? Kann er ihm das antun? Nein, das kann er nicht. Er denkt gar nicht daran.

Bleibt nur eine Möglichkeit: Er nimmt die Schafe zur Tagung ins Balliol College mit.

Was anderes bleibt ihm nicht übrig. Und wie man sieht, sind die Dinge im Leben oft ganz einfach, man muss nur logisch herangehen und das Gehirn einschalten, dann kommt man zu einer sinnvollen Lösung.

Ihm bleibt gerade noch eine Stunde. Wenn er sich beeilt, kann er es schaffen. Er überschlägt den Weg, die Strecke, die Zeit. Ja, es kann klappen. Er muss nur die Woodstock Road nehmen, eine schöne, breite und gerade Straße, die direkt in die Innenstadt auf die Saint Giles führt und dann nach links in die Broad Street abgeht, und von dort sind es nur noch zwanzig Meter bis zum Balliol. Perfekt, das war zu schaffen.

Fil hält einen Moment inne. Denkt nach. Er ist nicht blöd. Und auch nicht naiv oder unüberlegt. Er ist ein reflektierter, ernster Junge. Das war er immer. Er nimmt sich einen Augenblick Zeit und denkt nach. Derweil tun die Schafe, was sie die ganze Zeit getan haben: Sie fressen. Und er denkt nach. Er weiß, dass es verrückt ist, eine ganze Schafherde in ein College mitzunehmen. Das ist ihm vollkommen klar. Vollkommen. Er sieht es schon vor sich. Die Leute, die Professoren, Jeremy … Das Beste wäre, nicht hinzugehen. Jeremy anzurufen und ihm zu sagen: »Entschuldige, Jeremy, aber ich habe eine Schafherde bei mir, ich kann unmöglich kommen.«

Jeremy würde zuerst einmal nichts raffen, was weiß er schließlich schon von diesen Schafen und was Fil jetzt macht und wo es ihn hinverschlagen hat? Doch das würde Fil ihm liebend gern erzählen, in Kürze natürlich, in der Kürze eines Telefonats…

Ja, er könnte einfach nicht hingehen. Das könnte er. Das wäre wohl das Richtigste und Vernünftigste. Doch Fil geht hin. Mit den Schafen. Er macht diese völlig hanebüchene Sache, die niemand sonst gemacht hätte. Womöglich reizt ihn dieser totale Irrsinn: Schafe in ein Oxforder College zu bringen. Nach und nach, auf dem Weg, mit seinen Schafen im Schlepptau, findet er Geschmack daran. Ihm geht auf, dass er genau das machen will. Doch erst nach und nach, auf dem Weg, den er mit seinen langen, bedachtsamen und dennoch entschlossenen Schritten zurücklegt, die ganze breite, bequeme, elegante Woodstock Road mit ihren roten viktorianischen Häusern, den niedrigen Backsteinmauern, den gekästelten weißen Fenstern und den Bäumen entlang… all diese Bäume, die aus den kleinen Gärten emporwachsen, alle noch belaubt, obwohl es schon November ist. Herrlich.

Wir wissen es nicht. Auch Fil weiß nicht, ob der Brief seines Vaters etwas damit zu tun hat oder nicht; wäre er in irgendeinem anderen Moment seines Lebens eingetrudelt, wäre es womöglich anders gekommen, doch er ist nun einmal just vor der Balliol-Tagung eingetrudelt. Wir wissen es nicht, wie sollten wir auch? Niemand von uns weiß, wie sich die Zutaten mischen, auf welch geheimnisvolle Art und in welchen mysteriösen Brennkolben sie miteinander reagieren. So etwas passiert. Das ist die Chemie des Lebens. Fil weiß das nicht, er geht einfach nur weiter. Aber je weiter er geht, desto klarer wird ihm, dass ihm gefällt, was er tut. Es macht ihm Spaß. Je länger er es tut, desto wohler fühlt er sich. Fast glücklich. Ein Gefühl, das der Zufriedenheit verdammt ähnlich ist.

Kurz gesagt, er nimmt diese vermaledeiten Schafe und geht, überzeugt, zufrieden, immer zufriedener.

In gewissem Sinne tut er es, um seinem Vater eins auszuwischen. Das heißt... nicht wirklich, um ihm eins auszuwischen. Er tut es nur, um diese Höllenmaschine von Vater zu stoppen, um sie einen Augenblick zum Stillstand zu bringen. Früher oder später war das sowieso einmal fällig. Die Sache ist zu sehr aus dem Ruder gelaufen. Drei Jahre lang hat er lieb und artig stillgehalten, als säße er auf einer Bombe. Ein bisschen zu lang... Jetzt muss er sie sich unter dem Hintern wegreißen und ein bisschen in die Luft gehen lassen. Natürlich ohne dass jemand dabei zu Schaden kommt...

Unterdessen trotten die Schafe brav und folgsam mit ihm mit. Sie sind Schafe und benehmen sich entsprechend. Die Hunde trotten hinterdrein und halten sie zusammen. Als Fil sich nach ihnen umdreht, sieht er sie dicht beieinander, mit gesenktem Kopf und so eng zusammengedrängt, dass kein Grashalm dazwischenpasst. Rührend. So kompakt und vereint, dass sie wie eine kleine Landzunge aussehen, wie eine lang gestreckte, bewegliche Insel, die friedlich, aber unaufhaltsam die Woodstock Road hinabdriftet. Eine lange, bewegliche Insel folgsamer, lieber, zusammengedrängter Schafe, die auf dem Gehsteig entlangtrippeln und, keiner weiß, warum, niemals über den Rinnstein treten. Nur vereinzelt und ganz selten. Zwei- oder dreimal, nicht öfter.

Seltsamerweise machen auch die Autos Platz. Genauer gesagt, sie fahren langsam. Als begriffen sie, dass diese Herde über die Ufer treten könnte, halten sie vorsichtshalber Abstand und fahren langsam. Vorsichtshalber. Schön! So kann nichts passieren. Zwei Kilometer im lichten, lauen Novembermorgen, Fil vor diesen fast zweihundert Schafen, die ganze Woodstock Road ist voll, und es passiert nichts.

Fil führt die Schafe wie ein Roboter. Zielstrebig, zügig. Von Port Meadow ins Zentrum, durch den Verkehr, ohne anzuhalten, ohne nachzudenken. Er hat keine Wahl. Diese Handlung hat keinen bestimmten polemischen, politischen oder verzweifelten Sinn. Sie ist keine Provokation. Doch ebenso wenig kann Fil noch über sie entscheiden oder sie ändern. Er muss es zu Ende bringen. Dies ist der Tag, um es zu Ende zu bringen. Fil hatte nicht damit gerechnet, er sieht ihn erst kommen, als er schon da ist, diesen Tag, an dem er seinem Vater sagen wird, er soll es sich aus dem Kopf schlagen: Er denkt nicht daran, nach Washington, London, ins Pentagon oder sonst wohin zu gehen. Auch weil er gar nicht dazu qualifiziert ist: kein Master an der LSE, kein Doktorat in Stanford.

Er hat nichts. Er ist nichts.

Der Moment ist gekommen, es seinem Vater zu sagen. Das ist alles.

Fil hätte zum Telefon greifen und ihn darüber in Kenntnis setzen oder ihm einen Brief zurückschreiben können, zehn Seiten lang vielleicht, in dem er ihm haarklein erklärte, was geschehen war, was er vom Leben wollte und was nicht. Das hätte er machen können. Es wäre das Normalste gewesen. Natürlich und einfach. »Hör mal, Papa, ich wollte dir sagen, dass ich nicht nach Stanford gegangen bin, ich bin hiergeblieben, ich wohne in der Nähe von Oxford, züchte Schafe, und das ist in Ordnung, mach dir meinetwegen keinen Kopf.« War das so schwer? Nein. Weder schwer noch leicht. Er hatte tausendmal darüber nachgedacht. Oder so: »Schau mal, Papa, ich leite ein Business mit Schafen.« Irgendwann hatte er das für eine gute Idee gehalten: Das Wort »Business« kam darin vor, dann tat es vielleicht weniger weh. Klar, das Wort »Schafe« machte die Wirkung ziemlich zunichte. Schafe klingt sofort nach Landwirtschaft und Armut, nach Schafstall, Käse, Mistgeruch. Es klingt nach einem gescheiterten Sohn.

Also hatte er es gelassen. Er hatte die Mühsal, es seinem Vater zu sagen, nicht auf sich genommen. Ende. Und jetzt war es zu spät. *Reden* konnte er jetzt mit seinem Vater nicht mehr. Seit drei Jahren schwieg er und spielte Theater. Es war zu spät.

So, wie wenn wir nach einem arbeitsamen Tag aufsehen und plötzlich feststellen, dass es dunkel geworden ist. Wir haben die Dunkelheit nicht kommen sehen, doch jetzt, wo wir sie vor Augen haben, ist es zu spät: Alles, was wir noch bei Tageslicht machen wollten, können wir uns abschminken, denn jetzt ist es dunkel. Ganz einfach. Geradezu banal. Worte genügten nicht mehr, es brauchte etwas anderes. Eine Tat eben. Es konnte nichts anders sein als eine Tat, und zwar eine aufsehenerregende. Überwältigende. Riesenhafte. Diese Schafe ins College bringen. Zudem hatten Jeremy mit seiner Tagung und Thomas mit seinem Fieber ihm diese Gelegenheit auf dem Silbertablett serviert. Eine Chance, die man im Flug schnappen muss, hätten Roger Sheffield und sämtliche Rogersheffields des Universums gesagt ... Paff-paff, die Wachtel liegt auf dem Boden! Ein bisschen brutal vielleicht, aber zumindest eine klare, definitive Geste. Es war seine Art, basta zu sagen. Nicht nur zu seinem Vater, sondern auch allem anderen. Wo er schon einmal dabei war. Wieso nicht? Zu Prüfungen, Rogersheffields, Keynesianern, Globalisierungsgegnern, dem Internet, den Unis, Tutoren, Kommilitonen, Bankern, Fitnessstudios, Laufbändern, rennenden Ratten, pinkfarbenen Haaren, Mikrochips ... Ja, Mikrochips. Er hatte gelesen, dass wir in Zukunft alle einen Mikrochip eingepflanzt bekommen. Also waren die Schafe auch ein Zeichen gegen Mikrochips und gegen diese Zukunft, die ihm ganz und gar nicht passte.

Und außerdem war es eine perfekte Tat. Sie stellte alle auf wundervolle Weise vor vollendete Tatsachen. Genauer gesagt, vor eine Schafherde.

Und, seien wir ehrlich, ihm war auch gar nichts anderes eingefallen. Er mochte darüber nachgedacht haben, aber ohne Erfolg. Konnte er etwa Armeen aufmarschieren lassen, die Sterne vom Himmel holen, die Meere teilen?

Er hat nur hundertachtundsechzig Schafe, und es sind noch

nicht einmal seine. Aber immerhin, er hat sie. Er hat nur das: hundertachtundsechzig Schafe. Er kann sie mitnehmen, sich leihen, gewissermaßen. Thomas wird das schon verstehen. Im Augenblick sind sie alles, was ihm zur Verfügung steht. Mit der Ausrede, zu Jeremys Tagung zu müssen und über ihren Algorithmus zu sprechen, erobert er die Welt. Wo er schon mal dabei war. Mit dieser Handvoll blökender, braver Schafe besetzt er sie… Genau, er besetzt sie. Er ist auch Occupy… Occupy was denn? Egal. Er, ganz allein. Ohne es irgendjemandem zu sagen. Ohne großes Aufsehen. Er hat es noch nicht einmal entschieden. Er macht es und basta.

Saint Giles ist die Bus-Endhaltestelle.

Die Busse kommen an, bleiben stehen und fahren wieder los. Rot, zweistöckig. Panoramabusse. Sie umrunden den kleinen Friedhof und nehmen die Straßen Richtung Süden, Norden, Osten und Westen.

Genau dort an der Ecke beginnt die Einkaufsgegend mit Kaufhäusern und Supermärkten: Boswell, Debenhams, Sainsbury's. Es wimmelt dort vor Menschen, die Einkäufe machen, aus den Bussen steigen oder davor Schlange stehen, um einzusteigen. Manchmal ist die Schlange dreißig Meter lang, doch sie verschwindet jedesmal ganz schnell.

Fil geht an den Bussen vorbei, die hintereinander an der Endhaltestelle stehen. Er biegt links in die Broad Street ein und steht vor dem Balliol College mit den runden Türmchen und dem märchenschlosshaften Kegeldach.

Dort wird die Straße breiter, vielleicht heißt sie deswegen Broad Street, weil sie sich in eine Art lang gestreckten Platz verwandelt, der direkt zur Bodleian Library führt. Die Schafe füllen den Platz gänzlich aus. Dicht gedrängt und ordentlich stehen sie da. Die Leute gucken. Sprachlos. Sie verstehen nicht, was es mit dieser Herde auf sich hat, fragen, ob irgendwo eine

Messe ist oder so. Auch in den Lokalen sitzen Menschen. Zum Beispiel sind da zwei vornehme ältere Herrschaften, Burt und Judith, die ungläubig durch die Scheibe starren und dabei ihr übliches Frühstück zu sich nehmen, einen Kaffee, ein Croissant, das sie mit Erdbeermarmelade füllen und mit Messer und Gabel in Stücke schneiden. So frühstücken sie jeden Morgen. Es ist ihre Art, es sich in der ihnen verbleibenden Zeit gut gehen zu lassen.

Fil zögert kurz, hält einen Moment inne und blickt geradeaus. Dann tritt er durch das Holztor und steht im Park des Balliol College. Die Schafe folgen ihm, haben im nächsten Moment den leuchtend grünen, kurz gestutzten Rasen in Beschlag genommen und drängeln sich zwischen den Säulen des Laubenganges.

Geschafft. Er ist da. Er hat seine Schafe bis hierher gebracht. Bis ins Stadtzentrum. Bis in dieses College, das eines der schönsten von ganz England ist. Es sieht wirklich aus wie ein Schloss, wie ein Märchenschloss, in dem der Prinz wohnt, der die Prinzessin heiratet, nachdem er den Drachen erlegt hat. Und Fil hat mit all seinen Schafen dieses Schloss betreten, mit dieser Herde, die allerdings keine Herde mehr ist, sondern sein Leben, und das sollen die Leute wissen.

Natürlich kann Fil nicht ahnen, dass unter ihnen auch seine Exfreundin Cami, Camilla Bardi Saraceni, ist, die ihn amüsiert beobachtet und eine launige SMS an seine Schwester Gheri schreibt, in der sie ihr mitteilt, was Fil gerade vor ihren Augen tut, und damit, ohne es zu wissen, die gesamte Familie Cantirami in Panik stürzt.

Und wenn sie diese SMS nicht geschickt hätte? Wer weiß, wie Fils Leben und das Leben seiner Eltern verlaufen wäre... Verbunden durch eine Kette aus *Wenns*: Wenn ein Mensch eine bestimmte Straße entlanggegangen oder nicht entlanggegangen wäre, wenn er sein Handy bei sich gehabt hätte, wenn es aufgeladen gewesen wäre, wenn er sich entschlossen hätte, es zu benutzen. Doch was weiß Fil in diesem Moment schon? Was wissen wir schon, wenn wir eine Tat vollbringen, wenn wir Schafherden führen, zum Beispiel, was wissen wir denn schon, was wir in den Leben der anderen auslösen? Was weiß Fil von seiner Mutter, von seinem Vater? Nichts, er kann nicht wissen, dass sie beschließen werden, loszufahren und die halbe Welt nach ihm abzusuchen, und durchdrehen, weil sie ihn nicht finden…

Fil hat keine Ahnung. Er begibt sich schnurstracks zum Konferenzsaal. In den Fluren und auf den Treppen begegnet er nur wenigen Menschen, ein paar eiligen Studenten mit Computer unterm Arm, die verdattert zur Seite weichen und ihn und die Schafe durchlassen. Fil bleibt nicht mehr stehen. Sein Schritt ist schnell und dynamisch. Er bewegt sich selbstsicher in seinem grauen Leinenanzug, den er immer trägt und der ihm zu einer Art Uniform geworden ist, er merkt gar nicht mehr, dass er ihn anhat; dazu der gestreifte Wollschal mit den Wappen, die Tasche mit den Büchern über der Schulter, die er stets mit auf die Weide nimmt, der fotokopierte Artikel, den er gerade liest, und all seine Schafe. Ein Hirte in Grau. Oder ein Referent mit Schafen. Er dreht sich nicht um und bleibt nicht stehen. Zielstrebig steuert er aufs Podium zu, begrüßt Jeremy und die anderen und setzt sich.

Er beschließt, die Leute im Publikum zu ignorieren, die anfangen zu murmeln, all diese Leute, die sich für die Tagung versammelt haben und jetzt nicht genau wissen, ob sie schreien, gehen oder ruhig sitzen bleiben sollen. Er beschließt, auch Jeremys Gesicht zu ignorieren, das weiß wie ein Laken ist, und den Dekan und die Koreferenten, die nicht wissen, was sie sagen oder tun sollen. Fil hat beschlossen, niemanden anzusehen und an nichts zu denken. Er ist voller Vertrauen. Er vertraut darauf, dass alles gut geht, dass nichts Schlimmes passiert.

Und tatsächlich fängt Jeremy wieder an zu reden, und Fil übernimmt das Wort und macht sich daran, den Kern ihres Algorithmus darzulegen. Alles ist vollkommen richtig und normal. Die Leute hören zu, die Koreferenten machen sich Notizen, die Schafe bleiben, wo sie sind. Nur ab und zu vernimmt man ein schwaches Blöken, doch es ist so leise, dass es nicht stört. Fil freut sich. Er ist sehr stolz auf seine Schafe: Er hätte nicht gedacht, dass sie sich so gut benehmen würden. Und irgendwann denkt er gar nicht mehr an sie. Er sieht sie nicht einmal mehr, so sehr ist er von dem, was er sagt, eingenommen, er ist völlig absorbiert, ganz woanders. Auch das Publikum hört aufmerksam zu und vergisst die Schafe oder – wer weiß – gewöhnt sich daran, so elektrisiert ist es von den scharfsinnigen Theorien, die die beiden jungen Ökonomen ihnen präsentieren.

Am Ende gibt es mächtigen Applaus. Vor allem, als Jeremy ihre Geschichte erzählt (und den Pakt natürlich verschweigt): von ihrer intellektuellen Seelenverwandtschaft, ihrem Studium, den Recherchen, den Zukunftsentwürfen. Als er sagt, dass er alles Filippo zu verdanken habe, dass die eigentliche Idee des Algorithmus von ihm stamme, und Fil dagegenhält, sie hätten stets zusammen daran gearbeitet und ohne Jeremy hätte er sowieso nichts zustande gekriegt, steigert sich der Applaus zu tosendem Beifall. Die Leute sind gerührt und dankbar. Sie bewundern die Klugheit dieser beiden jungen Männer, aber auch ihre Freundschaft und gegenseitige Großzügigkeit.

Fil ist überrascht. Mit Applaus hätte er nicht gerechnet. Er rührt sich nicht, blickt benommen auf diese Menschenmenge, die ihm zujubelt, und steht einfach nur da, reglos wie eine Statue. Dieser Beifall verwirrt ihn. Ihm ist heiß und schwummerig. Er begreift nicht. Er weiß nicht mehr, wo er eigentlich ist, wieso er hier ist, was er gerade getan hat. Er hat zusammen mit Jeremy ihre Theorie dargelegt, das ja. Und jetzt dieser nicht enden wollende Applaus, die aufgesprungenen Menschen, die lächelnd zwischen den Schafen hindurch nach vorn drängen, um ihn etwas zu fragen, um ihn irgendwie weiterreden zu lassen. Fil ist befangen, er lächelt ebenfalls, erklärt, drückt Hände, aber er weicht auch zurück, versucht zu entkommen.

Als er mit all seinen Schafen auf dem Rückweg nach Bleckway ist, ist er zufrieden. Jetzt ist er, wer er ist, er hat es öffentlich gezeigt, und alle haben es gesehen.

Er weiß nichts von Cami, doch er ist sicher, dass seine Eltern es jetzt wissen. Er spürt es. Er weiß nicht, auf welchem Weg sie informiert wurden, aber er weiß, dass es so ist. Oder dass es bald so sein wird. Er hat diese Schafe mitgenommen, damit seine Eltern es erfahren, und jetzt haben sie es erfahren. In ihm drin erfahren sie es, und darauf kommt es an. Er kehrt zum Schloss des Duke zurück und bringt die Schafe in den Stall.

»Alles in Ordnung?«, fragt ihn Thomas fiebrig.

»Alles in Ordnung.«

Fil geht duschen. Er hat Hunger. Er macht sich ein Sandwich und setzt sich zum Essen nach draußen. Die Sonne ist lau und diesig. Er setzt sich in den Liegestuhl, streckt die Beine aus und blickt zu den vorbeiziehenden Wolken empor.

Alles in Ordnung. Nur schade, dass er seinen Eltern wehgetan hat. Das ist ihm sonnenklar. Er wusste, dass er ihnen wehtut, als er die Schafe mitnahm. Er wanderte neben der Herde her und konnte den Unmut seiner Eltern förmlich spüren. Was soll ich dir sagen, Papa? Dich trifft keine Schuld, du hast alles richtig gemacht, du warst ein guter Vater, wirklich. Du hast immer das Beste für mich gewollt. Aber vielleicht ist es genau das. Kein Vater sollte das Beste für seinen Sohn wollen. Weißt du, warum? Weil er nicht weiß, was das ist. Ein Vater weiß nicht, was das Beste für seinen Sohn ist. Er kann es nicht wissen, wie sollte er auch? Ist er etwa Gott? Kann er in der Kristallkugel lesen? Nein, er ist nur ein Vater. Also muss er zugucken und basta, stumm und möglichst gelassen. Es ist ein bisschen so, wie am Meer zu sein und aufs Wasser zu schauen. Was tut man am Meer? Man blickt aufs Wasser. Ende. Man begleitet die Wellen mit seinem Blick. Eine nach der anderen. Wie mein Freund Malmecca es mit den Blättern getan hat: Er begleitete sie, er nahm sie in die Arme, ehe sie zu Boden fielen. Er... *begleitete sie.* Verstehst du? Die sich brechenden Wellen, die fallenden Blätter, die sich biegende Angel, wenn der Fisch zubeißt... Das ist begleiten. Auch seine Kinder muss man begleiten. Ihnen zusehen, wie den Wellen. Aber du hast mir diesen entsetzlichen Brief geschrieben. Du hättest ihn nicht abschicken, ihn nicht einmal schreiben, nicht einmal denken dürfen. Das hättest du nicht tun dürfen. Aber so hast du mir keine Wahl gelassen. Was sollte ich machen? Ich musste Nein sagen, ich musste dir sagen, dass ich kein Leben wie deines wollte.

Ein Kind, das nicht in die Fußstapfen des Vaters tritt, zerreißt ein Band. Es zerstört es. Ein solches Kind ist ein zerstörendes Element. Fil hat das oft gedacht. Doch jetzt denkt er es nicht mehr.

Jetzt, da ich mit diesen Schafen losgezogen bin, weiß ich es und würde es dir so gern sagen, Papa, dich beruhigen: Dieses zerrissene Band setzt sich fort, nur dass es sich woanders und auf andere Weise fortsetzt, und das ist gut so, denn es beginnt bei dir, bei euch, da liegt sein Anfang. Ihr müsst so oder so stolz sein. In jedem Fall! Egal, wie es läuft! Ihr Eltern solltet neugierig sein. Schrecklich neugierig, was eure Kinder treiben. Ihr solltet vor Neugier platzen, zu erfahren, wo dieses zerrissene Band wohl endet, das bei euch seinen Anfang hat und im Laufe der Jahrhunderte noch ein Dutzend Mal reißen wird, bei den Kindern eurer Kinder und deren Kindeskindern. Dutzend Mal! Aber stattdessen seid ihr ständig unzufrieden. Nie zufriedenzustellen. Ihr Eltern seid so wenig neugierig. Ihr tut so, als würdet ihr schon alles kennen, als wüsstet ihr haargenau, wie jede Sache und jedes Kind endet. Ihr lasst euch nicht überraschen. Ihr zieht eine Überraschung nicht einmal in Betracht. Schade. Ihr bringt euch um eine große Freude …

Das denkt Fil, während er in den Himmel sieht. Und er denkt auch an Jeremy, der stinksauer abgedampft ist, bestimmt ist er wütend auf ihn und wer weiß, wann er ihn wiedersieht, vielleicht nie. Es tut ihm leid, das wollte er nicht …

Jetzt muss ich meinen Eltern nur noch von dir erzählen, Jeremy. Deine Geschichte ist einfach zu schön! Du bist der Sohn, den sie sich gewünscht haben, du führst das Band fort, du zerreißt es nicht. Okay, du bist nicht der *richtige* Sohn. Aber ist das so wichtig? Ändert das so viel? Du bist perfekt für sie. Und sie sind perfekt für dich. Deshalb bin ich mir sicher, dass sie gute Eltern sind, weil sie es für dich sind. Sie wissen es zwar nicht, aber sie sind es. Sie sind vollkommen. Aber nicht für mich. Na und? Es ist alles in Ordnung, Jer. Du konntest dieses Leben nicht haben, du bist nicht am richtigen Platz geboren. Aber so hat sich alles gefügt. Meine Eltern haben dein Leben … umgekrempelt. Das nennt man den Spieß umdrehen. Stell dir vor! Die ahnen nicht einmal im Traum, was sie getan haben, sie kennen dich nicht, sie wissen noch nicht einmal, dass es dich gibt! Und dennoch, sie haben im wahrsten Sinne des Wortes dein Leben verändert! Ein Meisterwerk. Du musst sehr, sehr dankbar sein. Und sie sehr stolz und glücklich. Es war für alle ein Glück. Auch wenn ihr euch bisher weder gesehen noch gesprochen habt. Du musst so bald wie möglich meine Eltern kennenlernen. Das ist wichtig. Und gut. Und du machst Karriere, wie es sich gehört. Aus dir wird was, du kommst weit … und ich auch.

Und wie er so auf der Liege liegt und die matte Sonne genießt, ist Fil an jenem Nachmittag des 9. November zufrieden.

355

Er weiß, dass er jetzt gehen kann, wohin er will. Endlich. Er denkt noch ein paar Tage darüber nach. Dann packt er in aller Ruhe seine Sachen und fährt. Es ist der 13. November. Wenige Stunden ehe Zia Giu eintrifft. Hätte er das nur gewusst, wäre ihm nur eine Hornisse ums Ohr gesummt, hätte er auf sie gewartet. Und wie er auf sie gewartet hätte!

Er steht auf dem Deck, trotz des kalten Windes in dieser frühen Morgenstunde, um die Ankunft noch mehr auszukosten. Er genießt den Anblick der Fjorde, dieser spitzen Berge, dieser Wälder, die das Meer säumen. Natürlich weiß er nicht, ob er seine Stine wiederfinden wird, er ist sich da gar nicht sicher. Damals vor drei Jahren hatte er sie noch nicht einmal nach ihrer Adresse gefragt. Nicht einmal nach der Handynummer oder ihrem Nachnamen. Wie findet man einen Menschen wieder, von dem man nichts weiß? Er kennt nur den Namen des Dorfes. Immer wieder hat er ihn vor sich hin gesagt, seit sie ihn beim Abschied an jenem Morgen gerufen hatte: »Wieso kommst du mich nicht irgendwann mal besuchen?«

Jetzt ist es so weit. Jetzt hat er sich von seinem falschen Leben befreit. Er hat im Internet gesucht und sich die Landkarte, die Zug- und Fährverbindungen rausgesucht und die Fahrkarten gekauft.

Und jetzt steht er dort an Deck der kleinen Fähre und blickt gen Horizont. Im eisigen Morgengrauen, während ihm der Wind ins Gesicht peitscht.

Er hofft nur, dass dieses Dorf wirklich klein ist: Vier Häuser, hatte Stine gesagt. Auf Google Maps sah es aus wie ein Fliegenschiss. Wenn es so klein ist, wird es nicht unmöglich sein, ein Mädchen namens Stine mit kurzem Haar und gletscherfarbenen Augen zu finden, oder?

Fil hat keinen blassen Schimmer, was er ihr sagen oder was er tun wird. Er hat nicht den Hauch einer Ahnung und ist sich noch nicht einmal sicher, ob sie sich noch an ihn erinnert oder ob sie überhaupt dort ist und nicht sonst wo in der Welt. In jener Nacht vor drei Jahren hatte sie ihm gesagt, dass sie reisen und vielleicht in irgendeiner gottverlassenen Wüste eine Schule gründen wolle.

Er weiß nichts über sie. Aber er versucht es trotzdem. Seit jener Nacht hat sich das Bild von ihr bei ihm eingebrannt. Drei Jahre. Es ist nie verblasst. Sie ist sein Schilfhalm-Mädchen, lang und dünn und leuchtend. Ein Traum. Und Träume darf man nicht zu lange allein lassen. Irgendwann muss man nach ihnen sehen, sich vergewissern, dass sie noch da sind und wirklich solche Augen haben. Deshalb ist er losgefahren: um nachzusehen. Er musste nur noch die Schafe ins College bringen. Ohne diese etwas übertriebene Tat hätte er niemals beschließen können, alles hinzuschmeißen und nach Norwegen zu reisen, um ein Mädchen zu suchen, das er erst einmal gesehen hatte und das ihm trotzdem nicht aus dem Kopf gegangen war. Doch jetzt, da er diesen unerhörten Schritt getan hat und mit all diesen Schafen gegen die Welt und gegen eine Zukunft gezogen ist, die wie eine Mauer vor ihm stand (wer hat schon gern eine Mauer vor der Nase?), jetzt, da er diese Art pastorale Revolution durchgeführt hat (kann man das so sagen?), wovor soll er sich da noch fürchten? Vor nichts.

Als die kleine Fähre das Gebirge umrundet, erblickt Fil Stines Dorf. Am Ende eines meergefüllten Tales, eingeklemmt zwischen zwei Bergen, die mitsamt ihrer grünen Wälder steil ins Wasser abfallen.

Irre, diese Wälder, die sich ins Meer stürzen! Fil kann nicht glauben, dass es so etwas Wunderbares gibt. Er hat viele Meere von oben gesehen, die Klippen von Irland und von Cornwall zum Beispiel; das gefiel ihm, er fuhr extra mit dem Motorrad bis an die Steilkante heran, wo die Wiese jäh endete, und dann war da nur der Abgrund und tief unten das Meer, eine unerreichbare Welt. Jetzt ist es genau umgekehrt, in einem Fjord ist man selbst unten im Meer, und das Land ist ganz oben, als hätte jemand das Gebirge auseinandergerissen, und in seinem Innersten hätte sich eine Öffnung, ein tiefer Riss aufgetan, durch den man sich hindurchzwängt, um zwischen Wäldern, die sich bis ins Wasser neigen, den Bauch der Erde zu durchqueren.

Und das Wasser erst. Das Wunder dieses Wassers, das so ruhig ist, dass es gar nicht mehr wie ein Meer erscheint, es hat das Wogen, Gischten und Branden verloren und ist glatt geworden. Es ist zwar ein Meer, doch ein ganz anderes als alle anderen. Ein regloses Meer. Und glänzend. Wie ein Spiegel, aber nicht wie der Spiegel eines Sees. Man sieht, dass es kein See ist. Da sind eine bläuliche Tiefe und eine innere Kraft, die von weit her kommt. Wie wenn man auf das Meer schaut und spürt, dass das, was man vor sich hat, nur ein Bruchteil eines gigantischen, fast den gesamten Planeten bedeckenden Ganzen ist, und man ein Stück Unendlichkeit vor sich hat.

Fil verlässt die kleine Fähre und steht mit weit zurückgelegtem Kopf auf der Mole, um die Berge zu bewundern, die oben schneebedeckt sind und unten die Boote streifen. Plötzlich können sich die Gegensätze berühren, und die Welt findet Frieden.

Es ist kalt, und ein leichter Regen fällt, der sich in Nebel verwandelt und dem Blick nach und nach ein Stück Welt entzieht.

Dieses Dorf besteht tatsächlich aus vier Häusern. Vielleicht nicht vier, vielleicht zwanzig. Rot gestrichene Holzhäuser mit weißen Fenstern. Häuser, die sich übers Meer neigen, von Pfählen gestützt, die im Wasser stehen und von grünen Algen überwuchert sind, die aussehen wie Weihnachtskrippenmoos. Es ist genauso, wie Stine gesagt hat: Ein winziges Dorf von vier Häusern. Pfahlbauten, um genau zu sein.

Fil geht zur einzigen Bar am Ende der Mole. Ein dunkel beschürzter Mann wischt die Holztische. Fil fragt, ob er ein blondes, kurzhaariges Mädchen kennt, das Stine heißt. Der Mann streift sich die Hände an der Schürze ab und zeigt ihm mit dem Finger ganz genau, wo er hingehen muss. Vom Hafen aus führt eine Straße leicht bergan, und wer weiß, wo sie endet. Die Wolken sind Klingen, die die Berge entzweiteilen.

»Das ist hier so, daran müssen Sie sich gewöhnen. Erst nach der halben Strecke bergan sehen Sie wieder was …«

Fil beginnt den Aufstieg. Der Untergrund ist rutschig. Endlich tut er das, was er um alles in der Welt hatte tun wollen. Er weiß nicht, ob er danach wieder Schafe züchten oder BWL studieren wird oder dort bleibt, in diesem Dorf von zwanzig Häusern; vielleicht fängt er in der Bar an der Mole an. Dieser Augenblick im Jetzt ist alles, was zählt. Es ist nur seine Gegenwart, das stimmt, und sie hat nichts mit dem zu tun, was danach aus seinem Leben wird. Es ist nicht seine Zukunft, auch wenn man das nicht wissen kann. Es ist etwas Kleines, Unerhebliches. Es ist nur der Moment, in dem Fil zu seinem Mädchen kommt. Es ist nichts. Aber um zu diesem Nichts zu gelangen, hat es viel gebraucht. Es ist nur ein Wimpernschlag. Doch es ist der Wimpernschlag, in dem Fil genau dort ist, wo er sein will, und genau das tut, was er tun will.

KAPITEL 9

Heimkehr

Niemand blieb beim Duke of Glensbury in Bleckway, um auf Fil zu warten. Weder Guido und Nisina noch Giuliana. Keiner der drei glaubte ernsthaft, dass er zurückkommen würde. Sie blieben noch ein paar Tage und beschlossen dann, abzureisen. Ihr Herz war hin- und hergerissen zwischen dem Frieden dieses Ortes und den düsteren Gedanken, die sie wellenweise überrollten.

»Erinnerst du dich noch an den Ausflug zu den Walen, Guido? Da hätten wir es begreifen müssen!« Hin und wieder tauchte Nisina aus dem mentalen Wust ihrer Gedanken auf und ließ ihren Mann laut an dem einen oder anderen teilhaben, den Kopf zwischen den Händen.

Und die Briefe an ihn und von ihm, sogar mit der Briefmarke aus San Francisco. Und sie, seine Mutter, die ihn besuchen fährt und ihn tatsächlich in Stanford antrifft! Wie ist das möglich?

»Jeremy! Ich hab's doch gesagt, wenn man schon so einen albernen Namen hat...«, gab Guido zurück. »Irgendwann treffe ich den, und dann kriegt der was zu hören, dieser Schmarotzer....«

Guido machte sich Luft. Er wusste nicht, was er tun sollte. Er hatte keine Kraft mehr. Er wollte seine niedergedrückte Ehefrau nach Hause bringen. Dort würden sie in aller Ruhe versuchen weiterzuleben. Und dann würden sie irgendwie Fil wiederfinden. Natürlich würden sie das, er war ja nicht verschwunden. Ein Kind löst sich nicht einfach in Luft auf. Früher oder später würden sie von ihm hören, ihn sehen, mit ihm sprechen.

Jetzt waren sie müde. Sie wollten nur nach Hause. Dort wartete ein Haufen Dinge auf sie.

Giuliana hingegen wäre gern noch ein wenig geblieben. Sie hatte Zeit. Ihr war, als verließe sie eine Welt, von deren Existenz sie nie etwas geahnt hatte und von der sie nicht wusste, ob sie sie jemals wiederfinden würde.

Wäre sie ein bisschen weniger von der Sorge um ihren Neffen und ihren Bruder und dem ganzen Ärger mit den Schafen eingenommen gewesen, hätte sie vielleicht den Schatten auf dem Gesicht des Duke bemerkt und begriffen, dass ihr Bedauern, diesen Ort zu verlassen, sehr viel kleiner war als das des Duke, sie gehen zu sehen. Sehr viel kleiner …

Doch angenommen, sie hätte diesen Schatten bemerkt (er war wirklich winzig: Die gerunzelten Brauen des Duke ließen seine Augen ein wenig dunkler erscheinen), hätte das etwas geändert? Wäre sie geblieben?

Am Morgen ihrer Abreise stieg Giuliana behutsam und möglichst lautlos die breite Treppe hinunter und sah ihn dort unten unruhig auf und ab tigern. Zum ersten Mal fiel ihr auf, dass er ein wenig hinkte, nur ganz leicht, auf der linken Seite, und ein ungekanntes Mitgefühl durchschoss sie. Sie überlegte, dass er ein Mann auf der Kippe, in labilem Gleichgewicht war, auf einer Gratwanderung, in perfekter Balance; noch ein paar Schritte, und der Abendschatten würde auf ihn fallen, sein Weg würde talwärts führen und er die leuchtenden Gipfel für immer hinter sich lassen. Noch war das kaum spürbar, Gott bewahre, es war nur ein winziger Anflug von Erschöpfung im Blick, eine Fahrigkeit in den Bewegungen, ein gräulicher Schatten um die Schläfen. Übrigens hatte Giuliana ebenfalls das Gefühl, in jenem Lebensalter zu sein, in dem man nicht mehr jung und noch nicht alt ist und sich deshalb in der schmerzlichen Lage befindet, etwas zu betrauern, was man noch hat, was aber mit jedem Tag die Züge dessen annimmt, was für immer verloren ist.

Als er sie die Treppe herunterkommen sah, kam der Duke ihr entgegen.

»Giuliana, vor allem will ich Ihnen danken, dass… Sie sollen wissen, dass diese Tage für mich… Sie sollen wissen, dass Sie mir ein großes Geschenk… Ich wollte sagen… sollte es, wenn Sie zu Ihrem Leben zurückgekehrt sind, je irgendetwas geben, irgendeinen Zweifel oder Kummer, bei dem ich irgendwie… Zögern Sie nicht, rufen Sie an, schreiben Sie. Ich helfe Ihnen, wo ich kann. Sie sollen wissen, dass ich für Sie… Sie können immer auf meine Unterstützung zählen, trotz der Entfernung, trotz…«

Giuliana bedankte sich verwirrt. Dieser distinguierte Herr, der nicht die richtigen Worte fand und keinen Satz zu Ende brachte, rührte sie. Sie dachte, wie schön, ein Mann, der die Sätze nicht zu Ende bringt. Das bedeutet, dass er noch ein Klümpchen Zärtlichkeit in sich trägt. Auch sie rang an diesem Morgen nach Worten. Sie konnte nur leicht erröten und ihm die Hand hinhalten. Dann tauchten Guido und Nisina auf, und der Abschied wurde förmlich. Kaum eine Minute später hielt der Chauffeur des Duke den drei Gästen die Wagentüren auf.

Schon auf der Rückreise begann Nisina auf ihre ganz persönliche, eigene Art, den Abhang wieder hinaufzukraxeln.

»Aber wenn er uns das mit den Schafen gesagt hätte, was wäre schon dabei gewesen…?«, sagte sie zu ihrem Mann.

Guido schwieg.

»Wäre was dabei gewesen?«, fragte sie noch einmal. Sie wartete ein paar Sekunden und lud nach. »Es wäre nichts dabei gewesen, Guido, überhaupt nichts! Wenn dein Sohn dir mitteilt, dass er Schafe züchten will, dann soll er sie züchten, Herrgott noch mal!«

Am Flughafen rief sie Gheri an, wie jeden Tag. Dann rief sie ihre Freundin Gelsa an. Jetzt, da sie Bescheid wusste und sich diesen Stein von der Seele gewälzt hatte.

»Filippo geht es gut, Gelsa! Hallo?«

»Ist er bei dir? Gib ihn mir mal.«

»Nein, … er ist nicht hier. Nur fast … Aber du hattest recht. Du hattest wirklich recht. Wenn du sehen könntest, an was für einem hinreißenden Ort er wohnt … wohnte … Herrlichste Wiesen mit Springbrunnen aus dem achtzehnten Jahrhundert … Und das Klima! Es stimmt gar nicht, dass es in England dauernd regnet. Es regnet nie … Na ja, wenn ich zurück bin, erzähle ich dir alles.«

»Sehr gut. Aber warst du nicht in Amerika?«

»Ja, auch … Ich erzähl's dir, Gelsa, bis bald.«

Sie rief auch ihren Bruder, ihre Schwester und ihre Eltern an: Filippo war gesund und munter, und alles war in Butter.

Schließlich waren Guido und Nisina wieder zu Hause und ruhten sich aus. Sie brauchten Zeit. Mussten in den täglichen Trott zurückfinden, die Geschäfte wieder ins Lot bringen, Freunde wiedersehen. Ach ja, die Zeit, es stimmt wirklich, dass sie die Dinge in die Ferne rückt, sie neu ordnet und an ihren richtigen Platz bringt. Man musste nur ein wenig Geduld haben und abwarten, bis Filippo sich meldete.

Das meinte ihre Freundin Gelsa, als Nisina bei ihr vorbeischaute, um ihr alles zu erzählen. Sie war gerade mit irgendwelchen Zeichnungen beschäftigt, die so winzig waren, dass sie mit einer dicht übers Papier gehaltenen Lupe und einer Stirnlampe arbeiten musste. Nisina redete ohne Punkt und Komma auf sie ein und wurde irgendwann unruhig, weil ihr schien, als hörte ihre Freundin gar nicht zu.

»Darf man fragen, was du da machst?«

»Heuschrecken.«

»Heuschrecken?«

»Ja, elegante Heuschrecken, die in ein Hotel am Meer kommen und …«

»Wieso?«

»Wieso sie in dieses Hotel kommen?«

»Nein, wieso machst du das?«

»Ach, das ist für einen Werbespot.«

Aber Gelsa hatte sehr genau zugehört, was Nisina von Fil berichtet hatte. Sie hatte Heuschrecken gezeichnet und alles haarklein mitbekommen, und am Ende schenkte sie Nisina eine ihrer Perlen der Weisheit.

»Weißt du, Nisi, man muss Geduld haben. Man weiß nicht, wie es endet. Das ist die einzige Geschichte, von der wir niemals wissen werden, wie sie endet, stell dir vor. Die einzige.«

»Welche Geschichte? Was meinst du, Gelsa?«

»Die Geschichte unserer Kinder. Ihr Leben. Wir werden nie erleben, wie das Leben unserer Kinder endet. Wie sie alt werden, was für Großeltern sie sind, selbst wann sie sterben.… Wir werden es nie wissen…«

Es war schön, wenn Gelsa »unsere Kinder« sagte, obwohl sie nie welche gehabt hatte. Nisina liebte sie dafür umso mehr. Und an diese Sache, dass Eltern das Ende der Geschichte ihrer Kinder nicht erleben, dachte sie danach oft. Wie wahr. Es half ihr sehr, daran zu denken. Es half ihr, sich noch mehr zu beruhigen und Geduld zu haben. Aber gewiss. Früher oder später würde Fil es tun. Irgendwann würde er sich, verdammt noch mal, bei ihnen melden! Sie waren schließlich noch immer seine Eltern. Es hatte Zeit. Mit der Zeit würde sich alles legen. Klären. Glätten. Und am Ende würden sie sich irgendwie verstehen. Gegenseitig. Denn darum ging es schließlich: zu verstehen, zu erfassen, den anderen in die Arme zu schließen und ihn in seinem Anderssein wahrhaftig zu verstehen.

Und, ja, Himmel noch eins! Auch Fil würde verstehen. Er würde, verdammt noch mal, ihre Gründe verstehen! Er würde verstehen, dass man so etwas nicht macht. Dass man seine Eltern nicht so eine lange Zeit im Ungewissen schmoren lässt. Dass man sich meldet, redet, kommuniziert… Und vor allem nicht betrügt. Vor allem das quälte sie. Es quälte sie beide. Besonders am Anfang, kaum wieder daheim, die Koffer ausgepackt, zurück im normalen Leben. Nachts schliefen sie nicht, auf ihre gewohnt unterschiedliche Art, nicht zu schlafen: Er tat so, als arbeite er am Schreibtisch, sie hingegen blieb im Bett, vollgestopft mit Lexotan, die aufgerissenen Augen gegen die Decke gerichtet.

Da war auch das heikle Problem, was man den Freunden sagte, die sie zum Abendessen trafen oder mit denen sie ins Kino gingen oder Ausstellungen besuchten und die sich jedes Mal nach Fil erkundigten, wo er war, was er machte, wie es ihm ging. »Gut«, antwortete Nisina dann, »sehr gut. Aber er hat so viel um die Ohren, er ist eigentlich unerreichbar…« Bei den Freundinnen des Clubs »Mütter mit Kindern im Ausland« war es noch einfacher: Nisina hatte gelernt, drum herumzureden. Schließlich redeten die anderen genauso drumherum, wenn es um ihre Kinder ging.: Es genügten eine Andeutung, ein Zwinkern, ein wissendes Abwinken. Wenn sie gefragt wurde: »Und dein Sohn, noch immer im Ausland?«, antwortete sie: »Ja«. »Ach, hör mir auf…«, sagten die anderen sofort im Chor. Hör mir womit auf? Mit nichts, es war nur so eine Redensart (oder besser Nicht-Redensart). Eine Art Automatismus: »Ach, hör mir auf…« Wie auf Knopfdruck.

Die Wahrheit ist, dass kein Elternteil je wirklich von seinen Kindern erzählt, am wenigsten den Freunden. Erst recht nicht, wenn die Kinder groß sind: Es wird zu einer Art Tabu, als stelle man sie hinter einen schützenden Vorhang. Das war's, von den Kindern der anderen erfährt man nichts mehr. Es ist alles ein wunderbares, eingeschworenes, kollektives Drumherumreden. Sehr entspannend eigentlich.

Und dann rückte nach und nach alles wieder an seinen Platz. Alles ging weiter wie zuvor.: Die Gewohnheiten, die Arbeit, die Familienabendessen, die Ausflüge in die Seneser Hügel ... Guido Cantirami fand neue Resorts, Hotels und Bed and Breakfasts, die sich herrlich an herrlich sanft abfallende Hügel schmiegten zu herrlich sonnigen Tälern, Wiesen und Bächen. Und nach und nach, zwischen einer Runde im Pool, einem Museumsbesuch und einem Gläschen guten Weins im vom Reiseführer empfohlenen Restaurant, erholten sie sich jedes Mal ein bisschen mehr und versuchten sich abzufinden.

»Tja, Guido, was wollen wir mehr?«, sagte Nisina. »Unser Junge hat seine Entscheidungen getroffen. Und vielleicht hat er recht. Er hat sich für die Natur entschieden ...«

»Für Schafe, Nisina! Er hat sich für Schafe entschieden!«

Guido Cantirami tat sich mit dem Abfinden schwer. Es ging schließlich auch um seinen Namen, um seine Familie, um den ehrenwerten Beruf des Vaters. Es ging um seine Kanzlei, also um die Kanzlei Fanti & Cantirami, die er eines Tages in die Kanzlei Cantirami & Fanti umzubenennen hoffte.

»Er hat ihn nicht fertiggemacht, Nisina!«, sagte er an manchen Abenden nach dem Essen zu seiner Frau, um sich Luft zu machen. »Er hat seinen Master in London nicht fertig gemacht. Er ist nicht zum Doktorat nach Stanford gegangen ...«

»Ach, Guidino, was sollen wir denn so lange darauf herumreiten. Hochschulabschluss ist Hochschulabschluss. An der Bocconi! Hörst du? An der Bocconi!«

»Ein Bachelor, Nisi. Ein einfacher, lächerlicher Bachelor.«

»Also echt, Guido ... Jetzt übertreibst du. Es gibt Menschen, deren Kinder haben überhaupt keinen Abschluss. Denk

mal an die Casmachechis zum Beispiel. Er bildet sich wer weiß
was auf seinen Maschinenverkauf ein – was für Maschinen
sind das noch mal? Landmaschinen? Na ja, und was ist mit
seinem Sohn? Ich sag's dir! Sein Sohn hat noch nicht mal die
Fachhochschulreife gepackt, also bitte … Und trotzdem regt er
sich nicht so auf. Wenn man ihn hört, hat er einen Prachtkerl
von einem Sohn, der jetzt sogar nach Argentinien geht, was er
da vorhat, weiß ich nicht genau …«

»Nach Argentinien?«

»Ja, nach Argentinien. Wie auch immer, so macht man das,
nicht wie du, der sich ewig beklagt. Und worüber überhaupt?
Du hast einen Sohn … du hast einen Sohn, der …«

»Ich habe einen Sohn, der was? Siehst du, nicht einmal du
kriegst den Satz zu Ende!«

Aber mit der Zeit akzeptierte es auch Guido Cantirami.
Akzeptieren … na ja. Akzeptieren ist ein wenig hoch gegriffen.
Sagen wir, er hielt sich zurück. Er schluckte es. Er schluckte
den Frust. Ah, die elterliche Fähigkeit des Hinunterschlu-
ckens! Was für eine Kunst, was für eine Gabe! Die bewun-
dernswerte Fähigkeit der Eltern, zu akzeptieren, zu schlucken.
Saugstark wie Küchenpapier.

Guido Cantirami schluckte es. Unter dem Druck von Nisina, die ihn ständig drängte zuzugeben, dass doch die Kinder von diesem oder von jenem …! Immerhin hat unser Junge
einen Job, er trinkt nicht, nimmt keine Drogen …

Und als Filippo dann endlich anrief, als Filippo Cantirami
sich nach Monaten endlich dazu herabließ, zum Handy zu
greifen, es einzuschalten und anzurufen; als er aus dem Land,
in das es ihn verschlagen hatte, seinen Vater anrief und ihm
sagte, es gehe ihm gut, er solle sich keine Sorgen machen,
brach Guido Cantirami fast in Tränen aus, so ergriffen war er,
ihn endlich wieder zu hören, diesen Sohn, den er seit Monaten nicht gehört und gesehen hatte, von dem er nichts mehr

wusste, außer dass das, was er jahrelang gewusst hatte, falsch und erlogen war. Er stellte keine Fragen, als Filippo ihn einfach so und als wäre nichts gewesen auf dem Handy anrief. Er war in der Kanzlei und sagte gerade zu Elettrica, dass irgendwelche Papiere nicht im richtigen Ordner lagen, als das Telefon klingelte. Er schaute noch nicht einmal aufs Display. Er drückte auf die Taste und sagte: Hallo?

Hier ist Filippo ...

Filippo!

Fjorde

Fil blieb in dem Vier-Häuser-Dorf inmitten der Fjorde.

Er rief seine Eltern häufig an, und ungefähr ein Jahr später, als er mit Stine nach Italien fuhr, sahen sie sich wieder. Sie redeten lange und ausgiebig, Fil und seine Eltern, Fil und Zia Giu. Die Großmutter organisierte ein großes Familienabendessen, um seine Rückkehr und seine schöne norwegische Frau zu feiern.

Weder bei diesem Abendessen noch sonst irgendwann fragte ihn jemand nach den Schafen. Nicht nach denen, die er auf den Ländereien des Duke geweidet hatte, und auch nicht nach denen, die er ins Oxforder College gebracht hatte. Die Zeit war vergangen und hatte die Dinge geändert. Jetzt war er ein Mann, er hatte einen Job und eine Familie. Unangenehme Fragen standen nicht mehr an.

Fil blieb in dem kleinen Flecken in den Fjorden. *Dauerhaft,* wie er dem Duke schrieb: *Ich danke Ihnen aus tiefstem Herzen für alles, was Sie für mich getan haben. Ich habe beschlossen, dauerhaft in Norwegen zu bleiben.*

Anfangs half er seinem Schwiegervater, der einen Fischkutter besaß und Kabeljau fischte, den er paarweise an den Schwänzen zusammengebunden im Winterwind trocknen ließ und dann zusammen mit anderen Fischern seiner Genossenschaft in die halbe Welt verkaufte. Dann, als sein Schwiegervater starb, fuhr Fil nicht mehr zum Fischfang hinaus. Er arbeitete als Angestellter im Firmenbüro, kümmerte sich um die Buchhaltung und erledigte die Korrespondenz mit den Kunden und Lieferanten. Eine stille, normale Tätigkeit, die seinen Gedanken freien Lauf ließ. Vom Fenster aus sah er das Meer, das ständig seine Farbe wechselte. Es musste nur Wind aufkommen. Hin und wieder, an den klarsten Tagen, konnte er sogar den feinen Tropfennebel sehen, den die Brise von den Wellen stob, ehe sie sich an den Klippen brachen.

Den Fischkutter des Schwiegervaters hatte er behalten, um mit seinem Sohn Daniel sonntags rauszufahren. Er hatte ihm eine Kapitänsmütze gekauft, und hin und wieder ließ er ihn steuern. Er liebte es, mit seinem Sohn kreuz und quer durch den Fjord zu fahren, in das Blau dieses stillen Meeres einzutauchen, das sich unter den Kiel flüchtete und in dem sich der Himmel, die Wälder, der Schnee und die roten Häuser spiegelten. Dieses Meer, das alles verdoppelt und auf den Kopf stellt, und er mit seinem Sohn darauf; schwebend und mühelos durchfurchten sie diese auf den Kopf gestellte Welt. Für Fil bedeutete das auch, dieses Staunen noch einmal zu erleben, als die Fähre in den Fjord eingefahren war und ihn zu Stine gebracht hatte; das Herz klopfte ihm bis zum Hals wie damals, als er noch nicht wusste, ob er sie wiederfinden würde; wieder spürte er den Schauder der Ungewissheit, diesen bebenden Zweifel, was aus seinem Leben werden sollte. So war es jedes Mal, jeden Sonntag. Doch verriet er Daniel nichts davon, denn wie erzählt man seinem Kind von einer Zeit, in der es nicht einmal eine Ahnung war?

Rund fünfzehn Jahre darauf starben Fils Eltern, erst der Vater und nur wenige Monate später die Mutter. Sie waren noch nicht sonderlich alt, doch eine Krankheit raffte sie dahin. Ihnen war genug Zeit geblieben, Daniel kennenzulernen und fest ins Herz zu schließen, der sämtliche Sommer bei ihnen in Italien verbrachte und mit zwölf schon lang wie ein Schilfrohr war. Er war ihr einziger Enkel, denn Gheri, die zweimal heiratete und sich wieder scheiden ließ, hatte keine Kinder und fing an, die Welt zu bereisen und viel Zeit im Orient zu verbringen.

Nach dem Abendessen las Opa Guido dem kleinen Daniel, der rundheraus sagte, er habe keine Ahnung von Politik und Wirtschaft, was beim Großvater schallendes Gelächter auslöste, stets einen guten Zeitungsartikel vor. Großmutter Nisina überschüttete ihn mit Küssen und sagte ihm, wie ähnlich er dem kleinen Fil sähe, aber er sei noch hübscher, denn er habe auch viel von seiner gertenschlanken, blonden Mutter. Jeden Sommer gab sie sich mit begeisterter Hingabe dem Verwöhnen ihres kleinen Enkels hin; vielleicht auch, weil sie insgeheim glaubte, bei ihrem eigenen Sohn etwas versäumt zu haben. Wegen dieser Geschichte mit dem Auslandsstudium war er nur neunzehn Jahre bei ihnen gewesen. Viel zu kurz, fand sie. Was sind schon neunzehn Jahre angesichts des ganzen Lebens? Nichts. Was sollte diese Hast, Mailand, London, und dann noch eins drauf … Was hatte all das gebracht?

Zia Giuliana war die Erste, die den kleinen Daniel kennenlernte. Er war erst sechs Monate alt, als Fil Hals über Kopf mit ihm ins Flugzeug stieg und ihn mit zu ihr nach Italien brachte. Sein Kind sollte diese ganz besondere Tante sofort kennenlernen, gerade so, als könnte er sonst nicht gescheit groß werden.

Zia Giuliana fuhr danach sehr oft nach Norwegen, um sie zu besuchen. Dann machte sie »ihre Runde«, wie sie es nannte. »Ich reise, weil ich ein kleines Mädchen bin«, pflegte sie zu sagen und lachte. Sie lachte viel, vor allem mit dem kleinen Daniel: Sie nannte ihn ihren Filino, welchen anderen Namen sollte sie Fils Kind auch geben?

Bei jeder ihrer »Runden« war auch eine Stippvisite beim Duke of Glensbury in Oxfordshire vorgesehen. Sie versäumte nie, ihn zu besuchen, und sei es nur kurz.

Einmal fragte Fil, warum sie ihn nicht geheiratet hatte. Sie hätten so ein schönes Paar abgegeben. Giuliana antwortete nicht sofort. Sie schlenderten durchs Dorf und setzten sich auf eine Bank.

»Die späten Träume, Fil… Wenn ein Traum erst spät wahr wird, bleibt immer etwas Unerfülltes haften, ich weiß nicht, wie ich es sagen soll… Um Gottes willen, er soll bloß wahr werden! Aber er entschädigt einen niemals vollkommen, die Bitterkeit, so lang gewartet zu haben, bleibt.«

Zum ersten Mal kam Fil der Gedanke, dass er diese stets so unbeschwerte, für jeden Spaß bereite Tante, die jedoch wer weiß welche Traurigkeiten in sich trug, vielleicht nie wirklich durchschaut hatte. Und an jenem Tag auf der Bank ergriff ihn ein schmerzliches Gefühl der Unzulänglichkeit, als hätte er eine Aufgabe nicht erfüllt, weil er sich hatte ablenken lassen und im entscheidenden Moment das Wichtigste aus dem Blick verloren hatte. Er nahm seine Tante bei der Hand, und sie kehrten heim. Allmählich wurde es dunkel.

Giuliana Cantirami starb mit einundneunzig Jahren. Sie schaffte es noch, Daniels zwei Kinder kennenzulernen und sich von ihnen Giagiú nennen zu lassen.

Fil starb genau zehn Jahre nach ihr, mit einundachtzig, nach einer kurzen Krankheit, die alle sprachlos machte. Vor allem Stine, die noch immer ihr jungenhaft kurzes Haar trug, das inzwischen so weiß war wie ein ewig vereister See, quälte sich. Immer wieder sagte sie, sie hätten sich noch nicht einmal voneinander verabschieden können, alles sei viel zu schnell gegangen, auch das Leben. Wie oft hatte sie Fil gesagt, dass man sich voneinander verabschieden muss, ehe man stirbt… Und dann das…

Zur Beerdigung kamen zahllose Menschen, selbst aus den entlegensten Dörfern. Jeder kannte Filippo Cantirami, den Italiener, der eines Herbstmorgens vom Postschiff gestiegen und nicht mehr gegangen war.

Auch aus den Vereinigten Staaten kam eine Gruppe, mit

der niemand gerechnet hatte. Daniel kannte sie nicht und hatte keine Ahnung, was sie mit seinem Vater zu tun hatten. Er hielt sich ein wenig abseits und musterte schweigend diese dunkel gekleideten Herrschaften aus Übersee. Ganz still standen sie neben seiner Mutter, diese unbekannten, eleganten, stummen Amerikaner, für die der Tod seines Vaters offenbar ein derartiger Schock gewesen war, dass sie die lange Reise bis hierher auf sich genommen hatten.

Einer von ihnen, der älteste, konnte sich kaum auf den Beinen halten. Er war klein und krumm, mit gewelltem weißem Haar, und bestand darauf, einen Blumenkranz auf den Sarg seines Vaters zu legen, auf dessen violetter Atlasschleife stand: DANKE. J.

Danke Punkt, J Punkt.

Mehr nicht.

Daniel war baff. Er meinte sich nicht zu erinnern, dass sein Vater ihm jemals von einem amerikanischen Freund erzählt hatte, dessen Name mit J. begann.

Nach der Trauerfeier gab Daniel sich einen Ruck und stellte sich vor: »Ich bin Daniel Cantirami, angenehm.« Und er sah, wie dem Alten die Tränen in die Augen schossen.

»Dann bist du ... der Sohn des großen Fil!«, sagte er mit matter, kaum hörbarer Stimme.

Er zog ein Päckchen aus seiner Aktentasche und hielt es Daniel hin. Er habe es ihm extra aus Amerika mitgebracht, weil er es haben sollte. Daniel wickelte es aus. Es war ein Buch. Ein Buch, wie sie früher einmal gedruckt wurden. Es hieß *Ceiling Theory*, und der Autor war sein Vater.

»Ein kleiner Universitätsverlag, den es seit Jahren nicht mehr gibt. Aber du sollst wissen, dass es für uns Ökonomen ein wichtiges Buch war. Ich habe ein Exemplar aufgehoben und es dir mitgebracht, weil ich, so wie ich deinen Vater kenne, fürchte, dass er dir nie davon erzählt hat.«

Daniel senkte den Blick. Das stimmte. Dieser Mann schien einiges von seinem Vater zu wissen. Daniel hingegen wusste nichts.

»Fil wollte nichts mehr von Wirtschaft, Hochschule und all diesem Zeug hören. Ab und zu mailten wir uns. Dann und wann hat er mir einen ›theoretischen Anhang‹ zukommen lassen, so nannte er das: Stichpunkte, Gedanken, Berechnungen. Er schrieb: ›Mach damit, was du willst. Ansonsten hat er sich nicht sonderlich oft bei mir gemeldet.‹ Und ich mich bei ihm auch nicht. Aber jetzt, wo ich erfahren habe… Ich heiße Jeremy. Jeremy Piccoli, und vor vielen Jahren hatte ich das Glück, mit deinem Vater zu studieren.«

Er stellte Daniel die anderen aus der Gruppe vor. Es waren amerikanische Professoren, Kollegen, die dem großen Ökonomen Filippo Cantirami ihre Ehre erweisen wollten. Daniel fiel aus allen Wolken, für ihn war sein Vater ein kleiner Angestellter gewesen, kein großer Ökonom. Ein einfacher Mitarbeiter der Kabeljau-Firma. Und jetzt waren da diese Herren und das Buch und all diese Ehrerbietungen… Fragend blickte er seine Mutter an, auf der Suche nach einer Erklärung, nach einem, und sei es nur stummen, Einverständnis. Doch sie stand ein wenig abseits, den Blick gesenkt, und schwieg.

Jeremy blieb ein paar Tage zu Gast bei Daniel und seiner Familie. In dieser kurzen Zeit erzählte er die ganze Geschichte vom Geheimpakt und den Schafen. Daniel erfuhr ungeahnte Dinge von seinem Vater und empfand eine Art wehmütigen Groll.

»Wieso hat er mir nie von dir erzählt?«

»Du darfst ihm das nicht übel nehmen…«, entgegnete Jeremy. »Ich bin sein verpasstes Leben. Das Leben, das dein Vater nicht gelebt hat. Wie hätte er dir von mir erzählen sollen? Das Leben, das man nicht lebt, gibt es nicht. Oder es ist irgendwo anders, wer weiß, wo…«

Jeremy erzählte weiter. Es war nicht klar, ob Daniel es hören wollte oder nicht. Liebend gern hätte er darauf verzichtet: Was sollte er mit diesen Geschichten über seinen Vater, als er noch nicht sein Vater war, anfangen? Brachte es ihm irgendetwas, zu wissen, dass sein Vater als junger Mann Hirte gewesen war, seinen Eltern etwas vorgemacht und neue, erstaunliche Wirtschaftstheorien entwickelt hatte? Machte es das Bild, das er von seinem Vater hatte, besser oder schlechter? Er wusste, welchen Wert dieser Vater für ihn hatte. Ein Kind weiß sofort, was für einen Vater es abgekriegt hat: Es weiß es und basta.

Die Sache war nicht einfach. In gewisser Weise ging es darum, zum Anfang zurückzukehren. Es war, als zeigte man ihm einen Film noch einmal. Er war schon damit durch, doch jetzt ging alles von vorn los. Es war seltsam. Es brauchte Zeit, die ganze Geschichte zu rekonstruieren.

Aber vielleicht tat es ihm auch gut, es füllte die Leere. In gewissem Sinne stopften diese Zusätze die Löcher, die er in sich spürte, die Verlassenheit. Eigentlich muss ein Kind nichts von seinem Vater wissen, solange er bei ihm ist: Er ist da, und das reicht. Aber danach… Danach verspürt es den Wunsch, die Puzzleteile zusammenzusetzen, sich ein Bild zu machen. Erst wenn das Leben nicht mehr da ist, braucht es Worte, vorher nicht.

»Was für eine schöne Geschichte von deinem Vater, nicht wahr?«, sagte Jeremy immer wieder, doch Daniel war unschlüssig. Diese Schafe mit ins College zu nehmen… War das gut gewesen oder schlecht? Er wusste es nicht. Fil war sein Vater gewesen, mehr nicht. Sicher war nur, dass es ihn ohne diese Schafe nicht geben würde. Sein Vater wäre nicht bis hierhergekommen, und Stine wäre nicht seine Mutter geworden. Ohne diese Schafe wäre er niemals geboren, das war Daniel völlig klar.

In jenen Tagen redete er lange mit Jeremy. Im Morgengrauen nahm er ihn mit aufs Boot zum Kabeljaufischen. Windgeschützt saßen sie am Heck und redeten. Jeremy wollte alles über seinen Freund Fil wissen, wie sein weiteres Leben verlaufen war und ob man es glücklich nennen konnte. Daniel wusste es nicht. Wie auch? Wie kann ein Kind sagen, ob sein Vater glücklich war, was weiß es schon?

»Ja… er hat, glaube ich, ein normales Leben gehabt. Normal…«, so drückte Daniel sich aus.

Jeremy schwieg. Dann und wann machte er lange Pausen. Er wirkte so müde, so alt. Minutenlang sagte er nichts, starrte geradeaus auf das klare, stille Meer. Oder er blickte in sich hinein, in irgendwelche geheimen Abgründe. Dann redete er weiter, um noch einen Zweifel, noch eine Unschlüssigkeit in Worte zu fassen, die er einfach nicht loswurde.

»Es ist diese Verschwendung, Daniel. Ich weiß nicht, ob ein Mann sein Leben, sein Talent verschwenden darf. Ob er ein Recht darauf hat. Oder ob er eine schwere Schuld auf sich lädt, wenn er einen Rückzieher macht und sich weigert, seine Rolle zu spielen. Aber was ist am Ende diese Rolle? Was bedeutet sie? Haben wir eine Rolle? Kannst du mir das sagen? Hm, Daniel, kannst du mir das sagen?«

Daniel schaute ihn an. Dieser Alte, der ihn mit seinen Fragen überschüttete und ihn nach einer Lösung fragte, rührte ihn.

Er wechselte das Thema und bat ihn, ihm ein wenig von seinem Leben zu erzählen. Jeremys Augen wurden trüb, als hätte er keine Lust zu antworten.

Er sagte nur wenig: dass er im Ruhestand war, dass er allein lebte. Dass er vor langer Zeit ein Mädchen aus Kasachstan geheiratet hatte, doch es hatte nicht gehalten. Dass er an vielen Orten unterrichtet hatte. Und, ja, er hatte ein schönes Leben gehabt… Er sagte Daniel nicht, dass er wichtige Posten sowohl in

Italien als auch in Amerika innegehabt hatte, dass er viel gereist war und zahlreiche Preise und Ehrungen erhalten hatte, dass er ziemlich reich und berühmt geworden war und dass seine Studien in der ganzen Welt bekannt waren. Er sagte es ihm nicht, weil es überflüssig war. »Wozu überhaupt?«, hätte Fil gesagt. Aber vor allem schämte er sich ein wenig, so eine steile Karriere gemacht zu haben und Fil nicht. Hätte er darüber geredet, hätte ihm das erneut ins Bewusstsein gebracht, wie unendlich er in Fils Schuld stand. Ganz tief in sich drin, in einem geheimen, unnennbaren Winkel, wusste Jeremy, wie viel er Fil verdankte. Er wusste, dass er ihm dieses Leben in gewissem Sinne gestohlen hatte. Auch Fils Eltern schuldete er viel, und er hatte ihnen nie gedankt. Fil hatte ihn oft gebeten, sie zu treffen, er wollte so sehr, dass sie sich kennenlernten, das war ihm wichtig. Aber Jeremy hatte sich immer irgendwie herausgeredet. Er hätte nicht gewusst, was er diesen Eltern, die nicht seine waren und die ihm so sehr geholfen hatten, ohne es überhaupt zu ahnen, hätte sagen sollen. Wie kann man Menschen seine Dankbarkeit zeigen, die nicht wissen, dass sie einem Gutes tun?

Jeremy hatte das Joch der Dankbarkeit auf sich genommen und es stillschweigend hinter sich hergeschleift, bis zum Schluss, bis er es in Form eines Blumenkranzes auf den Sarg des Freundes gelegt hatte. Jetzt hatte sich der Kreis geschlossen und er konnte ans Sterben denken. Daniel, dieser liebe Junge seines Freundes Fil, musste davon nichts wissen. Es war besser so.

Am Abend seiner Abreise begleitete die ganze Familie Jeremy zum Hafen. Der feuerrote Himmel berührte das Meer, leckte an den Wäldern und schwang sich mit den windgeblähten Wolken zu den Gipfeln empor.

Stine, die in diesen Tagen sehr schweigsam gewesen war, trat auf ihn zu. Sie blickten sich in die Augen. Sie ergriff seine Hand und hielt sie lange fest.

»Danke, dass du gekommen bist, Jeremy, ich bin dir sehr dankbar …«, sagte sie leise.

So leise, dass Daniel sich gar nicht sicher war, es wirklich gehört zu haben. Der alte Jeremy sah seine Mutter fragend an, dann war er schon an Deck und winkte zu ihnen hinunter, während die Fähre sich von der Mole löste, lautlos das Wasser durchschnitt und im Äther verschwand.

Nachwort

Dieser Roman ist unmöglich. Er ist anmaßend. Er erzählt von unserer Gegenwart, aber als Vergangenheit, also aus einer Zukunft, die die Gegenwart Vergangenheit werden lässt. Oder – wenn man so will – er erzählt von einer Vergangenheit, die für uns jetzt Gegenwart ist und deshalb unmöglich als Vergangenheit herhalten kann.

Es ist, als wäre das Buch nach 2060 von jemandem geschrieben worden, der eine Geschichte aus dem Jahr 2011 erzählen will. Ab und zu mischt er sich ein, beurteilt und kommentiert unsere Zeit. Ab und zu aber auch nicht. Ausgerechnet dann, wenn er etwas sagen sollte, um uns einen winzigen Blick in die Zukunft zu gewähren, hält er den Mund.

Jedenfalls ist dieser Roman weitsichtig und kurzsichtig zugleich. Vielleicht habe ich da zwei Sehschwächen kombiniert. Vielleicht musste ich das, um besser sehen und die Dinge aus der Distanz und dann wieder aus nächster Nähe betrachten zu können.

So ein Bedürfnis kommt einem nun mal mit dem Alter.

PAOLA MASTROCOLA